reverie

JENNIFER HARTMANN

AN OPTIMIST'S GUIDE
TO HEARTBREAK

Aus dem amerikanischen Englisch
von Ulrike Gerstner

reverie

Die Originalausgabe erschien 2023 unter dem Titel
An Optimist's Guide To Heartbreak.

1. Auflage 2024
© Jennifer Hartmann 2023
Deutsche Erstausgabe
© 2024 für die deutschsprachige Ausgabe
reverie in der
Verlagsgruppe HarperCollins Deutschland GmbH, Hamburg
Gesetzt aus der Stempel Garamond
von GGP Media GmbH, Pößneck
Druck und Bindung von CPI books GmbH, Leck
Printed in Germany
ISBN 978-3-7457-0424-2
www.reverie.de

Für Elizabeth und ihr tapferes Herz

Schöne Dinge sind niemals von Dauer,
deshalb flimmern die Glühwürmchen.

RON POPE

PROLOG

Bei einem Nachnamen wie Hope – Hoffnung – würde man annehmen, dass ich das Äquivalent eines wandelnden, sprechenden Sonnenstrahls sei. Vollgepackt mit Optimismus und Fröhlichkeit. Ein Licht in der Dunkelheit, mit einem immerwährenden Lächeln, das zu einem solchen Namen passt.

Und ja, ich würde sagen, dass die Beschreibung zutrifft.

Selbst an meinen schlechten Tagen erfülle ich all diese Kriterien ... sogar an meinen schlimmsten tue ich das.

Besonders an diesen.

Vielleicht ist das der Grund, wieso ich bei dem Haus, das als kleines rotes Immobiliensymbol in meiner Benachrichtigungsleiste aufblinkt, das Gefühl habe, einziehen zu müssen. Es ruft auf eine Weise nach mir, die ich nicht erklären kann.

Was ich jedoch weiß, ist: Ich brauche es, ich will es, ich muss es haben.

Ich verschlucke mich an meinem Muffin, während ich die vertrauten honiggelben Ziegelsteine anstarre. Meine Haut wird heiß und so rot wie die Warnflaggen, die vor meinem geistigen Auge zu wehen beginnen. Mein Bauch kribbelt vor Nervosität, meine Handflächen schwitzen, und mein Verstand dreht sich unaufhaltsam wie ein altes, klappriges Riesenrad.

Dennoch gewinnt ein anderes Gefühl die Oberhand. Etwas,

das mächtiger ist. Es dringt durch die Ungewissheit, durch die schrecklichen Erinnerungen und übertönt die Stimme in meinem Kopf, die schreit, dass das Ganze zum Scheitern verurteilt ist.

Das Riesenrad bröckelt und zerfällt schließlich direkt vor meinen Füßen zu Schutt und Asche.

Die Wahrheit ist: Es ist mir egal.

Stattdessen sehe ich nur eins: eine Vergangenheit, die neu geschrieben werden muss.

Einen Neuanfang.

Eine aufrichtige Chance, Tragödie in Magie und Katastrophe in Hoffnung zu verwandeln.

Am Ende tu ich's vermutlich deshalb.

Wegen der Hoffnung.

Fünf Minuten später telefoniere ich mit meiner Maklerin.

Einen Tag später wird ein Angebot gemacht.

Ein ganzes Leben später bitte, flehe und bete ich darum, dass dies nicht der größte Fehler meines Lebens sein möge.

Fehler oder nicht – ich tu's trotzdem.

Ich finde den Weg zurück zu ihnen.

Die Hoffnung siegt.

KAPITEL 1

»Lucy! Dein Hund hat einen Dildo ausgekotzt!«

Ich setze mich auf. Auf Alyssas Stimme folgt das klackernde Geräusch zu langer Hundekrallen auf dem Parkettboden, dann fällt die Haustür ins Schloss.

Ich blinzle, als ihre Worte in mein Bewusstsein sickern. »*Was?*« Hastig rappele ich mich auf, laufe den Flur runter und treffe im Wohnzimmer auf meine beste Freundin. »Einen Dildo?«

Key Lime Pie und Lemon Meringue, meine beiden Welsh Corgis, sind noch damit beschäftigt, das neue Revier zu erkunden, während Alyssa sich sichtlich aufgebracht auf die Couch plumpsen lässt. »Es war nicht meiner.«

»Na ja, meiner war es auch nicht.«

»Ich weiß nicht, Lucy, aber es hörte sich an, als wäre Kiki auf dem Rücksitz exorziert worden. Nur, dass ihr statt eines Dämons ein Dildo ausgetrieben wurde.« Alyssa greift in ihre übergroße Handtasche und holt eine Plastiktüte mit dem Beweisstück hervor. Sie verrenkt sich theatralisch den Hals und gibt kunstreiche Würgegeräusche von sich, während sie mir die offene Tüte hinhält.

Voller Entsetzen mustere ich den zweifelhaften Inhalt. Dann ziehe ich die Augenbrauen zusammen, als ich erkenne, was es wirklich ist. »Lys, das ist ein Bananentresor.«

»Ein Bananen-was?« Sie reißt den Kopf zu mir herum und beäugt mich neugierig. »Das klingt obszön. Erzähl mir mehr.«

Ich muss lachen. »Ich benutze die Dose, damit meine Bananen nicht zerquetscht werden. Das ist kein Sexspielzeug.«

»Wie *lame*.«

Key Lime Pie, kurz Kiki, hoppelt auf ihren kurzen Beinchen zu mir herüber und lässt sich zu meinen Füßen fallen. Sie ist ein bisschen moppelig, weil Mom ihr im Laufe der Jahre immer wieder nicht-ganz-so-heimlich Leckerlis unter dem Tisch zugesteckt hat, während Lemon bei der Snackauswahl etwas anspruchsvoller ist und meist abgelehnt hat.

Alyssa hat die Hunde für mich ins neue Haus gebracht, während ich den Umzugswagen gefahren und mit meinem Onkel Dan die Möbel geschleppt habe. Beim Übergang in mein neues Leben war sie mir eine riesige Unterstützung.

»Das ist also dein neues Heim, ja?« Alyssa flufft ihren hellblonden Bob auf und lässt den Blick anerkennend durch den bescheidenen Raum schweifen. »Es ist perfekt für dich. Ich finde es zwar doof, dass du jetzt vierzig Minuten von mir entfernt wohnst, aber du wirst weiterhin freitags in der Weinbar spielen, oder?«

Ich setze mich neben sie auf das cremefarbene Sofa und nicke. »Ja. Solange ich einen Job finde, der sich mit meinem Zeitplan vereinbaren lässt.«

Der erste Teil war der Umzug.

Der zweite Teil besteht nun darin, einen Job zu finden, mit dem ich meine Rechnungen und Lebenshaltungskosten decken kann.

Das Haus habe ich dank der Erbschaft von Oma Mabel in bar bezahlen können, und mein Auto habe ich vor vier Jahren von meinen Eltern geschenkt bekommen. Dennoch sind da immer noch Steuern zu begleichen, und Benzin, Nebenkosten, Lebensmittel und all die anderen Dinge, die mit Freiheit und Unabhängigkeit einhergehen. Und obwohl ich noch etwas Geld von der Erbschaft übrig habe, möchte ich einen Job finden, bei dem ich jeden Monat ein wenig Geld sparen kann, um eines Tages aufs College gehen zu können.

Ein Schritt nach dem anderen.

»Das Haus ist wirklich toll«, wiederholt Alyssa begeistert. »Es gibt einen eingezäunten Garten für die Hunde und genug Platz für den unvermeidlichen Lebensgefährten. Und das Privileg einer angeschlossenen Garage sollte man ebenfalls nicht unterschätzen.«

Mein Magen zieht sich zusammen.

Die Garage wird als Lagerraum dienen.

Auf keinen Fall werde ich sie benutzen.

Ich räuspere mich, stehe von der Couch auf und fummle an meinen Haaren herum. »Ein Lebensgefährte. Du bist ja lustig.«

»Ein *unvermeidlicher*«, betont sie.

Ich kann nur den Kopf schütteln, um ihrem Fehlurteil zu widersprechen. Ich weiß, dass ich kein Troll bin.

Dennoch bin ich ein bisschen neurotisch.

Skurril, ein wenig seltsam und, wie manche sagen würden, *zu* quirlig.

Ich bin ein guter Mensch, ja, freundlich und großzügig – aber Männer wollen nicht unbedingt mit einer Durchgeknallten ins Bett gehen, die in einer Tour plappert. Das ist nicht sexy.

Auch das weiß ich und gebe es gerne zu.

Was diesen Bereich angeht, lebe ich ihn stellvertretend durch Alyssa, und das reicht mir schon.

Nachdem ich mit meiner Freundin eine ausführliche Runde durchs Haus gedreht habe, lassen wir uns mit einer Flasche Wein auf der Couch zwischen meinen überall verstreuten Möbeln nieder, die Hunde auf dem Schoß und ein Dauergrinsen auf den Lippen. Es ist eine schöne erste Nacht, die nur noch besser werden wird, wenn ich mich in eines der vertrauten

Schlafzimmer zurückziehen und all die Erinnerungen freilegen kann, von denen ich weiß, dass sie dort auf mich warten.

Ein paar Stunden später verabschiede ich Alyssa und gehe den schmalen Flur hinunter zu einem Zimmer, das früher in Lavendel und Spitze gehüllt war. Jetzt ist es grau – grau und trist –, und ich kann es kaum erwarten, es mit viel Liebe und einem großen Pinsel in etwas Schöneres zu verwandeln.

Mit klopfendem Herzen setze ich mich im Schneidersitz auf den Boden neben das Bett.

Neben *ihr* Bett.

Bevor ich es mir zu bequem machen kann, pingt das Telefon in meiner Hosentasche. Als würde mich der Alarmton davor warnen wollen, die Vergangenheit besser ruhen zu lassen.

Auch wenn es dafür längst zu spät war.

Es war bereits in dem Moment zu spät, als ich die Telefonnummer wählte und meine Maklerin anrief, um ihr mitzuteilen, dass ich das Haus meiner Träume gefunden hatte. In manchen Nächten war es vielleicht auch eher das meiner Albträume, doch meistens verknüpfte ich diesen Ort mit positiveren Bildern.

Meine Maklerin war überrascht über meine Entscheidung, einfach, weil sie nicht wusste, wie sonderbar meine Entscheidung wirklich war. Ich habe ihr nicht erzählt, dass ich gleich nebenan auf der kornblumenblauen Ranch aufgewachsen bin. Ich habe nicht erwähnt, dass diese fünfzehnhundert Quadratmeter große Immobilie für acht unglaubliche Jahre praktisch mein zweites Zuhause gewesen war.

Und ich habe nie zugegeben, wie sehr ich darauf gespannt war, ob Emmas geheimes Versteck immer noch eine Fundgrube für längst verlorene Schätze sein würde.

Ich lenke meine Aufmerksamkeit weg von den Dielen, ziehe mein Handy heraus und werfe einen Blick auf das Display.

Es ist meine Mutter. Nicht wirklich schockierend.

Mom:
Lucille Anne Hope.

Ich:
Der vollständige Name ist in Textform weniger wirksam, Mom.

Mom:
Tu bitte einfach so, als könntest du den bedrohlichen Ton in meiner Stimme hören.

Ich:
Okay. Ich fühle mich zutiefst bedroht. Was gibt's?

Mom:
Ich vermisse dich.

Ich lächle und schicke ihr einen Schwall Herzen und Emojis mit Tränen in den Augen, bevor ich mein Telefon auf einer Kiste neben mir ablege.

Im Alter von zweiundzwanzig Jahren bin ich aus dem Haus meiner Eltern ausgezogen.

Erst war es ein gesundheitliches Problem, das meine Pläne, die ruhigen Vororte von Milwaukee zu verlassen und in Berklee Songwriting zu studieren, zunichtegemacht hatte. Doch vor allem der darauffolgende Tod meines Vaters und die lähmenden Trauer und Einsamkeit, in die meine Mutter und ich versunken waren, haben mich davon abgehalten, mir einen Vollzeitjob zu suchen und fortzugehen. Irgendwann beschloss ich jedoch, mir ein Stück meiner Unabhängigkeit zurückzuergattern. Es war schwer, meine Mutter zurückzulassen, aber ich glaube, für sie war es noch schwerer. Wir haben uns immer sehr nahegestanden, erst recht nach Dads Tod. Aber wir haben beide gewusst, dass es für mich an der Zeit war, meine Flügel auszubreiten und aus dem Nest zu fliegen.

Ich hätte nur nie gedacht, dass mein Nest einmal hier an diesem Ort sein würde.

Direkt am Anfang.

Ein Seufzer entweicht mir, als ich mich auf meine Handflächen zurücklehne und an die Decke starre, an der früher Dutzende von Leuchtstickern und ein riesiges Poster von *One Direction* hingen. Es ist dieselbe Decke, unter der ich acht Jahre lang während unserer Übernachtungsabenteuer eingeschlafen bin. Wir haben uns mit Sour Patch Kids vollgestopft – ich hortete alle grünen Kaubonbons, Emma klaute die roten – und Songs geschrieben, die nie die Chance hatten, mehr zu werden als hoffnungsvolle Notizen auf Papier.

Ich atme tief ein, wobei der Wein, den ich vorhin mit Alyssa getrunken habe, den Rausch in meinem Blutkreislauf nur noch verstärkt, und setze mich wieder auf. Schließlich beuge ich mich entschlossen vor und beginne, die schäbigen Dielen wegzureißen. Nägel knacken, Splitter fliegen umher, genau wie der Rest meiner Vorbehalte.

Ich zittere am ganzen Körper, als ich hineinspähe.

Dann pflücke ich einen Gegenstand nach dem anderen heraus.

Emmas Tagebuch, dessen Vorderseite mit bunten Filzstiften bekritzelt und mit abblätternden Stickern verziert ist.

Lose Notenblätter.

Cals alte Klarinette.

Cal, Cal, mein Cal.

Mein Sichtfeld verschleiert sich beim Anblick des geliebten Instruments. Ich streiche mit den Fingerspitzen darüber und frage mich, wie es unter den Dielen gelandet ist und ob es noch funktioniert. Ich erkenne, dass ein Riss im Holz mit einem Klecks Leim geflickt wurde. Emma hatte also versucht, es wieder zum Leben zu erwecken.

Sie war immer der Klebstoff.

Sie war immer *unser* Klebstoff.

Ich greife nach dem Tagebuch, lasse es in meinen Händen zittern und kann nicht verhindern, dass Tränen meine Sicht vernebeln. Es ist zwar schon lange her, dass ich Emmas Stimme gehört habe, dennoch bin ich davon überzeugt, dass ich sie laut und deutlich werde hören können, sobald ich diese Einträge lese. Ich glaube, ich habe sie sogar gehört, als das kleine rote Immobiliensymbol auf meinem Telefon aufgeploppt ist und mein Leben in eine völlig neue Richtung gelenkt hat.

Ich beschließe, das Tagebuch vorerst beiseitezulegen, und stöbere weiter, bis ich inmitten der wertvollen Reliquien auf ein kleines Foto stoße.

Mir stockt der Atem.

Es ist ein Bild von uns, den Abenteurern, und es ist eins, das ich noch nie gesehen habe.

Emma, Cal und ich, die Arme umeinandergeschlungen, unsere Lächeln durchwebt von unantastbarer Freude. Die Nacht ist dunkel, die Glühwürmchen leuchten so hell wie das Licht, das in uns glüht und sich in unseren Gesichtern spiegelt. Ich schmiege mich in Cals Arm, mit dem er mich so fest an sich drückt, als wollte er mich nie wieder gehen lassen. Emma sitzt mir gegenüber und krümmt sich vor Lachen.

Ich erinnere mich an den Moment.

Cals und Emmas Vater rief: »Bereit?«

Waren wir nicht, aber er hat das Foto dennoch geknipst.

Dann fragte er uns noch einmal, und noch einmal, und noch einmal, bis wir, ein heilloses Durcheinander aus albernem Kichern und Schnauben, halb übereinanderfielen.

Wir waren niemals bereit.

Und gleichzeitig waren wir es schon immer gewesen.

Ich presse einen Finger auf das Foto und fahre die Gesichter nach, die seit fast einem Jahrzehnt nur in meiner Erinnerung leben.

Wo bist du, Callahan Bishop? Wohin bist du gegangen?

Vielleicht ist er jetzt ein ganz anderer Mensch. Jemand Neues, jemand, den ich kaum wiedererkennen würde. Dennoch klammere ich mich an die Hoffnung, dass der Junge, den ich geliebt habe, noch irgendwo da draußen ist.

Hoffnung.

Hoffnung ist der Grund, weshalb ich hier bin – sie liegt nicht nur in meinem Namen, sondern auch in meinem Blut.

Aber das Problem mit der Hoffnung ist wohl, dass sie nichts weiter ist als ein Gefühl, und Gefühle sind flüchtig.

So wie wir.

Ich weiß nicht viel über Cal Bishop. Alles, was ich weiß, ist, dass ich die mir verbleibende Zeit nutzen werde, um die verlorene aufzuholen.

Ich weiß es jetzt … ich muss ihn finden.

Ich muss meinen alten Freund finden.

KAPITEL 2

12.3.2013

„Trügerische Kadenz"

Eine trügerische Kadenz entsteht, wenn eine Akkordfolge scheinbar zu Ende geht, in Wirklichkeit aber fortläuft. Es ist ein musikalischer Trick, ein Werkzeug, das mit den Erwartungen des Zuhörers spielt und das ich ziemlich toll finde. Ich habe darüber nachgedacht, wie sich ein solcher Begriff auf Situationen im echten Leben anwenden lässt. Alltägliche Dinge. Man glaubt, man weiß, was kommt, dabei weiß man es nie wirklich. Und manchmal, wenn man denkt, dass etwas zu Ende geht, ist es eigentlich der Anfang von etwas Schönem.

Das ist so ähnlich wie damals, als die Nachbarn umgezogen sind. Ich war fünf und mochte ihre Katze so sehr, dass ich eine ganze Woche lang geweint und gedacht habe, das wäre das Ende der Welt. Aber dann passierte etwas ziemlich Cooles: Eine neue Familie zog in das Haus ein. Und sie hatten nicht nur eine Katze, sondern etwas noch viel Besseres.
Sie hatten Lucy.

Toodles,
Emma

* * *

Ich bin keine Stalkerin. Zumindest technisch gesehen nicht.

Nun, vielleicht doch auch technisch gesehen – dafür müsste ich die genaue Definition nachschlagen –, aber meine Absichten sind weit davon entfernt, boshaft zu sein, und das ist es, was zählt.

Das hoffe ich zumindest.

Neugierde durchströmt mich, als ich die Autotür mit dem Absatz meiner Sandale zudrücke und den abgenutzten Schriftzug des Autohausschildes vor mir betrachte.

Cal's Corner.

Es ist ein kleiner Laden, der sich passenderweise in eine Ecke schmiegt. Die Straße, an der er liegt, ist nicht sehr befahren, sodass sich das Geschäft stark auf Mundpropaganda und eine treue Kundschaft verlassen muss. Am Tag zuvor habe ich mich auf die Suche nach Cal gemacht und den Streifzug erfolgreich abgeschlossen. Ausgestattet mit nichts als einem Namen und dem halb verschwommenen Gesicht eines fünfzehnjährigen Jungen, bin ich von Haus zu Haus geschlendert, als wäre ich eine Truppenführerin, die um Bestellungen für Pfadfinderkekse wirbt. Irgendwann hat ihn schließlich eine ältere Frau erkannt.

»Cal? Cal Bishop?«

Strahlend habe ich dies mit einem aufgeregten Kopfnicken bestätigt. »Ja. Sie kennen ihn?«

»Oh, sicher«, antwortete die Frau. »Ihm gehört die Autowerkstatt in der Stadt. Er wohnte früher die Straße runter, bis sich seine Mama mit ihm auf und davon gemacht hat, nachdem …« Sie senkte den Kopf und fummelte an ihrer Brille herum. »Na ja, nachdem sie ein paar familiäre Probleme hatten.«

Ich schluckte, in meinem Magen wurde es heiß. »Ich weiß. Ich hab früher direkt nebenan gewohnt. Wir haben über die

Jahre den Kontakt verloren, und ich würde gern sehen, wie es ihm geht.«

»Es geht ihm gut, Liebes. In der Werkstatt wird hervorragende Arbeit geleistet – mein Mann Roy hat ständig Probleme mit seinem Auto, und Cal ist schnell und preiswert.«

»Das ist ja großartig.« Ich lächelte dankbar und voller Vorfreude, die es schaffte, den heißen Knoten in meinem Bauch zu vertreiben. »Danke für die Information.«

»Kommen Sie gern wieder vorbei und lassen Sie mich wissen, wie das Wiedersehen lief. Ich bin eine einsame alte Schachtel, die neuen Klatsch und Tratsch braucht.«

Mit einem Lachen verabschiedete ich mich und konnte in den darauffolgenden vierundzwanzig Stunden an nichts anderes als an ein Wiedersehen mit Cal denken.

Bewaffnet mit einem Teller frisch gebackenem Bananenbrot, meinem fragwürdigen Lebenslauf und einem nervösen Lächeln auf den Lippen, steuere ich auf die zinngrauen Ziegelsteine und die silbrige Tür zu, die mich an der Vorderseite des Gebäudes begrüßen. Ein Glöckchen bimmelt, als ich eintrete. Ich schaue auf und entdecke ein Paar Weihnachtsglocken, die mit rotem Band und Stechpalmen-Deko aus Plastik zusammengeschnürt worden sind. Es wäre mir vermutlich nicht aufgefallen, wenn wir nicht gerade August hätten, aber wer bin ich, um darüber zu urteilen. Ich liebe Weihnachten – nicht nur, weil es zufällig auch mein Geburtstag ist.

Mein Blick wandert durch den Empfangsbereich, als sich die Tür hinter mir schließt. Abgesehen von diesem Klecks von festlichem Flair ist die Gesamtästhetik kalt und wenig einladend. Zwei Klappstühle werden durch einen Holztisch getrennt, den sich wohl jemand bei einem Garagenverkauf in den Achtzigerjahren aus der Zu-verschenken-Tonne geschnappt haben muss. Darauf entdecke ich einen Stapel zerlesener Autozeitschriften. Ich rümpfe die Nase, als ich die Mischung aus Autogasen und

Schweiß wahrnehme. Nichts, was man nicht mit ein paar Lufterfrischern oder einem Wachserhitzer leicht beheben könnte. An der gegenüberliegenden Wand steht ein verlassener Empfangstresen, der in Stapeln von Schnellheftern und zahlreichen Notizen ertrinkt. Ich kann mir denken, warum dieser kleine Laden Hilfe braucht.

Lächelnd lege ich meinen Lebenslauf und meinen Bananenbrot-Teller auf einem der Stühle ab und hoffe, dass ich die Gelegenheit haben werde, dem Geschäft meines alten Freundes neues Leben einzuhauchen.

»Kann ich Ihnen helfen?«

Eine tiefe, raue Stimme lässt mich herumwirbeln, und ich stehe einem hochgewachsenen Mann mit dunklem, leicht strubbeligem Haar gegenüber. Er wischt sich die Hände an einem Lappen ab, während er mich mit vorsichtiger Neugier mustert.

Als dieser beeindruckend groß gewachsene Typ auf mich zukommt, der zu gleichen Teilen mit Öl und Tinte beschmiert ist, bin ich überzeugt, dass es sich um einen von Cals mürrischen Mitarbeitern handeln muss.

»Hi!« Ich schenke ihm mein strahlendstes Lächeln.

Schweigen.

Er starrt mich einfach an, ohne zu blinzeln, und schafft es, alles im Umkreis von fünf Meilen einzuschüchtern, sogar die Orchidee auf dem Empfangstresen. Ich schwöre, sie verwelkt direkt vor meinen Augen.

Ich räuspere mich und beginne, an meinem Daumenring herumzuspielen. Ein paar Meter entfernt entdecke ich einen großen Ölfleck auf dem Boden und frage mich, ob er auch als schwarzes Loch dienen würde, in das ich hineinspringen könnte. »Ähm, also, mein Name ist Lucy. Lucy Hope. Ich bin mit Cal aufgewachsen, und ich hab mich gefragt …«

»Ich weiß, wer du bist.«

22

Meine Lippen formen ein *O*. »Wirklich? Cal hat mich erwähnt?« Das ist seltsam. Wir haben neun Jahre lang nicht miteinander gesprochen, und ich würde gerne glauben, dass ich nicht mehr wie eine schlaksige Dreizehnjährige aussehe mit Zahnspange und ungleichmäßigem Pony, den ich mir damals mit einer stumpfen Schere selbst geschnitten hatte.

Da ich nicht weiß, was ich sonst tun soll, strecke ich meine Hand aus und schenke meinem Gegenübr ein Lächeln. »Schön, Sie kennenzulernen. Ist Cal da?«

Er betrachtet meine Hand, als sei die der infizierte Affe aus *Outbreak*. »Ja, ich geh ihn holen.«

Ein Seufzer der Erleichterung entweicht mir, als der Mann auf dem Absatz kehrtmacht und sich von mir entfernt.

Doch als er nach wenigen Schritten wieder zurückkommt, bin ich ehrlicherweise irritiert.

Die unglaublich muskulösen Arme über der Brust verschränkt, blickt er mit hellbraunen Augen erwartungsvoll auf mich herab. Es sind Augen, die in mir ein Kribbeln des Wiedererkennens auslösen. Ich blinzle, dann atme ich scharf ein, und mein Herz beginnt wie wild zu pochen, als ich begreife. »Cal«, hauche ich.

Ich spüre, wie sein undurchdringlicher Blick kleinste Risse bekommt, als sein Name meine Lippen verlässt, doch er erholt sich schnell wieder. »Was machst du hier?«

Anscheinend ist er nicht in der Lage, mehr als fünf Worte von sich zu geben. Was mich jedoch am meisten erstaunt, ist, dass ich nicht einmal ein einziges zustande bringe.

Ich bin wie in Trance.

Erinnerungen werden wach, als würde ich ein altes Lieblingslied hören, das seit Jahren nicht mehr gespielt wurde. Mein Körper summt vor Nostalgie. Ich kann nicht anders, als eine Million Momente in meinem Kopf durchzuspielen, vom Versteckspiel im Garten über geheime Burgen und Freundschaftspakte bis hin zu Übernachtungen mit Emma, die Cal immer mit dummen Streichen und Unfug zu torpedieren versucht hat.

Er sieht jetzt ganz anders aus. Der Junge, den ich kannte, strahlte Weichheit und Wärme aus, der fünfundzwanzigjährige Cal aber wirkt unnahbar und schroff. Hätte ich nicht noch den Klang seines Lachens im Ohr, hätte ich vielleicht Angst vor ihm.

Groß war er zwar schon immer, aber in seiner Jugend eher der schlaksige Typ. Sportlich, aber dünn. In seinem ersten Jahr an der Highschool war er ein Star-Basketballspieler, bevor …

Bevor sich alles änderte.

Trotz der Sleeve-Tattoos, die seine gebräunten Arme zieren, trotz der Bartstoppeln am Kinn und des beeindruckenden bulligen Körperbaus sind seine Augen die von früher. Leuchtend, hellbraun, fast kupferfarben. Wellen aus weichem, dunklem Haar fallen ihm über die Stirn; ein Anblick, der mir sehr bekannt vorkommt.

Er fährt sich durch die Strähnen und wirft den Lappen auf einen Beistelltisch neben sich.

Die Geste holt mich in die Realität zurück. Ich fummle am Ende meines Zopfes herum und atme tief ein. »Tut mir leid, dass ich dich nicht erkannt habe. Ist schon so lange her.«

In seinem Kiefer zuckt ein Muskel. Cal senkt den Blick, schaut dann wieder auf und mustert mich kurz. »Du siehst aus wie immer.«

Ich habe das Gefühl, dass das kein Kompliment ist, nicke aber trotzdem. Mein Haar hat sich im Laufe der Jahre von honigfarben zu hellbraun gewandelt, wie Kaffee mit extra viel Sahne. Es ist lang und dicht, oft in einem unordentlichen Dutt oder zu einem seitlichen Zopf gebunden, um es im Zaum zu halten. Meine Brüste wuchsen erst, als ich fast siebzehn war, also habe ich jetzt Kurven, die durch mein Wickelkleid noch betont werden.

Aber meine Augen sind immer noch von dem gleichen rauchigen Blauton.

Und mein Herz schlägt so wie damals.

Ich merke, dass ich seine Frage nicht beantwortet habe, als er eine Augenbraue hochzieht und abwartend den Kopf schief legt.

»Nun!«, zwitschere ich und kompensiere damit das lange Schweigen. »Jedenfalls bin ich hier, um mich nach der Stelle am Empfang zu erkundigen. Ich hatte gehofft, ich könnte mich bewerben.«

Denn ich bin fünfzehn Mal hier vorbeigefahren, seit ich in das Haus deiner Kindheit gezogen bin und gesehen habe, dass du jemanden einstellen willst.

Mein Lächeln wird immer breiter, es wirkt vermutlich ein bisschen verrückt.

Cal streicht sich mit dem Daumen über die Unterlippe, während er mich betrachtet und über meine Worte nachdenkt. Schließlich seufzt er und schaut zur Seite. »Ich suche niemanden.«

Nicht gerade unauffällig werfe ich einen Blick auf das riesige Schild mit der Aufschrift: *Aushilfe gesucht*. Als mein Blick wieder auf Cal fällt, sage ich: »Oh, ich muss mich verlesen haben.«

»Die Stelle ist bereits besetzt.«

Während ich meine Unterlippe zwischen die Zähne sauge, fällt mir der traurige, leere Empfangstresen mit der welken Orchidee auf. Überall in dieser Nische stapeln sich Quittungen und Dokumente, ein sicheres Zeichen dafür, dass dieser Ort von einem Haufen unorganisierter Mechaniker geführt wird.

Was bedeutet, dass er *mich* nicht einstellen will.

»Verstehe«, nicke ich und zwinge mich, mein Lächeln aufrechtzuerhalten, auch wenn Tränen meine Sicht verschleiern. »Tut mir leid, dass ich deine Zeit verschwendet habe.«

Er runzelt ein klein wenig die Stirn, dann zeigt er auf den Teller mit Bananenbrot hinter mir auf dem Stuhl. »Was ist das?«

»Bananenbrot. Das war mal dein Liebstes.«

Sein Blick verfinstert sich zusehends.

Anscheinend habe ich ihn irgendwie beleidigt.

Ich folge seiner Blickrichtung und schlucke. »Selbst gemacht. Keine Walnüsse. Die hast du immer rausgepickt, als wir Kinder waren.« Meine Wangen brennen, als das Schweigen andauert. Ich hasse zu langes Schweigen und denke mir oft lächerliche Dinge aus, um die schreckliche Leere zu füllen. Einmal habe ich angefangen, die Präsidenten unserer Nation in einer linearen Zeitleiste aufzuzählen, weil ich nicht wusste, was ich sonst tun sollte.

Cal verschränkt die Arme vor der Brust, sein Bizeps spannt sich an. Ich gebe mein Bestes, um ihn nicht anzugaffen, und lenke meinen Blick schnell auf die unleserliche Miene, mit der er mich niederstarrt.

Sein Gesicht hat etwas Raues an sich, das nicht ganz ungeschliffen ist. Lange, geschwungene Wimpern und volle Lippen mildern die scharfen Kanten seines Kiefers und den zynischen Ausdruck in seinen Augen ab. Ich bemerke einen Ölfleck auf seinem Wangenknochen und würde ihn am liebsten mit dem Daumen wegwischen. Stattdessen spiele ich weiter mit meinem Haar.

Das Schweigen dauert so schmerzhaft lange, dass mir ein Redeschwall als der einzig mögliche Ausweg erscheint. »Also, ja«, fahre ich mit wackeliger Stimme fort. »Lass dir das Bananenbrot schmecken. Und hab einen tollen Tag, natürlich. Es war … wirklich schön, dich wiederzusehen, Cal. Vielleicht können wir …«

»Schön, dich wiedergetroffen zu haben, Lucy.«

Die Wahl seiner Worte ist zwar ganz nett, doch sein Ton ist distanziert. Dass er mich mitten im Satz unterbricht, ist ein deutliches Zeichen dafür, dass ich abhauen soll.

Ich nicke ein halbes Dutzend Mal mit einem dahinwelkenden Lächeln und drehe mich zur Tür. Als ich sie aufstoße und hinausgehe, spüre ich seinen Blick in meinem Rücken, doch er sagt nichts weiter. Er hält mich nicht auf, und ich habe das Gefühl, dass die Glöckchen auf meinem Weg nach draußen weit weniger fröhlich klingen als beim Eintreten.

Niedergeschlagen schlurfe ich zu meinem Volkswagen, meine Sandalen klappern im Takt meines pochenden Herzens. Kraftlos lasse ich mich auf den Fahrersitz fallen, schließe die Tür und lehne meine Stirn gegen das Lenkrad.

Ich bin mir nicht sicher, was ich erwartet hatte, aber das war es nicht.

Nicht diese kalte, abweisende Version des süßen Jungen, mit dem ich aufgewachsen bin und von dem ich gedacht habe, dass ich ihn eines Tages heiraten würde. Das waren natürlich kindliche Fantasien, dennoch hatten sie damals ihre Berechtigung. Cal war liebenswert, freundlich und lustig und behandelte mich nie wie die lästige Nachbarin oder die nervige Freundin seiner kleinen Schwester.

Er war auch *mein* Freund.

Jetzt ist er ein Wildfremder – ich nehme an, das passiert, wenn man fast ein Jahrzehnt lang keinen Kontakt mehr zueinander hat. Dabei habe ich ja versucht, ihn zu finden. Seine Mutter hat nach dem, was passiert ist, sozusagen ihr Leben entwurzelt, ihr Haus zum Verkauf gestellt und ist innerhalb weniger Monate umgezogen. Kein Abschied, keine Kontaktinformationen. Im Laufe der Jahre habe ich mehrmals versucht, Cal über Social Media zu finden, ohne Erfolg. Manchmal frage ich mich, ob er vielleicht nur ein Geist gewesen ist. Ob Emma und Cal am Ende nur imaginäre Freunde gewesen sind, die ich mir ausgedacht habe, um jene Einsamkeit zu vertreiben, die damit einhergeht, wenn man als krankes Kind aufwächst.

Klatsch!

Ich stoße mir vor Schreck fast den Kopf an der Decke, als etwas gegen die Fensterscheibe neben mir knallt. Ich lege mir eine Hand auf die Brust, drehe den Kopf und entdecke meinen Lebenslauf, der gegen das Glas gepresst wird und mich verhöhnt. Als Cal ihn wegzieht und mit dem Finger in der Luft herumwirbelt – ein Zeichen für mich, das Fenster herunterzukurbeln –, hole ich tief Luft und gehorche.

Ich schwöre, dass er in der trüben Augustsonne noch furchteinflößender aussieht, aber das könnte auch daran liegen, dass ein riesiger Schatten sein Gesicht bedeckt.

Außerdem schaut er wirklich wütend drein.

»Was zum Teufel ist das?«, bellt Cal und fuchtelt mit dem Lebenslauf vor meinem Gesicht herum. Er stemmt seine andere Hand in die Hüfte, sein Blick ist anklagend.

»M-mein Lebenslauf«, stottere ich. »Ich weiß, dass meine Referenzen ein wenig zweifelhaft sind, aber ich verspreche, dass ich …«

»Nicht das.«

Ich blinzle und befeuchte meine Lippen. »Okay, also, Mr. Garrison ist nicht wirklich mein ehemaliger Chef. Er passt manchmal auf Key Lime Pie und Lemon Meringue für mich auf. Auf meine Hunde. Normalerweise nenne ich sie Kiki und Lemon, aber sie reagieren auch auf …«

»Nicht die verdammten Referenzen, Lucy. Die Adresse.«

Oh.

Ich schlucke, und meine Hände fangen sofort an zu zittern, während ich auf meinem Sitz herumrutsche und seinem Todesblick ausweiche. »Ach ja, richtig. Das hast du wohl bemerkt.«

»Ja, das habe ich«, sagt er, wobei seine Stimme so tief ist, dass sie beinahe dämonisch klingt. »Was hast du dir dabei gedacht?«

»Nichts. Ich meine, nichts Böses«, stottere ich. »Ich wollte mit meinem Erbe ein Haus kaufen, und alles andere hat sich irgendwie falsch und nicht nach einem Zuhause angefühlt. Und dann kam dein altes Haus auf den Markt, und ich hatte einfach dieses Gefühl – es rief nach mir, weißt du? Da war dieser … *Sog*. Ich wusste, dass es das richtige war.« Meine Lippe zittert erbärmlich, also beiße ich darauf. Dann füge ich mit einem Anflug von Hoffnung hinzu: »Du hast dir meinen Lebenslauf angesehen?«

Die Sehnen an seinem Hals spannen sich an, er kneift sich in den Nasenrücken. Obwohl ich hätte schwören können, dass er etwas sagen will, stößt er lediglich einen langen Seufzer aus, macht einen Schritt zurück und weigert sich, mich anzusehen. Mit einem letzten Blick auf den Lebenslauf dreht er sich zähneknirschend um und stiefelt davon.

Ich beobachte, wie sich seine Rückenmuskeln unter dem engen, ärmellosen Hemd zusammenziehen und seine Tätowierungen mit jedem wütenden Schritt bedrohlicher wirken. Als er hinter dem Gebäude verschwindet, atme ich tief durch und bleibe für eine Weile auf dem Parkplatz stehen.

Ich habe das Gefühl, in der Patsche zu sitzen.

Einem Mann, den ich seit fast zehn Jahren nicht mehr gesehen habe, zu sagen, dass ich sein altes Haus gekauft habe, während ich gleichzeitig sein Unternehmen ausfindig mache und mich dort um einen Job bewerbe, könnte ein paar rote Flaggen zum Wehen bringen.

Dabei habe ich es nur gut gemeint.

Cal hat keine Ahnung, wie es ist, in diesem Haus zu leben. Die Erinnerungen. Die Stimmung, die von denselben taupefarbenen Putzwänden ausgeht. Emmas Tagebucheinträge, die von einer wunderschönen Kindheit erzählen.

Eine Kindheit, die von ihm erfüllt ist.

Meinem Cal.

Als ich meine Wangen aufpuste und den Motor anlasse, dringen Stimmen von der Seite des Gebäudes zu mir herüber. Ich bemerke einen anderen, ebenso beeindruckend gebauten Typen, der an einem Auto schraubt.

»Wer war das? Der Mazda, an dem ich arbeite?«, fragt er unter einer Motorhaube hervor.

Laute Rockmusik mischt sich unter das Gespräch. Ich beobachte, wie Cal nach einer Zigarettenschachtel auf einem Regal greift, kurz zögert, sie dann wieder in das Fach zurückwirft und einen Kaugummi aus der Tasche zieht. »Nur jemand, der sich für die Stelle am Empfang beworben hat.«

»Hast du sie eingestellt? Sie war heiß.«

»Sie war unqualifiziert.«

Der Mitarbeiter taucht mit einer Art Schraubenschlüssel in der Hand auf. »Um Telefonate zu beantworten und Kreditkarten durchzuziehen? Scheiße, Cal, wir sind hier nicht im verdammten Ritz Carlton. Stell die heiße Schnitte ein.«

Cal schiebt sich den Kaugummi in den Mund. »Ich dachte, du wolltest, dass ich Edna zum Vorstellungsgespräch einlade.«

»Edna sieht nicht *so* aus. Vergiss, was ich gesagt habe.«

»Richte ihr aus, dass sie morgen um elf Uhr ein Vorstellungsgespräch hat.«

»Du bist ein Vollidiot.«

Cal zeigt dem Mann den Mittelfinger und stapft durch die Garage, während der Mechaniker kopfschüttelnd zu seiner Arbeit zurückkehrt.

Ich umklammere das Lenkrad so fest, dass meine Knöchel weiß hervortreten.

Unqualifiziert.

Vielleicht bin ich das auch, aber er hat nicht einmal einen Blick auf meinen Lebenslauf geworfen, bevor er mich weggeschickt hat, als wäre ich irgendjemand. Als hätten wir keine gemeinsame Vergangenheit, gespickt mit Erinnerungen an endlose Sommer, in denen wir Sterne zählten und Limonade und Bananenbrotstücke am Rande seiner Einfahrt verkauften. Als hätten wir keine bedeutende, kraftvolle Verbindung: seine *Schwester*.

Ich sage mir, dass es gut so ist, als ich die fünf Minuten nach Hause fahre und mein Heim betrete, umringt von fröhlich hechelnden Zungen und wackelnden Hundehintern.

Ich sage mir, dass es okay ist, während ich mir ein Honig-Cheddar-Sandwich zum Mittagessen zubereite und die Wassernäpfe der Hunde auffülle.

Ich sage mir, dass es egal ist, als ich zwischen den halb ausgepackten Kisten in Emmas altem Schlafzimmer umhertappe und mich auf den Boden setze, um unter dem losen Holzbrett ihr Tagebuch hervorzuziehen.

Aber die Lüge hält sich nicht aufrecht.

Als ich durch die zerknitterten Seiten ihres Tagebuchs blättere und ihre Worte zum Leben erwachen, kann ich nicht verhindern, dass mir die Tränen kommen, die wie durch einen gebrochenen Damm hervorschießen.

Leise weinend lasse ich mich zurücksinken, das Tagebuch an mein Herz gedrückt, und frage mich, warum sie mich verlassen hat.

Ich frage mich, warum sie mich beide verlassen haben.

KAPITEL 3

18.5.2013

„Herz und Seele"

Kennst du das Amateur-Klavierstück, das jeder Mensch auf diesem Planeten spielen kann? Es ist eines der einfachsten Lieder aller Zeiten, dabei heißt es „Heart and Soul", Herz und Seele – die beiden komplexesten und außergewöhnlichsten Dinge, die es gibt.

Ist das nicht seltsam?

Jedenfalls kommt Lucy nach dem Abendessen zum Übernachten vorbei, und ich kann es kaum erwarten, unsere Sommerpläne zu besprechen. Ich will eine Band gründen. Cal und ich am Klavier, Lucy an der Gitarre, und wir können alle singen.

Ich frage mich, ob sie mir erlauben, die Band Deceptive Cadence – trügerische Kadenz – zu nennen?

Oder … vielleicht Heart and Soul.

Schließlich ist Lucy mein Herz und Cal meine Seele.

Toodles,
Emma

Durch das bodentiefe Fenster strömt das pfirsichfarbene Licht des Sonnenuntergangs herein und passt zu dem Gefühl, das in mir aufsteigt, als ich die letzten Töne meiner Interpretation von *Losing My Religion* von REM, begleitet von einem Tamburin, singe. Ich bin so vertieft in die Musik, dass ich nichts anderes mehr wahrnehme.

Ich bin süchtig nach diesem Gefühl.

Singen, auftreten, etwas erschaffen. Ich war noch nie wirklich verliebt, aber diese Empfindung ist die einzige, die meiner Vorstellung von Liebe nahe kommt. Es liegt eine gewisse Magie darin, etwas Tiefgründiges mit jemandem zu teilen. Es ist fast so, als würde man einen Abdruck in der Seele eines anderen hinterlassen.

Bei der letzten Note grinse ich breit und schüttle mein Tamburin, bis das Klirren mit dem Applaus verschmilzt. Die Menge tobt, und ich kehre in das Hier und Jetzt der Weinbar zurück. Direkt vor dem Fenster höre ich, wie jemand sein Motorrad startet.

Nash steht hinter der Bar und klatscht, ehe er mir ein Glas meines üblichen Nach-dem-Auftritt-Rieslings einschenkt. Alyssa pfeift so nachdrücklich von einem der hohen Bartische aus wie eine dieser begeisterten Mütter, die ihren Kindern nach einem Tanzauftritt zujubeln. Ich schenke ihr ein dankbares Lächeln, bevor ich mich vom Hocker erhebe.

Vertraute Gesichter strahlen mich an, als ich meine Gitarre von der Bühne nehme und sie in die Luft hebe, um mich ein letztes Mal zu verbeugen.

»Danke, dass ihr alle heute Abend gekommen seid«, sage ich ins Mikrofon. Meine Stimme klingt fest, als ich mich an das Publikum wende. So unbeholfen ich im Alltag auch wirke, auf der Bühne bin ich ein anderer Mensch – ruhig und gelassen. Musik hat mir schon immer Selbstvertrauen gegeben. »Wie üblich bin ich euch dankbar, hier sein zu dürfen. Mein Name ist Imogen und ich werde auch nächste Woche mit weiteren mittelmäßigen Coversongs und suboptimalen Originalen für euch zurückkommen. Gute Nacht allerseits.«

Imogen ist mein Künstlername. Ich habe ihn aus Wertschätzung für Emma und ihre Lieblingspianistin Imogen Cooper gewählt. Immer noch grinsend, beuge ich mich vor, um meine Instrumente einzusammeln, und Alyssa brüllt: »*Arschgeil!*«

Am liebsten würde ich ihr den Mittelfinger zeigen, wenn ich dazu in der Lage wäre. Solche Gesten sind mir noch nie leichtgefallen. Stattdessen schüttle ich den Kopf, während das Lachen aus mir herauspurzelt, sammle mein Trinkgeld ein und packe zusammen.

Ich brauche gut zwanzig Minuten, weil so viele Gäste auf mich zukommen, um sich für die Show zu bedanken, mir für meine gute Arbeit zu applaudieren und mir heimlich ein paar Extrascheine zuzustecken. Ich nehme mir die Zeit, mich mit jedem Einzelnen zu unterhalten. Anerkennung und Stolz erfüllen mich von Kopf bis zu den Zehenspitzen, und das Lächeln hat mein Gesicht den ganzen Abend nicht verlassen.

Die Bliss Wine Bar ist brechend voll. Es ist Freitagabend, an dem ich, wie jede Woche, um sieben Uhr angefangen habe, ein kleines Livekonzert zu geben. Je öfter ich spiele, desto mehr Publikum scheint sich für meine Musik zu interessieren.

Meine Musik, die sowohl ein Teilzeitjob als auch ein therapeutisches Ventil ist.

Sie ist Medizin. Sie ist heilend.

Sie erinnert mich an Emma.

Meine zwei langen Zöpfe fallen mir über die Schultern, während ich den Rock meines Sommerkleids nach unten ziehe und schließlich meine Hummingbird-Gitarre in ihrem Koffer verstaue. Als ich auf den Tisch zusteuere, an dem meine beste Freundin sitzt, wartet bereits ein Glas Wein auf mich. Es steht auf einer Serviette, die mit einer vertrauten Handschrift bekritzelt ist.

Alyssa wackelt mit den Augenbrauen, als ich näher komme. »Er ist offensichtlich engagiert und hat eine tolle Handschrift«, bemerkt sie, den Stiel ihres eigenen Glases zwischen den Fingern. »Alles, was wir im Moment wissen müssen, sind sein Enneagramm, seine Liebessprache, sein Sternzeichen und seine Kreditwürdigkeit.«

Lachend verdrehe ich die Augen. Ich habe noch nie jemanden getroffen, der so ist wie Alyssa Akins. In der Highschool war sie die beliebte, pomponschwingende Ballkönigin, während ich die zurückhaltende Musikliebhaberin war, die ihre Freizeit mit Freiwilligenarbeit und karitativen Tätigkeiten verbrachte. Wer hätte gedacht, dass wir trotz unserer unterschiedlichen sozialen Stellungen so super zusammenpassen würden. Ich glaube, weil wir tief im Inneren gleich sind. Seelenschwestern. Während sie mühelos aus sich herausgehen kann und von allen bewundert wird, stellt sie sich nie über irgendwen.

Das fand ich heraus, als ich eines Nachmittags in der Nähe der Schule in einen kleinen Autounfall verwickelt wurde und Alyssa zufällig auf dem Weg zu ihrem Cheerleader-Probetraining vorbeifuhr. Sie bemerkte mich, wie ich zitternd und zu Tode erschrocken auf dem Bordstein saß, hielt an und blieb bei mir, bis meine Eltern auftauchten, wodurch sie die Hälfte ihres Trainings verpasste.

Aber das war ihr egal. Mir in einer Krise Trost zu spenden, war wichtiger.

Seitdem sind wir unzertrennlich.

Ich werfe Nash einen kurzen Blick zu und bekomme ein Zwinkern als Antwort. Mit warmen Wangen wende ich meine Aufmerksamkeit wieder Alyssa zu, die scheinbar verzweifelt seinen Namen in ihre Google-Suchleiste eingibt. »Er ist nett«, sage ich.

»Autsch. Der Todesstoß.«

»Er ist nicht wirklich mein Typ.«

Ihre Augen verengen sich. »Ich fange an zu glauben, dass dein *Typ* nur aus der vierbeinigen, flohgefährdeten Sorte besteht.«

Während sie das sagt, blicke ich hinunter auf die kurze Nachricht, die mit blauer Tinte auf meine Serviette geschrieben steht. Zufällig steht da: *»Ich habe einen Hund.«* Dazu gibt es eine ominöse Zeichnung eines Vierbeiners, der eher wie ein Lemur aussieht.

Okay, er kennt mich also ziemlich gut.

Ich beiße mir auf die Unterlippe, um zu verhindern, dass das Lächeln breiter wird. Jede Woche hinterlässt mir Nash Nachrichten auf Barservietten, in denen er all seine besten Eigenschaften und Charakterzüge aufzählt, in der Hoffnung, dass ich mit ihm ausgehe. Sein Engagement ist bewundernswert, und dass ich seine Annäherungsversuche ablehne, hat mit ihm persönlich nichts zu tun.

Es ist aus einem anderen Grund notwendig.

»Vielleicht ist es mir einfach lieber, durch dich zu daten, Lys.« Ich zucke mit den Schultern und nippe an meinem Wein.

Sie zieht eine Grimasse. »Ich weiß ehrlich nicht, warum. Der letzte Typ, mit dem es mir ernst war, war verheiratet. Mit zwei verschiedenen Frauen.« Offensichtlich einer plötzlichen Eingebung folgend, greift sie wieder nach ihrem Telefon. »Nash … Meltzer … Ehefrauen …«, murmelt sie, während sie tippt.

»Er ist nicht verheiratet«, sage ich und schüttle den Kopf. »Er hat ehrliche Augen.«

»Ted Bundy hatte ehrliche Augen.«

Ich ziehe die Nase kraus. »Gutes Argument. Halt mich auf dem Laufenden.«

Während Alyssa Miss Marple spielt, ziehe ich mein eigenes Handy aus der Tasche und überfliege die Benachrichtigungen, plaudere zwischendurch mit einer Handvoll Stammgäste und erwidere das Lächeln und Winken, das mir geschenkt wird.

Als ich mich gerade von einem Bekannten verabschiede, kommt eine Nachricht rein.

Unbekannte Nummer:
Morgen früh. 9 Uhr.

Ich starre mit zusammengekniffenen Augen auf den Bildschirm, das Gespräch über Ted Bundy ist mir noch frisch im Gedächtnis.

Ich:
Wer ist da?
Woher haben Sie meine Nummer?

Unbekannte Nummer:
Von da, wo auch steht, dass du in 919 S. Maple Ave wohnst.

Mein Magen verknotet sich vor Schreck.

Ich bin erledigt.

Er ist zu tausend Prozent ein Mörder, und mein Todeszeitpunkt ist morgen früh um neun.

Meine Hand beginnt zu zittern, als ich eine Antwort tippe.

Ich:
Tun Sie nur meinen Hunden nicht weh.

Es vergehen einige Minuten, bis er antwortet.

Unbekannte Nummer:
Wovon zum Teufel redest du da?

Ich schürze die Lippen, starre auf das Display hinunter und stelle schließlich fest, dass ich wahrscheinlich voreilige Schlüsse gezogen habe. Ein echter Killer würde mir niemals eine Warnmeldung schicken.

Ich versuche, einen Rückzieher zu machen.

Ich:
Egal.
Wovon reden SIE?

Unbekannte Nummer:
Ein Vorstellungsgespräch, Lucy. Mein Gott.

Das Grauen verwandelt sich in ein flatteriges Kitzeln. Wie ein kränklicher Schmetterling, der wieder zu fliegen beginnt.

Ich:
Cal?

Ich speichere seine Nummer in meinen Kontakten ab, als er auch schon eine Antwort schickt.

Cal:
Komm nicht zu spät.

Alyssa blickt interessiert auf meine eifrig tippenden Daumen. »Wer ist das?« Sie schnappt nach Luft. »Ein Typ? Ist er der Grund, warum du Nash abblitzen lässt?«

»Ich lasse Nash nicht abblitzen. Wie sollte ich das auch machen?«, entgegne ich, während ich immer noch tippe und weitere Schmetterlinge in meinem Bauch herumflattern. »Er hat mich ja gar nicht um ein Date gebeten.«

Ich klicke auf *Senden*.

Ich:
Danke schön!
Und tut mir leid!
Wir sehen uns morgen!
:)

»Viel zu viele Ausrufezeichen!«, schreit mir Alyssa ins Gesicht.

Ich schrecke zurück und blinzle.

»Siehst du?«, sagt sie, und ihr langer, sonnenstrahlblonder Bob streift ihre Schultern.

»Verdammt. Ich klinge wirklich übermäßig koffeinlastig. Wie kann ich die Nachricht zurückholen?« Der Text zeigt fast augenblicklich »gelesen« an, also massiere ich mir mit den Fingerspitzen die Schläfen und hoffe, dass ich es nicht schon völlig vermasselt habe. »Er hat die Ausrufezeichen gesehen«, sage ich, mit einer Grimasse an meine beste Freundin gewandt.

»Na ja, vielleicht findet er sie charmant. Vielleicht wird er …«

Ich versuche bereits, den Schaden zu begrenzen, indem ich eine weitere Nachricht abschicke.

Ich:
Entschuldigung, ich war nur aufgeregt.
Ich weiß diese Gelegenheit wirklich zu schätzen.

Stirnrunzelnd starre ich auf das Display. »Jetzt sieht es so aus, als ob ich verärgert wäre. Ausrufezeichen zeigen Begeisterung.«

In Panik tippe ich weiter.

Ich:
Schönen Abend noch! :) :)

»Oh mein Gott, Lucy. Du machst es nur noch schlimmer.«

Alyssa reißt mir das Telefon aus der Hand und hält es als Geisel, bevor ich noch mehr vermasseln kann.

Ich greife nach dem Weinglas und trinke einen Schluck, wobei ich unruhig mit den Füßen auf der Sprosse des Hockers wippe. Ich nehme drei weitere, riesige Schlucke und atme tief ein. »Entschuldigung. Er ist mein potenzieller Chef, und diese Stelle bedeutet mir sehr viel. Ich hab nicht gedacht, dass ich eine Chance hätte, aber dann hat er mir jetzt aus heiterem Himmel eine Einladung zum Vorstellungsgespräch geschickt.«

»Ooh.« Sie schürzt die Lippen und beäugt mich neugierig. »Was ist das für ein Job?«

»Telefondienst in einer Autowerkstatt.«

»Das klingt schrecklich.«

»Na ja, ich hab ihn mal gekannt«, erkläre ich. »Er ist der Besitzer.«

»Also ist er heiß.«

Nervös beiße ich mir auf die Innenseite meiner Wange. »Das hab ich nicht gesagt.«

»Und dennoch ein klarer Fall«, sagt sie. »Niemand will unbedingt in einer Autowerkstatt arbeiten und sich mit wütenden Kunden herumschlagen, die ihr Auto zum Ölwechsel bringen, nur um dann eine Zweitausend-Dollar-Rechnung vor den Latz geknallt zu bekommen. Offensichtlich ist er heiß, und du willst ihn flachlegen.«

Die Sonne steht jetzt tiefer am Himmel, sodass nur ein schwaches, dunstiges Licht durch das Glas dringt, aber es könnte genauso gut ein glühender Feuerball sein. »Nein.«

»Wie sieht er aus?«

»Als wäre er so kurz davor gewesen, eine Rolle bei *Sons of Anarchy* zu bekommen«, sage ich und kneife Daumen und Zeigefinger zusammen. »Groß und muskulös, viele Tattoos. Unrasiert und rau. Ständiger finsterer Blick.«

Ihre Augen werden riesengroß. »Du hast gerade meinen zukünftigen Ehemann beschrieben. Name?« Alyssa – bereits im Recherchemodus – greift nach ihrem Telefon.

»Cal Bishop. Ihm gehört Cal's Corner, die Autowerkstatt ein paar Meilen von meinem neuen Haus entfernt. Wir waren Kindheitsfreunde, und–«

»Heilige Scheiße, Lucy.«

Ein Telefondisplay wird mir vor die Nase gehalten, während ich mich zurücklehne, damit ich sehen kann, was sie mir zeigen will. Als der Artikel sichtbar wird, lese ich die Überschrift: *Einheimischer kauft Autowerkstatt zurück, die ursprünglich seinem verstorbenen Vater gehörte.*

Mein Herz schwillt an vor Stolz und Wehmut, während ein Lächeln meinen Mund umspielt. Ich wusste, dass Cals und Emmas Vater mit Autos zu tun hatte, aber nicht, dass er der vorherige Besitzer der Autowerkstatt war. Rührseligkeit lässt meine Augen brennen, ehe ich die Stirn runzle.

»Moment, wie hast du das rausgefunden? Ich hab seinen Namen schon hundertmal bei Google eingegeben.«

»Ich hab nach ›Cal's Corner‹ gesucht und ein bisschen nach unten gescrollt«, sagt Alyssa und schüttelt das Telefon, als ob ich dadurch das Bild besser sehen würde. »Aber vergiss den Artikel. Sieh dir das Foto an. Dein neuer Chef. Er war dein Nachbar von nebenan, zu dem du den Kontakt verloren hast, richtig?«

»Genau, das ist er«, bestätige ich und schiebe ihren Arm weg. »›Neuer Chef‹ ist anmaßend, wenn man bedenkt, dass ich keine Ahnung habe, wie man richtig telefoniert. Hat er geantwortet?« Ich knete die Hände in meinem Schoß, dann greife ich nach dem Weinglas, das leider leer ist.

Alyssa wirft einen Blick auf mein Handy, das sie auf ihre Seite des Tisches gelegt hat. Mit einem Kopfschütteln überbringt sie mir die niederschmetternde Botschaft. »Nichts. Er hat die Nachricht gelesen, aber nicht geantwortet.«

»Gott, ich hab's ruiniert.«

»Für mich sieht er nicht wie ein Vieltexter aus«, bemerkt sie, während sie immer noch das Foto von Cal anstarrt. Sie schürzt anerkennend ihre mattbeerenfarbenen Lippen. »Schweigsam, grüblerisch. Wahrscheinlich besitzt er ein Motorrad. Definitiv ein Tier im Schlafzimmer.«

Meine Haut überzieht sich mit Röte, und ich beginne reflexartig, mir mit der Speisekarte der Bar Luft zuzufächeln. »Er hat wahrscheinlich eine Freundin. Oder ein Dutzend.«

»Ja, das ist sehr gut möglich. Ich stelle mich aber gern mit in die Schlange.«

Als ich endlich mein Telefon wiederhabe und mich vergewissere, dass Cal tatsächlich nicht auf meine Nachrichten geantwortet hat, schlendert Nash mit zwei frischen Gläsern Weißwein an unseren Tisch. Dunkelgrüne Augen fangen das letzte flüchtige Tageslicht ein und funkeln mich an.

»Danke«, sage ich, nehme den Nachschub an und schenke ihm ein schüchternes Lächeln.

Er zwinkert. »Aber sicher doch.«

Nash ist gut aussehend. Lausbubenhaft niedlich, mit ausgeprägten Grübchen und dicken karamellblonden Locken, die an die Farbe von Honigwaben erinnern.

Diese Grübchen stechen gerade regelrecht hervor und wirken wie kleine Waffen, die direkt auf mich gerichtet sind.

»Ich mag deine Zeichnung.« Ich zeige mit dem kleinen Finger auf den Lemurenhund auf der Serviette. »Sehr niedlich.«

»Ja? Das ist Buttons. Ich werde das Kompliment weitergeben.«

»Großartig.« Unser Lächeln wird gleichzeitig breiter, und ich neige den Kopf.

Nash klopft mit den Fingerknöcheln auf den Tisch und tritt einen Schritt zurück. »Gebt mir Bescheid, wenn ihr noch was braucht«, sagt er, sein Blick wandert zu Alyssa und dann wieder zu mir. Unsere Blicke bleiben noch einen Moment lang aneinander haften, bevor er sich abwendet und zurück zur Bar geht.

Alyssa seufzt und greift nach dem neuen Glas Wein. »Du solltest mit ihm schlafen.«

Meine Wangen brennen, als ich meinen Finger um einen meiner Zöpfe drehe. »Er ist wahrscheinlich ein Aufreißer. Ich habe ihn vor ein paar Minuten mit einem anderen Mädchen flirten sehen.«

»Okay, aber er hinterlässt ihr keine süßen kleinen Serviettenzettel. Ich sage, schnapp ihn dir.«

Ich zucke mit den Schultern, auch wenn ich weiß, dass ich ihn mir nicht »schnappen« werde.

Ich habe gesehen, was Beziehungen bewirken können. Aus Serviettennotizen werden Verabredungen, aus Verabredungen werden Küsse und dann Sex und dann *Liebe* und dann …

Und dann ist da Jessica.

Ich kann niemals Jessica sein.

»Jedenfalls«, sage ich zu Alyssa, springe vom Hocker und trinke noch einen Schluck Wein, bevor ich ihr den Rest überlasse, »muss ich jetzt los. Ich hab morgen ein Vorstellungsgespräch.«

»Viel Glück, Babe.« Sie umarmt mich fest, ihr nach Kaugummi duftendes Körperspray kitzelt in meiner Nase. »Berichte, wie es gelaufen ist.«

»Das werd ich. Wir sehen uns nächste Woche.« Ich hänge mir meinen Gitarrenkoffer über die Schulter, winke ihr zu und nehme Blickkontakt mit Nash auf, bevor ich zur Tür schlendere.

Er schenkt mir sein mit Grübchen garniertes Zwinkern, als mein Handy in der Tasche meines Kleides pingt. Ich fische es heraus und werfe einen Blick auf das Display.

Cals Name leuchtet auf.

Cal:
Dir auch

Diese beiden Worte bringen mich auf dem ganzen Heimweg zum Lächeln, während ich an ein kleines Mädchen denke, das ich so sehr vermisse.

Trügerische Kadenz: Wenn man glaubt, dass etwas zu Ende geht, ist es eigentlich der Anfang von etwas Schönem.

KAPITEL 4

Ich bin spät dran.

Es gibt nichts, was mir mehr Angst macht, als zu spät zu kommen. Ich habe es sogar in meinen Lebenslauf gepackt: *PÜNKTLICH UND FIX*. In Großbuchstaben, um es noch mal zu betonen.

Und nun bin ich eine Lügnerin. Eine *verspätete* Lügnerin.

Zugegeben, den Stromausfall gestern Abend habe ich nicht vorhersehen können. Wir hatten nicht einmal schlechtes Wetter – es war eine dieser absurden Sachen, die wirklich niemand einplant.

Außer ich. Normalerweise plane ich *immer* verrückte Dinge ein. Ich fahre eine Stunde früher los, wenn der Weg auch nur fünf Minuten dauert – für den Fall, dass ein Zug liegen bleibt, eine neue Baustelle den gesamten Verkehr lahmlegt, ein Meteoritenschauer niedergeht oder ein unglücklicher Würfelwurf bei einer Partie *Jumanji* das ganze Universum aus den Fugen geraten lässt. Aber als ich gestern Abend mein Handy bei schwachen drei Prozent zum Aufladen einsteckte, konnte ich nicht ahnen, dass jemand mit seinem Auto einen Strommast rammen und die ganze Straße ohne Versorgung dastehen würde.

Also verendete der Akku meines Telefons, mein Wecker starb mit ihm und damit auch meine größte Hoffnung, eine Stelle als Empfangsdame bei Cal's Corner zu bekommen.

Die Glöckchen bimmeln, als ich durch die Eingangstür haste, und machen jeden in Hörweite auf meine Verspätung aufmerksam.

»Du bist früh dran.«

Cal tritt aus einem Büro hinter dem Empfangstresen heraus, er trägt ein schlichtes weißes T-Shirt und eine schwarze Jeans. Sein espressobraunes Haar sieht noch dunkler aus, wahrscheinlich feucht von einer Dusche, die noch nicht lang her zu sein scheint. Es ist ungekämmt und steht in alle Richtungen ab, dennoch schafft Cal es, das irgendwie attraktiv aussehen zu lassen. Um seinen Hals hängt eine silberne Kette, die er in den Kragen seines Shirts gesteckt hat, die Form des Anhängers kann ich nicht ausmachen.

Warte mal.

Als seine Worte einsickern, erwischen sie mich kalt, und mein Blick wandert instinktiv zu der staubigen Wanduhr. Die zehn nach neun anzeigt.

»Ich hatte neun Uhr dreißig gesagt«, erklärt er, als er meine Verwirrung bemerkt.

Das Vorstellungsgespräch war auf jeden Fall für Punkt neun Uhr morgens angesetzt – ein Mädchen vergisst seine imaginäre Todeszeit nicht. Aber ich akzeptiere das kleine Wunder und wähle diesen Moment, um an eine höhere Macht zu glauben.

»Richtig. So bin ich. Ich liebe es, früh dran zu sein.«

Ich sage es, als stünde es ganz oben auf meiner Interessenliste: Ich liebe einen gut gereiften Wein. Nasse Hundeküsse. Einen orangeroten Sonnenuntergang.

Zu früh dran sein!

Ich kratze mich am Schlüsselbein und fange an, an meinen Fingernägeln zu zupfen.

»Komm rein.« Cal nickt in Richtung des Büros hinter ihm und verschwindet darin.

Ich streiche mein Kleid glatt und folge ihm zu einem Schreibtisch, der mit Rechnungen und Ordnern übersät ist. Das Büro ist dunkel und muffig, ohne jeden Charakter oder persönliche Note. Keine Bilder, kein Schnickschnack. Nur ein schäbiger alter Schreibtisch, zwei Stühle und ein Aktenschrank in der Ecke des Raums, der mit Netzen einer Spinnenfamilie aus den 90er-Jahren verziert ist. Es juckt mich in den Fingern, die Jalousien zu öffnen und den Raum in natürliches Sonnenlicht zu tauchen, doch ich bleibe stehen und warte auf eine Anweisung.

Cal deutet mit der Hand auf einen leeren Stuhl und setzt sich auf seinen eigenen mir gegenüber. Er stößt einen langen Seufzer aus, der beinahe verärgert klingt, als er aufschaut und meinen Blick auffängt. »Tut mir leid wegen neulich. Ich hab gelogen, als ich meinte, die Stelle sei besetzt«, gibt er zu, lehnt sich zurück und verschränkt seine tätowierten Arme vor der Brust. »Ich dachte, wir fangen mit einem Vorstellungsgespräch an, um zu sehen, ob die Chemie zwischen uns stimmt und einer angenehmen Arbeitsumgebung dienlich ist.«

Ich bleibe an dem Wort *Chemie* hängen und beiße die Zähne laut klackend aufeinander. »Okay. Super«, bringe ich heraus. Ich bewege mich vorwärts, will auf dem Stuhl Platz nehmen, auf den er deutet, und verfehle fast den Sitz. Wärme steigt in meine Wangen, ehe ich meine Fassung wiedergewinne und mich räuspere. »Ich bin wirklich dankbar für das Gespräch, Cal. Ich weiß, dass ich nicht viel Erfahrung mit Autos oder Mechanik habe – nun ja, eigentlich gar keine, aber ich arbeite hart und bin extrem zuverlässig.«

In mir zieht sich alles zusammen. Im Grunde habe ich gerade zugegeben, dass ich in dem Bereich, für den ich mich bewerbe, über keinerlei Kenntnisse verfüge, aber hey, wenigstens tauche ich auf.

Cal hält meinen Blick noch eine Sekunde lang fest, bevor er wegschaut und nach einem Stift greift. »Kannst du dich am Telefon gut benehmen? Kannst du mit Kunden umgehen?«

»Ja. Ich kann gut mit Menschen umgehen.«

»Vorausgesetzt, du glaubst nicht, dass sie deine Hunde massakrieren wollen.«

Seine Miene ist so ernst, dass ich einen Moment brauche, um zu begreifen, dass er einen Scherz gemacht hat – *glaube* ich zumindest. Ich setze ein Lächeln auf.

»Tut mir echt leid, sorry noch mal. Ich kann wirklich gut mit Menschen umgehen, und ich lerne schnell. Ich bin sicher, dass ich dein Verarbeitungssystem und deine Software im Handumdrehen verstehen werde.«

Er macht sich ein paar Notizen und nickt. »Gut. Ich hab keine Zeit für Mikromanagement.«

»Okay. Das wird kein Problem sein.«

»Hier steht, dass du jederzeit verfügbar bist, außer Freitag- und Samstagabend und vorzugsweise sonntags«, sagt er, ohne aufzusehen.

»Ja ... wenn das in Ordnung ist. Ich kann Dinge umorganisieren, wenn es nötig ist, aber ich bin Musikerin und spiele jeden Freitagabend live. Gelegentlich auch am Samstagabend. Und sonntags arbeite ich ehrenamtlich bei *Forever Young*, einem örtlichen Tierheim.«

Er hebt den Blick. »Dürfte in Ordnung sein. Wir schließen unter der Woche um sechs und haben sonntags zu.«

»Oh, das klingt perfekt«, lächle ich. »Mit diesem Zeitplan kann ich definitiv arbeiten.«

Cal schnippt mit dem Ende seines Stifts gegen seinen gelben Notizblock und mustert mich wieder. Seine Augen verengen sich, als er fragt: »Du machst Musik?«

Ich bin mir nicht sicher, ob er Interesse an meinem Leben zeigt oder ob das irgendwie mit der Stelle zu tun hat, aber ich hänge an der Frage, als wäre es meine Sauerstoffmaske, die bei einem abstürzenden Flugzeug aus der Kabinendecke fällt. »Ja. Ein bisschen von allem, aber hauptsächlich singe ich und spiele

Gitarre. Eigentlich wollte ich Songwriting studieren. Leider ist meine Gesundheit …« Ich breche ab und knabbere an meiner Lippe, weil ich nicht sicher bin, wie viele persönliche Informationen ich preisgeben soll. »Na ja, ich war eine Weile im Krankenhaus. Jetzt geht es mir wieder gut, du musst dir also keine Sorgen wegen meiner Einsatzfähigkeit machen. Und dann ist mein Vater gestorben, und ich hatte Schwierigkeiten, mich zu konzentrieren …«

»Dein Vater ist gestorben?« Cal zieht die Augenbrauen zusammen, auf seinem Gesicht liegt ein Hauch von Sorge. »Tut mir leid. Das wusste ich nicht.«

Ich lächle gerührt. »Danke. Er hatte Krebs. Es war wirklich schwer für mich und meine Mutter.«

Wir starren uns ein paar angespannte Herzschläge lang an. Erinnerungen tanzen zwischen uns, und ich frage mich, ob er auch gerade an die Familienlagerfeuer im Hinterhof Ende September denkt, als die Blätter von den Ahornzweigen schwebten und so unbeschwert wirkten – wie unser Lebensgefühl damals, von dem wir dachten, es würde ewig anhalten.

Cal blinzelt. Schatten stehlen das flackernde Licht in seinen Augen, er setzt die Maske wieder auf und lässt den Fremden zurück, der meinen alten Freund ersetzt hat. »Nun«, sagt er, räuspert sich und erhebt sich vom Stuhl. »Ich denke, das wird funktionieren. Du kannst morgen anfangen.«

Ich stehe ebenfalls auf, und mein Herz galoppiert unter meinem lavendelfarbenen Neckholderkleid. »Wirklich?«

Er zieht einen Kaugummi aus seiner Tasche, schält die Verpackung ab und steckt ihn sich in den Mund. Beiläufig lässt er den Blick über meinen Körper schweifen, seine Kiefermuskeln zucken, als er wieder bei meinem Gesicht angelangt ist. Er schluckt sichtbar und antwortet mit einem knappen »Ja«.

»Wow, okay … das bedeutet mir so viel. Ich hab wirklich …«

»Unter einer Bedingung«, unterbricht er mich.

Ich kaue auf meiner Unterlippe, falte die Hände zusammen und lasse die Daumen umeinander kreisen. »Ja, natürlich. Alles.«

Sein Blick ist hart, seine Haltung starr. Die kupferfarbene Iris verwandelt sich in Stahl, als er sagt: »Wir reden nicht über sie.«

Scharf stoße ich den Atem aus.

Ich sehe Emmas Gesicht vor mir, von ihrer sommersprossigen Nase bis zu ihrem brünetten Haar, das sie oft mit ihrem Lieblingszopfgummi zu einem Pferdeschwanz hochgebunden trug. Ich sehe, wie sie mir zuwinkt, während sie aus meinem Garten in ihren hinüberrennt. Ich höre, wie sie »*Toodles!*« ruft, als sie die Terrassentür erreicht und strahlend zu mir herüberlächelt, bevor sie hineinschlüpft.

Ich möchte nicht nicht über sie sprechen. Ich will nicht so tun, als gäbe es sie nicht.

Aber Cal starrt mich von seinem Schreibtisch aus mit einem finsteren Blick an, der mir sagt, dass ich keine andere Wahl habe. Diese »Bedingung« ist nicht verhandelbar. Seine Augen lodern und fordern mich heraus, ihm zu widersprechen.

Ich nicke langsam und tue das, was ich am besten kann. Ich lächle. »Ich verstehe.«

»Gut.«

Das ist alles, was er sagt, bevor er aus dem Büro stürmt und mich in einer Wolke aus Sandelholz und Gewürzen, einem Hauch von Minze und den Erinnerungen an ein Mädchen zurücklässt, das er am liebsten vergessen würde.

Bevor ich hinausgehe, fällt mir etwas auf dem Schreibtisch auf. Ich neige den Kopf und erkenne den Teller mit dem Bananenbrot.

Und dann wird aus meinem Lächeln ein echtes Grinsen, weil er nur die beiden Endstücke übrig gelassen hat – so wie damals, als wir Kinder waren.

KAPITEL 5

Da mir nie eine Startzeit genannt wurde, stehe ich am nächsten Morgen um sieben Uhr in einem sommerlichen zitronengelben Skaterkleid lächelnd und mit einem Korb selbst gebackener Apfel-Zimt-Muffins vor dem Laden. Meine Mundwinkel wandern noch ein Stück höher, als ich vierzig Minuten später Cal auf den Parkplatz fahren sehe.

Alyssa hatte recht. Er besitzt ein Motorrad.

Das Grollen des Motors und der leichte Benzingeruch lassen mich ein bisschen zurückschrecken, während ich beobachte, wie er gekonnt in einer Lücke zwischen zwei Autos zum Stehen kommt. Als er den Helm abnimmt, tauchen die Strahlen der frühen Morgensonne seine Züge in ein zartes Licht, das im Kontrast zu seinem harten Äußeren und seiner mürrischen Miene steht.

Cal fährt sich mit einer Hand durchs Haar, springt vom Motorrad und greift nach einer Thermoskanne aus Edelstahl, die am Sattelrohr des Motorrads befestigt ist. Als er mich an der Tür stehen sieht, winkend, mit meinem unordentlichen Dutt und dem breiten Grinsen, verdreht er die Augen und hält inne. Entweder hat er vergessen, dass er mich eingestellt hat, oder er bereut, dass er mich eingestellt hat.

»Guten Morgen!«, grüße ich fröhlich und winke weiter. Ich

bin mir nicht sicher, warum ich nicht einfach aufhöre – wahrscheinlich denkt sich mein Arm, wenn er lange genug diese Bewegung ausführt, fühlt Cal sich gezwungen, sie zu erwidern.

Er tut es nicht, stattdessen nickt er mir knapp zu, und ich schaffe es, meinen Arm zu überzeugen, dass es fast das Gleiche bedeutet. Ich lasse ihn sinken.

»Morgen«, sagt er mit einer ruppigen Prä-Kaffee-Stimme, die gut zu seinem jetzigen Ich passt. »Du bist wieder zu früh dran.« Er kramt mit der freien Hand in seinen Taschen und fördert einen Schlüssel zutage, während er auf mich zugeht und dabei jeden Blickkontakt meidet.

Unsere Arme berühren sich, als er sich an mir vorbeidrückt. Er riecht frisch geduscht, nach Gewürzen und erdigem Moschus, und ein seltsames Gefühl rieselt mir über den Rücken, sodass ich den Griff des Muffin-Korbs fester umklammere.

»Ich hab vergessen zu fragen, wann ich anfangen soll, also bin ich um sieben gekommen«, gebe ich mit einem Lachen zu.

Cal blickt mich über seine breite Schulter hinweg finster an. »Du stehst seit einer Stunde hier draußen rum?«

»Ja. Ich hab meine Kundenbetreuungsstimme geübt und mich durch zwei Muffins stressgegessen.«

Mit einem Blick auf den Korb schiebt er sich durch die Eingangstür. »Ich hatte schon fast erwartet, dass dir eine Horde Waldtiere folgt und auf ein Liedchen wartet.«

Okay, er *weiß* also, wie man Witze macht.

Ich beiße mir auf die Lippe und versuche, mein Lächeln zu verbergen, als ich ihm in den Eingangsbereich folge, wo mich die läutenden Glöckchen willkommen heißen. »Ist das ein Kompliment?«

»Ich weiß es noch nicht.« Er knipst das Licht an. »Du kannst deine Handtasche und deinen Kram am besten in den Pausenraum werfen.«

Ich versuche, der Richtung zu folgen, in die sein Finger zeigt, aber sie ist unspezifisch, also denke ich mir, dass ich den Weg dorthin schon finden werde.

Cal nimmt einen Schluck aus seiner Thermoskanne und betrachtet wieder die Muffins. »Backst du viel?«

»Ja«, sage ich und nicke. »Und ich wollte einen guten ersten Eindruck machen. Du weißt schon … bei den Jungs.«

Er stockt mitten im Schluck, sein Blick fokussiert mein Gesicht. »Dafür brauchst du keine Muffins, aber es schadet auch nicht.«

Meine Haut wird heiß, mein Inneres füllt sich mit Wärme. Ich bin mir ziemlich sicher, dass das ein Kompliment war.

Und, Schock des Jahrhunderts, ich hab keine Ahnung, was ich sagen soll.

Er runzelt ein wenig die Stirn, streicht sich mit der Hand über den Hinterkopf und fährt sich durch die Haare. Dann gibt er ein Geräusch von sich, das einem Grummeln oder vielleicht einem Seufzen ähnelt, und marschiert an mir vorbei in sein Büro. Ich stehe unbeholfen da, weiß nicht, ob ich ihm folgen soll oder nicht, und überlege fieberhaft, was ich sagen könnte, das relevant und normal ist. In Panik platze ich heraus: »Du arbeitest also mit Autos, ja?«

Ich sage es so, als ob ich ernsthaft daran zweifeln würde.

Eine Weile herrscht Schweigen, dann stürmt Cal mit einer Baseballkappe auf dem Kopf aus dem Büro. »Ja, Lucy, ich arbeite mit Autos.« Er geht hinter den Empfangstresen und fährt den Computer hoch, ehe er auf dem Barhocker davor Platz nimmt. »Die Jungs kommen gleich, dann kann ich dich vorstellen. Wir haben noch drei andere Mechaniker hier. Ike, Dante und Kenny. Gute Jungs, aber sag mir Bescheid, wenn sie dir Probleme machen.«

»Probleme?« Ich schlucke.

Er hebt kurz den Blick, bevor er etwas auf der Tastatur tippt.

»Wenn sie dich anmachen oder du dich unwohl fühlst. Die letzte Empfangsdame, die wir hier hatten, war Kennys Großmutter.«

»Oh.« Mein Lächeln verzieht sich. »Ich kann mich gut behaupten.«

»In Ordnung.« Cal beginnt wieder zu tippen. »Wirst du herkommen und zusehen, was ich hier mache?«

»Oh!« Ich lasse beinah den Muffin-Korb fallen, als ich durch den Raum eile und ihn zusammen mit meiner Handtasche auf einen Stuhl lege, dann sprinte ich hinüber zu Cal, der mit seiner riesigen Gestalt fast den kompletten Schreibtisch einnimmt. »Stimmt. Ich bin ganz Ohr. Und Augen. Und alle anderen Teile, die du von mir brauchst.« Ich wackle mit den Fingern, aber dann glühen meine Wangen, als sich eine weniger unschuldige Andeutung in mein Bewusstsein drängt. »Für die Arbeit«, füge ich hinzu und gestikuliere in Richtung des Computers.

Eine dunkle Augenbraue wölbt sich bis zu seinem Haaransatz. »Bist du morgens immer so aufgedreht?«

»Tut mir leid, ich bin nervös.«

»Warum?«

»Bammel vor dem neuen Job. Aber das passt schon. Ich höre zu.« Ich wünschte, mein Haar wäre offen, um die roten Flecken auf meinen Wangen zu verbergen, und lehne mich über den Schreibtisch, um den Cursor über den Bildschirm tanzen zu sehen. Ein Softwareprogramm leuchtet mir mit einem Affenlogo entgegen, das verschiedene Kategorien wie Arbeitsabläufe, Inventar, Kundenrechnungen und Technikerberichte auflistet.

Cal geht alles viel zu schnell und mit so wenig Worten wie möglich durch.

So einer ist er also.

Kaum habe ich etwas begriffen, zeigt er mir, wie man das Kreditkartenlesegerät benutzt, spricht dann über die Portokasse und zählt die Kundentermine für den Tag auf. Zum Glück habe ich mir auf einem Block Notizen gemacht und hoffe, dass ich Zeit habe, alles noch einmal zu lesen und die Aufgaben und das System vollständig zu erfassen, bevor der Laden in einer Stunde öffnet.

»Alles klar so weit?« Er sitzt nach vorne gebeugt da, die Hände flach auf dem Schreibtisch, während ich auf seine von Adern und Tinte überzogenen muskulösen Arme starre.

Ich wende mich wieder meinen Notizen zu und beiße mir auf die Lippe, während ich innerlich in Panik gerate. »Absolut.«

»Bist du sicher? Ich kann es noch einmal mit dir durchgehen.«

Unsere Blicke treffen sich, seine kupferfarbenen Iriden glimmen in der schummrigen Beleuchtung. Ich möchte ihm tausend Fragen stellen, die nichts mit dem Job zu tun haben.

Wie geht es dir?

Nein, warte … wer bist du?

Lachst du immer noch auf dieselbe Art wie früher? Fühlen sich deine Umarmungen noch so an wie früher? Isst du dein Müsli immer noch mit Schokomilch?

Eine kleine Falte bildet sich zwischen seinen Brauen, während er mein Gesicht mustert, und ich frage mich, ob er auch Fragen hat. Ich möchte, dass er mich etwas fragt. Irgendetwas. Ich möchte ihm gestehen, dass ich in all den Jahren nie aufgehört habe, an ihn zu denken. Ich habe auch nie aufgehört, an *sie* zu denken.

»Ich hab dich gesucht«, murmle ich leise, unfähig, die herzzerreißende Wahrheit zurückzuhalten, die mein Herz zu einem Knoten verdreht. Cals Stirnrunzeln vertieft sich, sein Kiefer spannt sich an, als er mich anstarrt. Ich sehe, wie in seinen eiskalten Augen gegen seinen Willen Emotionen aufblitzen. Meine Worte sind wie warmes Sonnenlicht, das auf einen Eisblock fällt. »Ich hab versucht, dich zu finden. Facebook … Social Media.«

Schließlich wendet er den Blick von mir ab und neigt den Kopf. »Ich nutze diesen Mist nicht.«

»Das hab ich bemerkt«, bestätige ich nickend. »Es war schwer auszuhalten, gar nichts von dir zu wissen. Nicht zu wissen, was passiert ist ...«

»Dafür hab ich dich nicht eingestellt.« Als er den Kopf wieder hebt, kehrt der Frost zurück, ein silberner Sturm trübt seine Iriden. »Ich will das nicht mit dir durchgehen, Lucy.«

»Du tust so, als ob die Vergangenheit nichts bedeutet.«

»Weil es die Vergangenheit ist. Menschen ändern sich, verdammt. Sie ziehen weiter. Ich bin nicht mehr dieses Kind, und wenn das hier funktionieren soll«, er schnippt mit einem tätowierten Finger zwischen uns hin und her, »dann schlägst du dir am besten gleich aus dem Kopf, dass du mich mit endlosem Lächeln, Sonnenschein und Bananenbrot mürbe machen kannst.«

Ich schrecke zurück, als er sich erhebt und mich um ganze dreißig Zentimeter überragt. Mein Blick wird glasig, bleibt in der Mitte seines anthrazitgrauen Kapuzentanktops haften, zu ängstlich, um dem stahlharten Ausdruck zu begegnen, den er mit Sicherheit zeigt. »Okay«, sage ich in einem erbärmlich sanften Ton. Meine Stimme zittert ein wenig, worauf Cal einen spitzen Seufzer ausstößt.

Als ich endlich den Mut aufbringe, meinen Blick zu heben, wischt er sich mit der flachen Hand übers Gesicht und kratzt sich das stoppelige Kinn.

»Scheiße«, murmelt er. »Tut mir leid.«

»Ist schon in Ordnung. Ich sollte nicht neugierig sein.«

»Ich bin ein Arschloch.« Die Hand immer noch am Kinn, wendet er seine Aufmerksamkeit der sterbenden Orchidee zu, die in der Ecke des Arbeitsplatzes steht. Die rosa und fuchsiafarbenen Blüten sind platt, die Blütenblätter verwelkt. Er schließt die Augen und atmet durch die Nase aus. »Ich möchte, dass das rein geschäftlich bleibt. Sag mir, dass du das verstehst.«

Ich nicke schnell. »Verstanden.«

»Ich will nicht so ein Arschloch sein«, fährt er fort und wendet sich wieder mir zu.

Ich habe bereits einen Kloß im Hals, der sich anfühlt, als hätte sich ein Stück meines Herzens gelöst. Ich schlucke ihn hinunter und zwinge mich zu einem Lächeln. »Das bist du nicht.«

»Bin ich doch. Ich weiß nur nicht, was ich tun soll, wenn du mich so ansiehst.«

»Wie sehe ich dich denn an?«, murmle ich.

Er blickt auf seine Füße hinunter, dann wieder hoch, ein Anflug von Schmerz huscht über sein Gesicht. »Als ob du sie ansiehst.«

Ich habe keine Zeit, die Emotionen zu verarbeiten, die mich überkommen, oder das stechende Gefühl, das meine Brust wie eine heiße Klinge durchbohrt, denn die Eingangstür schwingt auf und gibt den Blick frei auf einen Mann in einem weißen Kapuzenpulli mit olivfarbener Haut und rabenschwarzem Haar.

Er hebt seine Kaffeetasse zur Begrüßung. »Yo.«

Als er bemerkt, dass ich neben Cal stehe, kaum sichtbar hinter der Ecke des Schreibtisches, misst er mich mit seinem Blick und hält inne.

Ich schenke ihm ein Lächeln und schüttle die Anspannung ab. »Guten Morgen.«

»Bist du die Neue?«

Ich nicke und fummle instinktiv an meinem riesigen Haarknoten herum. »Lucy. Heute ist mein erster Tag.«

Cal räuspert sich, scharrt mit seinem abgenutzten Turnschuh über den Linoleumboden und schiebt sich vom Schreibtisch weg. »Sie ist unsere neue Empfangsdame«, stellt er mich vor. »Lucy, das ist Dante, einer der Mechaniker.«

»Freut mich, dich kennenzulernen.«

Dante nimmt einen Schluck aus seiner Tasse und mustert mich anerkennend. »Ganz meinerseits. Es ist sicher gut, eine Dame hier zu haben, die uns missratene Burschen im Zaum hält.« Grinsend schaut er zu dem Stuhl hinüber, auf dem der Muffin-Korb steht. »Hast du die gebacken?«

»Ja«, sage ich und gehe um den Schreibtisch herum, der gelbe Rock flattert hinter mir her. »Apfel-Zimt.«

»Verdammt. Kein schlechter Fund, Boss.«

Cal gibt ein brummendes Geräusch von sich, während er seine Baseballkappe umdreht und zum Wasserspender in der hinteren Ecke des Raums geht. Er füllt einen Pappbecher, kehrt dann zum Schreibtisch zurück und gießt das Wasser um den Sockel der eingetopften Orchidee. Ohne mich anzusehen, wendet er sich wieder an mich: »Komm zu mir, wenn du irgendwelche Fragen hast. Die Jungs kennen sich zwar auch mit dem System aus, aber die Einweisung übernehme besser ich.«

»Okay. Klar«, antworte ich.

Cal wirft den leeren Becher in den Müll und eilt davon, lässt mich mit seitenlangen, unordentlichen Notizen und einem extrem zerfransten Geist zurück.

Dante schlurft an mir vorbei. »Ein paar Ratschläge«, sagt er und bleibt am Schreibtisch stehen, während er wieder einen Schluck von seinem Kaffee nimmt.

»Und die wären?«

»Erstens«, scherzt er und hebt einen Zeigefinger: »Versuch nicht, vor dem ersten Kaffee mit ihm zu sprechen. Zweitens: Versuch nicht, vor *oder* nach dem Kaffee mit ihm über seine Familie oder sein Privatleben zu sprechen. Und drittens …« Er wackelt mit drei Fingern vor mir herum und hält dann inne. »Halt dich einfach an erstens und zweitens.«

Ich schürze grübelnd die Lippen und überlege, ob ich zum Notizblock greifen und diese Dinge aufschreiben soll. Letztendlich scheinen aber alle seine Punkte auf eine Sache hinauszulaufen: *Meide Cal.*

»Oh, und noch was«, sagt er, tippt mit vier Fingern auf den Schreibtisch und hebt die Augenbrauen. »Nichts persönlich nehmen.«

Ich schlucke und lächle gequält.

Dante verabschiedet sich mit einem Zwinkern und verlässt pfeifend den Raum. »Du schaffst das. Willkommen im Team, Schätzchen.«

Sein letzter Ratschlag schießt mir durch den Kopf, als ich mich in Bewegung setze und versuche, mich zu organisieren.

Nichts persönlich nehmen.

Es ist mein erster Tag, und ich werde jetzt schon mit dem Unmöglichen konfrontiert.

* * *

Der Tag vergeht wie im Flug, angefüllt mit Kunden, Fehlern im Kartenlesegerät, neuen Gesichtern und lähmender Angst. Zum Glück sind die Mechaniker alle freundlich zu mir, was durchaus ein Lichtblick in einer sonst eher stressigen Einführung in das Dasein einer Autowerkstatt-Empfangsdame ist.

Ike ist Anfang dreißig, hat einen rasierten Kopf, trägt jede Menge Leder und eine riesige Palette an Tätowierungen, die Cal wie einen Amateur aussehen lassen. Er ist nicht so groß wie mein neuer Boss, dafür aber genauso gut gebaut. Sein hartes Äußeres wird nur durch die Tatsache gemildert, dass er immer einen Lolli im Mund stecken hat.

Kenny ist der Älteste, Ende vierzig. Sein Gesicht ist mit Sommersprossen und Sonnenflecken übersät, sein Haar und sein Ziegenbart haben einen auffälligen Bernsteinton, der im direkten Sonnenlicht beinahe rot leuchtet. Die riesige Umarmung, in die er mich bei unserer ersten Begegnung gezogen hat, und sein unverwechselbares Lachen geben mir das Gefühl, ihn schon seit Jahren zu kennen.

Und dann ist da noch Dante, der in etwa so alt ist wie Cal – Mitte zwanzig. Er ist freundlich und zuvorkommend und hilft schnell aus, wenn Cal beschäftigt ist. Ich bin mir ziemlich sicher, dass er der Herzensbrecher der Truppe ist, wenn ich das schelmische Funkeln in seinen Augen und das schiefe Grinsen betrachte, das er immer dann zeigt, wenn er mit mir spricht.

Was die Kunden betrifft, so waren diese im Großen und Ganzen geduldig mit mir, während ich mich durch die ungewohnten Programmaufforderungen, Computerpannen und den allgemeinen Mangel an Kenntnissen in dem Bereich, in dem ich arbeite, durchschlug.

Mein Glück verließ mich jedoch gegen sechzehn Uhr, als der schrullige Roy Allanson hereinspazierte.

Er hob seinen Stock und richtete ihn auf mich, als hätte ich mich persönlich an seinem Fahrzeug zu schaffen gemacht. »Sie«, bellte er und blinzelte mit seinen Knopfaugen in meine Richtung.

»Ich?«

»Ja, Sie. Holen Sie den Chef.«

Ich stand da wie ein Reh im Scheinwerferlicht, auch wenn die Aufforderung glasklar gewesen war. Mein Körper verkrampfte sich oft, wenn ich angeschrien oder gemaßregelt wurde.

»Sind Sie taub, Mädchen?«, fuhr er fort und humpelte näher. »Sie sehen nicht einmal alt genug aus, um hier zu arbeiten. Holen Sie den Chef, bevor ich ihn selbst rauszerre.«

Meine Wangen wurden heiß, als ich nickte und zur Tür eilte, die den Empfangsbereich vom Werkstattbereich trennte. »Ja, natürlich. Einen Moment, bitte.«

Die öligen Abgase der Werkstatt waren eine willkommene Pause von der Scham, die mich zu erdrücken drohte. Ich schaute mich in einer der Buchten nach Cal um, den ich halb versteckt unter einer roten Limousine entdeckte. »Hey, Cal?«

Er hörte mich nicht wegen des AC/DC-Songs, den er laut aufgedreht hatte.

Ich räusperte mich, und meine Stimme brach, als ich wiederholte: »Cal.«

Schließlich rollte er unter dem Fahrzeug hervor, das Werkzeug in der Hand. »Was ist los?«

»Es ist ein Mann hier. Er ist sehr verärgert und möchte mit dir sprechen.«

Er blinzelte. »Allanson? Sag ihm, ich komme gleich raus.«

Die Anweisung war einfach, dennoch war sie für mich so, als müsste ein Arzt einer Familie mitteilen, dass ihr geliebter Mensch nicht überlebt hatte. Ich überspielte das Unbehagen, das mich befiel, saugte meine Unterlippe zwischen die Zähne, wippte mit dem Kopf und machte schließlich kehrt, um die Nachricht zu überbringen.

Als ich zurückkam, stand der Mann über den Empfangstresen gebeugt da und fluchte weiter vor sich hin. Ich stieß ein seltsames Glucksen und Seufzen aus und klatschte in die Hände. »Er kommt gleich raus!«, verkündete ich möglichst fröhlich.

Mr. Allanson sah mich schräg von der Seite an und ließ den Blick missbilligend an mir auf und ab wandern. Er trug ein *Regal-Beagle*-T-Shirt, das in einer Khakihose steckte, die um seine Hüften schlackerte. »Heutzutage stellen sie wohl jeden ein, was?«, meinte er schnippisch und musterte mich nach wie vor.

Ich schluckte und ließ seine Worte nicht an mich heran.

Dieser Kerl war einfach nur wütend und arbeitete seine Aggressionen an der einzigen Person ab, die gerade verfügbar war.

Das ist in Ordnung, sagte ich mir.

Mit noch immer heißen Wangen richtete ich meine Aufmerksamkeit auf den Schreibtisch und bahnte mir einen Weg dorthin, wobei ich mich zu einem freundlichen Lächeln zwang. Ich fummelte an einem Stapel Dokumente herum und gab vor, beschäftigt zu sein, während der Mann meine vermeintliche Unzulänglichkeit mit Blicken durchbohrte.

»Cal müsste jeden Moment kommen«, quietschte ich.

»Ja, ja.«

Glücklicherweise tauchte Cal kurz darauf tatsächlich aus dem Werkstattbereich auf. Er fuhr sich mit der ölverschmierten

Hand durchs Haar, und auf mein leicht wahnsinniges Lächeln hin wandte er sich unverzüglich dem Kunden zu. »Schön, Sie zu sehen, Roy.«

»Aber sicher«, schimpfte dieser zurück. »Sie haben versucht, mich mit der letzten Rechnung ausbluten zu lassen, und das verdammte Ding funktioniert immer noch nicht.«

»Sie haben versucht, den Luftfilter selbst auszutauschen, und das Plastik drangelassen. So was ist problematisch.«

Der Mann murrte. »Ihre Preise sind problematisch, mein Sohn.«

»Unsere Preise sind wettbewerbsfähig und entsprechen den branchenüblichen Standards. Wir leisten gute Arbeit.«

Ich versuchte, unsichtbar zu bleiben, aber mein leuchtend gelbes Kleid war scheinbar wie ein glühender Scheinwerfer, der Roys Aufmerksamkeit wieder auf mich lenkte.

»Und dieses kleine Ding sieht aus, als wäre es kaum einen Tag aus der Highschool raus.« Er zeigte mit dem Daumen über die Schulter zu mir. »Wie kann ich mich darauf verlassen, dass die Rechnung stimmt, wenn ich nicht mal weiß, ob sie rechnen kann?«

Cals Gesicht war unerschütterlich, seine Haltung unbeweglich. »Ich versichere Ihnen, sie ist kompetent.«

»Das ist auch besser so, Bishop, denn ich möchte keine Überraschungen erleben …«

Ich überlegte nicht lange und sagte: »Ich liebe Überraschungen. Das Lustige an ihnen ist, dass man sie nie kommen sieht.«

Schweigen rieselte auf uns nieder und mein Rückgrat hinab.

Abgesehen von den Grillen, die in meinem Gehirn zirpten.

Sowohl Cal als auch Roy drehten sich um und starrten mich an. Cal rieb sich verzweifelt das Gesicht und bat mich stumm, nichts mehr zu sagen, während Roy die Augen verengte und mich neugierig musterte.

Dann brüllte er vor Lachen. »*Herzbube mit zwei Damen*«,

schmetterte er ehrfurchtsvoll und klatschte mit der Hand auf den Schreibtisch. »Du kennst dich mit Sitcoms aus, Mädchen.«

Im Augenwinkel sah ich, wie sich Cals Haltung entspannte und sein Ausdruck von Verärgerung zu vorsichtiger Neugier wechselte, während sein Blick zwischen uns hin- und hersprang.

Ich konzentrierte mich weiterhin auf Mr. Allanson, stützte mich mit beiden Armen ab und deutete mit einem Kopfnicken auf sein T-Shirt. »Das ist eine meiner Lieblingsserien. Ich hab das Gefühl, die heutige Generation weiß die Klassiker nicht mehr zu schätzen, wissen Sie?«

»Da hast du recht.« Sein Lachen polterte in der Brust, während er mir ein paar vergilbte Zähne zeigte. Dann wandte er sich Cal zu, sein hitziges Gemüt hatte sich etwas abgekühlt. »Wie haben Sie die hier erwischt, Bishop? Sie ist ein Volltreffer.«

Cal hielt sich einen Arm quer vor die Brust, den anderen hob er an, während er sich am Kinn kratzte und mich überrascht ansah. Sein Blick ruhte immer noch auf mir, als er Roy antwortete: »Ein Glücksfund.«

»Das würde ich aber auch sagen.«

Erleichtert fuhr ich fort: »Ich hab heute ein paar selbst gebackene Muffins für die Kunden mitgebracht«, erklärte ich und griff nach dem Korb, in dem noch zwei Muffins lagen. »Hier, nehmen Sie einen.«

Roys Lächeln blieb unverändert, während er sich einen noch feuchten Muffin herausklaubte und dankend nickte. Seine Laune hatte sich deutlich aufgehellt, sodass Cal seine Autoprobleme mit weit weniger Anspannung besprechen konnte und schließlich als einmalige Gefälligkeit einen Zahlungsplan einrichtete.

Ich war stolz auf mich, als ich Mr. Allanson zwanzig Minuten später zum Abschied winkte und den Klang des Glöckchengebimmels genoss, als hätte ich einen großen Gewinn an einem Spielautomaten ausgezahlt bekommen.

Nachdem Roy gegangen war, drehte Cal sich zu mir um und zog prüfend eine Augenbraue hoch. »*Herzbube mit zwei Damen?*«

»Sein T-Shirt war eine Anspielung auf die Serie.« Ich zuckte mit den Schultern und strich meinen Rock glatt. »Mein Großvater und ich haben in meiner Kindheit immer diese alten Sitcoms gesehen – *Happy Days, Unser lautes Heim, Familienbande.* Ich dachte, ich könnte vielleicht helfen.«

Er starrte mich einen Moment lang schweigend an, dann senkte er den Blick und nickte mir kurz zu, ehe er durch die große graue Tür verschwand, um seine Arbeit zu beenden.

Seitdem sind zwei Stunden vergangen, ohne Zwischenfälle, ohne weitere Kunden, weshalb ich die Zeit genutzt habe, um eine Liste mit Dingen zu erstellen, die ich tun kann, um dem Laden etwas Charme und ein ansprechendes Ambiente zu verleihen.

Ich bin gerade dabei, in Gedanken Visionen zu erschaffen, als Cal sich von hinten an mich heranschleicht.

»Lucy.«

»Was?« Ich drehe mich schwungvoll um. »Hi!«

Cal setzt sich neben mich und nickt mit finsterem Blick in Richtung Computerbildschirm. »Zeig mir den Umsatzbericht für den Tag.«

Ein kleiner Test.

Ich weiß, wie ich auf die Zusammenfassung der Verkäufe zugreifen kann, aber Cal steht so dicht vor mir, strahlt Autorität und Befehlsgewalt aus und riecht nach einem seltsam faszinierenden Cocktail aus Motoröl und warmem Holz, dass meine Finger unkontrolliert über die Tastatur flitzen. Ich klicke ein Dutzend Mal auf die Maus, ehe der Bildschirm einfriert, was die Sache nur schlimmer macht.

Mein Knie beginnt zu wackeln, als ich den Stoff von Cals ärmellosem Kapuzenpulli an meiner Schulter spüre, weil er sich näher zu mir vorbeugt.

»Du bist schon wieder aufgedreht«, stellt er fest. »Wie viel Kaffee hast du getrunken?«

Ich schaue zu ihm hoch, wobei ich nur die Augen bewege. »Null. Ich trinke keinen Kaffee.«

»Was?« Er zieht vor Verblüffung die Brauen hoch. »Bist du überhaupt ein Mensch?«

Er fragt es so ernst, als bestünde die Möglichkeit, dass ich entführt und von einem außerirdischen Imitat ersetzt worden bin.

Ich knete meine Hände, damit sie nicht zittern. »Ich bin einfach nur nervös, okay?«

»Immer noch? Warum?«

Ich bringe ein hastiges »Wegen dir« hervor.

»Wegen mir?«

»Ja, wegen dir. Du bist Furcht einflößend. Bringst einen geradezu zum Versteinern«, gebe ich zu und lasse meinen Blick zu der Orchideenpflanze hinübergleiten. »Siehst du? Sogar deine Blumen ducken sich weg.«

Es sollte ein Scherz sein, aber etwas Düsteres trübt seinen Blick. Eine Schwere, die, als er auf seine Füße hinunterschaut, einen Muskel in seinem Kiefer zucken lässt.

Ich schätze, er nimmt sein dekoratives Blattwerk sehr ernst.

»Ich kann die verdammten Dinger nie am Leben erhalten«, murmelt er. Er wischt sich mit der Hand übers Gesicht und dreht sich mit einem Seufzer zu mir um. »Ich will dir keine Angst einjagen. So bin ich nun mal.«

»Dauermürrisch?«

Er begegnet mir mit einem harten Blick. »Schwierig.«

»Bei mir brauchst du nicht schwierig zu sein. Ich bin immerhin kein Kind von Traurigkeit.« Meine Augen werden groß, als ich die anzügliche Anspielung registriere, und ich versuche, einen Rückzieher zu machen, obwohl mich das erfahrungsgemäß schon oft in ein noch tieferes, noch unangenehmeres

Loch gestürzt hat. »Bei der Arbeit. Du weißt schon, ich bin einfach im Umgang. Ich meine nicht, dass ich *so* ein Kind von Traurigkeit bin … also, wie ein leichtes Mädchen. Ich meinte nur …«

»Hab's kapiert«, sagt er und zeigt auf den Computer. »Umsatzbericht.«

»Richtig.« Ich puste meine Wangen auf und schaffe es, den gewünschten Bericht abzurufen und ihn an den Drucker zu schicken. »So, bitte sehr.«

»Danke.«

Als mein Blick auf die Wanduhr fällt, sehe ich, dass es bereits fünf nach sechs ist, was das Ende meiner Schicht bedeutet.

Cal muss es gleichzeitig bemerkt haben. »Du hast Feierabend«, sagt er schlicht und wendet sich mit dem Ausdruck in der Hand zum Gehen. Bevor er aus meinem Blickfeld verschwindet, zögert er einen Moment, und dann dringt mein Name über seine Lippen. »Lucy.«

Ich erstarre. »Ja?«

Er steht mit dem Rücken zu mir, und ich kann die Bewegungen seiner Rückenmuskeln sehen, als er die Hände zu Fäusten ballt und wieder löst.

»Gute Arbeit heute. So wie du die Situation mit Allanson entschärft hast …« Dann dreht er sich um und sieht mich an, während er einen Arm anhebt, um sich in den Nacken zu fassen, wodurch sich sein Bizeps wölbt. »Ich war beeindruckt.«

Stolz und Hochgefühl durchströmen mich, ich hole tief Luft und setze ein Lächeln auf. »Danke.«

Er nickt mir kurz zu, bevor er in Richtung Hinterzimmer davongeht.

Trotz der Fallstricke und Hürden des ersten Tages bleibt das echte Lächeln auf meinen Mundwinkeln, als ich meine Handtasche hole und mich von Dante, Kenny und Ike verabschiede, die ebenfalls ihre Sachen zusammensuchen.

Cal lächelt nicht und verabschiedet sich auch nicht, aber sein Blick trifft meinen, bevor ich den Pausenraum verlasse.

Darin liegt eine Sanftheit – etwas Zartes, das mich mit flimmernder Wärme erfüllt. Der Moment währt nicht lange, denn Cal senkt schnell den Kopf und dreht sich um, die Schultern kantig und unbeugsam, aber der Blick folgt mir bis nach Hause.

Ebenso wie seine Worte.

»Gute Arbeit heute.«

Es war kein großartiger erster Tag, aber irgendwie fühlt er sich trotzdem so an.

KAPITEL 6

3.1.2013

„Mit gebrochenem Herzen"

Lucy ist krank. Sie wird oft krank, aber sie spricht nicht gerne darüber und erzählt uns nur, dass sie mit Atemproblemen geboren wurde.

Sie will niemanden beunruhigen. Aber wenn man jemanden mag, dann macht man sich Sorgen um ihn, egal, was passiert. So ist das nun mal.

Einmal sind wir in einem Pool mit besonders kaltem Wasser schwimmen gewesen, und Lucy hatte schwer Luft bekommen. Sie musste mit einem Krankenwagen in eine Klinik gebracht werden. Als sie zurückkam, hatte sie einen Herzmonitor.

Ich finde es nicht fair, dass Lucy so etwas braucht. Sie hat ein perfektes Herz.

Das beste Herz.

Ein Herz wie das von Lucy sollte niemals gebrochen werden.

Toodles,
Emma

* * *

Nach nur einer Woche im Job muss ich mich krankmelden.

Am Morgen bin ich mit starker Kurzatmigkeit aufgewacht und habe mich so übermäßig erschöpft gefühlt, dass ich beschlossen habe, meinen Arzt aufzusuchen. Nachdem eine Röntgenuntersuchung der Brust nichts Beunruhigendes ergeben hatte, wurden mir Betablocker verschrieben, und ich sollte mich in den nächsten Tagen schonen. Da heute Samstag ist, bin ich dankbar für den zusätzlichen Erholungstag morgen, damit ich am Montag wieder arbeiten kann.

Cal hat nicht viel gesagt, als ich ihn um sieben Uhr morgens angerufen habe.

»Ja?«, hat sich seine heisere, schlaftrunkene Stimme gemeldet.

»Cal? Hi! Ähm, tut mir leid, dass ich dich störe, aber ich muss heute zum Arzt gehen. Es ist nichts Ernstes, und es tut mir leid, dass es meine Arbeitszeiten durcheinanderbringt. Ich weiß, ich habe gesagt, dass das nicht der Fall sein wird, also entschuldige ich mich, dass …«

»Bist du okay?«

Eine gewichtige Pause summte zwischen uns, und ich konnte nicht sagen, ob er besorgt oder verärgert war. Ich schluckte. »Ich bin okay.«

»Bis Montag«, murmelte er dann und legte auf.

Da ich mit abrupten Kommunikationsabbrüchen nicht umgehen kann, habe ich sofort angefangen, Text-Tsunamis zu verschicken, weil ich unbedingt einen Abschluss brauchte.

> **Ich:**
> Hallo noch mal!
> Ich hoffe, du bist nicht sauer.
> Ich fühle mich furchtbar.
> Ich werde am Montag früh kommen und den Wartebe-

reich und die Toiletten gründlich reinigen und ein bisschen Nippes mitbringen, um den Raum zu verschönern.
Hab ein schönes Wochenende!
:)

Keine Antwort.

Fast zwölf Stunden später hat er immer noch nicht geantwortet und die Nachricht auch nicht geöffnet. Die einzige Schluss-
folgerung, die ich daraus ziehen kann: Er hasst mich, und ich
bin ab nächster Woche arbeitslos.

»Aber das ist schon in Ordnung, wirklich«, murmle ich,
teilweise zu mir selbst, während Key Lime Pie mich auf dem
Bürgersteig vorwärtszieht und ihre Aufmerksamkeit auf einen
anderen Hund ein paar Blocks weiter richtet. »Ich werde etwas
anderes finden. Ehrlich gesagt wird mir das sogar guttun. Ich
habe noch nicht viel Erfahrung in der Arbeitswelt, also ist es
wichtig, dass ich mir ein dickeres Fell zulege.«

»Du dramatisierst, Lucy, genau wie ich. Es ist genetisch
bedingt, und es tut mir leid, dass ich es an dich weitergege-
ben habe.« Mom schüttelt den Kopf, während sie neben mir
hergeht, Lemon Meringues Leine um ihre Handfläche gewi-
ckelt.

Meine Mutter hat recht.

Ich habe etwas von ihrer Dramatik und Ängstlichkeit geerbt
und noch ein wenig von Dads unbekümmertem Optimismus,
was mich zu dem verkrampften Menschen zusammengemorpht
hat, der ich heute bin.

Meistens ist es so, dass ich mir die schlimmstmögliche Wen-
dung ausmale und mir einrede, dass es völlig in Ordnung ist,
wenn die imaginäre Katastrophe eintritt. So als würde ich versuchen, alle Schäfchen ins Trockene zu holen, bevor das Chaos
ausbricht, um dann mit einem Megawattlächeln und flauschigen Schafen durchs Feuer zu marschieren.

»Apropos Bedingungen«, fügt sie hinzu und schnappt mir

Kikis Leine weg. »Du solltest dich nicht überanstrengen. Ich nehme sie.«

»Es geht mir besser. Sie zieht nicht mal.«

»Gott bewahre, dass du hier auf dem Bürgersteig zusammenbrichst und ich dich gleichzeitig wiederbeleben, zwei Corgis in Schach halten und den Notruf wählen muss, während das unvermeidliche Gewitter über uns hereinbricht. Es ist besser, auf der sicheren Seite zu sein.«

Meine Mom, wie immer dramatisch.

Ich verzichte auf eine Diskussion und hebe mein Kinn in den bleigrauen Himmel. Rauchfarbene Wolken gleiten über üppige Baumkronen und schlucken die letzten Reste des Tageslichts, während in der Ferne ein Donnergrollen zu hören ist.

Er erinnert mich an einen ähnlichen Himmel an einem späten Augustnachmittag vor mehr als einem Jahrzehnt. Eine Freundin aus der Schule schmiss eine Poolparty. Sie hatte mich eingeladen, aber nachdem ich kurz zuvor im öffentlichen Schwimmbad einen kleinen Schock erlitten hatte, der einen Anfall auslöste und mich ins Krankenhaus brachte, wollte meine Mutter mich nicht gehen lassen.

Ich starrte den ganzen Tag mürrisch aus dem Fenster und stellte mir vor, wie viel Spaß meine Freunde hatten.

Dann, kurz vor dem Abendessen, klingelte es an der Tür.

»Komm, lass uns gehen«, verkündete Emma in Badeanzug, Regenstiefeln und mit einem aufblasbaren Dinosaurier um die Hüfte. »Das Wetter ist perfekt!«

Eigentlich goss es in Strömen.

Der Regen prasselte herunter und durchnässte meine lächelnde Freundin, die auf der unbedachten Treppe zu unserem Haus stand. Die Tropfen verschmolzen mit ihren Sommersprossen, während ihr Wasserrinnsale über Wangen und Nase hinunterliefen.

»Wohin willst du denn gehen?«, fragte ich vollkommen verdattert. »Es regnet.«

»Ja, genau? Ist doch großartig, oder?« Sie schaute in den Himmel, und ihr Lächeln wurde breiter. Als sie mich wieder ansah und sich das Wasser von den Lippen leckte, sagte sie: »Ich weiß, dass du nicht zu dieser Poolparty gehen durftest, also dachte ich mir, wir könnten unsere eigene machen.«

Mein Herz hüpfte vor Freude.

Fünf Minuten später stapften wir klatschnass durch Pfützen und Schlamm im Garten und lachten, bis uns die Bäuche wehtaten. Cal kam kurz darauf mit seiner Wasserpistole zu uns und jagte uns über die Wiese, bis wir alle in den See stürzten, der sich in der Nähe der Bäume gebildet hatte.

Ich schlucke, und meine Augen brennen wehmütig, als die Erinnerungen in mir aufsteigen, und ich schwöre, dass ich ihr Lachen deutlich höre, bis es vom Wind davongetragen wird.

»Wie geht es ihm, Lucy?«

Die Stimme meiner Mutter holt mich ins Jetzt zurück. Ich schüttle den Nachhall dieser Emotionen ab und drehe mich zu ihr um, während wir den Bürgersteig entlanglaufen. »Cal? Er ist …« Auf der Suche nach dem passenden Adjektiv – mürrisch, ruhig, abweisend, düster attraktiv, verschlossen, tätowiert, antisozial – wird mein Gehirn schließlich fündig: »Anders.«

Ich beobachte, wie sich Trauer in ihre Miene schleicht. Ihr rotblondes Haar, das jetzt silberne und weiße Schattierungen aufweist, endet auf ihren Schultern und steckt hinter zwei schmuckbesetzten Ohren. Meine Mutter, Farrah Hope, trägt ein Paar Ohrringe, die wie goldene Engelsflügel geformt sind und seit dem Tod meines Vaters ihre Ohrläppchen nicht mehr verlassen haben.

Ihre ausdrucksstarken hellblauen Augen sehen mich an. »Es macht mich fertig, dass Dana sich nie gemeldet hat. Alles kam so plötzlich.«

Meine Kehle brennt, als ich den Kopf senke und auf die Risse im Bürgersteig starre, während wir von einem Viereck zum nächsten hüpfen. »Er hat sich verändert. Sehr stark. Ich habe zwar nur eine Woche mit ihm verbracht, aber er hat sich überhaupt nicht geöffnet. Seine Mutter hat er gar nicht erwähnt, und er weigert sich, über Emma zu sprechen.«

»Er weigert sich?«

»Eisern. Das war seine einzige Bedingung, um mich einzustellen.«

»Gütiger Himmel«, flüstert sie in den warmen Wind, der uns umbraust. »Ich hab mich immer gefragt, was aus ihm geworden ist. Er war so ein kluger Junge. Gut aussehend und freundlich.« Sie lacht leise vor sich hin und zerrt an Kikis Leine, bevor mein Hund in Richtung der Gänsefamilie vorpreschen kann, die gerade die Straße überquert. »Weißt du, ich hatte mir eingeredet, dass ihr beide eines Tages ein Paar werden würdet … wenn ihr erst einmal erwachsen seid.«

Oh Mann. Ich räuspere mich und zupfe an meinem Pferdeschwanz. »Da hast du dir aber ganz schön was eingebildet.«

»Nun, er hat dich immer beschützt. Das war süß.«

»Ja, wie eine Schwester. Emma hat er auch beschützt.«

Sie zuckt ein wenig mit den Schultern und blickt zu den Wolken hinauf, aus denen ein paar Regentropfen niederprasseln. »In jenem letzten Jahr war es anders. Ich hab gesehen, wie du in seiner Nähe förmlich geleuchtet hast und wie deine Wangen ganz rot wurden, wenn er dich mit diesem Spitznamen ansprach.« Mom zieht ihre Lippe zwischen die Zähne und nagt nachdenklich darauf herum. »Wie lautete er noch mal?«

Wie aufs Stichwort füllen sich meine Wangen mit Wärme.

Sunshine.

Ich täusche Gedächtnisverlust vor, beschleunige meinen Schritt und laufe etwas vor ihr. »Ich kann mich nicht erinnern. Ist zu lange her.« Dann wechsle ich das Thema. »Ich wette, das Zucchinibrot ist fertig. Lass uns zurückgehen.«

Als wir um die Ecke in die Maple Avenue einbiegen, kommt meine Einfahrt in Sicht – zusammen mit einem Motorrad, das direkt davor geparkt ist. Ich erschaudere, als mein Blick auf die Gestalt fällt, die mit verschränkten Armen und Knöcheln am Motorrad lehnt.

»Wer ist das?«, murmelt Mom hinter mir und rammt mich fast, als ich abrupt stehen bleibe. Die Hundeleinen verheddern sich um meine Beine, während meine Mutter ein »Uff«-Geräusch von sich gibt und versucht, sie elegant zu entwirren.

Sie versagt.

Kiki reißt sich los und stürmt auf meinen Alten-Freund-der-jetzt-mein-Boss-ist zu. Ihre kleinen Beinchen bewegen sich so schnell, dass es aussieht, als würde die Sturmfront sie wie ein Herbstblatt durch die Luft tragen.

Cal stößt sich vom Motorrad ab und beobachtet, wie der Hund auf ihn zuflitzt. Wahrscheinlich ist er völlig genervt, doch sein Gesichtsausdruck bleibt unverändert. Er steht einfach nur da und wartet darauf, dass ihn dreißig Pfund aus rotbraun-weißem Fell überfallen.

Mom hat endlich die Kontrolle über die andere Leine wieder und geht um mich herum, mit Lemon fest im Griff. »Gehst du mit jemandem aus, Lucy?«, fragt sie, während Lemon ihre Frustration darüber herausbellt, dass ihrem Geschwisterchen eine aufregende Flucht gelungen ist und sie selbst das Nachsehen hat.

Ich schüttle meine Überraschung ab. »Nein … das ist Cal«, murmle ich.

Ich bemerke, wie sie mich kurz mit großen Augen anstarrt, dann marschiert sie hinüber zu Cal, der sich bückt und versucht, Kiki zu streicheln, während sie um ihn herumhüpft. Mein Hund bepfotelt schamlos seine Beine und hoppelt auf und ab wie ein Kaninchen, das nach Aufmerksamkeit giert.

»Callahan«, grüßt meine Mutter.

In ihrer Stimme schwingt ein Hauch von Verwunderung mit. Immerhin hat sie ihn seit dem Sommer 2013 nicht mehr gesehen.

Sie nannte ihn immer bei seinem vollen Namen – Callahan. Und Emma war immer Emmalee.

»Cal reicht«, sagt er und richtet sich auf, während sein Blick kurz zu mir und dann wieder zu meiner Mutter wandert. »Schön, Sie zu sehen, Mrs. Hope.«

»Meine Güte, wie du gewachsen bist. Ich hätte dich nie wiedererkannt. Wie geht es Dana?«

»Es geht ihr gut.«

Mom entgeht die verräterische Anspannung seines Bizeps und das Zucken seines Kiefers – mir nicht. Ich springe zwischen die beiden, beuge mich hinunter, um Kikis Leine zu ergreifen und sie meiner Mutter mit einem überschwänglichen Lächeln zurückzugeben. »Das Zucchinibrot! Meinst du, es brennt an?« Ich schiebe sie sanft in Richtung Haus, während ich stumm *Wir reden später darüber* mit den Lippen forme.

Sie wirft mir einen seltsamen Blick zu, gepaart mit einem Wackeln der Augenbrauen, als ob wir beide ein pikantes Geheimnis hätten, und winkt Cal mit dem Ellbogen zu, da beide Hände mit den Corgis beschäftigt sind, die sich um ihre Knöchel herumbalgen.

Chaos.

Mit glühenden Wangen wende ich mich Cal zu, nachdem meine Mutter endlich im Haus verschwunden ist. Ich ringe meine Hände und mache einen vorsichtigen Schritt nach vorn, als ein paar weitere Regentropfen auf mir landen. Mein Haaransatz kräuselt sich im Angesicht der Feuchtigkeit immer, also streiche ich ihn glatt und fummle an meinem langen Pferdeschwanz herum, während Cal mich stumm und ungerührt anstarrt.

»Was machst du hier?«, frage ich ihn.

Seine Augen sind unlesbar, eine Verschmelzung aus Gold und Stein, und der Nieselregen fühlt sich auf meiner Haut eisig an, während mein Blut ungewöhnlich warm durch meine Adern pumpt.

In diesem Moment wird mir klar, dass er mich gerade dabei erwischt hat, wie ich mit meinen Hunden und meiner Mutter durch die Nachbarschaft flaniere – die Gesundheit in Person, nachdem ich ihn heute Morgen bei der Arbeit kurzfristig im Stich gelassen habe.

Er ist wahrscheinlich gekommen, um mich persönlich zu feuern.

»Ich schwöre, dass ich wirklich zum Arzt musste«, füge ich in neuer Panik hinzu. »Mein Arzt hat mir Medikamente verschrieben, und meine Mutter ist vorbeigekommen, weil sie sich Sorgen gemacht hat, und die Hunde mussten …«

»Ist schon gut«, unterbricht er mich. Cal zieht sich die Baseballkappe vom Kopf und zerstrubbelt sein Haar – mysteriöses Haar, das gegen Feuchtigkeit geschützt zu sein scheint –, bevor er es wieder nach vorn streicht. »Du klangst nicht sonderlich erkältet, und ich weiß, dass du Probleme mit Asthma hattest, also dachte ich mir, ich komme mal vorbei und sehe nach, ob alles in Ordnung ist.«

Mir wird ganz warm ums Herz.

Cal und Emma haben nie die Wahrheit über meine gesundheitlichen Probleme erfahren, als wir aufwuchsen – ich habe ihnen immer nur gesagt, dass ich Asthma habe, weil es so einfacher war. Verständlicher. Angenehmer, vermutlich. Nach einem traumatischen Erlebnis als kleines Kind, das mir das Gefühl gab, abnormal zu sein, mussten mir meine Eltern versprechen, nichts zu sagen, aus Angst, dass meine Freunde keine Zeit mehr mit mir verbringen wollen würden. Das Schlimmste wäre gewesen, dass sie mich anders ansahen, mich wie zerbrechliches Glas behandelten oder mich ausschlossen, weil sie dachten, ich sei zu krank.

Ich hätte es nicht ertragen.

Schließlich sage ich mit einem Lächeln: »Du wolltest … nach mir sehen?«

Er runzelt die Stirn, als sei der Gedanke völlig abwegig, aber das ändert nichts an dem kurzen Aufblitzen von Aufrichtigkeit in seinen Augen, die ich in dem Gold erkenne.

»Keine große Sache«, sagt er und schaut hinunter auf seine Füße. Dann wandert sein Blick hinüber zu dem kleinen Ranchhaus vor uns, zu den immer noch honiggelben Ziegelsteinen und den immer noch weißen Fensterläden. Der riesige Ahornbaum thront groß und stolz im Garten und ragt über das Dach hinaus, und drei blühende Rosensträucher säumen nach wie vor die Vorderseite des Hauses, genau wie früher.

»Es sieht immer noch so aus«, murmelt er, und in seinen Worten schwingt ein Hauch von Sanftheit mit. »Ich bin seit Jahren nicht mehr daran vorbeigefahren. Ich konnte es nicht.«

Gequält starrt Cal das Haus aus glasigen Augen an, und ich kann nicht verhindern, dass mir die Tränen kommen.

Ich möchte ihn hereinbitten.

Ich möchte ihm das Tagebuch von Emma zeigen.

Ich möchte mit ihm lachen, mit ihm weinen, mit ihm in Erinnerungen schwelgen.

Cal atmet unregelmäßig ein und blickt zu mir zurück, als eine scharfe Brise zwischen uns durchrauscht. Sie trägt den Duft seiner Haut mit sich. Etwas Erdiges und Rauchiges; Bourbon und Eiche und ein Hauch von Gewürzen.

Es weckt Erinnerungen. Der Geschmack von Regenwasser auf meiner Zunge, als wir drei im überschwemmten Hinterhof planschten. Das Geräusch jener unantastbaren Unschuld, die in Lachen eingewoben die Welt erfüllt hat.

Und dann, während wir uns noch immer in die Augen sehen, zuckt ein Blitz als blassgelber Streifen herab, und der Himmel öffnet die Schleusen.

Es beginnt zu schütten.

Hart, schnell, unerbittlich.

Cal blickt hinauf zum Himmel, rückt seine Kappe zurecht

und wischt sich mit der Hand übers Gesicht. »Scheiße«, flüstert er, kaum hörbar wegen des Sturms.

Ich kann nicht sagen, ob er den Regen verflucht oder die Erinnerungen, die die Tropfen wie einen ungebetenen Gast mitbringen. Ein Teil von mir will lachen, ein Teil von mir will schluchzen. Am Ende starre ich ihn nur mit geöffneten Lippen an und zittere, mein Brustkorb hebt und senkt sich, und mein Herz galoppiert so schnell, dass ich mir wahrscheinlich Sorgen machen sollte.

Sein Adamsapfel hüpft, als er mich wieder anschaut, sein Blick streift meine durchnässte Bluse, und Hitze flammt kurz in seinen Augen auf. Als sich unsere Blicke treffen, murmelt er mit leiser Stimme: »Wir sehen uns Montag.«

Ich bringe ein klägliches Nicken zustande, als er sich rückwärts zu seinem Motorrad bewegt, wobei sich das T-Shirt an seine Bauch- und Brustmuskulatur anschmiegt und an seiner Haut festsaugt. »Okay. Wir sehen uns.«

Er dreht sich um und steigt auf sein Motorrad.

Der Regen lässt nach, als der Motor zum Leben erwacht, als wäre es nur ein kurzer Augenblick, als wäre er nur für uns bestimmt gewesen. Ich stehe tatenlos im Gras, zitternd, und blicke ihm nach.

Cal tut so, als wäre es ihm egal, als würde sein Besuch nichts bedeuten, aber ich habe die kaum verhüllte Sorge in seinen Augen gesehen.

Ich schwöre, ich habe sie gesehen.

Und ich weiß, dass es etwas zu bedeuten hat.

Emmas Worte gehen mir durch den Kopf, während die Rücklichter von Cals Maschine im Nebel verschwinden.

Wenn einem jemand wichtig ist, sorgt man sich um ihn, ganz ohne Einschränkung.

So läuft es nun mal.

KAPITEL 7

»Was zum Teufel ist das?«

Ich wirbele herum, und mein Haar peitscht mir ins Gesicht, als Cal wie aus dem Nichts auftaucht. Ich nehme an, dass er durch die Vordertür gekommen ist, aber selbst die Glöckchen konnten mich offensichtlich nicht aus meiner künstlerischen Trance reißen.

»Guten Morgen«, strahle ich ihn an, einen rosafarbenen Radiergummi in der Hand. Als ich seine Frage höre, deren Tonfall zu seinem verärgerten Gesichtsausdruck passt, runzle ich die Stirn. »Was ist was?«

»Die Kritzeleien, Lucy.«

Ich werfe einen Blick auf die bunte Tafel auf dem Empfangstresen, die mit Herzen, Sternen und Smileys verziert ist. »Das ist deine neue Willkommenstafel. Darauf stehen deine Angebote und Preise. Es ist wie eine Speisekarte, nur für Autos.«

»Es sieht so aus, als ob ich mich für einen Stuhlkreis in der Montessori-Schule anmelden würde.«

Ich schrumpfe zusammen wie ein Ballon, den man mit der Nadel gepikst hat, und versuche zu erklären, warum ich am Montagmorgen um sechs Uhr aufgetaucht bin, in der Hoffnung, den Laden und seinen glanzlosen ersten Eindruck aufzupolieren. »Na ja, das hier ist Cal's Corner. Das ist ein niedlicher Name, also dachte ich, du brauchst niedliches Marketing.«

»Nein.«

Offensichtlich hat unsere regenreiche Begegnung am Samstag seine gusseisernen Mauern nicht durchbrechen können.

»Ich denke, die Kunden werden es zu schätzen wissen«, fahre ich fort und wische seine schlechte Laune beiseite. »Dieser Ort ist wie eine düstere Männerhöhle mit sterilen Wänden und seltsamen Gerüchen. Ich habe einen kleinen Tisch mit einem Wachswärmer aufgestellt.«

Cal steht vor mir mit einer pekannussfarbenen Beanie, einem weißen Muskelshirt und verblichenen Bluejeans. Unter der Mütze lugen weiche, dunkle Locken hervor, die einen jungenhaften Kontrast zu seinem Totenkopf-und-Rosen-Halstattoo und dem Dreitagebart bilden. Die gefurchte Stirn verleiht dem ansonsten schlichten Ensemble eine ganz eigene Note.

Er nimmt einen langen Schluck aus seinem Thermosbecher und blickt auf den glühenden Wachswärmer, der neben dem Wasserspender steht. »Riecht es deshalb hier drinnen wie in einem Stripclub?«

»Schwarze Himbeere und dunkle Vanille«, sage ich.

»Warum hat es die Form eines Karussells?«

Ich kaue auf meiner Lippe und umrunde den Schreibtisch, um mich neben ihn in die Mitte des Empfangsbereichs zu stellen. »Das hat mich an das eine Mal erinnert, als wir auf dem Rummel waren. Du, ich und Em…«

Seine Augen blitzen warnend auf.

»… so unglaublich viel Spaß.« Ich huste in meine Faust. »Wenn es zu seltsam ist, kann ich was anderes besorgen. Die haben auch was mit Blumendrucken. Lustige Muster. Manche sind wie Eulen geformt.«

Er sieht jetzt schon sauer aus, und die Sonne ist erst seit einer Stunde aufgegangen. Cal murmelt etwas Unzusammenhängendes vor sich hin, geht zum Schreibtisch, stellt seinen Thermosbecher ab und beugt sich vor, um einen Aktenordner zu holen.

Ich antworte auf sein Schweigen mit weiterem Geplapper. »Noch mal, es tut mir leid wegen Samstag. Ich wollte nicht …«

»Hör auf, dich zu entschuldigen. Es ist keine große Sache.«

»Ich will nur nicht, dass du mich für unprofessionell hältst.«

»Tu ich nicht.« Er blättert in den losen Papieren, wirft den Ordner zurück und schenkt mir seine volle Aufmerksamkeit. »Zu ein paar Anpassungen deiner Garderobe würde ich allerdings nicht Nein sagen.«

Ich blinzle. »Was? Meine?«

»Ja. Hier.« Cal geht hinter den Schreibtisch, kramt in einem Karton in einem der Schränke und wirft mir dann ein T-Shirt zu. »Zieh das an.«

»Warum? Ich wusste nicht, dass es eine Kleiderordnung gibt.« Ich fasse das schmuddelige Shirt mit dem Bandlogo an und schnuppere kurz daran. Dann muss ich würgen. »Es riecht nach Füßen.«

»Es gehört Kenny.«

»Benutzt Kenny es, um seine Füße zu reinigen?«

»Nicht mehr.« Er wirft mir einen sturen Blick zu und wartet darauf, dass es es anziehe.

»Du meinst es ernst.«

»Ja, ich meine es ernst. Meine Jungs sind offenbar ein Haufen notgeiler Teenager, und ich will nicht, dass sie dich anstarren wie ein Stück Fleisch.«

Mein Gesicht entflammt mit dem Feuer von Billionen von Sonnen. Instinktiv werfe ich einen Blick auf meine Brust und bemerke das kleine Dekolleté, das durch mein orangefarbenes Tanktop hervorschaut und meine langjährige Narbe zur Schau stellt. »Oh. Okay, ich hab eine Strickjacke, die ich anziehen kann.«

»Das funktioniert auch.«

Ich schlucke und zwinge meinen Blick nach oben, bis er auf seinen trifft. Ein Anflug von Verletzlichkeit huscht über seine Miene, ähnlich wie vor zwei Tagen, als wir in meinem Vorgarten standen. Er spannt den Kiefer an, die Adern in seinem Hals treten hervor.

»Ich, ähm … ich weiß, dass du mich immer als kleine Schwester gesehen hast, Cal, nur bin ich jetzt erwachsen.« Ich verziehe das Gesicht zu einem Lächeln, teilweise entzückt von seinem Beschützerinstinkt, doch auch ein wenig beschämt. »Aber ich weiß es zu schätzen, dass du auf mich aufpasst.«

Er schaut zu Boden und sieht aus, als wolle er etwas sagen, vielleicht meiner Meinung etwas entgegensetzen, doch dann bimmeln die Glöckchen, und Ike stolziert durch die Tür, Dante folgt ihm auf dem Fuß.

Cal nutzt die Ablenkung und macht sich aus dem Staub. Er nimmt mir das T-Shirt aus der Hand, murmelt den Jungs ein schroffes »Guten Morgen« zu und stürmt in sein Büro.

»Das Bananenbrot steht auf deinem …«

Die Tür knallt zu.

»… Schreibtisch«, beende ich den Satz mit einem Seufzer. Ich bewahre mit Mühe mein dahinschwindendes Lächeln und wende mich den beiden Mechanikern zu, die von Cals mieser Laune unbeeindruckt scheinen. »Hey!« Ich winke ihnen zu und streiche mit den Händen über meine Jeans, während ich beobachte, wie sie Blicke austauschen.

»Hier riecht es gut«, stellt Ike fest und mustert den Raum. »Hast du alles mit deinen ätherischen Ölen infiziert, Puppe?«

»Nein«, lache ich leichthin und recke einen Daumen über meine Schulter. »Nur ein Wachswärmer. Ich hatte die Hoffnung, es würde die Moral hier ein wenig heben, aber leider …«

Die beiden werfen einen Blick auf Cals geschlossene Tür.

»Ich hab dir doch gesagt, dass du es nicht persönlich nehmen sollst«, meint Dante. »Allerdings scheint er in letzter Zeit besonders mürrisch zu sein. Du bist wahrscheinlich eine physische Erinnerung an die Tatsache, dass er seit tausend Jahren keinen Sex mehr hatte.«

»Ganz zu schweigen davon, dass es hier drin jetzt wie in einem Sexsalon riecht«, sagt Ike an seinem Lolli vorbei. »Ist wahrscheinlich wenig hilfreich.«

Eine spontane Nesselsucht befällt meinen Körper. Hitze sprenkelt meine Brust und mein Schlüsselbein, und ich versuche, die rosa Flecken, von denen ich weiß, dass sie darauf aufblühen, mit einer Hand zu verdecken. Dann lache ich wieder, nur dieses Mal klingt es unsicher. »Ich bin sicher, dass es ihm, äh, gut geht. Du weißt schon … in dieser Hinsicht.«

Dante huscht augenzwinkernd an mir vorbei. »Nicht wirklich.«

Ike tut es ihm gleich, und beide Männer starren gleichzeitig auf mein Dekolleté, bevor sie im Werkstattbereich verschwinden.

Ich presse die Lippen zusammen.

Dann, als sie außer Sichtweite sind, haste ich zum Kleiderbügel, um meine Strickjacke zu holen.

* * *

Es ist kurz nach Mittag, und wir haben keine weiteren Termine für den Tag. Aus Langeweile und in Ermangelung neuer Aufgaben wandere ich in der Werkstatt umher und versuche, mich irgendwie nützlich zu machen. Als ich Cal mit dem Kopf unter einer Motorhaube entdecke, gehe ich zu ihm hinüber, wobei meine Absätze auf dem Zementboden klackern. »Hey!«

Er hat die Musik nicht angestellt, sodass meine Stimme scharf von den leeren Wänden widerhallt.

»Was?« Cal macht sich nicht die Mühe, aufzublicken, sondern fummelt weiter Kaugummi kauend an dem Fahrzeug herum.

»Ich hab das neue Schild aufgehängt, gekehrt und gewischt und alle Scheiben und Fenster geputzt. Oh, und ich hab auch das Bad geputzt.«

Ein Grunzen ist seine einzige Antwort.

»Ich bin dir wirklich dankbar, dass du mir einen Schlüssel überlassen hast, damit ich heute früher kommen konnte. Ich bin ein Morgenmensch, normalerweise bin ich ab fünf Uhr morgens wach. Ich hasse es, herumzusitzen und mich nutzlos zu fühlen, weißt du? Außerdem wollte ich meine Abwesenheit am Samstag wiedergutmachen.«

Schweigen ist seine neue Antwort.

Bin ich darüber schockiert?

Nein. Aber das hält meine ungehorsame Zunge nicht davon ab, weiterzuplappern. Offenbar bin ich unfähig, mit jemandem in einem Raum zu sein, ohne ein Gespräch zu erzwingen, selbst wenn dieser Jemand mich wahrscheinlich hasst und gerade eine Stahlratsche in der Hand hält.

»Woran arbeitest du?«, schwatze ich weiter und schaue ihm über die Schulter, um herauszufinden, was er gerade macht. Meine Fingerknöchel tippen gegen meinen Oberschenkel, während ich mich räuspere.

Mehr Stille.

Es ist in Ordnung. Es ist echt in Ordnung.

Das Klappern von Werkzeugen gegen Motorteile ist das einzige Geräusch, das die nervenzerreißende Stille durchdringt.

Ich mache weiter.

Warum? Weil ich offenbar verkorkst bin, deshalb.

»Vielleicht kannst du mir beibringen, wie man …«

»Verdammt, Lucy.« Cal richtet sich auf und stößt einen Seufzer der Verzweiflung aus.

Das ist so ziemlich die einzige Art von Seufzer, die er von sich gibt.

»Tut mir leid, ich will dich nicht nerven.«

Zwei kräftige Arme verschränken sich über seiner Brust, die Ratsche baumelt in seiner Hand, während er mich mit einer gesunden Mischung aus Verwirrung und Erschöpfung mustert. »Wie kannst du ohne Kaffee so sein?«

»Wie denn?«

»Wie ein Kätzchen, das gerade eine Überdosis an Katzenminze genommen hat.«

Ich kratze mich an der Schulter und zucke nur mit den Achseln, weil ich nicht weiß, wie ich reagieren soll. Er starrt mich an, als ob er mich für ein Kleinkind hält, das ständig unterhalten werden muss.

»Mich kannst du gern nerven, Süße«, ertönt Dantes Stimme von hinten.

Mir entgeht nicht, wie sich Cals Miene verfinstert. Er blickt von mir zu Dante und dann wieder zurück zu mir. »Weißt du, ich muss eigentlich ein paar Besorgungen machen. Dante kann die Stellung halten, solange wir weg sind.«

»Wir beide?«, quieke ich.

»Ach, leck mich doch, Mann«, kichert Dante freundlich und schüttelt den Kopf, als Cal sein Werkzeug abstellt und an mir vorbeistapft.

Ich renne ihm hinterher. »Okay, klar. Das hört sich gut an. Brauchst du mich nicht am Empfang?«

»Sollte passen. Wir sind mit den Terminen für heute fertig. Wenn etwas dazwischenkommt, können die Jungs das regeln.«

Mit seinen langen Beinen ist er mir gefühlte Meilen voraus und zwingt mich so zum Dauerjoggen. Ich mache einen kurzen Boxenstopp am Empfang, bevor ich hinter Cal her auf den Parkplatz eile.

Grummelnd bleibt er stehen und macht auf dem Absatz kehrt. »Ich hab meinen Kaffee vergessen. Bin gleich wieder da.«

»Den hier?« Stolz halte ich den Thermosbecher hoch, den ich mitgebracht habe, und schwenke ihn grinsend hin und her.

Er wirft einen Blick darauf. Das Zucken seiner Lippen hätte durchaus das Potenzial, zu einem Lächeln zu werden, wäre er ein anderer Mensch. Dann nimmt er mir den Becher ab. »Danke.«

»Jederzeit, Boss.« Als ich erfreut auf mein Auto zusteuere, geht Cal stattdessen zu seinem Motorrad und greift nach dem Helm, der darauf liegt. Ich verlangsame mein Tempo, während die Szene weiterläuft. »Oh, fahren wir etwa getrennt?«, frage ich aus ein paar Metern Entfernung.

»Nein.«

Das ist alles, was er sagt.

Ich blinzle ein paar Mal und beobachte, wie er einfach dasteht und mir den Helm hinhält, als solle ich ihn nehmen und tragen.

Auf meinem Kopf.

Weil er will, dass ich auf seinem Motorrad mitfahre.

»Cal, nein«, wende ich ein, während mein Blutdruck in die Höhe schnellt. Ich werfe einen Blick auf meine zerrissene Röhrenjeans und verfluche mich dafür, dass ich kein Kleid trage. Ich trage immer Kleider. Ein Kleid wäre eine bessere Ausrede, nicht auf das Motorrad zu steigen, als: *»Ich hab Angst.«* Mein Herz klopft wie wild, als ich zu ihm hinübertrippele. »Es macht mir echt nichts aus zu fahren.«

»Warum?«

»Ich hab noch nie auf einem Motorrad gesessen.«

»Es gibt für alles ein erstes Mal.« Er zuckt mit den Schultern und zieht die Augenbrauen hoch, als würde er sich fragen, worauf ich warte.

Ich warte darauf, dass der Schrecken vergeht, damit meine Beine wieder zu funktionstüchtigen Gliedmaßen werden können. »Was ist mit deinem Helm?«

»Das passt schon. Wir haben es nicht weit.«

Ich nicke heftig.

Alles klar. Das ist superokay. Selbst wenn wir einen Unfall bauen, wird es wahrscheinlich nur ein kleiner sein, und ich habe

einen Helm. Und Cal hat einen so beeindruckenden Muskel-
anteil, dass er im Grunde eine eingebaute Schutzpanzerung hat.

Ich überzeuge mich selbst, dass ich heute nicht sterben werde, also nicke ich weiter, überwinde den Abstand zwischen uns und nehme ihm den Helm aus der Hand. »Klar, okay. Das wird großartig werden. Wirklich großartig«, sage ich, stülpe mir den Helm über den Kopf und fingere am Verschluss herum.

»Lass mich mal«, mischt sich Cal ein.

Er riecht nach frischer, holziger Badeseife und einem Hauch von Minze, seine Körperwärme bildet ein mildes Gegenstück zu seinem frostigen Auftreten. Mir bleibt der Atem in der Kehle stecken, als schwielige Finger meinen Kiefer streifen, um den Kinnriemen zu befestigen, und unsere Blicke sich treffen. Als der Verschluss einrastet, klappt er das Visier herunter und wendet sich ab.

Der Helm fühlt sich riesig an, und ich habe das Gefühl zu wanken. »Ich sehe bestimmt aus wie Toad, der Fliegenpilz aus *Super Mario*«, mutmaße ich.

Cal mustert mich. Sein Blick fällt auf meine lackierten Zehennägel, die aus meinen Sandalen lugen, streift meine Beine, die in den zerschlissenen Jeans stecken, und verweilt kurz auf dem mandarinfarbenen Tanktop, bis er beim Helm landet. »Du siehst gut aus«, murmelt er und dreht sich um.

Er strahlt lässige Gleichgültigkeit aus, als er sich auf sein Bike schwingt, und ich überhöre fast das Kompliment.

»Na los«, fordert er mich auf. »Setz dich dicht hinter mich, damit du meine Körpersprache spiegeln kannst. Wenn ich mich drehe, drehst du dich mit mir. Versuch, nicht zu sehr zu wackeln oder dich abrupt zu bewegen. Leg deine Arme um meine Taille und halt dich gut fest. Keine Angst – du wirst mir nicht wehtun.«

Ich versuche, mir mentale Notizen zu machen, aber es kommt mir vor, als würde er Einsteins Liste mit Bedingungen an seine

Ehefrau aufzählen, und alles, was ich höre, ist »wackeln«. »Verstanden. Ganz großartig.« Ich sauge meine Unterlippe zwischen die Zähne, hebe das Bein und lasse mich mit wenig Anmut hinter Cal auf dem Sattel nieder. Ich halte mich augenblicklich an ihm fest, bevor ich auf der anderen Seite wieder runterrutsche, rücke näher an ihn heran und umklammere mit meinen Knien seine Hüften. »Okay so?«

Meine Finger fassen locker den Stoff seines Hemdes, also schnappt er sich meine beiden Handgelenke und zwingt meine Arme um seinen Oberkörper, bis meine Brüste gegen die harten Muskeln seines Rückens gepresst sind und meine Handflächen an seinem Bauch.

Ich schnappe nach Luft und fühle mich am ganzen Körper kribbelig.

Er wirft mir einen Blick über die Schulter zu und sagt: »Halt dich an mir fest.«

Cals Nähe und die Aussicht auf die Fahrt versetzen mich in einen Rausch. Ich drücke ihn so fest an mich, wie ich kann, als er den Gang einlegt und uns vom Parkplatz steuert.

Sobald wir an Geschwindigkeit gewinnen, überkommt mich ein Gefühl der freudigen Erregung, das die Angst verdrängt. Ich bin mir fast sicher, dass wir hundert Meilen pro Stunde fahren, aber das Tempolimit beträgt fünfundzwanzig, also versuche ich, mich zu entspannen und das Adrenalin zu genießen, das mich durchströmt.

Straßenschilder rauschen vorbei.

Andere Fahrzeuge sind nur noch verschwommen zu erkennen.

Die spätsommerliche Brise verursacht eine Gänsehaut auf meiner Haut.

Meine Schenkel umklammern Cal, meine rechte Hand umfasst mein linkes Handgelenk, während ich mich an ihm festhalte. Ich möchte lachen oder singen oder weinen, meine Lungen brennen darauf, einfach *etwas* loszulassen.

Ich fühle mich frei.

Aber Cal hatte recht – wir sind nicht weit gefahren und biegen kaum fünf Minuten später auf den Parkplatz eines Autoteilegeschäfts ein. Wir steigen ab und betreten den Laden.

Der Besuch ist ereignislos. Cal spricht mit einem schmierhaarigen Mann am Empfangstresen über die Bestellung eines bestimmten Teils für einen Land Rover, während ich durch die Gänge mit den Regalen voller Zahnriemen, Motorlager, Antriebswellen und Zündkerzen schlendere.

Ich bin in eine Vielzahl von Lenkradbezügen vertieft, als Cal mich schließlich wieder zur Tür hinausdrängt. »Das war's? Du bist fertig?«, frage ich, ziehe die Nase kraus und wundere mich, warum er mich bei einer so kurzen Besorgung dabeihaben wollte.

»Ich dachte, wir könnten nebenan essen gehen.«

Ich blinzle und folge ihm blindlings.

Meine Nervenbahnen prickeln, denn Cal verhält sich an den meisten Tagen so, als würde er lieber mit dem Gesicht in einen brennenden Strauch springen, als sich mir auf drei Meter zu nähern.

Jede gemeinsam verbrachte Zeit, die über das Ausdrucken seines Umsatzberichts am Ende des Tages oder das Hinterhertragen seines verlegten Kaffeethermosbechers hinausgeht, fühlt sich an wie eine Reise nach Disney World, bei der alle Kosten übernommen werden.

Ich spiele meine Aufregung mit einem lässigen »Klingt super« herunter.

Wir bahnen uns einen Weg über den unebenen Bürgersteig des Einkaufszentrums und biegen ein paar Shops weiter in einen Burgerladen ein. Cal zieht etwas aus seiner Tasche, das wie ein Kaugummi-Blister aussieht, drückt einen aus der Folie und steckt ihn sich in den Mund. Der fruchtig-minzige Duft weht zu mir herüber, vermischt sich mit etwas Eichenholz und ergibt ein Elixier, das ganz Cal ist.

»Ihr könnt euch hinsetzen, wo ihr wollt«, ruft uns eine Kellnerin zu, sobald wir das Restaurant betreten.

Wir lassen uns in einer Nische nieder, setzen uns einander gegenüber, und Cal reicht mir die Speisekarte. »Sind Burger okay für dich?«, fragt er, den Blick auf die Lunch-Angebote geheftet.

Ich suche nach etwas, das nicht aus Rindfleisch besteht, und lande bei einem Burger mit schwarzen Bohnen. »Jep, alles klar. Ich bin Vegetarierin, aber die Restaurants sind heutzutage viel besser darauf eingestellt. Meistens finde ich etwas, das nicht aus Fleisch besteht.«

Er zieht die Augenbrauen hoch. »Wirklich? Aber Milchprodukte isst du?«

»Ja, weil: Käse.«

Er nickt und fügt hinzu: »Du hast früher Fleisch gegessen.«

Es ist eine so einfache Aussage. Eine triviale Beobachtung. Aber es ist auch das allererste Mal, dass Cal den allerkleinsten Einblick in unsere gemeinsame Vergangenheit gewährt. Ich kann mir ein Lächeln nicht verkneifen, während ich mich auf den Armen vorlehne und auf meiner Lippe knabberte. »Deine Mutter hat uns im Sommer manchmal Leberwurstbrote zum Mittagessen gemacht«, überlege ich und achte auf seine Mikroexpressionen, während er aus dem Fenster schaut. »Wir haben sie zur Uferpromenade runtergetragen und uns auf den Steg gesetzt. Ich hab sie gegessen, denn sonst hätte ich ein schlechtes Gewissen gehabt, weil sie die ja extra für uns gemacht hat. Aber du und Emma habt immer …«

»Die Enten damit gefüttert.«

Etwas in mir zieht sich zusammen, weil ich nicht erwartet habe, dass er die Geschichte bestätigt. Ich erwarte nicht, dass er *irgendetwas* bestätigt, was mit ihr zu tun hat. Ich wippe mit dem Kopf und webe meine Worte vorsichtig zusammen, weil ich Angst habe, ihn wegzustoßen und unser Band damit zu zerreißen. »Ja. Und dann sind wir zu mir nach Hause gefahren und haben heimlich die Speisekammer geplündert, während meine Mutter im Hobbyraum ihre Trainingsvideos angesehen hat.«

Das Mittagslicht spiegelt sich in seinen Augen, als er durch die Glasscheibe nach draußen schaut. Sie blitzen kurz unter tausend vergrabenen Erinnerungen auf. Erinnerungen, die unter Schmutz und Ruß verschüttet sind und die ich gern ausgraben und neu beleuchten würde. Erinnerungen, die ich unbedingt wiederaufleben lassen möchte.

Doch dann schlendert eine Kellnerin zu uns herüber und zieht Cal mit einem fröhlichen *Hallo* zurück in die Schatten. Ich sehe die Veränderung, die Unterbrechung, als er sich räuspert und aufrichtet und die schwelende Nostalgie wegblinzelt.

Unser Band verwandelt sich in eine Schlinge, ich mache ein ersticktes Geräusch und sinke zurück in die Sitzecke.

»Was darf ich Ihnen bringen?«, zwitschert die Kellnerin und schnippt mit ihrem Stift gegen einen Notizblock.

Sie schaut erst mich an, dann wendet sie sich Cal zu und sieht ihn mit einem eindeutigen Sex-Blick an, wobei sie ihn sich zweifellos nackt vorstellt.

Cal bestellt einen Cheeseburger und Pommes, während ich meinen Veggie-Burger mit Cheddar, extra Senf und eine Obstbeilage aufzähle. Als sie ihr Haar zurückwirft und mit einem koketten Hüftschwung davonstolziert, brennt sich Dantes frühere Andeutung über Cals Zölibat durch mein Gehirn. Cal scheint der Duft des Lavendel- und Kamillenparfüms der Frau, das immer noch in der Luft hängt, recht kaltzulassen, und er wirft ihr kaum einen freundlichen Blick zu – was interessant ist, denn sie ist hübsch, und ihre Brüste haben Pornosternchenniveau.

Da die Stimmung bereits gekippt ist, beschließe ich, eine ganz andere Richtung einzuschlagen. »Gehst du oft aus?«

Er sieht mich neugierig an, als ob er die Frage nicht erwartet hätte. Cal faltet die Hände auf dem Tisch und lehnt sich ein Stückchen vor, wobei seine kräftige Statur praktisch die komplette Nische einnimmt. Und als er mir in die Augen schaut, das Gold das rauchige Braun überstrahlt, habe ich das Gefühl, dass seine Nähe meine ganze Brust ausfüllt. Schließlich antwortet er: »Nicht oft.«

»Dann stehst du eher auf unverfängliche Bettgeschichten?«, platze ich als Nächstes heraus.

Nein!

Warum, Lucy? Was ist los mit dir?

»Eher selten«, antwortet er, und die Falte zwischen seinen Augen vertieft sich. »Warum fragst du? Ist das die Lucy-Art, mir mitzuteilen, dass du interessiert bist?«

Die Hitze wandert von meinem Nacken zu meinen Ohren, dann wieder zurück zu meiner Brust und hinterlässt eine Spur von zufallsgesteuerten rosafarbenen Flecken, bis es aussieht, als hätte ich beim Einschmieren mit Sonnencreme einen Gehirnschlag erlitten. Mein Mund wird trocken, als ich versuche, etwas Verständliches zu formulieren. »Ich … ich war nur neugierig«, stottere ich. »Ich weiß nicht mehr viel über dich. Du siehst aus wie ein Typ, der …«

»Der was? Einen Harem hat?«

Die Hitze in meinem Gesicht nimmt noch weiter zu, was ein klares Zeichen dafür sein sollte, das Thema zu wechseln, aber aus irgendeinem Grund mache ich weiter. Und ich glaube, dieser Grund ist, dass Cal redet. Er unterhält sich aktiv mit mir, und ich finde diesen Umstand leicht süchtig machend. »Ich will damit nur sagen, dass du aussiehst, als würdest du gut zurechtkommen.«

Er fährt sich mit der Zunge an den oberen Zähnen entlang, während er mich studiert und versucht, zwischen den Zeilen zu lesen. Da wird mir klar, dass ich im Grunde zugegeben habe, dass ich ihn körperlich attraktiv finde.

Ich stelle mir vor, einfach wegzuschmelzen und in den Ritzen des Bodens zu versickern.

»Du bist also interessiert?« Seine Augen verengen sich, als würde er sich ernsthaft fragen, worauf ich bei diesem Gespräch hinauswill.

Die Sache mit dem Schmelzen hat nicht funktioniert, also muss ich die Frage mit roten Wangen und Schweißperlen auf der Stirn beantworten. »Nein! Ich meine, nein. Definitiv nicht.«

»Definitiv nicht«, echot er leise.

»Nicht, dass du nicht … du weißt schon, *interessant* wärst. Das bist du. Du bist irgendwie ein Bad Boy und geheimnisvoll, und du hast die Tattoos, das Motorrad, die Muskeln …«

»Und die Persönlichkeit«, bietet er an.

Es dauert eine Minute, bis ich merke, dass er scherzt, sich über sich selbst lustig macht, denn er sagt es mit einer solch unbekümmerten Lässigkeit. Ich breche in Gelächter aus und neige den Kopf, bis mein Haar um mich herum fällt und auf dem Tisch aufkommt.

Als ich wieder zu ihm aufschaue, lächelt er nicht, aber er legt den Kopf auf eine charmante Art schief, und da steht etwas in seinen Augen, das beinah einem Glitzern gleichkommt.

»Und den Sinn für Humor«, füge ich grinsend hinzu und bändige mein Haar.

Cal verschränkt die Arme vor der Brust und lehnt sich zurück. »Ich werde all diese Komplimente an meinen Hort von Konkubinen weiterleiten.«

Noch mehr Lachen purzelt aus mir heraus.

Als die Kellnerin wenige Augenblicke später unser Essen bringt, spüre ich das Rosa auf meinen Wangen immer noch.

»Ich sehe dich nicht oft lachen«, bemerkt Cal, nachdem er einen Bissen von seinem Burger genommen und seine Hände an einer Serviette abgewischt hat. »In meiner Gegenwart siehst du meistens aus, als wärst du in einem permanenten Zustand der Verzweiflung.«

Ich beobachte, wie er die kleine Papiertasche mit den Pommes durchwühlt, die knusprigen einsammelt und die matschigen – die *besten* – zur Seite schiebt.

Mein freudiges Gesicht nimmt einen gequälten Ausdruck an, denn er lässt seiner Aussage fünf Worte folgen, bei denen mein Magen Saltos schlägt.

»Ich sehe dich gerne lachen.«

Er belässt es dabei und widmet seine Aufmerksamkeit wieder seinem Lunch.

Mein Gehirn schaltet auf Hochtouren und versucht, diese Erklärung zu entschlüsseln, während ich an meinem Burger und den Honigmelonenstückchen knabbere.

Ich denke auch noch darüber nach, als Cal darauf besteht, die Rechnung zu bezahlen, und die Quittung, auf die die Kellnerin ihre Nummer gekritzelt hat, zerknüllt im Mülleimer landet.

Ich denke darüber nach, als wir auf sein Bike steigen und seine Hand nach hinten greift, um meinen Oberschenkel zu packen und mich näher heranzuziehen, damit ich sicher bin.

Ich denke darüber nach, als auf diese Geste hin eine ganze Kolonie von Schmetterlingen in meinem Bauch herumflattert.

Ich denke darüber nach, als sich meine Arme um seine Taille schlingen und ihn festhalten, während ich mir wünsche, ich könnte den Helm abnehmen und meine Wange an seinen warmen Rücken schmiegen.

Letztendlich denke ich immer noch darüber nach, als die Nacht hereinbricht und ein Traum mich in eine Scheinwelt zieht, in der wir wieder jung sind, frei und unbelastet.

Emma ist immer noch bei uns.

Und wir hören nicht auf zu lachen.

KAPITEL 8

21.08.2012

„Brüderliche Liebe"

Heute sind Lucy und ich in den Park gegangen, um Cal beim Basketballspielen zuzusehen. Alex, einer seiner dummen Freunde, ein Fiesling, pfiff uns nach, während wir am Spielfeldrand Roastbeef-Sandwiches aßen. Er wackelte mit der Zunge und sagte: „Wenn euch das Fleisch ausgeht, habe ich etwas von meinem eigenen, das ihr euch in den Mund stecken könnt." Dann griff er sich in den Schritt.

Highschool-Jungs sollten so etwas nicht zu Junior-High-Mädchen sagen – Punkt!

Aber das ist noch nicht alles.

Cal ist deswegen ausgerastet! Er schubste Alex zu Boden und sagte, er würde ihn umbringen, wenn er jemals wieder so mit uns reden würde. Alex gefiel das nicht, also stand er auf und ging auf Cal los. Mein Bruder fiel hart zu Boden und schlug mit dem Kopf auf dem Zement auf … dann lag er einfach da und bewegte sich nicht.

Lucy schrie. Sie warf ihr Sandwich weg und rannte schneller, als

94

ich sie je habe rennen sehen, ließ sich neben Cal auf die Knie fallen und beugte sich über ihn. Ich folgte ihr, rief seinen Namen und wies Alex an, er solle nach Hause laufen und unsere Eltern holen. Als Cal endlich die Augen aufschlug, schaute er Lucy mit einem sehr komischen Gesichtsausdruck an. Er blinzelte immer wieder und starrte sie an, als wäre sie gar nicht real. Als ob er in einer seltsamen Trance gefangen wäre oder so.

Ich hörte nicht, was er zu ihr sagte, weil Alex hinter mir zu brüllen begann.

Aber als wir alle zusammen nach Hause gingen, hatten sie beide den gleichen komischen Ausdruck im Gesicht …

Toodles,
Emma

＊ ＊ ＊

Meine Augen müssen mir einen Streich gespielt haben.

Ich blinzle durch das diffuse Licht der Weinbar und versuche, meine Stimme nicht schwanken zu lassen, während ich mit meiner Akustikgitarre den Text von *Edge of Seventeen* von Stevie Nicks singe. Zum ersten Mal, seit ich mit Liveauftritten begonnen habe, flattern die Nerven in meiner Brust. Meine Knie schlagen zusammen, während ich mit den Füßen auf der Sprosse des Hockers wippe.

Er ist hier.

Cal ist hier und beobachtet mich vom Rand der Bar aus beim Spielen.

Kerzenlicht taucht ihn in flackernde Schatten, während die Beleuchtung unter der Bar einen amethystfarbenen Schimmer auf sein stoisches Gesicht wirft.

Er starrt mich offen an und nippt an einem Glas mit dunkler

Flüssigkeit. Wahrscheinlich Whisky oder Bourbon. Seine kräftige Statur, seine muskulösen Oberschenkel nehmen praktisch zwei Hocker ein, und in seinem Blick liegt ein Glühen, das mir einen Schuss Feuer in die Adern jagt, fast so, als hätte ich selbst einen Hunderprozentigen auf Ex getrunken.

Konzentration, Lucy!

Ich schließe die Augen und ziehe den Kopf ein, um mich zu konzentrieren, doch der Text ist mir entfallen, und ich wiederhole eine Strophe.

Reiß dich zusammen.

In der Hoffnung, dass es niemand bemerkt hat, lasse ich mich von dem Ausrutscher beflügeln, entspanne mich, richte meine Wirbelsäule auf und schmettere den Rest des Liedes aus ganzer Seele. Als der Nachhall der Gitarrensaiten in Applaus übergeht, fülle ich meine Lungen mit einem kräftigen Atemzug und öffne wieder meine Augen.

Ein Lächeln zupft an meinen Mundwinkeln.

Ich habe das Ende gut hinbekommen.

Aus irgendeinem Grund kann ich nicht verhindern, dass mein Blick zu Cal hinübergleitet, lächle, beiße mir auf die Lippe und beobachte, wie er sein Getränk zwischen langen Fingern dreht, einen langsamen Zug nimmt und dann den Blick abwendet.

Ich seufze mit neuer Zuversicht, nehme das Mikrofon in die Hand und wende mich ans Publikum, während der Jubel abebbt. »Vielen Dank, dass ihr alle heute Abend gekommen seid. Ich kann euch gar nicht sagen, wie viel es mir bedeutet, jede Woche für euch aufzutreten. Es erfüllt mein Herz und zaubert mir das größte Lächeln ins Gesicht.«

Jemand in der Menge pfeift, und ich spähe flüchtig zu Cal, doch er sieht mich nicht mehr an. »Ich bin Imogen. Nächsten Freitag bin ich wieder hier und bringe euch ein Ständchen mit. Und wenn alles gut geht, werde ich euch hoffentlich auch ein Lächeln ins Gesicht zaubern können. Gute Nacht.«

Weiteres Klatschen und Rufe ertönen, die bald von müßigem Geplapper und einem bluesigen Musiksender abgelöst werden. Ich erhebe mich langsam vom Hocker und streiche mein gestuftes Minikleid glatt. Es ist rostfarben und hat ein Blumenmuster, die Ärmel sind lang und gerafft, passend zum kühleren Wetter, das mit dem September Einzug gehalten hat.

Ich habe mir heute Abend ein wenig mehr Mühe mit meinem Haar gegeben und es offen und gelockt gelassen, wobei die hellbraunen Strähnen über meinen Schultern hängen, die aus dem Kleid herausschauen.

Während ich meine Gitarre einpacke, summt mein Handy in meiner Handtasche, die auf einem Stuhl am Rand der Bühne liegt.

Es ist Alyssa.

Alyssa:
GIRL! Ich stecke in einem schrecklichen Meeting mit Wilshire fest und bin spät dran. Wissen die Leute nicht, dass der Satz »Gibt es noch Fragen?« bedeutet, dass die Besprechung zu Ende ist? Nope. Die Leute nehmen einfach an, dass es tatsächlich an der Zeit ist, Fragen zu stellen. Idioten. Wie auch immer, ich werde bald da sein, um dich zu knuddeln und mit Liebe zu überschütten.

Ich grinse breit und schreibe eine kurze Antwort.

Ich:
Keine Sorge! Ich bin gerade fertig geworden, aber es gibt noch genug Wein.
Cal ist aufgetaucht, also werde ich mit ihm reden.

Alyssa:
Augapfel-Emojis

Ich:
Ich weiß. Der Schock des Jahrhunderts.

Alyssa:
Heilige Scheiße.
Okay.
Shit.

Ich:
Oh, sieh mal, meine problematischen Sprachmuster färben auf dich ab.

Alyssa:
Scheiße.

Ich:
LOL.
Bis gleich!

Ich stecke mein Handy in die Tasche meines Kleides, schließe den Gitarrenkoffer und trete von der kleinen Bühne. Die Gäste lächeln und winken mir zu, als ich an ihnen vorbeilaufe und direkt auf Cal zusteuere. Er sitzt über die Bar gebeugt, eine große Handfläche um sein halb leeres Glas gelegt, seine Körpersprache ist das Äquivalent zu einer Leuchtreklame mit der Aufschrift »*Zimmer belegt*«.

Die Art von Schild, auf die man einen Blick wirft und dann weiterfährt.

Aber mir ist klar, dass es kein Zufall ist, dass er genau zu der Zeit, zu der ich jeden Freitagabend auftrete, in meiner Stammweinbar sitzt, also muss er hier sein, um seine Unterstützung zu zeigen.

Oder?

Cal rutscht ein wenig auf dem Hocker hin und her und dreht sich zu mir herum, als ich mit schwingendem Haar, großen Augen und einer Menge nervöser Energie auf ihn zumarschiere. An seinem Outfit hat sich zwar nichts geändert – schlichtes weißes T-Shirt, dunkle Jeans, schwarze Boots –, doch ist er heute ohne Kappe oder Beanie unterwegs. Dafür hat er seine Frisur mit irgendeinem Styling-Gel zerstrubbelt, Haare wie nach dem Aufstehen, bloß mit mehr Aufwand.

Und, *oh*, er *riecht* sensationell.

Ich trete in eine berauschend männliche Duftwolke, die aus seiner üblichen holzigen Seife oder seinem Deodorant besteht und sich mit einem neuen Eau de Cologne vermischt, das Frauen wohl dazu verleiten soll, sich spontan ihrer Kleidung zu entledigen.

Frauen, die nicht ich sind, natürlich, aber Alyssa wird definitiv hin und weg sein.

Cal richtet sich auf dem Hocker auf, führt das Glas an seine Lippen und mustert mich langsam von Kopf bis Fuß, als ich näher komme. Seine Augen ruhen für einen kurzen Moment auf der Narbe auf meiner Brust. Die Narbe, über die ich ihn angelogen habe, als ich ihm erzählte, sie stamme von einem Unfall, als ich noch ein Kleinkind war.

Als sich unsere Blicke treffen und seine Körperwärme auf mich übergeht, krampft sich mein Magen mit einem ungewohnten Gefühl zusammen. Es lässt mein Herz galoppieren und meine Haut warm werden.

Mit einem unsicheren Atemzug wird mir klar, dass das lächerlich ist.

Das hier ist Cal.

Mein Chef. Mein Freund.

Ich ermahne mich, cool zu bleiben.

Liebe Lucy, bitte verhalte dich vernünftig und rational. Und bitte, um Himmels willen, sag etwas Normales.

Ich schenke ihm ein umwerfendes Lächeln und sage: »Wow, hey. Als ich dich gesehen habe, hätte ich dich beinah eingeritten.«

Und dann verschwindet alle Farbe aus meinem Gesicht.

Cal verschluckt sich an seinem Bourbon, was vielleicht die stärkste Reaktion ist, die ich seit unserem Wiedersehen von ihm bekommen habe. Er räuspert sich und sieht mich nicht an, als er murmelt: »Ich freue mich auch, dich zu sehen, Lucy.«

Vor meinen Augen tanzen Sterne, als hätte man mir eine Bratpfanne über den Hinterkopf gezogen, und es kostet mich alle Kraft, aufrecht zu bleiben. »Das ist … komplett und ganz und gar nicht das, was ich sagen wollte«, krächze ich und lege beide Handflächen an meine Wangen, um die mit Sicherheit scharlachroten Flecken darauf zu verbergen. »Ich hab *mich reingeritten*. Als ich dich gesehen habe, hätte ich *mich* fast reingeritten. In einen Schlamassel. Da oben auf der Bühne, als ich gesungen habe. Das heißt, ich war überrascht, dich zu sehen, und bin über den Text gestolpert. Das war's dann. Gott, es tut mir so leid.«

Nash, der das Gespräch offensichtlich mitgehört hat und nun in meine ewige Schande eingeweiht ist, gluckst, während er mit einem Lappen über die Theke wischt.

»Abgefahren«, sagt er.

Ich fange seinen amüsierten Blick auf und nehme die Hände vom Gesicht, weil ich eine für mein Gleichgewicht brauche. Ich klammere mich an die Stuhllehne neben mir und flehe meine Beine an, nicht mehr zu zittern. »Riesling, bitte«, quieke ich.

Er grinst, während er an der Bar entlanggeht und auf den Platz neben Cal zeigt.

Dort steht bereits ein volles Glas Wein.

Ich erröte zehnmal mehr, als ich das vertraute Gekritzel auf der Serviette darunter entdecke. »Danke.« Ich fummele mit dem Hocker herum, dessen Beine auf dem Boden quietschen und so meine Würde nachäffen. Als ich mich darum herummanövriere, um aufzusteigen, streifen meine Knie den rauen Jeansstoff von Cals Oberschenkel, und das kribbelnde Gefühl durchfährt mich wieder.

Ich bin ein Wrack.

Er wirft einen Blick auf die Stelle, wo wir uns berühren, bewegt sich aber nicht weg. »Du warst gut«, sagt Cal und beobachtet mich dabei, wie ich mich auf den Sitz neben ihm hieve.

Das Kompliment erwärmt mein ohnehin schon fieberheißes

Blut. »Oh, danke. Ich fühle mich wie ein anderer Mensch, wenn ich auftrete.« Meine Demütigung ebbt schließlich ab, als ich mein Weinglas fixiere und mich vorbeuge, um einen Schluck zu nehmen, wobei mein Blick zu ihm hinüberspringt. »Es ist wie ein Adrenalinschub. Etwas Befreiendes.«

Lange, dunkle Wimpern berühren fast seine Augenbrauen, während er in sein Glas starrt und die Eiswürfel klirren lässt. »Das letzte Lied ist schwer zu singen.«

Er hat recht – das ist es. Ich habe monatelang geübt, um meine Akustik-Version zu perfektionieren. »Ich liebe Stevie. Ich bin eine Art alte Seele«, gestehe ich und merke, dass sich unsere Schultern beinahe küssen. »Also, ähm … was machst du hier? Bist du zufällig vorbeigekommen? Ich meine, du wusstest ja wohl nicht, dass ich hier spiele.«

»Du hast es erwähnt.«

Das ist alles, was er sagt, aber ich bin mir fast sicher, dass ich es ihm nie gesagt habe.

Cal lenkt seine Aufmerksamkeit auf die kleine Serviette, die ich versuche, mit meinem Unterarm zu bedecken, während sein eigener tätowierter Arm nach rechts wandert und mich streift. »Schläfst du mit dem Barkeeper?«

Meine Augen werden angesichts der direkten Frage und des abrupten Themenwechsels riesengroß.

Ich nehme an, dass es nicht schlimmer ist als mein schamloses Nachbohren nach seinen sexuellen Eroberungen am Montag, also schüttele ich leicht den Kopf und trinke ein paar Schlucke Wein. »Nein. Er hinterlässt mir nur nach jedem Auftritt einen Zettel. Das ist süß.«

Ich schaue mir die Nachricht von heute Abend an und lese sie im Stillen:

»Ich habe heute Abend drei Kunden reichlich verärgert, weil ich so abgelenkt davon war, wie sich deine Lippen bewegen, wenn du singst.«

Oh.

In meiner Brust spüre ich eine Enge, die mir die Luftröhre hinaufkriecht. Nashs Notizen waren immer süß und harmlos, aber diese hier ist viel anzüglicher und lässt wenig Raum für Interpretationen. Ich räuspere den Felsbrocken in meiner Kehle weg, drehe die Serviette um und kichere leicht: »Echt süß. Wie auch immer ...« Ich wende mich zu Cal und beobachte die skeptische Wölbung einer espressobraunen Augenbraue und das Zucken in seiner Wange. »Was machst du hier? Du kommst mir nicht wie ein Partylöwe vor.«

»Wie kommst du darauf?«

Violettes Barlicht beleuchtet seine todernste Miene, und ich beiße mir auf die Lippe, um ein Lächeln zu unterdrücken. »Netter Versuch. Du bist meiner Frage jetzt schon zweimal ausgewichen.«

Er blinzelt, wendet den Blick ab und nimmt einen Schluck von seinem Getränk. »Bin ich das?«

Ich schnaube.

»Was ist mit dem Künstlernamen?«, fragt er.

Seufzend finde ich mich mit der Tatsache ab, dass er mir heute Abend seine tiefen, dunklen Gedanken nicht mitteilen wird – wahrscheinlich überhaupt keinen seiner Gedanken. Ich bin fest entschlossen, sie eines Tages aus ihm herauszubekommen. »Emma«, gebe ich leise zu und beobachte, wie er mit dem Glas auf halbem Weg zu seinem Mund innehält.

Cals Augen blitzen gequält auf, bevor er einen Schluck nimmt und das Glas dann mit mehr Kraft als erwartet abstellt. Diese zwei Silben scheinen immer das Schlimmste in ihm zu provozieren, und ich sehne mich nach den Tagen, als sie das Beste hervorriefen.

»Ihre Lieblingspianistin war Imogen Cooper«, fahre ich fort. »Sie wollte eines Tages genau wie sie sein. Ich dachte, es wäre eine schöne Hommage ...«

»Ich hab's verstanden, Lucy.« Er knurrt praktisch, streicht sich über seinen Bartschatten und schaut überall hin, nur nicht zu mir. »Du musst verdammt noch mal nicht weiter darüber reden.«

Sein Zorn ist beinah greifbar, ich kann ihn schmecken.

Er ist ätzend und bitter, also nehme ich einen großen Schluck von meinem Wein, weil ich den Geschmack vertreiben will.

Mir ist klar, dass ich jetzt besser nichts mehr dazu sage. Ich kauere wie ein gescholtenes Kind auf meinem Hocker und streiche mir die Haare ins Gesicht, um die Röte in meinen Wangen zu verbergen. Ich drehe mein Glas zwischen den Fingern und starre auf meine nussbraun lackierten Nägel, während ich darauf warte, dass sich die Wolke der Verachtung verflüchtigt.

Und dann drückt eine große Handfläche sanft in mein Kreuz.

Als ich merke, dass es Cal ist, der mich aktiv berührt, und zwar auf eine Art und Weise, die sich *entschuldigend* anfühlt – fast intim –, erleidet mein Gehirn einen Kurzschluss, und mein Herz setzt einen Schlag oder sechs aus. Es ist eine unschuldige Geste. Zwanglos, freundlich. Wahrscheinlich hat er nicht weiter darüber nachgedacht, als er eine mit Tinte bemalte Hand hob, mit den Fingerspitzen den Bogen meiner Hüfte entlangstrich und diese Hand dann über die schmale Wölbung meines unteren Rückens spreizte.

Aber es macht etwas mit mir.

Überall blüht Wärme auf – in meinem Gesicht, meiner Brust, meinen Ohren, meinem Hals. Seine Berührung lässt Wärme in meinen Bauch schießen. Ich bin von diesem Gefühl so überwältigt, dass ich völlig still werde, auf der Stelle erstarre und meine Finger sich um den Stiel des Weinglases krümmen, bis meine Knöchel weiß werden.

Er lehnt sich zu mir und lässt seine Lippen nur wenige Zentimeter vor meinem Ohr innehalten. »Es tut mir leid.«

Die Worte sind kratzig wie Sandpapier und lassen ein Kribbeln über meinen Rücken laufen. Während er es sagt, entfernt sich seine Hand wie in Zeitlupe und verfehlt dabei nur knapp meinen Hintern.

Eine Berührung.

Eine Berührung und ein paar Worte, und doch fühlt es sich an, als ob mein Inneres explodiert wäre und ich an der Qualmwolke ersticke.

Was passiert hier?

Schließlich wage ich es, seinem Blick zu begegnen, entsetzt über mich selbst, weil ich so heftig auf eine so kleine Geste reagiere. Ich bete, dass er es nicht bemerkt hat.

Aber es ist ein Fehler, ihn anzusehen, denn er ist immer noch so nah, *zu* nah, und seine Augen saugen die Reaktion auf, von der ich verzweifelt gehofft habe, dass sie nicht wahrgenommen hat. »Es ist okay«, hauche ich und streiche mit meiner Zunge über meine nun trockenen Lippen. Cal senkt den Blick auf meinen Mund und verweilt dort, als ich meinen Satz beende. »Ich verstehe. Ich werde sie nicht mehr erwähnen.«

Die Adern in seinem Hals spannen sich an, als er sich wieder aufrichtet. »Ich muss einfach darüber hinwegkommen.«

»Das ist nicht wahr. Manche Dinge sind nicht dazu bestimmt, dass wir über sie hinwegkommen.«

Seine Augen sind verengt, sein Blick wenig überzeugt.

»Ich meine nur … nicht alles, was uns schmerzt, muss vergessen oder verbannt werden. Es tut weh, weil es *wichtig war*. Und Dinge, die einmal wichtig waren, werden immer wichtig sein«, sage ich ihm. Ich bin mir nicht sicher, ob ich mich verständlich ausdrücke, aber er beschimpft mich jedenfalls nicht und schleicht sich auch nicht davon, also verbuche ich das als Erfolg. Ich setze mich auf dem Hocker ein wenig aufrechter hin und drehe mich zu ihm, bis meine Knie sein Bein streifen, nur ganz leicht. »Wir müssen einen Weg finden, diese Dinge auf positive

Weise mit uns zu tragen. Anstatt uns von ihnen unterkriegen zu lassen, sollten sie uns vorwärtsbringen. Uns inspirieren. Uns helfen zu wachsen.«

Vielleicht ist es der Rausch des Bourbons. Vielleicht ist es die Stimmungsmusik, ein Schlaflied für seine inneren Dämonen. Was auch immer es ist, Cal öffnet sich.

Er wirft mir einen Krümel zu, und ich inhaliere ihn wie einen Gourmetschmaus.

»Ich denke jeden verdammten Tag an sie«, gesteht er leise und gequält. Sein Finger tippt an den Rand des Glases, während er auf die schmelzenden Eiswürfel hinunterstarrt. »Sie ist meine persönliche schwarze Wolke. Sie verfolgt mich, jede Spur von Freude wird sofort ausgelöscht.« Er hebt den Blick und lässt ihn über mein Gesicht gleiten, die Brauen verziehen sich, und da ist er wieder, der typische finstere Ausdruck. »Und jetzt bist du hier.«

Diese Aussage durchbohrt mich wie ein heißes Schüreisen.

Es ist nicht schwer, zwischen den Zeilen zu lesen: *Du machst es nur noch schlimmer.*

»Ich wollte nie dein Leben durcheinanderbringen, Cal. Ich wollte nur ...« Ich beiße mir auf die Wange und wende mich ab. »Ich hab dich vermisst.«

Ein spöttisches Knurren entfährt ihm. »Du hast einen Jungen vermisst, den du einst gekannt hast. Du hast ein märchenhaftes Leben vermisst, das du mal hattest, bevor es dir von einem Bösewicht weggenommen wurde.«

»Wir könnten neu anfangen«, setze ich an, wohl wissend, dass ich mein Glück überstrapaziere, aber ich will nichts weiter, als ihn zum Reden zu bringen. »Wir könnten wieder Freunde sein.«

»Freunde«, murmelt er immer noch spöttisch. »Nein. Du lebst mit dem Kopf in den Wolken, in deiner kleinen Bubble, und ich bin immer noch ... *dort.*«

Dort.

Ich weiß, wo »dort« ist, weil ich an manchen Tagen am selben Ort lebe.

Ich streiche mir eine Haarsträhne hinters Ohr, greife nach meinem Weinglas und nehme einen langsamen Schluck, wobei ich ihn über den Rand hinweg anschaue. Ich schlucke die Flüssigkeit hinunter. »Also … Warum bist du dann heute Abend gekommen?«, will ich wissen.

Sein Stirnrunzeln vertieft sich, als er meine Andeutung bemerkt.

Sicherlich ist er gekommen, um mich zu sehen. Er ist gekommen, weil er all die Dinge vermisst, die ich auch vermisse, aber er ist zu verbohrt und verschlossen, um es zuzugeben.

Es gibt keine andere Möglichkeit. Das kann kein Zufall gewesen sein.

Als er merkt, dass er es nur zugeben oder ausweichen kann, zieht sich Cal zurück und kippt den letzten Schluck seines Getränks hinunter. Ein langer Seufzer verrät mir, dass er mit dem Reden fertig ist, sobald er das Glas abstellt und sich vom Hocker erhebt. Als er aufsteht, wirft er einen Zwanzig-Dollar-Schein auf den Tresen, doch bevor er sich zum Gehen wendet, nimmt er die Serviette mit Nashs Nachricht und zerknüllt sie in seiner Faust.

Dann dreht er sich zu mir um. Nur leicht, aber der Moschusduft seines Parfüms vermischt sich mit dem Zauber seiner nächsten Worte.

»Du singst wie ein verdammter Engel.«

Ich atme scharf aus, die Luft wird mir regelrecht aus den Lungen gepresst.

Meine Knie zittern, mein Herz gerät ins Straucheln, doch Cal bleibt nicht, um mich zu beruhigen. Er geht davon und lässt mich schmerzhaft verunsichert zurück. »D-danke, dass du heute Abend hergekommen bist«, stottere ich und knete meine

Hände, damit sie aufhören zu zittern. »Das bedeutet mir sehr viel.«

Der Lärm in der Bar übertönt meine schwache Stimme, doch er schaut mich trotzdem an. Nur ein rascher Blick über seine Schulter, gepaart mit einem langsamen Blinzeln. Kein Lächeln, kein Nicken.

Nichts als ein kurzes Zögern.

Auf dem Weg nach draußen wirft er die zusammengeknüllte Serviette in den Müll, dann ist er weg.

Er ist weg, und doch spüre ich ihn überall. Seine Worte krabbeln über meine Haut und wärmen mich wie die Mittagssonne.

Keine fünf Minuten später stürmt Alyssa durch den Eingang auf mich zu, wobei mir Entschuldigungen und übertriebene Geschichten über ihr Marketing-Meeting um die Ohren fliegen.

Ich höre sie kaum.

Genauso wie ich Nash kaum höre, als er mein Weinglas wieder auffüllt und sich nach dem Fremden erkundigt, der gekommen ist, um meinen Auftritt zu sehen.

Ich bin mir ziemlich sicher, dass ich irgendeine Antwort gebe, aber ich höre nicht einmal meine eigene Erwiderung.

Alles, was ich höre, sind die Worte eines kleinen Jungen, der auf dem Bürgersteig liegt und mich mit einem Blick voller Ehrfurcht und Verwunderung anstarrt, während die Sonne mein Haar in Flammen taucht, als hätte ich einen Heiligenschein.

»Bist du ... ein Engel?«

KAPITEL 9

Die Wochen vergehen wie im Flug, und es ist fast so, als wäre nichts passiert.

Ich meine ... es *ist* ja eigentlich auch nichts passiert.

Jedenfalls nichts, was Cal dazu veranlassen würde, seine Persönlichkeit zu ändern und mich plötzlich wie seine neue beste Freundin zu behandeln. Es war nur eine kleine Hand-Rücken-Berührung, die meinen Puls in die Höhe schießen ließ, gepaart mit einem Kompliment, das ich in den letzten vierzehn Tagen immer wieder unsinnig in meinem Gehirn wiederholt habe.

Das ist meine Sache. Ich greife nach Strohhalmen, auch wenn es sich um billige Papierstrohhalme handelt, die sich sofort auflösen, sobald sie mit irgendeiner Flüssigkeit in Berührung kommen.

Ich habe nichts, woran ich mich festhalten kann.

Dabei wünsche ich mir so sehr, dass Cal sich für mich erwärmt – dass er in mir das Mädchen sieht, das er kennt, die Freundin, mit der er aufgewachsen ist –, dass ich in jedes Fünkchen Anstand, das er mir entgegenbringt, etwas hineininterpretiere.

Denn Cal *ist* ein anständiger Mensch, da bin ich mir sicher. Hinter der griesgrämigen, unnahbaren Maske verbirgt sich jemand Gutes. Menschen verbergen ihr wahres Gesicht, wenn sie nicht richtig gesehen werden wollen. Doch die Sache ist die, dass ich ihn bereits gesehen habe. Ich kenne sein wahres Herz so gut wie mein eigenes, und es macht mich fertig, dass er so hart daran arbeitet, es zu verbergen.

Ich sprühe an einem Freitagnachmittag Glasreiniger an das Fenster der Haupthalle, als ich höre, wie die Tür des Pausenraums knarrend aufgeht und dann zugeschlagen wird.

»Hast du unser Essen im Kühlschrank entsorgt?«

Als ich über meine Schulter schaue, steht Cal mit den Händen in die Hüften gestemmt hinter mir. Eine olivgrüne Beanie sitzt zur Hälfte auf seinem Kopf und offenbart einen finsteren Blick, der wahrscheinlich speziell für mich reserviert ist. Er verschränkt die Arme über einem grauen, ärmellosen T-Shirt und wartet darauf, dass ich seine Wut weiter provoziere.

Er ist letzte Woche nicht zu meiner Show gekommen. Ich bezweifle, dass er heute Abend oder bei zukünftigen Auftritten dabei sein wird. Ehrlich gesagt werde ich wahrscheinlich nie erfahren, warum er an jenem Abend vorbeikam und mir mit heiserer, eindringlicher Stimme sagte, ich sänge wie ein Engel.

Und das ist in Ordnung. Ich muss nur vergessen, dass es jemals passiert ist.

Ich lächle übertrieben freundlich, während ich mit einem Lappen über den Reiniger streiche und beobachte, wie Cals Augenlid im Takt mit den quietschenden Geräuschen zuckt. »Ich korrigiere: Das war mal was zu essen. Vor drei Monaten hat es sich in einen Biogefährdungsbereich verwandelt.«

»Ich meine es ernst.«

»Ich auch. Ich hätte bei der Entsorgung einen dieser Raumanzüge aus *E. T.* tragen sollen.«

Er gibt ein Brummen von sich. »Niedlich.«

Ich kann mir nicht verkneifen, das Lächeln zu einem Grinsen wachsen zu lassen, auch wenn ich sicher bin, dass er es nicht schätzt. »Ich hab das ganze Ding geschrubbt und gerettet, was ich konnte. Drei von zehn deiner Pfirsichjoghurts haben die Dekontamination überlebt. Der Rest ist abgelaufen, bevor ich geboren wurde.«

Er ist nicht zu Späßen aufgelegt. Andererseits scheint Cal nie zu Späßen aufgelegt zu sein, also sollte ich es nicht persönlich nehmen. Der Mann hat in meiner Gegenwart nicht ein einziges Mal gelächelt, seit ich vor über einem Monat zum ersten Mal durch die Vordertür gekommen bin.

Seufzend, weil es mir nicht gelungen ist, ihm auch nur den Anschein eines Mundwinkelzuckens zu entlocken, wende ich mich wieder dem Fenster zu, wobei mein Haar zwischen meinen Schulterblättern hin und her schwingt.

Ich höre nicht einmal, wie er sich nähert.

Als Cal endlich spricht, steht er direkt hinter mir, seine Wärme strahlt durch den Stoff meines senfgelben Pulloverkleids hindurch.

Es folgt der tiefe Bariton seiner Stimme. »Danke.«

Ich hasse es, dass mir seine Nähe Schauer über den Rücken rieseln lässt.

Und der raue Ton in seiner Stimme.

Und die verlockende, betörende Energie, die er ausstrahlt, obwohl er völlig unnahbar ist.

Das ergibt keinen Sinn.

Cal ist ein Paradoxon, das meinen Verstand ins Straucheln bringt und mein Herz auf den Kopf stellt, und das verwirrt mich zutiefst.

Ich drücke den Lappen in meiner Hand zusammen und drehe mich langsam um, wobei ich darauf achte, das leichte Lächeln beizubehalten. »Ich helfe gerne. Du brauchtest halt nur die geübte Hand einer Frau.«

Er neigt den Kopf zur Seite und verengt die Augen. Eine lange Pause entsteht, die zwischen uns knistert, bevor er murmelt: »Brauchte ich das?«

Ich schwöre, ich höre einen Hauch von Flirterei in seinem Ton.

Ich schwöre es.

»Also, hier«, füge ich mit einem gefakten Husten hinzu und frage mich, warum ich nie wie ein normaler Mensch reden kann. »Mit dem Putzen und Organisieren …«

»Verstehe.«

Mein Bauch fühlt sich flau an, während mein Gehirn jede peinliche versehentliche sexuelle Anspielung wiederkäut, die ich in den letzten Wochen in seiner Gegenwart gemacht habe.

Es waren eine Menge.

Ich will gerade das Thema wechseln, als Cal sich dem Empfang zuwendet und die gute Laune plötzlich verfliegt. »Wo zum Teufel ist die Orchidee?«

Ich blinzle. »Was?«

»Die Orchidee, Lucy. Die verdammte Blume, die auf dem Schreibtisch stand, seit ich dich eingestellt habe.«

Ich blinzle erneut und zögere. Mein Blick wandert zu dem neu eingerichteten Schreibtisch, dann zurück zu Cal. Er ist nicht mehr gereizt – er kocht vor Wut. Muskeln kräuseln sich durch die dünne Baumwollschicht, die sich an Brust und Oberkörper schmiegt, und er durchbohrt mich regelrecht mit seinen Augen, hitzig und anklagend. »Oh, ich … hab sie weggeworfen. Sie war tot.«

»Sie war nicht tot.«

Ich bin mir nicht sicher, was hier los ist, aber die Pflanze war definitiv hinüber. Sie war so tot, dass ihre Fäulnis die Holzmaserung unter ihr befleckte. »Ich – es tut mir leid. Ich kann dir eine neue besorgen. Wenn du willst, fahre ich sofort zum Laden.«

Er kneift sich in den Nasenrücken, atmet tief ein und lässt dann die Hand sinken, um sich den Kiefer zu massieren. Den Blick auf den Schreibtisch gerichtet, schüttelt er den Kopf, als könne er die Tatsache nicht verarbeiten, dass die verwelkten

Orchideenreste endlich aus dem Empfangsbereich entfernt worden sind. »Ich hab das verdammte Ding jeden Tag gegossen. Sie sterben mir ständig weg.«

Ich betrachte ihn einen Moment lang. Sein Blick wird weicher, als er ihn durch den Raum schweifen lässt, der sich zusammenbrauende Sturm nur noch ein silberner Schimmer zwischen Dunkel und Licht. Irgendetwas bringt seine Muskeln dazu, sich zu entspannen, der Stress lässt sichtlich nach.

Hier geht es nicht um eine Blume.

Da ist noch etwas anderes im Spiel, aber ich habe zu viel Angst, um zu fragen.

Dann fällt mir seine Erklärung ein, und ich runzle nachdenklich die Stirn. »Du kannst sie nicht jeden Tag gießen, Cal. Orchideen müssen nur einmal in der Woche gegossen werden. Ich bin in einem Haus voller Orchideen aufgewachsen, meine Mutter sammelt sie.« Ich beobachte, wie Cal auf seine schmutzigen, abgewetzten Stiefel hinunterschaut, wie sich sein Bizeps neuerlich anspannt, bevor ich sanft hinzufüge: »Du hast sie umgebracht.«

Er reißt den Kopf hoch.

Die goldfarbenen Iriden funkeln mit einem neuen Feuersturm. Mein Instinkt rät mir, zurückzuweichen, den Raum zu verlassen, stattdessen hebe ich eine Hand und lege sie auf seinen festen Unterarm. Ich spüre, wie die Muskeln zucken, als ich mit dem Daumen über den Ärmel seines Tattoo-Sleeves streiche.

Schädel und Skelette. Reliquien und Knochen.

Tod.

Ich will ihm neues Leben einhauchen, also mache ich einen kleinen Schritt nach vorne und drücke seinen Arm. Zum ersten Mal in meinem Leben sage ich nichts. Ich stehe einfach nur da, halte ihn und hebe mein Kinn an, bis wir uns in die Augen sehen können. Ein Lächeln zeichnet sich auf meinen Lippen ab, passend zur Wärme meiner Berührung.

Elektrizität entzündet sich.

Hitze glüht unter meinen Fingerspitzen.

Ich atme tief ein und warte darauf, dass er etwas sagt – *irgendetwas* –, in der *Hoffnung*, dass er die winzige Einladung annimmt, seine Dunkelheit zu enthüllen und seine Dämonen mit mir zu teilen.

Kurz denke ich, dass er es tun wird. Seine Augen glänzen und offenbaren einen Hauch von Verwundbarkeit, seine Lippen verraten all die Dinge, die ich gerne hören würde.

Doch dann schüttelt er mich ab, und seine Ablehnung ist wie ein Eimer kaltes Wasser.

Ich stolpere zurück.

Cal entreißt mir den Arm und kratzt sich da, wo eben noch meine Hand war, als wolle er meine Berührung ausmerzen. Er macht einen langen Schritt zurück, der Blick intensiv, die Haltung zurückgenommen. Und seine nächsten Worte schlittern durch mich hindurch wie eine schwarze Rauchwolke.

»Lass das«, zischt er, und sein Kopf schwingt hin und her, während er sich weiter zurückzieht. »Fass einfach nichts an, was dir nicht gehört.«

Die Bemerkung senkt sich wie ein schwerer Ziegelstein nieder, und meine Sicht verschwimmt, ein Rauschen tönt in meinen Ohren. Er redet nicht über das Essen im Kühlschrank. Er redet nicht von der Orchidee.

Er redet von sich selbst.

Er hätte mir seine Faust durch die Brust stoßen und eine Rippe herausreißen können, und es hätte weniger wehgetan.

Autsch.

Ich sehe den Anflug von Schuld über sein Gesicht huschen, bevor ich mich abwende und noch mehr Reiniger auf die Scheibe spritze.

Mein Lappen schwingt auf und ab, hin und her.

Quietsch, quietsch, quietsch.

Vielleicht habe ich mich geirrt. Vielleicht gibt es den Jungen, den ich bewundert habe, schon lange nicht mehr, vielleicht ist er endgültig verloren gegangen auf dieser kaputten Straße, die seine Kindheit letztlich war.

Ich höre immer noch, wie er hinter mir steht und seinen typischen Seufzer ausstößt, aber ich werde mich nicht umdrehen. Er darf auf keinen Fall sehen, wie sehr mir das wehgetan hat.

Jetzt zu lächeln, würde mir schwerfallen.

Also wische ich weiter das Glas, lenke mich ab und versuche zu vergessen, was *war*, damit ich mich auf das einstellen kann, was *ist*.

Ich kann das tun.

Ich kann alles vergessen, was er mir einmal bedeutet hat.

Schließlich höre ich Cal davonstapfen, er schlurft im Takt des über das Fensterglas reibenden Lappens.

Quietsch, quietsch, quietsch.

Stapf, stapf, stapf.

Die Werkstatttür knallt zu, und bei mir fließen die Tränen.

* * *

22.10.2013

„Gelbe Orchideen"

Es gibt eine Million Gründe, warum ich so furchtbar gern zu Lucy nach Hause gehe: Wir stopfen uns mit Sour Patch Kids voll und schauen uns die alten Horrorserien auf Netflix an. In ihrem Zimmer schreibe ich Songs, während sie auf ihrer Gitarre übt. Wir klauen die historischen Liebesromane ihrer Mutter und kichern, bis uns die Tränen kommen.

Ein weiterer Grund ist, dass ihre Mutter Orchideen sammelt. Die sind so hübsch. Irgendwie genauso elegant, wie ich mich fühle, wenn ich in einem schicken Kleid und mit Moms knallrosa Lippenstift ein Klavierkonzert gebe. Ich weiß nicht, warum Mrs. Hope ausgerechnet Orchideen als ihre Lieblingsblumen ausgesucht hat, aber ich bin froh, dass sie es getan hat. Sie sind wunderschön.

Ich habe beschlossen, die Bedeutung der Blumen auf Papas Computer nachzuschlagen, und ich glaube, mein Favorit ist die gelbe Orchidee. Sie steht für Freundschaft und Neuanfänge. Heiterkeit, Glück und Freude.

Sie erinnert mich an Lucy.

Sie erinnert mich vor allem an uns.

Toodles,
Emma

* * *

Cal weiß es noch nicht, aber ich habe sein Büro vor zwei Stunden mit frischen Orchideen gefüllt. Kenny hatte den Rückhall von Cals launischer Stimmung mitbekommen, wahrscheinlich ausgelöst durch das Türenknallen und die darauffolgende Feindseligkeit, die von ihm abstrahlte wie das Tosen eines drohenden Hurrikans. Da Kenny ein netter Kerl ist, schlenderte er inmitten meines stillen Zusammenbruchs in den Empfangsbereich und riet mir, früh Mittag zu machen und mir eine Verschnaufpause zu gönnen.

Peinlich berührt bedankte ich mich und verließ schnell die Werkstatt. Ich überlegte, ob ich nach Hause fahren und mich bei meinen Hunden ausheulen oder lieber Alyssa anrufen und um Rat fragen sollte.

Ihre Ratschläge sind zwar nie gut, aber sie bringen mich immer zum Lächeln.

Irgendwie ging keine der beiden Optionen auf, und ich fand mich auf dem Parkplatz des örtlichen Supermarkts wieder. Ich wusste, dass es dumm *und* aussichtslos war, aber das hatte mich in der Vergangenheit noch nie aufgehalten. Also kaufte ich jede einzelne Orchidee, die in der Blumenabteilung ausgestellt war, und füllte mein Auto bis zum Dach.

Dann gelang es mir, mich mit einem Arm voller Blumen in Cals Büro zu schleichen und den Raum wie einen bunten Blumengarten einzurichten.

Sodass es jetzt Dutzende von ihnen gibt.

Rosa, gelb, fuchsia und weiß.

Die kleinen Topfpflanzen stehen nun im ganzen Raum verteilt, auf seinem Schreibtisch und unter dem einsamen Fenster, zusammen mit einem Zettel, auf dem steht: »*Gieß uns bitte jeden Freitag!*«

Ich muss daran glauben, dass, selbst wenn er sich nie für *mich* erwärmt, die Geste sein schockgefrostetes Herz zum Schmelzen bringen wird.

Nur ein bisschen.

Wenig später sitze ich hinter dem Schreibtisch und blättere durch den Bericht über niedrige Lagerbestände, als die Werkstatttür aufschwingt. Mein Herz schlägt bis zum Hals in der Erwartung, Cal zum ersten Mal seit unserer aufgeladenen Konfrontation wiederzusehen, doch es ist nur Dante, der einen von Ikes blauen Himbeerlollis auspackt, während er mit einem halben Lächeln auf mich zukommt.

Er muss meinen Anflug von Panik wahrgenommen und gemerkt haben, dass ich Cal erwarte, denn er macht ein seltsames Gesicht, als er sich mir nähert.

Mitleid.

Er hat Mitleid mit mir und meiner ganzen Erbärmlichkeit.

Ich räuspere mich, stürze mich wieder auf die Inventarliste und gebe vor, nicht völlig am Boden zerstört zu sein.

Er stößt ein Lachen aus. »Geht dir der Chef unter die Haut?«

»Nein«, lüge ich schnell. Zu schnell.

»Du bist schrecklich darin, Ratschläge anzunehmen, Süße.«

Ich streiche mir die Haare hinters Ohr und spüre, wie meine Wangen heiß werden. »Ich kann ihm nicht einfach aus dem Weg gehen, Dante«, sage ich und klicke mit den Fingern über die Tastatur, als würde ich fleißig arbeiten, dabei tippe ich in Wirklichkeit nur immer wieder meinen Namen ein.

»Ich hab dir gesagt, dass du es vermeiden sollst, mit ihm über persönliche Dinge zu reden, und dass du nicht beleidigt sein darfst, wenn er sich wie ein Arschloch verhält.«

Ich zucke mit den Schultern und wende niedergeschlagen den Blick ab. »Es ist nichts«, sage ich knapp. »Wir waren mal Freunde, also dachte ich …« Ich breche ab und atme aus. »Wie ich schon sagte, es ist nichts.«

»Na ja«, meint er und rückt seinen Overall zurecht. »Ich glaube, er will nicht mehr mit dir befreundet sein.«

»Das hab ich bereits bemerkt. Danke.«

»So hab ich das nicht gemeint.«

Ich halte mitten im Tippen inne, mein Blick gleitet zu Dante zurück, und ich ziehe die Augenbrauen zusammen. »Was meinst du dann?«

Dante dehnt den Nacken und seufzt, als er meinem verwirrten Blick begegnet. »Es gibt nur zwei Gründe, warum ein Mann jemanden bedroht, der sich an eine Frau heranmacht«, sagt er und sieht mich eindringlich an. »Entweder ist die Frau mit ihm verwandt, oder es ist eine Frau, an der er ein persönliches Interesse hat.«

Mein Herz taumelt.

Ich ignoriere das kleine Kribbeln in meinem Hals, nachdem Dante *persönliches Interesse* gesagt hat, und schüttle den Kopf.

»Oder«, entgegne ich, »vielleicht will er auch nur, dass seine Angestellten mit Respekt behandelt werden.«

»Bei der Arbeit? Sicher. Das würde ich ihm ja abkaufen. Aber er hat uns klar und deutlich angewiesen, uns von dir fernzuhalten, während *und* außerhalb der Arbeitszeit.«

Warte ... *was?*

Das Kribbeln verwandelt sich in einen ausgewachsenen Ameisenhaufen, und meine Wangen glühen. »Okay«, sage ich, das Wort lang gezogen, weil ich Zeit brauche, um seine Bedeutung zu verarbeiten. Dann schlucke ich. »Er hat es ... klargemacht?«

»Kristallklar.«

Es fühlt sich an, als hätte mein Gleichgewicht seine Funktion eingestellt. »Ich ... ich meine, möglicherweise war die Aussage irgendwie aus dem Zusammenhang gerissen. Er sieht mich wahrscheinlich als Schwester, wonach ich in die erste Kategorie fallen würde.«

Das ergibt Sinn.

Da, ich habe es gelöst.

Dante reibt sich mit der Hand übers Gesicht und versucht, den »Du bist echt dumm«-Blick zu verbergen, der in seinem Gesicht aufgeblitzt ist. »Er sieht dich nicht als Schwester, Süße. Versprochen.«

Mein taumelndes Herz fällt fast in sich zusammen, als die Werkstatttür erneut mit doppelter Kraft aufschwingt und einen angefressenen Cal enthüllt.

Dante wirft mir einen Blick zu, tritt näher und flüstert: »Pass auf.«

Ich lasse meine Aufmerksamkeit zwischen Cal, der auf uns zustürmt, und Dante, der sich meinem persönlichen Bereich nähert, hin- und herzucken. Er legt einen Arm um meine Schultern, und ich erstarre. Mit großen, fragenden Augen blicke ich zu ihm auf und sehe, wie Cal am Rande meines Sichtfelds zum Stehen kommt.

»Was meinst du?«, fragt Dante und wackelt verschwörerisch mit den Augenbrauen. »Morgen Abend?«

»Was? Oh, sicher«, schlucke ich. »Okay.«

»Warum fasst du sie verdammt noch mal an?«, schnauzt Cal aus ein paar Metern Entfernung.

Wir drehen uns beide um und sehen, wie er Dante finster anschaut, die Arme vor seiner herausgestreckten Brust verschränkt. Eins seiner Schädeltattoos sieht aus, als würde es grinsen, wenn sich ein Muskel in der Nähe seiner Schulter anspannt.

Dante löst den Arm von mir, entfernt sich ein paar Schritte und stopft beide Hände in seine Cargohose. »Hey, Boss. Ich wollte nur ein bisschen plaudern.«

»Du hast sie angefasst. Warum?«

Ich streiche mir die Haare glatt und mische mich in die Diskussion ein. »Es ist in Ordnung, Cal. Wir waren dabei, Pläne zu machen.«

»Was plant ihr denn?«

Er sieht wütend aus. Im Schein des Deckenlichts schimmert der Schweiß auf seiner gebräunten Haut, und sein Haar ist von der Arbeit zerzaust, was den chaotischen Blick in seinen Augen noch verstärkt.

»Vielleicht 'nen Film anschauen«, sagt Dante mit unschuldiger Miene. »Netflix-und-Chillen, vielleicht.«

»Einen Scheiß wirst du.«

Oh mein Gott!

Meine Augen werden so groß wie Untertassen.

Dieses Jason-Bateman-Meme geistert durch mein Gehirn, und ich fange an, mit den Fingern durch meine Haare zu fahren – Haare, die sich plötzlich wie ein schwerer Wollmantel anfühlen, der mich unter sich ersticken will.

Cals Blicke bestätigen mir, dass mein Versuch, unsichtbar zu werden, gescheitert ist. Ich zwinge mich zu einem angestrengten

Lächeln, wende mich wieder dem Computerbildschirm zu und beginne, die Zeile mit den »Lucys« zu löschen, bevor er sie entdeckt.

»Ich brauche sie morgen Abend hier. Ich werde sie lange aufhalten«, sagt Cal und kommt langsam näher, bis er nur noch einen halben Meter von uns entfernt ist.

Dante weicht zurück und zwinkert mir wissend zu. »Kein Problem. Dann vielleicht nächste Woche.«

»Da ist sie auch beschäftigt.« Er starrt ihn an, ohne zu blinzeln. »Geh wieder an die Arbeit.«

Mit einem leisen Glucksen und völlig unbeeindruckt gibt Dante Cal einen Klaps auf die Schulter und nickt mir zum Abschied zu. »Alles klar, Boss.«

Ich beobachte, wie Dante sich seine Beanie auf den Kopf zieht und die Werkstatt betritt.

»Druck mir den Inventarbericht aus«, sagt Cal, als sich die Tür schließt, und stellt sich neben mich an den Schreibtisch, bis unsere Hüften aneinanderstoßen. Er bleibt genau so stehen.

Ich schlucke schwer, nehme mein Haar in beide Hände und fummle daran herum, bis es in einer lockeren Drehung über meine Schulter hängt. »Klar, mach ich – aber was war das denn eben?«

»Was war was?«

»Cal.« Das ist alles, was ich sage, weil ich weiß, dass er kein Idiot ist.

Er stützt sich mit seinen Handflächen auf der Tischplatte ab, die Knöchel treten weiß hervor, weil sich Druck und Spannung über seine Arme ausbreiten. Die gespreizten Finger krümmen sich, bis er auf dem Schreibtisch zwei Fäuste bildet. Dann sieht er nach links und begegnet meinem Blick. »Weil du reizend bist und er ein Arsch.«

Seine Antwort lässt etwas in meinem Bauch flattern. Ich versuche, mich nicht mit der Tatsache zu beschäftigen, dass er mich reizend genannt hat, und konzentriere mich auf den anderen Aspekt. »Oh … okay, ich dachte, er wäre dein Freund.«

»Er ist trotzdem ein Arsch.«

Ich knabbere an meiner Lippe. »Und du traust mir nicht zu, dass ich mit Ärschen umgehen kann?«

»Druck mir einfach den Bericht aus, Lucy. Ich muss zurück an die Arbeit.«

Ich bringe Abstand zwischen uns und scrolle durch das Programm, um herauszufinden, wonach er sucht. Ich bin verwirrt, weil ich nicht weiß, was ich von Dantes Einschätzung, dass Cal ein »persönliches Interesse« an mir hat, halten soll – es sieht ganz und gar nicht so aus. Aber er ist auch direkt in Dantes kleine Falle getappt und hat dem Netflix-und-Chillen vehement einen Riegel vorgeschoben.

Meine Gedanken landen bei der einzigen Erklärung: *Schwester.*

Aufgrund unserer gemeinsamen Vergangenheit und meiner Freundschaft mit Emma sieht er mich als Schwester an.

Das ist das einzige Szenario, das auch nur einen Hauch von Sinn ergibt. Wenn Cal in irgendeiner Weise interessiert wäre, würde er keine so umfassende Verärgerung und Abscheu ausstrahlen, die sich für mich anfühlen, als würde ich in mir zusammenschrumpfen.

»Bitte sehr«, sage ich und greife nach unten, um die Papiere aus dem Drucker zu holen.

Er nimmt sie mir aus der Hand, murmelt unwirsch etwas vor sich hin, das entweder ein »Danke dir« oder ein »Hau ab« ist, und wendet sich ab.

Es sieht so aus, als wolle er in die Werkstatt gehen, zögert jedoch kurz und geht stattdessen in Richtung Büro, wahrscheinlich, um den Bericht auf seinen Schreibtisch zu legen.

Mir gefriert alles. Cal ist dabei, seinen verwunschenen Orchideengarten zu betreten, und ich habe keine Ahnung, wie er reagieren wird. Er ist schlecht gelaunt, und mein Versuch, seine Laune zu heben, könnte nach hinten losgehen und zu einer Stichflamme führen, wie bei Feuer an einem Schnaps.

Das Endergebnis: Ich bin ein Flambé.

Mit angehaltenem Atem beobachte ich, wie er mit gesenktem Kopf in seinem Büro verschwindet, während er den Bericht überfliegt. Mein Herz klopft, und mir wird schwindelig. Ich beginne, mein Haar zu flechten, um meine zittrigen Hände zu beruhigen, mein Bein wippt im Takt meines Herzschlags auf und ab.

Ein paar Augenblicke vergehen.

Eins, zwei, drei, vier …

Dann taucht Cal wieder auf.

Er steht einfach nur da, das Gesicht mir zugewandt, seine Miene ist unergründlich. Angespannt und still, bis irgendetwas in ihm sich mit einem Mal entspannt. Er lehnt mit der Schulter am Türpfosten und schiebt eine Hand in die Tasche seiner Bluejeans. Dann schluckt er einmal merklich und starrt mich weiter an. Immer noch still, immer noch ausdruckslos.

Ich starre zurück, meine Augen sind groß und suchend. Ich bin völlig verschreckt, ersticke an meinem eigenen Atem und will unbedingt wissen, was er denkt.

Ich bekomme meine Antwort, als er kurz danach Luft holt und sich ein Lächeln auf seine Lippen zaubert.

Ein Lächeln.

Ein Lächeln.

Es ist mir peinlich, dass mir unerwartet Tränen in die Augen steigen, bis sein Ausdruck dahinter verschwimmt. Ich muss sie wegblinzeln, um sicherzugehen, dass ich mir das alles nicht eingebildet habe. Aber das habe ich nicht, denn er lächelt immer noch und schüttelt ungläubig den Kopf.

Ein winziger Laut entweicht meinen Lippen. Ein Lachen, ein Seufzen, ein Ausbruch unmöglicher Erleichterung. Ich grinse ihn an, breiter, strahlender, zeige alle meine Zähne, mit glasigen Augen und einem jämmerlich glücklichen Herz.

Cal blickt zu Boden, das Lächeln hält an, bevor er sich umdreht und in sein Büro zurückkehrt.

Als ich sieben Jahre alt war, kauften mir meine Eltern ein nigelnagelneues Fahrrad ohne Stützräder. In Himmelblau, meine Lieblingsfarbe zu dieser Zeit. Es hatte eine kleine Klingel und pastellrosa Wimpel, die vom Lenker herabbaumelten. Ich weinte, als ich es an meinem Geburtstag in der Garage auf mich warten sah, inmitten eines Pools aus Konfetti, das um die Reifen herumgestreut worden war. Meine Eltern hatten damals nicht viel Geld und sagten mir, dass sie es sich nicht leisten könnten, mir ein neues Rad zu kaufen. Deshalb hatte ich es nicht erwartet.

Es war eine große Überraschung. Ein unglaublich aufmerksames Geschenk.

Ich dachte nicht, dass irgendetwas jemals dieses Gefühl der Freude wiederholen könnte, das mich durchströmte, als ich dieses blaue Fahrrad sah und wusste, dass Mom und Dad viel geopfert haben mussten, um es mir zu kaufen. Schon als kleines Kind wusste ich das.

Während ich hier stehe und meine Wangen von Tränen gekitzelt werden, weiß ich, dass die wahrsten Schätze des Lebens in den unerwarteten Momenten liegen. Die kleinen Überraschungen, die uns völlig unerwartet treffen und uns den Atem rauben.

Ich habe meinen Eltern gesagt, dass das Fahrrad das beste Geschenk war, das ich je bekommen habe, und dass es durch nichts zu übertreffen sei.

Damals habe ich es ernst gemeint.

Aber dann …

Dann hat Cal mich angelächelt.

KAPITEL 10

Ich bin bedeckt mit lauter Katzen, als ich eine Woche später an einem Sonntagnachmittag eine Nachricht von Cal bekomme.

Cal:
Wir treffen uns in einer Stunde in der Werkstatt.

Ich blinzle auf mein Handydisplay und schicke ihm eine Antwort.

Ich:
Im Moment arbeite ich bei meinem Ehrenamt :)

Ich schicke ihm zur Sicherheit ein Selfie von mir und Mr. Perkins, einem schwarz-weißen Feld-Wald-und-Wiesenkater.
Ein paar Minuten vergehen, ehe Cal antwortet:

Cal:
Bitte

Das »Bitte« erwischt mich eiskalt, was er wahrscheinlich genau weiß. Was auch immer es ist, es muss wichtig sein. Ich schicke eine mit Ausrufezeichen gespickte Antwort zurück und streichle Mr. Perkins' Fell, während er zufrieden in meinem Schoß schnurrt. Gemma, eine der anderen Freiwilligen, sitzt neben mir im Katzenzimmer und stützt sich auf ihre Handflächen, ihr kastanienbraunes Haar schimmert rötlich unter der eklektischen IKEA-Lampe.

»Sieht so aus, als müsste ich heute früher gehen«, sage ich und werfe einen Blick auf ihr Profil.

Gemma ist wunderschön; sie ist etwas älter als ich, Ende zwanzig, und mit einem Mann namens Knox verlobt. Ich bin zu ihrer Hochzeit im Dezember eingeladen und freue mich schon auf das Ereignis, das die Weihnachtszeit einläuten wird – meine Lieblingszeit.

Sie blickt mit grünen Augen zu mir rüber und lacht leicht, als eine Katze namens Lima Bean ihr Handgelenk zwischen zwei Pfoten einklemmt. »Ein Notfall?«

»Ich bin mir noch nicht sicher. Es ist mein Chef, dabei haben wir sonntags geschlossen. Er bat mich, ihn in einer Stunde im Laden zu treffen.«

Da sie ein wenig über meine Arbeitsbeziehung zu Cal weiß, wackelt sie natürlich mit den Augenbrauen. Kein Wunder, dass Gemma und Alyssa so gut miteinander auskommen.

»Es könnte etwas Einfaches sein. Es könnte aber auch etwas Skandalöses sein.«

»Da ist nichts Skandalöses.«

»Zeig mir ein Foto, bevor ich mich entscheide«, grinst sie.

Ich sträube mich. Doch dann gebe ich nach und scrolle durch mein Handy auf der Suche nach dem Google-Foto, das mir Alyssa mit einer Million schmelzender und sabbernder Emojis geschickt hat.

Seufzend zeige ich ihr das Display.

Ihre Augen leuchten. »Ein Skandal steht kurz bevor.«

»Nein, tut es nicht.« Ich kann nicht anders, als grinsend zu schnauben und den Kopf zu schütteln, während ich rot anlaufe. »Es ist nicht so. Cal ist … nicht interessiert«, füge ich hinzu. »An nichts.«

»An nichts?«

»Außer an seinem Job und …« Ich ziehe die Nase kraus. »Orchideen, anscheinend.«

Gemma zuckt mit den Schultern. »Also schuftet er hart und würde dir immer Blumen mitbringen. Klingt für mich nach einem Volltreffer.«

Wir lachen gemeinsam, während ich mich von der halb schlafenden Katze löse, aufstehe und mir das schwarz-weiße Fell von den Oberschenkeln meiner Leggins bürste. Ich arbeite hier fast jeden Sonntag ehrenamtlich, streichle Katzen, gehe mit Hunden spazieren, fülle Futter- und Wassernäpfe auf und reinige die Zwinger. Das Tierheim heißt *Forever Young* – eine Zuflucht für ältere Hunde und Katzen; ein Ort, an dem sie ihren Lebensabend verbringen können, ohne Gefahr zu laufen, Tierfängern zum Opfer zu fallen oder in einem Tierheim mit Tötungsstationen zu landen.

Der gute Zweck hat mich angesprochen.

Ich hatte schon immer eine Schwäche für die Dinge, die sonst niemanden interessieren. Das Übersehene. Als Kind mit gesundheitlichen Problemen war ich nie Miss Beliebtheit. Den größten Teil meiner Grundschulzeit wurde ich entweder gehänselt oder ignoriert, fehlte oft wegen Operationen und Eingriffen im Unterricht und musste manchmal einen Herzmonitor mit mir herumtragen. Im Sportunterricht wurde ich bei der Mannschaftswahl immer als Letzte gewählt, wenn ich überhaupt teilnehmen konnte. Meistens wurde ich zu kurzatmig und musste aussetzen. Meine Klassenkameraden beschwerten sich, dass ich eine Sonderbehandlung bekam – sie mussten Runden laufen, während ich am Rand saß. Sie hatten keine Ahnung, dass ich alles dafür getan hätte, um mit ihnen mithalten zu können.

Es hat Jahre gedauert, bis ich das Gefühl hatte, dass mein Zustand keine wirkliche »Behinderung« war – er war einfach ein Teil von mir. Ein anderer Teil. Ein einzigartiger Teil. Manchmal behinderte dieser Teil Aktivitäten oder Pläne, aber er hat mein

Herz nie davon abgehalten, intensiv zu lieben. Und darum geht es ja schließlich auch. Andere Menschen zu lieben, unsere Gaben zu lieben, uns selbst zu lieben.

Ehrlich gesagt, je weniger mich meine Gleichaltrigen als ebenbürtig ansahen, je mehr sie mir das Gefühl gaben, in irgendeiner Weise fehlerhaft sein, desto mehr Liebe wollte ich geben. Desto mehr wusste ich alles Gute um mich herum zu schätzen.

Deshalb verbringe ich meine Zeit lieber mit den Haustiersenioren, die wegen der jungen, energiegeladenen Welpen und Kätzchen übergangen werden. Es erscheint mir nicht fair, dass diese liebenswerten Seelen nicht beachtet werden, weil sie in den Augen vieler Menschen aufgrund ihres Alters »weniger wert« sind.

Alter ist keine Behinderung, es ist ein Geschenk.

Und ich habe mich endlich damit abgefunden, dass auch ich eins bin.

Ich verabschiede mich von Gemma und verspreche ihr, sie mit Cal-Updates auf dem Laufenden zu halten, bevor ich den Raum verlasse und den Hauptflur in Richtung Vorderhaus hinunterlaufe. Vera sitzt an ihrem Schreibtisch und knabbert an einem der Haferflockenkekse, die ich für die freiwilligen Mitarbeiter gebacken habe. Sie ist die Gründerin dieser gemeinnützigen Einrichtung und hat sie mit großzügigen Spenden und ihren eigenen Ersparnissen von Grund auf aufgebaut.

Vera blickt von ihrer Zeitschrift auf, als ich vorbeirausche, und streicht sich mit der Hand über ihr kurz geschnittenes Haar. »Gehst du schon, Süße?«

»Ich muss, leider. Ich wurde heute zur Arbeit gerufen.«

»Oh, ich verstehe. Du arbeitest so hart. Sehen wir uns nächste Woche?« Sie schenkt mir ein warmes Lächeln, ihre Apfelbäckchen sind rosig und rund und erinnern mich an rosa Azaleen.

Ich nicke, eile zum Haupteingang und winke ihr zu. »Auf jeden Fall. Reib Snickerdoodles' Bäuchlein von mir. Ich hab sie heute verpasst. Hoffentlich läuft ihr Tierarzttermin gut.«

Vera schluckt den letzten Bissen Keks hinunter und winkt zurück. »Ich halte dich auf dem Laufenden – es ist ein Wunder, dass die Spende gerade rechtzeitig eingegangen ist, um die Kosten für die OP zu decken«, lächelt sie. »Und mach du auch mal 'ne Pause, Liebes.«

»Ja, irgendwann!«, rufe ich über meine Schulter zurück, bevor ich auf den Parkplatz hinausgehe.

Es ist die letzte Septemberwoche – offiziell also Herbst –, und es liegt heute etwas in der Luft, was mich nostalgisch werden lässt. Es ist schon komisch, dass das manchmal passiert. Es gibt keine genaue Situation, die mir in den Sinn kommt, keinen präzisen Moment, doch es fühlt sich an, als ob ich mich in einer Erinnerung verliere, die ich nicht genau benennen kann.

Es ist wie ein Déjà-vu, doch anstatt mich zu erschrecken, fühle ich mich geborgen.

Meine Seele fühlt sich warm an.

Heute ist es das Kitzeln einer Herbstbrise, das meinen Schritt leichter macht und mein Lächeln breiter, als ich die dreißigminütige Fahrt zum Laden mit halb offenem Fenster bestreite. Als ich auf den Parkplatz einbiege, sehe ich, dass Cals Bike bereits einsam und untätig auf einem der freien Plätze steht.

Das wohlige Gefühl sitzt immer noch tief in meiner Brust, als ich aus dem Auto springe und mich auf den Weg nach drinnen mache, wo das Klingeln der Glöckchen meine Stimmung untermalt. »Cal?« Ich sehe mich nach ihm um, werfe einen Blick in sein Büro und dann in den Pausenraum. Er ist nirgends zu finden, also dränge ich mich durch die Werkstatttür und spähe in die Buchten. »Cal?«

Schließlich dringt seine gedämpfte Stimme aus einem Raum, der wie ein Lagerraum aussieht. »Hier drin«, sagt er. Die Tür steht halb offen, eine einzelne Glühbirne, die an einer Schnur baumelt, beleuchtet nur spärlich den vertrauten Schatten, den ich hin und her wandern sehe.

Als ich merke, dass ich vermutlich katastrophal aussehe, wische ich noch mehr Katzenhaare von meinen schwarzen Leggings und zupfe meinen übergroßen Pullover zurecht, dessen Ärmel bis zur Mitte der Handflächen reichen. Meine Haare sind schon einen Tag überfällig für eine Wäsche, zu einem riesigen Dutt hochgesteckt und mit Trockenshampoo bestäubt. Mein Gesicht ist ungeschminkt, abgesehen von einer schlampig aufgetragenen Wimperntusche und meinem beerenfarbenen Lippenbalsam.

Ich bin mir ziemlich sicher, dass ich wie ein Hundezwinger rieche, also begieße ich mich panisch mit dem nach Grapefruit duftenden Handdesinfektionsmittel, das ich für die Jungs gekauft habe und das sie merklich ignoriert haben.

»Lucy«, bellt er und streckt den Kopf aus der Tür. »Hier drüben.«

»Ich komme«, rufe ich und schmiere mir das Desinfektionsmittel auf Hals, Schlüsselbein und Arme, dann schlüpfe ich in den Raum. »Tut mir leid. Ich bin nicht wirklich vorbereitet.«

Cal kratzt sich an seinen Bartstoppeln und blinzelt mich an, als ich näher komme. »Vorbereitet worauf?«

Um dich zu sehen.

»Arbeit.«

»Ich finde, du siehst gut aus.« Er sagt es beiläufig, leichthin, sein Blick streift mich, landet auf meinen Ballerinas und wandert dann wieder nach oben. Blinzelnd fügt er hinzu: »Du riechst wie eine Arztpraxis. Und nach Vitamin C.«

Ich lache angestrengt und zupfe an meinem Dutt. »Also, was brauchst du?«

Er zögert und gibt ein Brummen von sich, bevor er sich zu einer Wand mit Regalen voller mechanischer Teile umdreht. Der Lagerraum ist klein, und ich fühle mich sofort von seiner Körperwärme und dem erdigen Männergeruch verschluckt, als er mich weiter hineinführt.

»Ich arbeite heute am Auto einer Freundin. Sie war in der Klemme, und ich war sowieso hier, also hab ich ihr angeboten, mal draufzuschauen. Das Problem ist, dass ich hier gerade den Lagerbestand aufnehme, damit ich morgen eine Bestellung aufgeben kann. Ich will nicht die ganze Nacht hier verbringen und hatte gehofft, du könntest vielleicht die Inventur übernehmen. Ich zahle dir den doppelten Stundenlohn.«

Alles, was ich höre, ist »Freundin«.

Ich sauge meine Unterlippe zwischen die Zähne und wippe mit dem Kopf, während ich das Lager durchforste. Eigentlich sollte ich mich erkundigen, was zum Teufel ein Zündmagnet ist, aber die Frage, die aus mir herausplatzt, lautet: »Wessen Auto?«

»Was?« Cals Schulterblätter dehnen den dünnen Stoff seines Tanktops, als er in einem der oberen Regalfächer nach etwas sucht.

»Das Auto«, stelle ich klar und versuche, lässig zu wirken, indem ich meine Arme hin und her schwinge, während ich das mittlere Regal überfliege. »Das, an dem du heute arbeitest.«

Er zögert, seine Hand greift nach einer staubigen Schachtel. Dann hält er inne und dreht sich zu mir um, wobei seine Augen im Schein der Glühbirne neugierig aufblitzen. Auf seinem Gesicht zeichnet sich ein Grinsen ab. »Warum?«

Verdammt – er ist mir auf der Spur.

»Ich war nur neugierig«, erwidere ich achselzuckend. »Wie schon gesagt, sie ist eine Freundin.«

»Okay.« Ich fange an zu pfeifen, denn Pfeifen lässt einen Menschen gleichgültig erscheinen. Cool und gelassen. Als wäre das Thema für mich erledigt.

Cal streicht sich mit Daumen und Zeigefinger über die Mundwinkel, fast so, als wolle er jede Spur eines Lächelns wegwischen. »Sie ist eine meiner Konkubinen. Aus dem Harem, den ich unterhalte.«

Ich brauche einen Moment, bis ich die Anspielung kapiere.

Cal lässt sich selten zu Scherzen mit mir hinreißen – oder überhaupt mit jemandem –, aber wenn er es doch einmal tut, dann schlägt mein Herz immer wie wild.

Ich presse die Lippen zusammen, um nicht loszuprusten, und versuche, die Fassung zu bewahren. »Cool.«

»Ihr Name ist Jolene.«

»Hübscher Name.«

»Sie ist hübsch. Meine liebste von all meinen Geliebten.« Er verschränkt die Arme und neigt den Kopf zur Seite. »Ich hab Dutzende.«

»Herzlichen Glückwunsch«, stoße ich hervor und huste, um das Kichern zu unterdrücken, während ich mit den Fingern ziellos über die Batterieschachteln streiche. Als ich durch meine langen Wimpern zu ihm aufschaue, genieße ich das halbe Lächeln, das mir begegnet. Nur ein Mundwinkel ist nach oben geneigt, der Schalk blitzt in seinen Augen.

Ich wünschte, ich könnte diesen Moment in Flaschen abfüllen und aufbewahren, um ihn auszupacken, wenn ich die Erinnerung daran brauche, dass mein Cal noch da drin steckt.

Unsere Blicke verharren, bis das Lächeln von seinen Lippen verschwindet und die Fröhlichkeit in seinen Augen sich in etwas anderes verwandelt. Etwas, das meine Haut warm werden lässt. Es ist dasselbe Gefühl, das mich neulich in der Weinbar überkam, als Cal seine Handfläche auf meinen Rücken legte, dabei nach Sünde duftete und ein einziges Wort in mein Ohr flüsterte, das Donnergrollen in meiner Brust und Blitze in meiner Kehle aufsteigen ließ.

Ich bin gezwungen, das Thema zu wechseln, bevor das Feuer in meinen Wangen diesen Lagerraum in einen Verbrennungsofen verwandelt. Deshalb wende ich den Blick ab, unterbreche die Verbindung und richte meine Aufmerksamkeit wieder auf die Reihe der mechanischen Teile. »Also, Inventur. Das ist aufregend. Muss ich …«

Ich werde von einer fröhlichen Frauenstimme unterbrochen, die durch die Buchten schallt.

»Cal? Ich komme mit Geschenken.«

Cal blinzelt weg, was auch immer sich in seinen hellbraunen Augen zusammengebraut hat, und stößt einen langen Seufzer aus, als er an mir vorbeigeht. »Entschuldigung. Eine Sekunde.«

Ich will ihm folgen, bleibe aber direkt vor der Tür stehen, als ich eine Frau erblicke, die mit einer Papiertüte und einem Getränketräger, in dem sich zwei Kaffees befinden, in der Werkstatt herumläuft.

»Americano mit einem Schuss Sahne und einem Dutzend Mini-Donuts«, verkündet sie, als sie Cal auf sich zukommen sieht.

Ich werfe einen Blick auf die ganzen Sachen in ihren Händen und beiße mir auf die Lippe bei der Vorstellung, dass sie genau zu wissen scheint, wie er seinen Kaffee mag.

Dann schweift mein Blick zu ihrem Gesicht.

Und aus irgendeinem Grund gerinnt mein Inneres wie verdorbene Milch.

Sie *ist* hübsch.

Die geheimnisvolle Frau späht um Cals große Gestalt herum und bemerkt, dass ich in der Nähe der Tür stehe und am Saum meiner langen Ärmel herumfummele. »Oh! Ich wusste nicht, dass du Besuch hast, Cal. Ich hätte noch einen Kaffee mitgebracht.«

Cal hält vor ihr an, bevor er mir einen Blick über die Schulter zuwirft. Er massiert sich mit der Handfläche den Nacken, während er uns vorstellt. »Das ist Lucy, meine neue Empfangsdame. Sie macht heute die Inventur für mich«, sagt er und begegnet meinem weit aufgerissenen Blick aus ein paar Metern Entfernung. »Lucy, das ist Jolene. Meine Ex.«

Jolene.

Die Freundin.

Die Freundin, die eigentlich seine Ex ist.

Na gut. Das ist schon in Ordnung. Sie scheint nett zu sein.

»Hallo«, grüße ich und hebe meine Hand zu einem kleinen Winken, während ich auf sie zuschlendere. »Ich trinke zwar keinen Kaffee, aber ich weiß den Gedanken zu schätzen.«

Sie sieht mich lächelnd an und wippt mit dem Kopf auf und ab, dabei fällt ihr langes, lockiges schwarzes Haar wie ein Obsidian-Wasserfall über beide Schultern. Zwei große grüne Augen, die denen einer Disney-Prinzessin ähneln, blicken zurück zu Cal und bilden einen Gegenpol zu den dunklen Lederhosen, die sie eher wie eine Bösewichtin aussehen lassen. Sie ist über und über mit Tattoos bedeckt – an den Armen, am Hals und am Bauch, der unter ihrem Crop-Top hervorlugt. Ihr Körper ist athletisch und durchtrainiert, und es ist klar, dass sie lieber Sport macht, als den ganzen Tag Muffins zu essen wie ich, und ihre Brüste sind … beeindruckend. Wirklich beeindruckend.

Sie ist hinreißend.

Und ich habe keine Ahnung, warum das meine Brust in sich zusammenfallen lässt.

»Du trinkst keinen Kaffee? Das ist ja faszinierend. Du musst mir deine Taktik beibringen, denn mit dem Geld, das ich durch den Verzicht auf Dunkin Donuts sparen würde, könnte ich wahrscheinlich in einem Jahr mein Haus abbezahlen.« Sie zeigt mir ihre Zähne, nimmt einen der Kaffeebecher aus dem Behälter und reicht ihn Cal, wobei Dampfwölkchen aus der Trinköffnung quellen. »Cal hat erwähnt, dass er endlich jemanden eingestellt hat. Wie gefällt es dir hier?«

Ich lächle zurück und komme näher. Sie scheint freundlich und zugänglich zu sein, also verscheuche ich die lächerlichen Wellen der Angst, die in meiner Psyche herumschwappen. »Bis jetzt war es wunderbar. Ich lerne eine Menge.«

Jolene zwinkert Cal zu, schiebt ihm die Tüte mit den Mini-Donuts zu und greift nach ihrem eigenen Kaffee. Sie geht zu einem Metallschreibtisch und hüpft darauf, wobei sie ihre Füße mit den Stilettos hin und her schwingt. »Netter Fund, Cal. Wo bekommt man jemanden wie sie her?«

Er blickt mich an und kratzt sich an der Wange. »Wir waren früher Nachbarn. Sie war immer schon toll.«

»Toll? Sie ist der Hammer«, sagt Jolene und nimmt einen Schluck von ihrem Getränk. Sie zuckt zusammen, als hätte sie sich verbrüht. »Ich bin neidisch auf diese Augenweide. Mein Empfangschef sieht aus, als hätten wir ihn auf Wish bestellt und er wäre in der Post verloren gegangen.«

Ein Lachen bricht aus mir heraus. »Ähm, danke«, sage ich und streiche mir die weichen Härchen aus der Stirn. »Das ist echt nett von dir.« Immer noch lachend, füge ich hinzu: »Also, was du über mich gesagt hast. Nicht über den anderen Kerl.«

Sie grinst und lässt die Augenbrauen wackeln. »Ich habe ein Tattoo-Studio. Wenn sich Bossman hier jemals im Ton vergreift, komm zu mir. Nein, komm auf jeden Fall zu mir. Ich mache dir den halben Preis auf dein erstes Design und werde versuchen, dich nicht anzubaggern.«

Wieder steigt mir die Röte in die Wangen.

»In Ordnung, kümmern wir uns um die Inventur«, wirft Cal ein, der wie versteinert neben uns steht. Die Arme verschränkt, richtet er seinen finsteren Blick auf mich. »Hol die Mappe vom Schreibtisch und komm zu mir in den Lagerraum, bitte. Ich weise dich dann ein.«

»Okay«, murmle ich.

Als er davonstapft, formt Jolene stumm: *»Komm zu mir«*, bevor ich grinsend den Kopf einziehe und loslaufe, um die Unterlagen und einen Stift zu holen. Ausgerüstet und bereit, mich mit Messgeräten und Anzeigen vertraut zu machen, trotte ich zurück in den Lagerraum.

Als ich eintrete, steht Cal mit dem Rücken zu mir auf einer mittelgroßen Leiter, die wie durch ein Wunder seinen großen, muskulösen Körper trägt, und schiebt im Regal Sachen hin und her.

Ich genehmige mir einen kurzen Moment, um ihn zu mustern, vor allem sein Hintern in der Jeans hat es mir angetan. Der verblichene schwarze Stoff ist heute eng anliegend, weniger schlabberig als sonst, und sein Shirt rutscht ein bisschen den Rücken hinauf und zeigt eine Spur gebräunter Haut. Wenn er sich bewegt, kann ich nicht anders als …

»Wenn du damit fertig bist, mir auf den Hintern zu starren, erkläre ich dir alles.«

Oh Gott!

Ich sterbe beinahe.

Als ich mich umdrehe, um *irgendwo anders* hinzuschauen, höre ich, wie er die Leiter wieder hinunterklettert, dann reißt er mir die Mappe aus der Hand.

»Entspann dich. Ich mach nur Spaß.«

»Schon okay. Alles gut.« *Alles ist gut.* Ich räuspere mich und suche Augenkontakt. »Okay. Zeig mir, was ich tun muss.«

Er geht alles schnell durch, wie immer, und ich kann mir absolut nichts merken, weil ich vor Verlegenheit noch zu katatonisch bin. Aber es handelt sich um eine Bestandsaufnahme, was selbsterklärend ist, und ich bin mir ziemlich sicher, dass ich nur zählen muss.

Ich kann das tun.

Glaube ich.

Cal deutet auf die Leiter und lässt mich hinaufklettern, während er wahllos Gegenstände aus dem obersten Regalfach von der Liste abliest. Ich nicke abwesend und schaue mir die Teile an, dann spüre ich seine Hand auf meinem Rücken.

Ich versuche, mich zu konzentrieren, aber es ist schwierig.

Seine Berührung lässt elektrische Funken sprühen, die mich von innen heraus zu verbrennen drohen.

»Bist du okay? Ich wollte nur sichergehen, dass du gut stehst.«

Seine Hand rutscht ein wenig runter, als ich mich aufrichte, und streift meinen Hintern. Er lässt sie dort für eine lange Sekunde liegen, bevor er sie zurückzieht. »Du fällst nicht runter, oder?«

»Ich – mir geht's gut.«

»Gut.«

Mit wackeligen Knien atme ich tief durch und steige die Leiter wieder hinunter, bereit, diese Inventurstunde, die sich viel komplizierter anfühlt, wenn Cal sich an mich lehnt, hinter mich zu bringen. Er hält die Liste hoch und streicht mit seinem tätowierten Mittelfinger über eine der Spalten, während sich unsere Schultern berühren.

Ich lasse meinen Blick über Spalte zwei schweifen und runzle die Stirn. »Was ist ein Clitometer?«

Ich schwöre, er grunzt.

Er fährt sich mit der Hand über das Gesicht, von der Stirn bis zum Kinn, und sieht mich an, während er einen Schritt zurücktritt. »Ein was?«

»Ein Clitometer«, wiederhole ich verwirrt.

»Einen *Clitometer* gibt es nicht. Ein *Clino*meter ist ein Neigungssensor. Er wird zum Messen verwendet.«

»Oh.« Erschrocken über den Ausrutscher, weiche ich zurück. Dieses Zurückweichen ist inzwischen zu meiner ganzen Persönlichkeit geworden. »Nun, ein Teil des N ist auf dem Bericht verschmiert. Es sieht aus wie ein T. Wie *Clit – und*, oh mein *Gott*, habe ich dieses Wort wirklich gerade laut zu dir gesagt?«

Das kleine Grinsen taucht abermals auf, als er seinen Kaugummi wegwirft und sich wieder mit der Hand über das Gesicht wischt. Und wieder. Nach einem kurzen Moment blinzelt er zur Regalwand, dann wieder zu mir. »Wie süß, dass ich dich nervös mache.«

Ich fülle meine Wangen mit Luft und halte sie eine Sekunde lang ein, bevor ich sie ausblase. »Es ist nichts süß daran, zu deinem Boss ›Clit‹ zu sagen. Und das gleich mehrfach.«

Sein Grinsen wird breiter.

Ich drücke mein Kinn auf die Brust und beiße mir auf die Lippe. Ich habe das Gefühl, dass ich jetzt das Thema wechseln muss, also wende ich mich wieder seiner mysteriösen Ex-Freundin zu, die er noch nie erwähnt hat. Neugierde durchströmt mich, als ich ansetze: »Also, wo wir gerade von süß sprechen …«

»Nein, ich schlafe nicht mit Jolene«, unterbricht er mich.

Erschreckend scharfsichtig.

Sein Blick wandert zu mir hinüber, das Grinsen verschwindet. »Wir sind schon lange nicht mehr zusammen. Wir sind nur Freunde.«

»Oh, ist völlig okay, wenn ihr zusammen seid.«

»Danke, sind wir aber nicht.«

Ich bin mir sicher, dass er lügt, und fahre fort: »Sie ist wirklich nett. Und wunderschön. Und ich würde dich nie verurteilen oder herumschnüffeln, wenn du …«

»Ich habe seit zwei Jahren keinen Sex mehr gehabt, Lucy.«

Ich schnappe nach Luft, bevor mir der Mund zuklappt.

Cal wirft die Papiere auf ein Regal und wendet sich mir zu, seine Augen leuchten auf. Wild und anziehend. Sie brennen sich in mich hinein wie feurige Glut. Er macht einen Schritt vorwärts, bis er nur noch Zentimeter von mir entfernt ist, und lässt den Blick über mein Gesicht gleiten.

Und dann sagt er mit leiser, fester Stimme: »Gott helfe der Frau, die diese Serie durchbricht.«

Er schluckt und wirft mir einen strengen Blick zu, bevor er den Lagerraum verlässt.

Er geht weg, während ich nach einem Regalbrett greife, um mein Gleichgewicht zu halten.

Er geht weg und lässt mich erschüttert und atemlos zurück.

Er geht weg, und ich stehe einfach nur da, verblüfft und mit einem pochenden Schmerz zwischen den Beinen.

* * *

Ich bin schon seit einer Stunde dabei, eine Unmenge von Luft-
filtern und Zündkerzen zu sortieren, dankbar für die Atem-
pause. Cals Worte schießen mir die ganze Zeit durch den Kopf
und halten mich im Würgegriff, aber ich habe es geschafft, konzentriert und organisiert zu bleiben.

Je mehr ich darüber nachdenke, desto klarer wird mir, dass er
wahrscheinlich nur eine allgemeine Aussage gemacht hat.

Nur weil er mich mit seinen Whisky-Augen angestarrt und
berauscht hat, heißt das noch lange nicht, dass er tatsächlich
mich gemeint hat.

Das wäre absurd.

Ein knappes Lachen entfährt mir bei diesem Gedanken.

Er ist kein einziges Mal zurückgekommen, um nach mir zu
sehen, und als ich vor einer Weile durch den Türspalt spähte,
fand ich ihn an eine der steingrauen Wände gelehnt, in ein Gespräch mit Jolene vertieft, während laute Rockmusik aus einem
Deckenlautsprecher dröhnte.

Mein Herz machte bei dem Anblick einen seltsamen Satz
und klopfte erneut mit verräterischer Beklommenheit, aber ich
hatte mich schnell wieder im Griff. Es ist keine große Sache,
und ich bin nicht eifersüchtig.

Das bin ich wirklich nicht.

Ich hatte noch nie einen Grund, eifersüchtig zu sein, und jetzt
habe ich erst recht keinen. Außerdem ist Jolene großartig. Sie
ist entspannt und sympathisch. Lustig. Es ist kein Wunder, dass
sie mal zusammen waren – sie sieht genau wie der Typ Frau aus,
auf den Cal abfahren würde. Sexy, abenteuerlustig, mit Ecken
und Kanten. Sie hat wahrscheinlich ein Motorrad. Ich wette,
sie sind früher zusammen Motorrad gefahren und haben unter
dem Mond lange Gespräche über schwarze Lattenzäune und
kleine Biker-Babys geführt.

Das ist in Ordnung.

Es geht mir gut.

Okay … mir geht es gut, bis es mir *nicht mehr* gut geht.

Es trifft mich unvorbereitet, wie ein Schlag.

Ich lehne mich zu stark zu einer Seite und verliere das Gleichgewicht. Die Leiter kippt nach links, rutscht unter mir weg, und ich falle, während ich versuche, etwas zu finden, an dem ich mich festhalten kann.

Leider bleibe ich an einem Nagel hängen, der aus einem der alten Regale herausragt.

Da ich mich mitten im Sturzflug befinde, bohrt sich der Nagel nicht nur in meine Hand, sondern schlitzt meine Handfläche auf, während ich scheinbar in Zeitlupe auf den Betonboden falle.

Der Schmerz kommt nicht sofort, er wird vom Schock und Adrenalin übertrumpft, als mir für den Bruchteil einer Sekunde die Luft wegbleibt. Seltsamerweise schlägt der stechende Schmerz in meinem Steißbein zuerst zu.

Ich zucke zusammen.

Ich atme scharf durch zusammengebissene Zähnen ein.

Und dann … *schlägt er zu.*

Ein sengender, gleißender, schrecklicher Schmerz.

Ich stütze mich mit meiner unverletzten Hand ab, wage einen Blick auf den Schaden und werde sofort kopflos. Die Panik packt mich wie eine Schlinge.

Blut.

Überall Blut.

Es sprudelt und sickert und tropft mir den Arm hinunter, verschmutzt meinen Pullover und hinterlässt kleine Pfützen auf dem Boden.

Ich schreie. »Cal!«

Er kann mich über *Sevendust* nicht hören, also rappele ich mich hoch und halte meine Hand so weit wie möglich von mir weg, als umklammerte sie ein tollwütiger Waschbär.

Oh mein Gott, oh mein Gott.

Ich renne stolpernd zur Tür hinaus und kämpfe mit all meiner Willenskraft die Tränen zurück, die aus mir herausfließen wollen. »C-Cal«, rufe ich noch einmal und recke mein Kinn in die Höhe, bis ich ihn am anderen Ende der Werkstatt entdecke.

Er richtet sich auf, als er mich sieht, und ist für einen Moment wie erstarrt.

Unsere Blicke treffen sich.

Ich halte meine Hand höher, als ob er nicht sehen könnte, wie das knallrote Blut meinen Arm bis zum Ellbogen hinunterrinnt und eine Blutspur auf meinem Weg hinterlässt. »Ich blute«, krächze ich und habe das Gefühl, gleich eine Panikattacke zu bekommen.

Cal scheint in die Realität zurückzukehren und lässt den Kaffeebecher fallen, wobei sich der restliche Inhalt über den Boden ergießt. Jolene starrt mich entgeistert an, die Hand vor den Mund geschlagen.

»Großer Gott«, stößt Cal keuchend hervor. Er erreicht mich in einem Wimpernschlag mit nur drei riesigen Schritten, und ich gehe davon aus, dass er meine Hand ergreifen wird, um sich die Verletzung genauer anzusehen, aber er tut es nicht.

Bevor ich einen weiteren Atemzug machen kann, schiebt sich ein Arm unter meine Knie, während der andere meinen Rücken stützt. Er hebt mich in die Luft, zieht mich zu sich und flüstert: »Verdammt, Sunshine, ich kümmere mich um dich.«

Mein Herz stottert.

Seine Worte schaffen es, den unerträglichen Schmerz und den Blutverlust in den Hintergrund zu drängen, und *das* ist es, was mir die Tränen in die Augen treibt. Vielleicht ist es auch eine Kombination aus allem, aber vor allem sind es seine Worte.

Vielleicht liegt es an der Art und Weise, wie er mich gerade »Sunshine« genannt hat, während er mich in Windeseile in den

Pausenraum befördert und wie einen kostbaren Schatz fest-hält.

Ich klammere mich an seinen Nacken, um Halt zu finden, strecke meine verletzte Hand weiterhin von mir weg und beobachte mit Schrecken, wie das Blut in purpurnen Rinnsalen herausläuft.

»Atmen, okay? Ich habe dich«, ruft er, als wir den Pausen-raum betreten.

Cal setzt mich auf einem der Tische ab, schiebt sich zwischen meine Knie und ergreift mein Handgelenk. Mir stockt der Atem, als er mit der freien Hand hinter seinen Rücken greift und sein T-Shirt über den Kopf zieht, den Stoff schnell um meine Hand-fläche wickelt und festhält.

Ich fühle mich schwindelig. Benommen. Flau.

Und sicher.

Ich fühle mich sicher, wenn Cal zwischen meinen Beinen steht, mit dem Hemd Druck auf meine Wunde ausübt und seine Augen voller unverblümter Sorge sind.

»Atme, Lucy.«

Er wiederholt es noch einmal.

Wir verharren ein paar Herzschläge lang in dieser Position. Cals Gesicht ist so voller Sorge, dass ich vergesse, wer von uns beiden in Gefahr ist. Er hält meine Hand fest in seinen, und mein Atem wird endlich ruhiger, ohne dass mich die Hysterie übermannen kann.

»Verdammt, lass mich den Erste-Hilfe-Kasten holen.« Er lehnt seine Stirn für einen winzigen Moment gegen meine, dann weicht er zurück. »Hier, halte den Druck auf deine Hand, nicht nachlassen.«

Ich nicke, meine Augen schließen sich flatternd, um dann wieder langsam aufzugehen.

Mein Blick fällt auf seine nackte Brust, die nur wenige Zenti-meter von mir entfernt ist. Um den Hals trägt er eine Silberkette, an der ein Anhänger baumelt – ein Herz, das in einen Violin-schlüssel eingefasst ist.

Bevor ich den Schmuck weiter studieren kann, ist Cal schon weg und durchquert den Raum hinter mir. Ich höre, wie Schränke auf- und zuklappen, während er nach dem Kasten sucht, und atme unruhig ein, halte meine mit Stoff umwickelte Hand fest.

Vage nehme ich wahr, dass Jolene in der Tür steht und fragt, ob es mir gut geht, aber ich bin zu benebelt, um zu antworten.

Ich schließe die Augen wieder.

Atme, Lucy.

Cal kehrt an meine Seite zurück, wickelt das T-Shirt auf und untersucht die Wunde. Er redet mit mir, beruhigt mich, wäh-rend er sich um meine Hand kümmert, aber ich werde bereits in der Zeit zurückgeworfen, von einer Erinnerung fortgetragen …

»Atme, Lucy.«

Cal zog mich aus dem Swimmingpool.

Ich starre zu ihm hoch, zittere, meine Lunge ist zusammenge-schnürt, meine Brust schmerzt.

Ich kriege keine Luft mehr.

Er sagt es noch einmal, sein hübsches Gesicht liegt im Schatten der Mittagssonne. »Atme, Lucy.«

Um mich herum herrscht Aufruhr, aber ich sehe nur ihn. Alles, was ich höre, ist er. Alles, was ich fühle, ist seine Hand, die auf die Mitte meiner Brust gedrückt ist, mit gespreizten Fingern, die mich zentrieren.

»Geht es ihr gut? Cal! Geht es ihr gut?«

Emma.

Emma und Cal, meine Retter.

In der Ferne heulen Sirenen. Jemand hat einen Kranken-wagen gerufen.

Aber ich fühle mich bereits sicher.

Cal sagt mir, ich solle atmen, und Emma hält meine Hand.
Mir geht es gut.
Mir geht es gut.
Solange sie hier sind, wird es mir gut gehen.
Ich kann atmen.

KAPITEL 11

Die Wochen vergehen wie im Flug, und meine Hand heilt gut. Die Fäden sind am Freitag gezogen worden, und ich habe keine Taubheitsgefühle oder andere beunruhigende Symptome, so-dass ich nach zwei Wochen Ausfall morgen endlich wieder in die Werkstatt gehen kann.

Um die Tatsache zu feiern, dass keine Amputation nötig war – wovon ich mir eingeredet hatte, dass das auch irgend-wie in Ordnung sein würde, weil die Technologie heute so fortschrittlich ist, dass ich wahrscheinlich eine supercoole bionische Hand bekommen hätte, die wie bei Tony Stark als Flammenwerfer dienen könnte –, kam Alyssa mit einer dünnen Crust-Pizza von meinem Lieblingsladen ein paar Ortschaften weiter vorbei.

Und Wein. Immer Wein.

»Niemand packt grüne Oliven auf die Pizza«, sagt sie mit vollem Mund, während wir uns True-Crime-Dokus ansehen. »Das ist wirklich abscheulich.«

»Die Option wird angeboten, also gibt es Leute, die grüne Oliven auf die Pizza tun.«

Sie schnaubt.

Bevor ich Vegetarierin wurde, mochte ich Salami. Die salzi-gen Oliven – oder sogar Dillgurken, wenn ich ganz verwegen drauf bin – sind eine schmackhafte Alternative, zusammen mit einer Extraportion Zwiebeln.

Alyssa ist damit nicht einverstanden und hat eine Calzone für echte Fleischliebhaber bestellt, isst aber nur einen Bissen und geht dann direkt zum Wein über.

Kiki liegt mit großen Augen zu unseren Füßen und wartet geduldig, dass ein Stückchen runterfällt, während Lemon desinteressiert in ihrem Hundebett auf der anderen Seite des Wohnzimmers schlummert. Alyssa steckt Kiki ein Stück Wurst zu, und ich schlage ihre Hand weg. »Keine Wurst an die Wurst verfüttern. Sie hat schon zehn Pfund Übergewicht.«

»Aber ihr Gesicht.«

»Ich weiß. Deshalb hat sie auch Übergewicht.«

Alyssa spitzt die Lippen, rutscht auf der Couch hin und her und legt die Füße auf die Kissen. Sie greift nach ihrem Wein, kippt ein paar Schlucke hinunter und hinterlässt einen Abdruck ihres Cranberry-Kiss-Lippenstifts. »Apropos Wurst, dein Haus sieht toll aus.«

Ich schnaube.

Das macht sie andauernd – sie beginnt einen Satz mit »Apropos« und sagt dann etwas völlig Unzusammenhängendes. Ich schaue mich in dem gemütlichen Wohnbereich um und nicke zustimmend mit dem Kopf. Es wird immer gemütlicher. Ich habe meine arbeitsfreie Zeit gut genutzt und meine Mutter eingeladen, mir beim Einrichten zu helfen. Peinlicherweise war ich vorher zu beschäftigt, um mich voll und ganz der Inneneinrichtung zu widmen, sodass die Wände immer noch steril und leer sind. Ich habe gravierendere Aufgaben vorgezogen, wie mich beispielsweise in Seiten aus Tinte und Asche zu verlieren.

Ein dreistündiger Einkaufsbummel im Dekoladen hat das geändert, und jetzt sitze ich inmitten überteuerter korallenfarbener Kissen auf einem elfenbeinfarbenen Sofa, während meine mit Pantoffeln bedeckten Füße über den neuen salbeifarbenen und weißen Teppich laufen.

Die Wände müssen noch frisch gestrichen werden – vielleicht in einem Meeresbrise-Blau –, aber das reicht erst einmal. Meine Mutter hat eine Auswahl an Kunstdrucken und Familienfotos für mich aufgehängt, weil ich das mit einer Hand nicht geschafft hätte, und ich habe eine Kiste mit alten Dekostücken herausgeholt, die ich im Raum verteilt habe.

Ich fühle mich endlich wie *zu Hause*.

Ihr Zuhause, mein Zuhause.

Die Begrifflichkeiten sind austauschbar.

Während Alyssa und ich uns mit den Vor- und Nachteilen von Benjamin-Moore- und Behr-Farben beschäftigen, pingt mein Handy auf dem Beistelltisch neben mir. Ich greife danach, und mein Herz macht Luftsprünge, als ich seinen Namen sehe.

Cal:
Wie geht es dir?

Ein organisches Lächeln breitet sich in meinem Gesicht aus. Cal hat sich in den letzten vierzehn Tagen immer mal wieder bei mir gemeldet und mir Nachrichten geschickt wie:

Wie geht es der Hand?

Heilt sie gut?

Geht es dir besser?

In meinem Kopf klang das alles wie: *Ich mache mir Sorgen um dich.*

Natürlich kann es sein, dass ich das überinterpretiere – schließlich scheint Cal nicht der sensible Typ zu sein.

Ich habe einen flüchtigen Blick auf seine Verletzlichkeit und sein Mitgefühl erhascht; Mitgefühl für *mich*. Er ist immer noch verschlossen, sein Gemüt ist eher stachelig als plüschig, aber nichts wird jemals die Erinnerungen an jenen Nachmittag auslöschen, als er mich in seinen Armen getragen und mir mit derselben besorgten Stimme wie damals gesagt hat, ich solle atmen. Ich werde nie die Sorgenfalten in seinem Gesicht vergessen, die seine Brauen verzogen und seine Stirn furchten. Seine Augen waren glasig, die dunkelbraunen Iriden voller Spannung, die goldenen Flecken glitzerten vor Zärtlichkeit.

Er fuhr mich mit meinem Auto ins Krankenhaus, wartete dort, bis ich entlassen wurde, setzte mich zu Hause ab und kehrte dann erst zurück in den Laden, um sein Motorrad zu holen.

Cal hat sich nicht ein einziges Mal beschwert, und mein Herz ging auf.

Und das geht es immer noch.

Das ist es, was mir von diesem Tag auf ewig in Erinnerung bleiben wird. Nicht das Blut, die Angst oder der Schmerz – nur Cal und seine sanften Seiten.

Ich lächle immer noch und tippe eine Antwort, während Alyssa über mir schwebt und versucht, einen Blick auf unsere Nachrichten zu werfen.

Ich:
Viel besser! Am Freitag wurden mir die Fäden gezogen, und alles sieht gut aus. Ich bin morgen wieder da. Ich hoffe, ihr habt mich nicht zu sehr vermisst. ;)

»Oh mein Gott, du flirtest, Lucy. Ich wusste, dass du es draufhast«, sagt Alyssa. Das anschließende Zurückwerfen der strohblonden Haare verrät mir, dass sie stolz ist.

Meine Miene wird säuerlich. »Was? Hat sich das nach Flirten angehört?«

»Äh, ja. Du hast sogar das Zwinker-Emoji benutzt.«

»Oh Gott … das wollte ich nicht. Ich war einfach nur dumm.« Die Nachricht wird als »gelesen« angezeigt, und ich erröte sofort.

Alyssa lässt sich kopfschüttelnd auf die Couch zurücksinken und trinkt ein paar Schlucke Wein. Sie mag Rotwein, während ich Weißwein bevorzuge, was unseren konträren Persönlichkeiten entspricht. Sie ist die sexy Sirene zu meiner vollwertigen Bescheidenheit. Tief im Innern aber lieben wir beide den Wein.

Der Merlot schwappt in ihrem Glas, während sie den Stiel dreht, passend zu ihren rubinroten Fingernägeln und den roten Lippen. »Warum nicht? Er ist heiß. Du bist heiß. Flirten ist angebracht – und rauer, schmutziger Sex ist unvermeidlich.«

Ich klemme das Telefon zwischen meine Schenkel, zu verängstigt, um seine Antwort zu sehen. Mein Nacken brennt bei ihrer Analyse und erinnert mich an den feurigen Moment, den Cal und ich im Lagerraum geteilt haben, als er mir tief in die Augen sah und meinte, Gott solle der Frau helfen, die seinen zweijährigen Zölibat brechen wird.

Nicht, dass ich diese Erinnerung nötig hätte.

Seine Worte laufen seit zwei Wochen auf Auto-Replay, laut genug, um die Toten zu wecken. Mit den Toten ist meine Libido gemeint.

Ich kaue auf meiner Lippe und schaue sie an. »Ich würde nicht lügen und sagen, dass ich … *immun* bin«, gebe ich leise zu und spüre, wie die Hitze meinen Hals hinaufklettert und meine Ohren erobert. »Allerdings … ich bin kein Mädchen, das auf rauen, schmutzigen Sex steht, aber er wahrscheinlich schon.«

Sie lacht mich einfach auf diese Alyssa-Art an. Leichtfüßig und feminin mit einem Hauch von Dreistigkeit. »Lucy, du *bist* dieses Mädchen. Jede von uns ist dieses Mädchen, wenn sie den richtigen Mann hat.«

Ich greife nach meinem Weinglas und leere es in einem Zug. Dann, die Lippen noch am Glasrand, platze ich mit der Wahrheit heraus: »Ich bin noch Jungfrau.«

Ihr Kopf schwenkt so schnell zu mir, dass sie sich beinahe an einer Haarsträhne verschluckt. *»Was?«*

»Ja, ich weiß. Es ist peinlich.«

Sie streckt eine Hand aus, als wolle sie mich auf der Stelle stoppen, doch eine steile Falte stiehlt sich zwischen ihre sandfarbenen Augenbrauen. »Hey, nein, das habe ich nicht gemeint.« Sie saugt ihre Lippe zwischen die Zähne und zögert einen Moment. »Ich wusste es nur nicht. Ich bin überrascht, weil … du bist …«

»Zweiundzwanzig«.

»Noch mal, nein«, seufzt sie und legt den Kopf zurück. »Ich wollte sagen: umwerfend. Eine glatte Zehn.«

Wärme erblüht in meinen Wangen, eine Mischung aus Schuldgefühlen und Schüchternheit. Ich habe sie zwar nie offen über meine Keuschheit angelogen, aber ich habe das Thema umgangen, wann immer es aufkam, und möglicherweise mit zweideutigen Antworten und schnellen Themenwechseln etwas anderes suggeriert. »Es tut mir leid, dass ich es dir nie gesagt habe.« Ich greife nach einem Kissen. Das Kissen ist hell und fröhlich, frei von Enttäuschung. »Du bist die totale Sexbombe, also war es mir peinlich, die Wahrheit zuzugeben, und ich wollte nicht, dass du das Gefühl hast, du könntest deine pikanten Geschichten nicht mit mir teilen. Ich lebe für solche Geschichten, weißt du.«

Sie reibt ihre Lippen aufeinander und lässt sie dann aufploppen. »Ist es eine Sache der Religion? Der Nerven?«

»Persönliche Gründe, denke ich.«

»Okay«, sie nickt, »ich werde nicht neugierig sein.« Im Gegensatz zu ihrer Behauptung nimmt sie das Kissen von meinem Schoß und zeigt auf mein Handy, das immer noch zwischen meinen Schenkeln steckt. »Aber in diesem Fall *werde* ich neugierig sein. Lies seine Nachricht.«

Ich ziehe meine Beine ein wenig auseinander und lasse das Telefon tiefer ins Versteck gleiten.

»Lucy!«

»Okay, okay«, lenke ich ein, greife in die dunkle Höhle meiner Jogginghose und fische das Telefon heraus. Mein Bauch blubbert vor Angst und Unerfahrenheit.

Mit einem offenen und einem geschlossenen Auge streiche ich über den Bildschirm.

Cal:
Ich habe dich vermisst. Hast du mich vermisst?

OhmeinGottohmeinGottohmeinGott.

Flirtet er? Ist er betrunken?

So oder so, die Stelle zwischen meinen Schenkeln pocht, mein Puls beschleunigt sich mit etwas, das mir völlig fremd ist. Ich bin mir nicht einmal sicher, was ich sagen soll, aber meine Finger haben ihren eigenen Willen.

Ich:
Ja.

Dann werfe ich mein Handy quer durch den Raum, der Schrecken hat mich gepackt. »Ich weiß nicht, was ich tue, Lys. Ich bin ein unbeholfenes Wrack von einem menschlichen Wesen.«

Alyssa sieht viel zu vergnügt aus für einen so düsteren Moment, aber dann werden ihre gespitzten Lippen weicher. »Du bist kein Wrack, Babe. Du hast das größte Herz von allen, die ich kenne. Du bist freundlich, großzügig, witzig und absolut umwerfend. Das ist es, was *er* sieht. Das ist es, was wir alle sehen.«

Ich vergrabe das Gesicht in meinen Händen und verstecke meine Angst, meine unangebrachte Unsicherheit, meine tiefe Sorge, dass Sex gleich Liebe ist und Liebe gleich Verlust und Verlust bedeutet, dass man alles Schönen und Guten beraubt wird.

Verlust hinterlässt Narben, die nicht verheilen.

Verlust ist ein Lebenskrafträuber.

Die meisten Menschen leben nach einem Verlust einfach weiter, und manchmal merken sie es nicht einmal. Sie bemerken nicht mehr, wenn sich die Farben der Blätter verändern. An ei-

nem Tag sind die Blätter grün und lebendig und voll frühlings-
hafter Sehnsucht, im nächsten Moment sind sie rostbraun, und
dann sind sie tot.

Und wir bemerken es nicht.

Diese Blätter haben schon immer nur tot ausgesehen.

Ich habe mich jahrelang so gefühlt, ich kann es verstehen. Es
lebt immer noch in mir als dieses kleine schwarze Loch, das ich
ständig mit Lachen, netten Menschen und Tagträumen fülle.

Aber ich verstehe es, und ich weigere mich, dafür verantwortlich zu sein.

»Danke, Lys«, antworte ich schließlich und füge dem schwarzen Loch so viele Komplimente hinzu, bis es keine andere Wahl
mehr hat, als sich zu schließen und nicht mehr die Zähne zu
blecken.

Ich habe ein wunderbares Leben. Ein gesegnetes Leben.

Und die verworrenen, hässlichen Wurzeln des Verlustes dürfen nicht in mich einsickern.

Wenig später schläft Alyssa auf meiner Couch ein, fällt in ein
Weinkoma und schnarcht in ihre Handfläche. Ich lächle bei diesem Anblick und überlege, ob ich ein Foto von ihrem Sabber
machen soll, entscheide mich dann aber, sie in Ruhe zu lassen.
Stattdessen rappele ich mich vom Sofa auf und begebe mich ins
Bett, nicht ohne im Vorbeigehen mein Handy vom Boden aufzuheben.

Ein Teil von mir möchte die kleine Benachrichtigungsblase
ignorieren, von der ich weiß, dass sie auf mich wartet.

Aber der mächtigere Teil öffnet die Botschaft, bevor meine
Träume mich in endlose Sommer entführen, in denen die Blätter
niemals sterben.

Cal:
:)

* * *

Es gibt Pech, und es gibt noch größeres Pech.

Und dann gibt es noch die Art von Pech, die nicht einmal katalogisiert werden kann.

Wie ein Hurrikan der Kategorie sechs.

Man sollte meinen, dass eine schwere Risswunde an der Hand und ein zweiwöchiger Arbeitsausfall ein angemessenes Maß an Leid für eine Person darstellen würden, aber das Universum war anderer Meinung.

Mein Haus wurde überflutet.

Mein perfektes neues Haus wurde überflutet, weil irgendwann in der Nacht, nachdem Alyssa ihren Merlot ausgeschlafen hatte und heimgefahren war, einfach der Wasserboiler platzte. Ich machte die Entdeckung kurz vor fünf Uhr morgens, als ich aufwachte, um die Hunde rauszulassen, und in meinen flauschigen Socken durch zentimeterhoch stehendes Wasser stapfte. Da sich der Warmwasserbereiter in der kleinen Waschküche neben der Küche befindet, die an den Wohnbereich grenzt, ist mein gesamter Hauptwohnbereich betroffen.

Ruiniert, vielmehr.

Ich versuchte, nicht zusammenzubrechen, während ich draußen die Hunde fütterte, und zwang mich, die Schluchzer, die meine Brust zuschnürten, in schallendes Gelächter zu verwandeln. Mein Nachbar saß mit einer Tasse Kaffee auf seiner Terrasse und warf mir merkwürdige Blicke zu, also winkte ich wie irrsinnig durch mein Lachen und die Tränen hindurch und grinste so breit, dass ich sicher wie eine Verrückte aussah.

Er hat mich noch nicht offiziell kennengelernt.

Und jetzt wird er es auch nicht mehr wollen.

Ich beschließe, die Hunde an diesem Morgen mit zur Arbeit zu nehmen, weil ich sie in diesem Chaos nicht allein lassen kann, und meine Mutter hat meine Anrufe nicht beantwortet, weil ihre Definition von Ruhestand Ausschlafen ist.

Ich habe es so eilig und bin nicht gewillt, an diesem Morgen durch den überfluteten Teppich in mein Schlafzimmer zu waten, dass ich eine Schachtel mit der Aufschrift »Kleiderspende« aus meinem Schrank zerre und das anziehe, was ich für ein vorzeigbares Outfit halte. Es ist ein weißes T-Shirt mit einem Sonnenscheinmotiv, auf dem steht: *Was der Sonnenschein für die Blumen ist, ist Lächeln für die Menschheit.* Dazu trage ich bequeme Leggings, die zwar schon ein paar Jahre alt sind, aber immer noch gut zu passen scheinen, während das T-Shirt schon etwas eng sitzt.

Ich kämme mein Haar mit den Fingern zu einem hohen Pferdeschwanz, trage Lippenbalsam auf und gehe zur Tür hinaus.

Zum Glück ruft mich meine Mutter an, als ich gerade auf den Parkplatz einbiege. Ich atme erleichtert auf und verbinde sie über Bluetooth.

»Lucy? Liebes? Bist du im Krankenhaus? Ich werde nie wieder ausschlafen«, sagt sie. »Ich hab dich daran erinnert, dass du deinen Arzttermin nicht mehr aufschieben sollst. Wo bist d–?«

»Mom, bitte, beruhige dich. Du machst mich noch nervöser.« Deshalb sollte ich ihr keine Sprachnachrichten hinterlassen, die nur aus »*Ruf mich an, sobald du das hörst*« bestehen. Mom ist völlig durch den Wind. »Mein Haus ist überschwemmt. Kannst du Onkel Dan anrufen und fragen, ob er heute vorbeikommen kann?«

»Es ist wegen der verstopften Dachrinnen passiert, nicht wahr? Ich wusste es.«

»Nein, es hat seit Wochen nicht mehr geregnet. Der Wasserboiler ist geplatzt.«

»Geht es dir gut? Und meinen Fell-Enkelchen?«

»Uns geht es gut, aber ich brauche vielleicht einen Platz, an dem ich ein paar Tage schlafen kann, bis Onkel Dan sich um die Sache gekümmert hat. Macht es dir was aus?«

Das ist eine dumme Frage. Es macht ihr genauso viel aus wie Tiefengewebsmassagen, gefolgt von Mimosas am Strand, während Kellner, die wie ein junger Pierce Brosnan aussehen, ihr unbegrenzt Schüsseln mit Ceviche bringen.

»Ich bereite das Gästezimmer vor. Zum Abendessen können wir diese vegetarischen Stachelschwein-Reisbällchen machen, die du so gerne magst. Ich schau mal, ob ich alle Zutaten dahabe.«

»Danke, Mom. Lass mich wissen, was Onkel Dan sagt.«

»Ich rufe ihn sofort an.«

Wir verabschieden uns und legen auf, dann nehme ich mir einen kurzen Moment Zeit, um mich davon zu überzeugen, dass dies nicht das Ende der Welt ist. Es ist in Ordnung. Es ist okay.

Ich wollte sowieso die Böden ersetzen.

Das ist eine gute Sache.

Neue Böden sind gut.

Ich streiche mit den Fingern durch meinen Pferdeschwanz und wiederhole das immer wieder, bis es hängen bleibt.

Juhu! Mein Haus ist überschwemmt! Der beste Tag überhaupt!

Der Peptalk scheint meine Laune zu heben, und so tapse ich mit Kiki und Lemon einhändig in den Laden und fixiere mein Lächeln, obwohl meine Hunde bereits wie wild bellen und so heftig an den Leinen ziehen, dass ich fast umkippe.

»Was zum Teufel?« Cal steht hinter dem Schreibtisch und sieht zu, wie ich durch den Haupteingang taumele und versuche, nicht über meine zwei Corgis zu stolpern, die in einer Autowerkstatt nichts zu suchen haben.

In meiner Aufregung habe ich sogar meine Schuhe falsch rum angezogen. Das ist auch nicht gerade hilfreich.

»Guten Morgen!«, schnaufe ich, als Kiki auf Cal zuhält und Lemon auf einen Stuhl im Wartebereich hüpft und sich dort niederlässt, als wäre es ihr neuer Thron.

Dante und Kenny stecken ihre Köpfe aus dem Pausenraum. »Sind wir jetzt auch ein Hundekindergarten?«, fragt Kenny amüsiert. »Verdammt. Ich bringe morgen meinen Malamute mit. Ich wette, der vertreibt die ganzen Arschlochkunden.«

Ich ziehe eine Grimasse. »Mein Haus wurde überflutet. Ich war in Panik.«

Cal sieht sauer aus, aber er hockt sich trotzdem hin, um der bettelnden Kiki den Bauch zu kraulen. Mein schamloses Tier lässt sich buchstäblich zu seinen Füßen fallen, rollt sich auf den Rücken und spreizt in Windeseile ihre kurzen Beinchen für ihn.

»Es tut mir wirklich leid«, fahre ich fort, kaue auf meinem Daumennagel und blase dann die Luft aus meinen Wangen. Ich bin mir nicht sicher, was ich heute von Cal erwarten soll, wenn man bedenkt, dass ich ihn heute zum ersten Mal seit meinem spontanen Krankenhausbesuch und unseren anschließenden, an Flirterei grenzenden Textnachrichten sehe. Wäre ich hier nicht mit einem Zoo hereingeplatzt, würde er vielleicht nicht so aussehen, als wolle er mich feuern. »Ich war mir nicht sicher, was ich sonst tun sollte, und musste schnell handeln. Ich hatte gehofft, ich könnte sie im Pausenraum unterbringen. Ihre Hundebetten sind im Auto – ich bringe sie zum Gassigehen raus und räume auf, wenn sie Dreck machen.«

»Ist schon gut«, brummt Cal, richtet sich auf und stapft auf mich zu. Er streift seine burgunderrote Beanie ab, zerstrubbelt sein Haar und setzt sie wieder auf. Sein Gesicht ist ausdruckslos und zeigt keinen Hinweis auf den Smiley, den er mir noch vor acht Stunden geschickt hat. »Wie groß ist der Schaden?«

Ich zucke mit den Schultern und versuche, mich nicht von dem Gefühl der blanken Niederlage unterkriegen zu lassen. »Muss noch herausgefunden werden. Ich hoffe, mein Onkel kann heute einen Blick darauf werfen – er ist Bauunternehmer. Ich weiß nur, dass die Küche und das Wohnzimmer im Moment völlig unbewohnbar sind, und mein hübscher neuer Teppich aus dem Dekoladen sieht aus, als hätte man ihn bei einer Tiefseetauchexpedition auf dem Meeresgrund gefunden.«

»Dann bleib ein paar Tage bei mir.«

»Ja, ich …« *Warte, was?* Ich blinzle tausendmal und sage: »Warte, was?«

Cal sieht völlig gleichgültig aus, sein Verhalten passt nicht annähernd zu dem Ausmaß seiner unerwarteten Einladung. »Ich habe ein Gästezimmer, das ich kaum nutze. Einen eingezäunten Hof für die Hunde.«

»Nein … nein, keine Sorge. Das ist viel zu großzügig von dir.«

»Es ist praktisch.«

Ich schlucke, denn die Vorstellung, für eine unbekannte Anzahl von Tagen mit Cal zusammenzuwohnen, lässt meine linke Augenbraue zucken. »Ich wohne bei meiner Mutter. Es ist für alles gesorgt.«

»Wohnt sie nicht fünfundvierzig Minuten entfernt?«

»Ja.«

»Nicht praktisch. Ich wohne eine Meile vom Laden entfernt.«

Ich kratze mich am Schlüsselbein und lasse den Blick durch den Raum gleiten, während ich überlege, was ich sagen soll. Ich fühle mich von dem Angebot überrumpelt. »Ich … ich habe nichts gegen die lange Fahrt. Wirklich nicht. Ich bin sowieso früh auf den Beinen, also ist es keine große Sache …«

»Wir fahren nach der Arbeit bei dir vorbei, dann kannst du dir Klamotten holen oder was du sonst so brauchst. Ich hab eine kleine Katze, also hoffentlich passt das.«

Ich fange wieder an, wie verrückt zu blinzeln. »Du hast ein Kätzchen?«

»Ja. Cricket.«

Cal hat ein Kätzchen.

Der griesgrämige, unnahbare, tätowierte Cal hat ein Kätzchen namens Cricket.

Meine Fortpflanzungsorgane merken genauso interessiert auf wie Kiki, wenn sie ein Eichhörnchen im Garten sieht.

156

Ich bin so abgelenkt von dieser neuen Entwicklung, dass ich mein Zeitfenster zum Widerspruch völlig verpasse, und Cal deutet mein Schweigen als Kapitulation.

»Du kannst mir zu meiner Wohnung folgen, nachdem du deine Sachen geholt hast. Wir bestellen Essen.«

Er geht zurück zum Schreibtisch, während ich an meiner Lippe knabbere und den wissenden Blicken von Dante auf der anderen Seite des Raumes ausweiche. »Ähm, okay. Gib mir nur eine Minute, um meine Mutter anzurufen und ihr die Planänderung mitzuteilen.«

»Okay.«

Unendlich oft schluckend eile ich herum, um meine Haustiere im Pausenraum unterzubringen, nachdem Kenny die Betten aus meinem Auto geholt und ich Plastikschüsseln mit Futter und Knabberzeug gefüllt habe. Ich bete, dass sie nicht die ganze Zeit bellen, während ich ihnen süße Nichtigkeiten zuflüstere und mich mental auf das Gespräch mit meiner Mutter vorbereite.

Ich beschließe, nicht zu viel darüber nachzudenken, und klicke auf ihren Namen in meinen Kontakten. »Hey, Mom. Planänderung.«

»Oh Gott, bist du auf dem Weg ins Krankenhaus?«

Meine Lippen vibrieren, als ich einen Laut der Verzweiflung ausstoße und mir in den Nasenrücken kneife. »Nein, es geht mir gut. Aber ich werde nach der Arbeit nicht mehr vorbeikommen, weil … ähm, Cal mir sein Gästezimmer angeboten hat, in dem ich übernachten kann. Es ist nur eine Meile von der Arbeit entfernt, also macht es Sinn.«

Stille antwortet mir, schließlich gebrochen durch ein schwaches »Oh?«.

»Ja, aber ich werde auf jeden Fall am Wochenende vorbeikommen, damit wir diese Stachelschwein-Dinger machen können. Ich habe mich schon sehr darauf gefreut.«

»Mir war nicht klar, dass ihr beide eine intime Beziehung habt.«

Ich lasse den Hörer fast fallen. »Was? Wie kommst du jetzt darauf?«

»Ich bin nicht von gestern, Lucy.«

»Wie auch immer, das ist nicht der Fall. Überhaupt nicht. Nicht einmal annähernd.«

»Okay.«

»Mutter. So ist es nicht.«

»*Okay*, Süße. Halt mich … einfach auf dem Laufenden«, sagt sie und seufzt in den Hörer. »Dein Onkel kommt heute nach seinem morgendlichen Termin vorbei. Ich hab ihm meinen Zweitschlüssel gegeben.«

Ich massiere meine Schläfe mit zwei Fingern und nicke, dankbar für den Themenwechsel. Und für Onkel Dan. »Danke, Mom. Ich hab dich lieb.«

»Ich liebe dich am dollsten.«

Als ich auflege und das Telefon in den Bund meiner zu engen Leggings schiebe, steht Cal hinter mir in der Tür. Ich drehe mich um, spüre seinen Blick auf mir und mustere ihn, wie er mit verschränkten Armen und einem subtilen Grinsen im Gesicht im Türrahmen lehnt.

»Was?«, frage ich, meine Kehle ist wie zugeschnürt. Er sieht aus, als würde er sich an den Smiley erinnern.

»Sie denkt, wir schlafen miteinander.«

Wie?

Wie macht er das immer?

Er sieht, wie ich nervös werde, und fährt dazwischen. »Deine Mutter redet immer so, als würde sie versuchen, über ein Rudel Nacktmulle zu sprechen, die an einer Feuerübung teilnehmen. Das habe ich zumindest gehört.«

Warum?

Warum musste er *nackt* sagen?

Ich bin noch nervöser, als ich antworte, wische mir die feuchten Handflächen am Hintern ab und blase mir meinen chaotischen Pferdeschwanz aus dem Gesicht. »Na ja, sie ist halt neugierig. Das weißt du doch.«

»Ja, ich weiß. Ich kann nicht vergessen, wie sie praktisch deine Schlafzimmertür eingetreten hat, in der Überzeugung, ich würde versuchen, deine Teenager-Unschuld zu besudeln.«

Obwohl dieser Moment sehr erniedrigend war, muss ich lachen. »Du hast mir nur bei meinem Buchstabierwettbewerb geholfen.«

Cal beißt sich auf die Unterlippe und saugt sie zwischen seine perfekten Zähne. »Richtig.«

Der Blick, den er mir zuwirft, schickt einen Schwarm flatternder Schmetterlinge in meinen Bauch, dann löst er sich vom Türpfosten und geht weg.

Ich atme tief ein und kann nicht verhindern, dass sich ein Lächeln auf meine Lippen stiehlt.

Cal lehnt an meinem zuckerwattenrosafarbenen Kopfteil, eine Baseballcap überschattet sein Gesicht. Er hält den Schulblock außer Reichweite und fragt mich Wörter ab. »Ananas«, liest er vor.

»A-N-N-A-N-A-S.«

»Falsch. Ohne Doppel-N«, stichelt er.

»Was? Aber wir haben doch gelernt, dass nach einem kurzen Vokal ein Doppelkonsonant kommt.«

»Das ist ein Netz aus Lügen. Lösch das aus deinem Gehirn.«

»Rechtschreibung ist schwer«, jammere ich.

Er zuckt mit den Schultern, bevor er sie strafft, und lässt den Blick über den Spiralblock schweifen. Er schaut zu mir auf, und in seinen Augen glitzert so etwas wie Schalk. »Hat«, sagt er.

Ich blinzle verwirrt, buchstabiere es dann aber trotzdem.

»Dich.«

Ich buchstabiere es und bin immer noch ratlos. Das sind nicht meine Wörter aus dem Buchstabierwettbewerb, da bin ich mir sicher. Das waren Merkwörter, als ich in der zweiten Klasse war.

»Jemals.«

»Cal, was tust du da?«

»Buchstabiere es, Lucy.«

»Och menno«, sage ich, aber ich tue es.

»Jemand.«

Ich bin genervt, weil er meine Zeit verschwendet.

Trotzdem buchstabiere ich es.

Dann blickt er wieder auf, nur mit seinen glitzernden hellbraunen Augen, die langen Wimpern kitzeln an seiner Augenbrauenlinie. Er beißt sich seltsam auf die Lippe. »Geküsst.«

Mein Herz klopft gegen meine Rippen, mein dreizehnjähriges Gehirn spielt verrückt. Ich schaue ihn an und sehe, wie er fragend zurückstarrt.

Alles fühlt sich warm an. Meine Haut, mein Hals, meine Nerven.

Ich befeuchte meine wüstentrockenen Lippen und spreche die Buchstaben aus, einen nach dem anderen, und beobachte, wie er den Schreibblock senkt und auf dem Bett näher an mich heranrückt.

»G-E-K-Ü-S-«

Meine Zimmertür fliegt auf und offenbart meine Mutter in ihrem lavendelfarbenen Bademantel, die mit einem missbilligenden Finger in meine Richtung zeigt, während Cal und ich aufspringen, als hätte die Matratze gerade Feuer gefangen.

»Lucille Anne Hope!«

KAPITEL 12

10.04.12

„Glühwürmchen"

Was ich jenseits des Sommers am meisten vermisse, sind die Glühwürmchen.

Glühwürmchen, Leuchtkäfer, Johannisfünkchen.

Lagerfeuer sind warm und hell, aber sie ersetzen nicht die Magie der kleinen Laternen, die bei Vollmond den Garten erleuchten.

Manchmal wünsche ich mir etwas von ihnen. Manchmal fange ich sie in Einmachgläsern. Manchmal gebe ich ihnen Namen, weil Dinge ohne Namen einfach nur Dinge sind.

Und immer vermisse ich sie.

Heute Nacht habe ich mich auf meiner Fensterbank zusammengerollt und durch das Glas hinausgestarrt, ohne die Glühwürmchen zu sehen …

Also habe ich stattdessen den Sternen Namen gegeben.

Toodles,
Emma

* * *

Ich bin nervös, als ich in Cals Kiesauffahrt einbiege und die Steine unter meinen Reifen hochspritzen, während sich eine unsichtbare Faust um meine Lungen legt.

Er parkt sein Motorrad unter dem angebauten Carport, nimmt den Helm ab und schaut mich durch meine Windschutzscheibe an, als ich keine Anstalten mache, mein Fahrzeug zu verlassen.

Ich brauche eine Minute.

Ich brauche eine Minute, um seine Gartengestaltung, die Fensterläden und die Haustür, von der ich nie erwartet hätte, dass sie rot ist, in mich aufzunehmen. Rote Türen sind irgendwie einladend, und Cal ist …

Na ja, Cal ist eher eine graue Tür.

Bewölkt und bedeckt und braucht dringend Sonne.

Vielleicht ist das Haus einfach von Anfang an mit einer roten Tür ausgestattet gewesen, entscheide ich, so wie mein Haus mit Emma ausgestattet ist. Vielleicht haben fröhliche Dinge schlichtweg eine Art, Menschen zu finden.

Es ist ein winziges Haus im Ranch-Stil, ähnlich wie meines, nur noch kleiner. Die Ziegelsteine sind rötlich braun, im Gegensatz zu meinen honiggelben, das Gebüsch ist von sterbendem Unkraut überwuchert, und ein einzelner hölzerner Deko-Geist ragt aus den Holzspänen heraus. Ich erkenne ihn. Er ist alt und verwittert und wurde vor Jahren auf einer Kürbisfarm gekauft, als Emma ihn entdeckte und *Mr. Boo-tiful* taufte.

Gott, den hat er immer noch?

Ich habe Tränen in den Augen, weil ich weiß, dass er den Geist wahrscheinlich aus einem der überquellenden Bottiche mit Halloween-Dekorationen seiner Mutter stibitzt hat und sich die Mühe macht, ihn jeden Oktober wieder aufzustellen.

Ich bin so in meine Gedanken versunken, dass ich nicht bemerke, dass Cal wohl schon einige Zeit vor meiner Fahrertür steht, die Hände locker in die Hüften gestemmt und die Augenbrauen fragend hochgezogen.

Ich kehre in die Realität zurück und schalte die Zündung aus.

Die Hunde drehen durch, als ich die Tür öffne, trampeln über meinen Schoß und stürzen sich aus dem Fahrzeug, um Cals Knöchel zu umkreisen.

»Tut mir leid, ich hab taggeträumt«, lache ich leicht und greife nach meiner Übernachtungstasche, die mit ein paar Outfits, einem Halloween-Schlafanzug, Toilettenartikeln und einer Flasche Weißwein gefüllt ist, die ich in Panik von oben aus dem Kühlschrank geholt habe. Ich dachte mir, dass ich ihn vielleicht brauche, um diese erste Nacht mit weniger angespannten Nerven als sonst zu überstehen – was zugegebenermaßen ziemlich unwahrscheinlich ist.

Cal bückt sich, um beide Leinen aufzusammeln, bevor meine Tiere den Bürgersteig hinunterlaufen können, um Eich- und Streifenhörnchen zu terrorisieren. »Es ist nicht gerade ein Bed and Breakfast, aber es wird hoffentlich ausreichen«, sagt er und kratzt sich an seinem zerzausten, mützenlosen Haar. In seinen Augen liegt ein Hauch von Bescheidenheit, als könnte die Unterkunft möglicherweise nicht meinen Ansprüchen genügen.

Ich zögere nicht. »Es ist perfekt«, sage ich. Mit einem Nicken nimmt er mir die Tasche ab und hängt sich den Gurt über die breite Schulter, während ich ihm die Auffahrt hinauf folge.

»Komm, wir bringen euch unter«, sagt er und schlendert voraus, die Arme voll mit meinen Sachen.

Als wir durch die rote Tür treten, werde ich sofort von seinem Geruch überwältigt. Holz und Gewürze und ein Hauch von Amber, der aus einer Flasche mit Diffusorstäbchen strömt, die in der Mitte seines Couchtisches steht.

Als Cal die Leinen losmacht, rennen meine Hunde los, schnüffeln und entdecken und lassen uns im Eingangsbereich zurück.

Dann werde ich von etwas ganz anderem überfallen.

Etwas, das mich überrumpelt.

Mich angreift.

Es raubt mir jeden fassungslosen Atemzug von den Lippen.

Cal weiß bereits, warum ich mich verschlossen habe und mit über dem Herzen zusammengeschlagenen Händen fortgetrieben bin. Er schlüpft aus seinen Stiefeln und kickt sie zur Seite, als wolle er mir die Entdeckung, die ich gemacht habe, aus dem Kopf kicken. »Darüber will ich nicht reden.«

»Cal …«

»Ich meine es ernst, Lucy. Todernst. Vergiss es.«

Ich kann nicht, ich werde nicht, niemals.

Es ist ein Klavier.

Emmas altes Klavier steht in der Ecke seines Wohnzimmers und nimmt fast den gesamten Raum ein, so wie *sie* meine ganze Seele eingenommen hat, seit sie mich in den Garten schleppte, während Cal in der Einfahrt einen Basketball dribbelte. Es ist mit dickem schwarzem Samt überzogen, die Kirschholzbeine lugen unter dem Stoff hervor. Es ist mit Staub bedeckt und wurde wahrscheinlich seit Jahren nicht mehr angerührt.

Untätig und ohne Gesang.

Unvergessen, immer noch erhalten, und doch fehlt alles, wofür es gedacht ist.

Es existiert einfach.

Er will nicht darüber reden, aber das ist mir egal. Ich *muss* darüber reden. »Spielst … spielst du darauf?«, murmle ich, mein Geist ist wie in Trance.

»Nein.«

Mühsam löse ich den Blick von dem Instrument und richte ihn auf Cal. Er steht da wie erwartet, schmallippig und mit steinerner Miene. Er sieht mich an, findet meinen Blick durch das schwach beleuchtete Foyer und die Mauer aus Anspannung, die sekündlich dicker wird.

Angesichts meiner tränenfeuchten Augen lässt er diesen langen Seufzer los, den ich nur zu gut kenne, und wischt sich dann mit einer Handfläche übers Gesicht.

»Ich kann es nicht einmal ansehen«, gibt er zu, sein Ton wird leiser. »Dabei ist mein Haus so verdammt klein, dass ich nichts anderes sehe. Jeden Tag. Und ich kann mich nicht mit dem Gedanken anfreunden, es loszuwerden.«

Ich nicke bei jedem Wort, weil ich verstehe und mitfühle und will, dass er weiterredet.

»Mom hatte es eine Zeit lang, aber …« Sein Kiefer zuckt vor unterdrückten Emotionen. »Sie kann nicht.«

Ich schlucke, nicke immer noch, bevor ich mich wieder dem verhüllten Klavier zuwende. Als ich meinen Blick ein wenig hebe, entdecke ich einen gerahmten Kunstdruck, der direkt darüber hängt. Es ist eine Leinwand mit einem mitternachtsblauen Himmel, der mit glitzernden Lichtern übersät ist, auf der Vorderseite ist ein Zitat eingraviert:

Schöne Dinge sind niemals von Dauer,
deshalb flimmern die Glühwürmchen.

Die Tränen wogen schwer in mir auf.

Eine Kollision von Liebe und Verlust – die letztlich nur eine machtvolle Verflochtenheit namens Trauer ist.

Ich höre Cal, wie er sich mir nähert, seine Schritte sind leichter, wenn er keine Stiefel und keinen Panzer trägt. Er ist direkt hinter mir, sein warmer Atem kitzelt an meinem Hinterkopf, und er flüstert: »Nicht, Lucy.«

Es ist weniger ein Befehl, mehr eine Niederlage, aber das lässt meine Tränen nur noch schneller fließen. Ich kämpfe mit ihnen, ich will nicht, dass er mich als etwas anderes als den fröhlichen Sonnenschein sieht, den er kennengelernt hat. Doch meine Schultern zittern und verraten mich.

»Das ist nur ein Zitat, das ich gefunden habe.«

Er sagt es, als ob es nichts wäre, dabei ist es nicht nichts.

Es ist so viel mehr als nichts, und ich werde vom Gewicht

all dessen erdrückt, als wäre ein riesiger Felsbrocken auf meine Brust geschnallt.

»Ich bin okay«, sage ich ihm, schniefend und die Tränen wegwischend. »Mir geht's gut.«

Ein paar Herzschläge vergehen zwischen uns, bevor ich den Moment loslasse, ihn wegpacke, damit das schwarze Loch in mir mich nicht mit sich zieht. Cal berührt mich nicht, ist mir aber so nah, dass es sich anfühlt, als würde er es tun. Ich frage mich, ob er es will. Ich frage mich, ob er die Arme um mich legen und mich an seine Brust ziehen will, um mich zu halten, wie ich mich immer an ihm festgehalten habe.

Ich würde ihn lassen.

Ich würde mich nicht zurückziehen, wenn er mich einfach für immer festhalten wollte.

Stattdessen stößt er einen letzten Seufzer in mein Haar aus und tritt zurück, verzichtet auf eine Umarmung und setzt stattdessen auf Ablenkung. »Ich, äh, habe nicht viele Optionen fürs Abendessen, aber wir können was bestellen. Pizza, Chinesisch, was auch immer.«

»Sicher.«

Sicher, gut, okay.

Wir werden im flachen Wasser waten, wo nichts an unseren Gefühlsknöcheln knabbern kann.

Wir bleiben hinter dem gelben Absperrband, damit wir keine Dinge sehen, die wir nicht mehr loswerden können.

Langsam drehe ich mich um und hoffe, dass meine Augen nicht rot und geschwollen sind. Ich hoffe, dass das Lächeln, das ich aufgesetzt habe, echt aussieht. »Was willst *du* denn?«, frage ich ihn und beziehe mich dabei auf sein Abendessen-Angebot.

Die Melancholie in seinen Augen flackert auf und wandelt sich in etwas, das gefügiger ist. Er verschränkt die Arme, sein Blick wandert hinter mich, bevor er wieder zu mir schwenkt. In diesem Moment erblüht ein winziges Grinsen auf seinem Gesicht. »Das ist eine Fangfrage.«

Röte überzieht meine Wangenknochen, als ein Schimmer seine Züge erhellt. Nicht ganz ein Strahlen, aber mehr als ein Flimmern.

Da wir im seichten Wasser treiben, beschließe ich, nicht in seinen Anspielungen zu ertrinken. »Wie wäre es mit Thailändisch?«

»Das klingt machbar.« Cal nickt mir kurz zu und dreht sich weg. Er knipst eine Tischlampe an, während er durch das Wohnzimmer und in die angrenzende Küche schlendert, wo die Hunde herumschnüffeln wie Piraten auf Schatzsuche.

Ich folge ihm und streiche mir die nun offenen Haare hinter beide Ohren. Die Stimmung hat sich aufgehellt, aber sie ist alles andere als leicht, und ich weiß nicht, was ich mit mir anfangen soll. Bei der Arbeit ist das anders, da habe ich berufsbezogenes Geschwätz, auf das ich zurückgreifen kann.

Es sei denn, ich spreche von Clitometern.

Aber hier ist es persönlich.

Hier fühlt es sich … *intim an.*

Hier gibt es eine Geschichte, unausgesprochene Dinge und einen klavierförmigen Elefanten in der Ecke des Raumes, und es gibt …

Ein Kätzchen.

Auf der Arbeitsplatte in seiner Pantryküche sitzt ein Kätzchen, das auf dem cremefarbenen Laminat kaum auffällt. Ich weiß es eigentlich, ja, aber unter all der Schwere ist es mir entfallen.

Cal wirft einen Blick über die Schulter, als er schließlich meinen Seesack auf seinem Esstisch abstellt. »Ich sagte doch, ich hab ein Kätzchen. Sie ist noch ein bisschen schüchtern, also nimm's ihr nicht übel.«

»Oh mein Gott, sie ist wunderschön.«

Und dann – *und dann* – hebt Cal sie hoch, hält dieses klitzekleine Knäuel aus elfenbeinfarbenem Fell in seinen von Adern durchzogenen, tintenbemalten Armen aus Stahl, und meine Knie werden weich.

Also, ich strauchele tatsächlich, weil mir *buchstäblich* die Knie weich werden.

»Du strauchelst«, sagt Cal.

Das Kätzchen entzieht sich seinem Griff und klettert auf seine Brust, wobei es seine schokoladenbraun gesprenkelten Pfoten über seine Schulter streckt. Meine Pupillen sehen sicherlich wie Cartoon-Herzaugen aus, als ich die beiden beobachte. »Ich – es tut mir leid, ich … du kamst mir nicht vor wie ein Typ, der …«

»Ein schlagendes Herz hat?«, fragt er in seiner typischen trockenen Art. »Nun, überraschenderweise habe ich eins.«

»Das … habe ich nicht gemeint«, grinse ich und ducke den Kopf weg.

»Das hast du doch, aber es ist nur fair. Ich muss aufhören, mich wie ein Arschloch zu benehmen, sonst wirst du mich nie mögen.«

Als ich wieder aufsehe, starrt Cal mich an, als wäre es eine Frage. Das Kätzchen gräbt seine scharfen kleinen Krallen in die Sehnen seines Halses, aber er scheint es nicht zu bemerken – er beobachtet mich einfach. Erwartet eine Antwort auf die Nichtfrage.

Ich befeuchte meine Lippen und sage: »Ich mag dich schon.«

Es sollte süß und beruhigend klingen, so wie »Hey, du bist kein Arschloch«, aber es klingt vielmehr, als hätte ich ihm gerade gesagt, er solle mich an seine Bettpfosten fesseln, mir die Kleider vom Leib reißen und mich sein sehr braves Mädchen nennen.

Oh.

Und jetzt stelle ich mir dieses Szenario in lebhaften Details vor.

Cal kommt näher und löst Cricket von seiner Schulter, während er mich mit einem Blick ansieht, der irgendwo zwischen spielerisch und hitzig liegt. »Ja?«

Sein Tonfall entspricht dem Blick in seinen Augen, und ich befeuchte meine Lippen erneut und beobachte, wie er die Geste verfolgt, bevor er seinen Blick langsam wieder nach oben gleiten lässt. Wärme rieselt durch mich hindurch und bringt meine Nerven zum Kribbeln, und mein Inneres zieht sich an Ort und Stelle zusammen.

Unsere Textnachrichten vom Vorabend kommen mir in den Sinn, und ich beginne, mit meinen Haarspitzen zu spielen. »Deine Nachricht von gestern Abend …«, beginne ich und nage an meiner Lippe, wohl wissend, dass ich damit die Büchse der Pandora öffne. Möglicherweise auch meine Beine, aber wahrscheinlich nicht. Irgendetwas öffnet sich, das ist alles, was ich weiß. »Du hast gesagt, dass du mich vermisst hast, als ich krankgeschrieben war.« Ich halte den direkten Augenkontakt. »Ist das wahr?«

Er nickt, ohne zu zögern, und steckt eine Hand in die Tasche, in der anderen hält er Cricket. Dann sagt er mit tiefem Timbre: »Ja … Ich vermisse dich.«

Vermisse.

Gegenwart, nicht Vergangenheit.

Cal vermisst mich.

Ein Kribbeln durchfährt mich und bringt mich wie tausend verzauberte Glühwürmchen von innen zum Leuchten, als Cal den Raum verlässt, ein Kätzchen unter der Achsel und zwei Corgis am Bein, die versuchen, wie an einem Baumstamm an ihm hochzuklettern.

Ich stehe wie erstarrt in seiner Küche, als er mir einen Blick zuwirft und murmelt: »Ich hab hier die Speisekarte von diesem Thai-Laden am Broadway. Was willst du?«

Ich lächle und schließe zu ihm auf, auch wenn ich in Gedanken schon zu meinem versteckten Weinvorrat renne.

Das ist eine Fangfrage.

* * *

Ich habe den Wein ausgetrunken.

Noch bereue ich die Entscheidung nicht, weil ich mich fantastisch fühle. Doch wahrscheinlich werde ich das spätestens am Morgen, wenn ich mich nicht mehr so großartig fühle und in meiner Erinnerung krampfhaft jede peinliche, beschwipste Sache durchgehe, die ich vor Cal getan habe, der neben mir auf der Couch sitzt und ein paar Bier intus hat. Er hat auch ein Glas Wein getrunken, aber ich glaube, nur, damit ich nicht alles in mich hineinschütte.

Ich habe Schluckauf.

Seine langen Beine sind quer über den Teppich ausgestreckt, während wir versuchen, in seinem Keller neben seiner Sammlung von Trainingsgeräten einen Film zu sehen. Ich sage »versuchen«, weil ich praktisch nichts von der Handlung mitbekomme. Dafür bin ich zu sehr damit beschäftigt, Cal neben mir anzustarren, die Wange auf die Faust gestützt und mit einem schadenfrohen Grinsen im Gesicht.

»Was?«, fragt er schließlich, als er bemerkt, wie ich ihn angaffe.

Ich weiß, ich habe gesagt, dass ich starre, aber es ist eigentlich ein Gaffen. Dann fange ich an zu lachen. »Gaffen«, kichere ich.

»Gaffen?«

Ich kichere noch heftiger und beuge mich vorwärts, ohne zu Atem zu kommen. »Oh mein Gott. Das ist so ein lustiges Wort.« Ich keuche, als ich mich mit Tränen in den Augen wieder aufrichte. »Findest du nicht?«

»Ich glaube, du hast zu viel Riesling getrunken.«

»Unmöglich«, schmolle ich.

»Doch, eigentlich schon. Warum hattest du drei Gläser?« Er dreht sich auf der Couch zu mir, und unsere Knie berühren sich.

Ich fühle mich überreizt, und die Geste lässt mein Herz heftiger pochen. Ich räuspere mich. »Du machst mich nervös«, gebe ich zu. »Also dachte ich, es würde helfen.«

Seine Augen verengen sich. »Mache ich dich immer noch nervös? Nach zwei Monaten?«

»Du hast einfach dieses … *Ding* an dir.«

»Erklär's mir.«

Unwillkürlich rutsche ich auf der Couch näher an ihn heran und bemerke, wie er sich neu positioniert und sich leicht versteift, als der Abstand zwischen uns kleiner wird. Als ich meine Hand von meiner Wange nehme, legt sie sich auf sein Knie. Cal blickt auf die Stelle, dann wieder nach oben, Schatten und Glut mischen sich in seinen Augen.

Ich fühle mich mutig, dank des Alkohols, der mein Blut erwärmt. Normalerweise bin ich zu ängstlich, um mit Cal auch nur Augenkontakt herzustellen, aber jetzt berühre ich ihn aktiv. Er weicht nicht zurück, ich auch nicht. »Nun, du bist irgendwie intensiv.«

Die Muskeln in seinen Wangen zucken, als er mein Gesicht betrachtet. »Okay.«

»Und groß.«

»Okay«, echot er.

»Und hart … ein harter Knochen, schätze ich.«

Und einfach so zeigt sich ein halbes Lächeln. »Also … mein *Ding* ist intensiv, groß und hart. Verstanden«, scherzt er, und sein Blick huscht für den Bruchteil einer Sekunde zu meinem Mund. »Damit liegst du nicht mal falsch.«

Seine Bemerkung sickert so langsam in mein Bewusstsein wie Schlamm durch einen verstopften Abfluss. Dann fange ich an zu blinzeln wie eine Verrückte, und meine Augen weiten sich. »Warte. Du meinst dein Penis-Ding?«

Cal schnaubt einen Atemstoß aus, der tatsächlich seine Version eines Lachens sein könnte, und senkt den Kopf, um ihn kräftig zu schütteln.

»Ist es das?«

»Mein Gott, Lucy.«

»Nein, ehrlich, ist es das?«

Als er sein Kinn anhebt, ist das kleine Lächeln noch immer um seine Mundwinkel zu sehen; ein Wunder, wie ein Glühwürmchen im tiefsten Winter. Doch bald verblasst es und wird durch etwas Schwereres ersetzt. Etwas, was das Kribbeln in meinem Körper zehnfach zurückkehren lässt.

Etwas, das mich nervös macht.

Cal legt seine Hand auf meine – die, die immer noch sein jeansumhülltes Knie umschließt. Ein schwieliger Daumen streift über meine Fingerknöchel und löst einen Schuss Erregung in meinem Inneren aus.

Ich atme zischend ein und schaue auf unsere verschränkten Hände. Ich würde nicht sagen, dass ich betrunken bin, aber ich bin auf jeden Fall angeheitert, und die Hitze, die von unserer Nähe ausgeht, könnte auch von dem brennenden Gedankengebäude stammen, in dem ich gefangen bin.

Nein, vielleicht *bin* ich betrunken. Ich bin betrunken von dem Gefühl seiner Hand auf meiner.

»Lucy.«

Seine Stimme hat wieder dieses tiefe Timbre, das meinen Blick magnetisch zu ihm zieht.

Und dann … zieht er mich tatsächlich zu sich.

Im Nu hat sich seine Hand um mein Handgelenk geschlungen, und ich werde in seinen Schoß katapultiert, als wäre ich nicht schwerer als ein vom Wind verwehter Löwenzahnsamen.

Oh mein Gott!

Ich sitze rittlings auf ihm.

Der Weinnebel lässt mich fast ohnmächtig werden, während ich mich mit den Händen an seinen Schultern festhalte, damit ich nicht auf seiner Brust zusammenbreche.

Ich kann ihn nicht ansehen. Ich kann ihn nicht …

»Sieh mich an.«

Sein Zeigefinger zieht mein Kinn nach oben, bis ich keine andere Wahl habe. Ich atme scharf ein. Meine Nägel graben sich in seine Schultern, meine Brust hebt sich unter dem Gewicht von etwas, das ich nicht verstehe. Cal lehnt sich zu mir vor, und meine Augenlider flattern zu, Wimpern fächern sich über meine Wangenknochen, bis ich spüre, wie seine Lippen meine Ohrmuschel liebkosen.

»Du solltest in meiner Nähe nervös sein, Lucy«, grollt er leise. Unsere Becken berühren sich, unsere Herzschläge sind synchron. »Du bist so verdammt schön, dass es wehtut.«

Ich bin federleicht, schwebend, völlig schwerelos.

Ich versinke.

Ich bin nichts und alles, verloren für das, was wir waren und was wir werden könnten.

Aber ich lasse mich nicht von ihm küssen, ich will nicht.

Das kann ich nicht.

Küssen ist ein Tor zu all den Dingen, die mich zerstören werden – *ihn* zerstören.

Jessicas Name geistert durch meinen Kopf, verfolgt mich, erinnert mich. Sie ist mein eigener persönlicher Geist. Ich wette, auch ihre Geschichte begann mit einem Kuss.

Seine warmen, vollen Lippen streifen den Rand meiner Kieferpartie, bis er flüstert: »Ich werde dich nicht küssen.«

Bei diesen Worten reiße ich die Augen wieder auf, und ein Gefühl der Enttäuschung überkommt mich. Ich weiß, dass es lächerlich ist, weil *er mich nicht küssen kann*, aber das Gefühl ist trotzdem roh und echt.

Ich schlucke.

»Nicht jetzt«, erklärt er. »Nicht, wenn die Möglichkeit besteht, dass du vergisst, wie gut es sich anfühlen wird, wenn meine Zunge in dir ist.«

Heiliger Strohsack.

Ich zittere in seinem Schoß und bringe krächzend hervor: »Siehst du? Intensiv.«

Die eine Hälfte seiner Mundwinkel hebt sich. »Groß«, fügt er hinzu.

Etwas Hartes reizt den Knotenpunkt zwischen meinen Schenkeln, und ein Schauer läuft mir über den Rücken. Aber ich scheine das dritte, unanständige Adjektiv nicht herauszubekommen. »Okay«, murmle ich stattdessen. Meine Zunge gleitet über meine Lippen, während ich in Zeitlupe nicke. Dann platze ich heraus: »Der Wein will wissen, warum du seit zwei Jahren keinen Sex mehr hattest?«

Cal, der immer noch grinst, fasst mich mit zwei unglaublich starken Händen um die Taille, hebt mich von seinem Schoß und stellt mich auf dem Boden ab, dann steht er ebenfalls von der Couch auf. »Ein Gespräch für eine andere Nacht«, sagt er und löst langsam seinen Griff. »Komm mit. Ich zeige dir das Gästezimmer, damit du dich ausruhen kannst.«

Ich habe das Gefühl, dass ich mit dem Gesicht voran über seine Kettlebell-Gewichte stürzen könnte, also greife ich auf unserem Weg zur Treppe nach seinem Unterarm, um mich zu stabilisieren.

Cricket ist nirgends zu entdecken, als wir die Treppe nach oben nehmen, aber meine Hunde sind schnell zur Stelle und folgen mir auf dem Fuß, während Cal mich den kurzen Flur entlang zu einem der Gästezimmer führt. Mein Seesack liegt bereits in der Mitte des Doppelbetts und enthält ein Paar peinliche Halloween-Pyjamas, die ein todsicherer Weg sind, das Feuer zwischen uns zu löschen.

Nichts sagt so sehr »*Nimm mich jetzt!*« wie ein übergroßer Kürbis-Onesie.

»Dann lass ich dich jetzt mal in Ruhe umziehen oder so«, meint Cal und kratzt sich im Nacken. »Die Laken sind alle gewaschen. Ich habe ein zusätzliches Kopfkissen, falls du eins brauchst.«

Ich schaue mich in dem anheimelnden Raum um und lächle, gerührt von der Gastfreundschaft. »Vielen Dank. Das ist supernett«, sage ich zu ihm.

Er mustert mich kurz und nickt. »Darauf kannst du wetten.« Dann wendet er sich zum Gehen und schließt die Tür hinter sich.

Ich atme tief ein, um mein Gleichgewicht, meine Libido und mein rasendes Herz zu beruhigen. Alles ist in Aufruhr. Ich bin nicht sonderlich trinkfest – normalerweise trinke ich nur ein Glas Wein, oder vielleicht zwei, wenn mich Alyssa dazu anstiftet –, also bringen mich die drei übervollen Gläser ins Torkeln.

Ich saß rittlings auf Cals Schoß.

Atme, Lucy.

Er will seine Zunge in mich stecken.

Atme, Lucy!

Gott, ich kann nicht daran denken. Sobald ich wieder nüchtern bin, werde ich ihm sagen müssen, warum wir nur Freunde sein können, auch wenn mein Körper immer noch unter dem Eindruck seiner Hände, seiner Lippen auf meinem Ohr und seiner Erektion an meinem Innenschenkel steht.

Atme, atme, atme.

Ich fange an, in meiner Reisetasche zu kramen, um mich abzulenken, und zucke zusammen, als ich den Onesie herausziehe.

Was habe ich mir nur dabei gedacht?

Ich glaube, ich hatte auf Gemütlichkeit gesetzt – als ob ich zu Dads Bärenhütte fahren würde, um am Kamin Backgammon zu spielen, während der Plattenspieler uns mit den größten Hits von Dean Martin beschallt.

Ehrlich gesagt, ich habe keine Ahnung, was ich hier mache.

Ich schüttle den Kopf über mich selbst und greife nach dem Saum meines T-Shirts, ziehe es in dem Versuch hoch, es durch den demütigenden Jack-O'-Lantern-Onesie zu ersetzen.

Schlüsselwort: *Versuch.*

In einem schwindelerregenden Moment wird mir klar, dass es sich verfangen hat. Zerrend und zappelnd bemühe ich mich, das Shirt Zentimeter um Zentimeter weiter nach oben zu ziehen, aber das verdammte Ding bewegt sich nicht. Es bleibt um Brüste und Schultern herum hängen, es ist eindeutig zwei Nummern zu klein.

Alles ist gut.

Es gibt keinen Grund zur Panik.

Ich fange an zu schwitzen, als ich es immer noch nicht ausziehen kann, egal, wie oft ich meine Arme auf tausend verschiedene Arten verdrehe. Mein Puls beschleunigt sich bei der Vorstellung, für alle Ewigkeit in diesem gottverlassenen Zustand gefangen zu sein. Ich hätte das Shirt in dem Moment, als meine Brüste größer wurden, einfach verbrennen sollen.

Ich wünschte, ich hätte bei meiner Mutter Gymnastikunterricht genommen. Ich beuge mich vor und drehe mich unbeholfen hin und her, strecke meine Arme und schiebe sogar meinen Fuß in die Mitte des Shirts, um es über meinen Oberkörper zu ziehen.

Es klappt nicht, und der Wein tut sein Übriges, und ich kippe einfach um.

Nein. Es kann nicht sein, dass das gerade passiert.

Meine Vorfahren haben Seuchen, Bären und all die Krankheiten vom *Oregon Trail* überlebt. Ich weigere mich, von einer fünfzigprozentigen Polyestermischung ausgelöscht zu werden. Aber ich ziehe in Erwägung, es zuzulassen, weil die Vorstellung, ein lebender, atmender Kleiderständer zu werden, verlockender klingt, als Cal um Hilfe zu bitten.

Leider muss er gehört haben, wie mein Hintern auf dem Boden aufschlug, denn zu meinem größten Entsetzen materialisiert er sich in der Tür.

»Was zum Teufel ist hier los?«

»Nichts!« Ich schreie auf. Ich bin eine unförmige, sich windende Brezel auf seinem Gästezimmerteppich, und mein Oma-BH ist in voller Pracht zu sehen. »Es ist alles in Ordnung.«

»Was zur Hölle ist passiert?«

»Ich stecke in diesem Shirt fest, aber ich hab alles im Griff.« Ich schnaufe und ziehe und winde mich. »Ich krieg's schon hin. Bin fast fertig. Du kannst wieder gehen.«

Bitte geh. Ich habe bereits meine Würde verloren, also lass mich wenigstens in Frieden sterben.

Cal macht das Gegenteil. Er geht auf mich zu, zieht mich auf die Beine und setzt mich aufs Bett. Er starrt mich ein paar Sekunden lang einfach nur an, ohne zu blinzeln. »Ich weiß nicht einmal, was ich sagen soll.«

»Kannst du gehen? Das ist erniedrigend.« Meine Haut ist schweißüberströmt und mit rosa Flecken übersät. Meine Wangen sind feuerwehrrot, und mein Haar sieht aus, als hätte ich ein paar Stromschläge abbekommen. »Cal, bitte.«

»Um Gottes willen … ich hole eine Schere.«

Er stiefelt aus dem Zimmer, bevor er sehen kann, dass mir die Augen hervorquellen, denn der Gedanke, dass mich irgendetwas Scharfes und Spitzes berührt, versetzt mich in weitere Panik. Als er eine Minute später zurückkommt, bin ich den Tränen nahe. »Es tut mir leid, dass ich so eine Katastrophe bin«, stöhne ich und stoße einen jämmerlichen Atemzug aus.

Cals Gesichtsausdruck wird weicher. »Du nennst es Katastrophe, ich nenne es Abenteuer. Dreh dich um.«

Ich gehorche und lasse zu, dass das Kompliment meine aufsteigende Angst mildert, während er sich neben mich auf die Matratze setzt.

Kühles Metall streicht über meine Wirbelsäule, als Cal die Schere ansetzt und vorsichtig beginnt, den Stoff zu zerschneiden. »Ich sehe, wie sehr du mit diesem Shirt verbunden bist, also verzeih mir, dass ich es gleich niedermetzele.«

Ein Lachen entweicht mir. »Witzig.«

Ich versuche, so ruhig wie möglich zu bleiben, als er mit seiner freien Hand meine Taille umfasst. Während sich die Schere weiter nach oben bewegt, wandert auch die freie Hand meinen Körper hinauf, bis er mein langes Haarwirrwarr sanft zusammenfasst und es über meine Schulter legt, um es nicht aus Versehen abzuschneiden.

Ich erschaudere bei dem Gefühl, wie seine Finger durch mein Haar gleiten. Denn so rau er auch daherkommt, seine Berührung ist sanft. Fast liebevoll. Instinktiv bewege ich mich in seiner Hand, und instinktiv fährt er mit langen Fingern durch mein Haar, immer und immer wieder, bis mir das Shirt von den Schultern fällt.

Wir stehen beide einen Moment lang still, seine Hand wandert zu meinem Bizeps und dann hinunter zu meinem Ellbogen. Ich höre seinen unsteten Atem. Ich spüre, wie er meinen Nacken erwärmt, während seine Nase meinen Hinterkopf küsst. Mir wird klar, dass ich nur mit einem BH und Leggings bekleidet neben ihm sitze und kurz zuvor eine lustvolle Begegnung auf seiner Kellercouch hatte. Es kribbelt und prickelt in mir, während ich seinen nächsten Schritt erwarte.

Aber er atmet nur tief ein, lässt die Hand sinken und steht auf.

»Zieh dich an, und wir treffen uns auf der Terrasse.« Und damit lässt er mich halb nackt auf dem Bett zurück, mein Shirt in Fetzen neben mir.

Ich verzichte auf den Onesie, zu sehr von der Peinlichkeit geplagt, um ihr noch mehr hinzuzufügen, und schlüpfe stattdessen in eine Röhrenjeans und einen Pullover, den ich für den morgigen Arbeitstag eingeplant hatte.

Als ich ein paar Minuten später auf Zehenspitzen durch das Haus zur Terrassentür schleiche, entdecke ich Cal, der gemächlich auf einer Schaukel hin und her schwingt, hin und her, hin und her. Cricket schlummert auf seinem Schoß, ein kleines elfenbein- und cremefarbenes Knäuel, während Kiki und Lemon auf den Holzplanken neben seinen Füßen schlafen. Kiki liegt auf der Seite, Lemon auf dem Bauch, die Schnauze zwischen beide Pfoten geklemmt.

Es ist ein Bild, das mich nicht mehr loslässt.

Malerisch und tief verwurzelt.

Ich setze mich neben ihn, und er schaut mich an, ein halb geleertes Bier in seiner Hand. Eine Zeit lang sagen wir nichts. Nur die Geräusche einer leichten Brise, unsere gleichmäßigen Atemzüge und das leise Schnarchen der Tiere dienen als nächtlicher Soundtrack.

Schließlich breche ich das Schweigen.

»Du hast gesagt, ich sei ein Abenteuer«, bemerke ich versonnen und werfe ihm einen Blick zu, während ich die Ärmel meines Pullovers über meine Handflächen ziehe. »Das habe ich auch immer über dich gedacht. Wir sind zusammen in so viele Schwierigkeiten geraten, aber es fühlte sich nie wie Chaos an. Es war immer … *lustig*. Aufregend. Diese letzten Jahre, bevor …« Die Emotionen bleiben mir im Hals stecken, und ich schlucke sie hinunter. »Das waren die besten Jahre meines Lebens.«

Cal gibt ein Summen von sich und schaukelt uns mit den Sohlen seiner Schuhe vor und zurück, während er über den Maschendrahtzaun hinausblickt. »Ich glaube, das ist der Unterschied zwischen einer Katastrophe und einem Abenteuer«, sagt er. »Es sind die Menschen, mit denen man sie erlebt.«

Lächelnd nicke ich und lasse seine Antwort auf mich wirken.

Ich kann nicht anders, als näher an ihn heranzurücken, bis sich unsere Schultern berühren und sich meine Brust durch das Flüstern alter Erinnerungen zusammenzieht. Die gedanklichen Überbleibsel meiner dysfunktionalen Garderobe fallen von mir ab, ebenso wie die anhaltende Hitze unserer Schoß-Begegnung.

Ich fühle mich einfach warm.

Zufrieden.

Sicher.

Nostalgie überkommt mich, als ich seinen Blick auf den Sternenhimmel gerichtet sehe. »Emma hat den Sternen immer Namen gegeben«, sage ich und lehne meinen Kopf an seine Schulter. Ich befürchte, dass Cal sich zurückzieht, mich vielleicht allein auf der Terrasse zurücklässt, wenn ich seine Schwester erwähne, aber das tut er nicht.

Er blickt auf mich herab, sein Gesicht ist halb in Schatten, halb in Mondlicht getaucht. »Dann lass uns ihnen jetzt welche geben.«

Ein erschrockener, überglücklicher Atemzug entweicht meinen Lippen, und mein darauffolgendes Lächeln ist natürlich, die Augen glasig. »Okay.«

Wir denken uns so viele Namen wie möglich aus, während ich mich neben ihm auf der Terrassenschaukel zusammenrolle. Irgendwann schlafe ich ein. Mit meiner Schläfe an seiner breiten Schulter drifte ich ab in diffuse Träume unter dem Sternenhimmel.

Es sind keine Glühwürmchen ...

Aber sie spenden uns trotzdem ein wenig Licht.

KAPITEL 13

Es ist ein goldener Morgen, als ich inmitten weicher Bettdecken und kühler Laken erwache. Cals Gästezimmer ist in Tageslicht getaucht, das durch das einsame Fenster neben meinem Bett hereinfällt, ein viel erträglicherer Wecker als das penetrante Klingeln meines Handys.

Ich reibe mir mit den Handballen den Schlaf aus den Augen, dann betrachte ich das sonnendurchflutete Zimmer. Es ist spärlich eingerichtet und kaum möbliert, aber das Bett ist bequem, und die Kissen sind erstklassig. Es sind die federleichten Daunenkissen, die mich in den Schlaf wiegen, sobald mein Kopf sie berührt.

Ich habe ein zusätzliches Kopfkissen, falls du eins brauchst.

Ich lächle über seine Worte. Er war nicht nur beiläufig gastfreundlich – er hat sich erinnert. Ich habe immer mit zwei Kissen geschlafen, nie mit einem, nie mit dreien. Es mussten zwei sein, sonst wäre ich die ganze Nacht unruhig und schlaflos gewesen. Durch die vielen Übernachtungen, die Emma und ich beieinander verbrachten, wurden Cal meine strengen Anforderungen an die Kissen sehr bewusst.

Erinnert er sich an alles über mich?

Wie zum Beispiel, dass ich meine Schuhe immer an den falschen Füßen trage?

Oder meine Abneigung gegen Horrorfilme und wie er mich zwang, sie mit ihm zu anzuschauen, während er mir bei einer gruseligen Szene die Hände von den Augen weghielt, sodass ich keine andere Wahl hatte, als zu kichern und zu quieken?

Meine Schwäche für die Weihnachtszeit und dass ich jeden Tag im Dezember eine leuchtende Glöckchen-Halskette trage?

Meine Sucht nach Dingen mit Limettengeschmack, zum Beispiel bei Wackelpudding und Skittles? Ich habe mir immer die grünen Bonbons herausgesucht und sie alle auf einmal in den Mund gesteckt. Ehrlich gesagt habe ich mich wirklich betrogen gefühlt habe, als die Geschmacksrichtung der grünen Skittles plötzlich von Limette zu grüner Apfel geändert worden war.

Ich frage mich, ob er sich an diese Dinge genauso erinnert, wie ich mich an alles über ihn erinnere.

Seufzend reiße ich mir die Decke vom Leib und schaue auf meinem Handy nach der Uhrzeit.

7:02 Uhr.

Meine Augen werden groß bei dem Gedanken, dass ich es ein Mal in meinem Leben geschafft habe, auszuschlafen. Ich stehe fast immer um fünf Uhr auf, wie ein Uhrwerk. Ich schlüpfe in meine Jeans, die ich gestern Abend gegen elf Uhr von mir geworfen habe. Auf den Onesie habe ich verzichtet und mir stattdessen ein übergroßes T-Shirt übergeworfen. Ich ziehe mir den zimtbraunen Pullover an und streiche die fliegenden Härchen glatt, bevor ich mich durch den Flur ins Badezimmer begebe, um mich frischzumachen.

Als ich schließlich den Hauptwohnbereich betrete, sitzt Cal mit einer Tasse Kaffee am Küchentisch.

Er scrollt durch sein Handy, als er, ohne aufzublicken, murmelt: »Morgen.«

»Guten Morgen«, grinse ich und schaue mich nach meinen Hunden um. Es dauert nicht lange, bis ich sie draußen im Garten bellen höre. Dann sehe ich, wie sie am Zaun entlanghüpfen und versuchen, ein armes Eichhörnchen einzuschüchtern. *Bezaubernde kleine Heiden.* »Tut mir leid, dass ich so lange geschlafen habe. Das Bett war herrlich bequem.«

Cal hebt das Kinn und mustert mich kurz. »Gut.«

Ganz hibbelig trete ich auf der Stufe zwischen Wohnzimmer und Esszimmer von einem Fuß auf den anderen und schaue auf die Cornflakesschale vor ihm, die neben einer Kanne mit Schokomilch steht.

Ein Lächeln erblüht auf meinen Lippen. »Du machst das immer noch.«

»Was?« Er runzelt die Stirn und führt den Löffel zum Mund.

»Deine Cornflakes mit Schokomilch essen.«

Sein Blick fällt auf die Schachtel mit den Rice Krispies, dann auf die Milch und dann wieder auf mich. »Das ist köstlich. Probier mal.«

»Ich passe, aber danke. Wie viele Cerealien-Kombinationen hast du schon probiert?«

»Fast alle davon. Das hier ist die beste, gefolgt von Cheerios. Cornflakes sind auch ziemlich solide.«

Ich ziehe die Nase kraus. »Hast du es mit den fruchtigen Sachen probiert?«

»Ja, sie schmecken wie Zitronen-Kackmist. Kann ich nicht empfehlen.«

Lachen perlt aus mir heraus, als ich die eine Stufe erklimme, die die beiden Räume voneinander trennt. Ich sehe mich nach Cricket um, aber sie versteckt sich offenbar. Hoffentlich gewöhnt sie sich bald an mich.

»Ich weiß nicht so recht, was ich mit jemandem machen soll, der keinen Kaffee trinkt, aber ich habe Orangensaft«, nuschelt Cal mit vollem Mund. »Muffins stehen auf dem Tresen.«

Und tatsächlich, ein Plastikbehälter mit vier Bananen-Nuss-Muffins starrt mich an. Ich bin mir sicher, dass sie gestern noch nicht da waren. »Bist du losgelaufen, um die zu holen?«

»Ja«, sagt er und nimmt einen Schluck aus seinem Becher, auf dem steht: *Ich bin Mechaniker, kein verdammter Zauberer.* »Ich konnte nicht schlafen, also habe ich einen Zwischenstopp eingelegt. Ich habe ein paar Sachen für das Abendessen mitgebracht, falls dein Haus noch nicht bewohnbar ist. Du kannst so lange bleiben, wie es nötig ist.«

Als er aufsteht und den Deckel der Cerealienschachtel schließt, stehe ich stocksteif an der Theke und starre ihn mit großen Augen an. Alle Spannung weicht aus meiner Miene und wird ganz weich, mein Herz glüht vor Zuneigung. »Das war wirklich lieb, Cal. Danke schön.« Auf sein knappes Nicken hin drehe ich mich um, um den Muffinbehälter zu öffnen, und frage dann neugierig: »Warum konntest du nicht schlafen?«

Er zögert nicht. Nicht einmal das kleinste Wanken. »Weil ich nicht aufhören konnte, an dich zu denken, wie du letzte Nacht auf meinem Schoß gesessen hast, oder an den Kuss, den ich leider nicht bekommen habe.«

Mein glühendes Herz entzündet sich wie ein Inferno und explodiert fast in meiner Brust. Anstatt nach einem Muffin zu greifen, halte ich mich an der Kante der Arbeitsplatte fest, mit dem Rücken zu ihm.

Ich habe keine Ahnung, wie er es schafft, ein solch auffälliges Nebeneinander von entspannter Intensität auszustrahlen, aber es hört nicht auf, mir die Luft aus den Lungen zu treiben. »Oh«, quieke ich heraus. »Wirklich?«

»Ja. Was ist mit dir?«

»M-mir?« Mein Atem geht stoßweise, meine Glieder zittern. »Ob ich geschlafen habe?«

Er seufzt hinter mir und raschelt mit etwas auf dem Tisch. »Nein, ich weiß, dass du geschlafen hast. Hast du dabei von dem Kuss geträumt, von dem ich weiß, dass du ihn genauso sehr wolltest wie ich?«

Cal ist immer noch ganz lässiges Dynamit, und ich schließe die Augen, als ob ich seine Worte nicht ertragen könnte. »Wir … wir können das nicht tun.«

Das lässt ihn zögern. Es vergehen ein paar stille Herzschläge, bevor er sagt: »Nein?«

»Ich … ich meine, das ist keine gute Idee.«

»Warum? Weil ich dein Boss bin?«

Ich schlucke und lasse mein Kinn auf die Brust sinken. Ich weiß nicht, wie ich ihm sagen soll, wie unerfahren ich mit meinen fast dreiundzwanzig Jahren bin. Ich weiß nicht, wie ich ihm meine tiefen, dunklen Ängste erklären soll, wenn es um Intimität geht, oder wie ich ihn über ein Mädchen aufklären soll, das ich mal kannte und das Jessica hieß.

Ich habe keine Ahnung, wie ich gestehen soll, dass ein Kuss mit ihm der Wendepunkt zur Liebe wäre.

Und die Liebe?

Die Liebe hat Zähne.

Die Liebe wird uns beide auffressen.

»Das ist es nicht. Okay, es ist ein Teil davon, schätze ich, aber es ist auch mehr als das. Ich will nur …« Ich kneife die Augen fester zusammen, Verwirrung und Unentschlossenheit lassen mich bis ins Mark erzittern. Ich fühle mich verloren, nicht in meinem Element. Meine Worte sind zerfasert und unvorbereitet. Alles, was ich zustande bringe, ist: »Ich kann es nicht.«

Ich warte auf seine Antwort, während die Angst durch mich hindurchkriecht, aber er sagt nichts.

Nicht sofort.

Cal stellt sich schließlich hinter mich und umrahmt mich mit einem Arm links und einem rechts von mir. Er stützt die Hände auf der Arbeitsplatte neben meinen ab, und sein Atem kitzelt mein Ohr, als er sich nach vorne beugt. »Ich weiß, wann eine Frau interessiert ist, also werde ich nicht so tun, als würde ich deine Gründe verstehen«, murmelt er und drückt seine breite

Brust gegen meine Wirbelsäule. Er verschluckt mich fast. »Aber ich werde sie respektieren. Wenn es das ist, was du willst.«

Ich kann nichts anderes tun als nicken. Ich bin mir nicht sicher, welcher Aussage genau mein Nicken gilt, doch ich habe Angst, nur falsche Dinge zu sagen, sobald ich den Mund öffne. Alles, was ich nicht sagen sollte. Ich würde ihm sagen, dass ich will, dass er mich küsst, dass er mich liebt und dass diese Liebe sich in mich verbeißt, mich zerkaut und wieder ausspuckt.

Selbst der kleinste Bissen ist es wert.

Nur eine Kostprobe.

Ehrlich gesagt weiß ich nicht, ob Cal mich jemals lieben könnte – vielleicht ist er nur auf der Suche nach einer schnellen Nummer. Nach jemandem, der seine zweijährige Durststrecke durchbricht. Sex und nur Sex. Aber ich kenne mein eigenes Herz, und es ist ein Herz, das sich zweifellos in ihn verlieben wird, wie es das schon einmal getan hat – damals, als ich glaubte, Emma sei der Stern und Cal der Mond.

Ich habe sie beide geliebt.

Meine Abenteuer-Menschen.

Aber es ist ein schmaler Grat zwischen Abenteuer und Katastrophe, und ich habe Angst, dass ich mich darin verliere.

»Nochmals vielen Dank für die Muffins«, sage ich leise. Ich schaue auf seine Hände hinunter, die meine vollständig verdecken, seine Daumen streicheln meine kleinen Finger. »Wir sollten uns für die Arbeit fertig machen.«

Er gibt ein Grollen von sich und stützt seine Stirn für den Bruchteil einer Sekunde auf meinen Scheitel, bevor er sich zurückzieht. »Richtig.«

Cal geht mir für den Rest des Vormittags aus dem Weg, vermeidet Blickkontakt. Vermeidet jeden Kontakt. Er sagt nicht viel, wenn ich meine Hunde hereinlasse und darüber plaudere, wie ich sie von *Forever Young* gerettet habe, oder wenn ich mich erkundige, woher Cricket kommt.

Er murmelt nur: »Ich habe sie auf einem Parkplatz gefunden.«
Ich kann nicht sagen, ob er wütend oder frustriert ist oder beides oder ob er vielleicht nur auf den Cal von vor zwei Monaten zurückgreift, weil es so sicherer ist. Ich kann es ihm nicht verübeln, und ich wollte ihm nie widersprüchliche Signale geben. Die Signale in mir *sind* einfach widersprüchlich.

Und ich bin mir nicht sicher, was ich dagegen tun soll.

Wir verlassen sein Haus um kurz vor halb neun, ich in meinem Auto und Cal auf seinem Motorrad, und das Dröhnen seines Motors vibriert in mir wie seine Worte in der Küche:

Hast du von dem Kuss geträumt, von dem ich weiß, dass du ihn genauso sehr wolltest wie ich?

Die Wahrheit ist, dass ich davon geträumt habe.

Das werde ich wahrscheinlich immer tun.

* * *

Meine Laune hellt sich auf, als ich den Stapel Kartons vor der Eingangstür des Ladens sehe.

Die T-Shirts!

Cal geht um die Kisten herum und schiebt sie durch den Eingang. »Ich nehme die mit. Zieh du die Kundenliste für den Tag«, sagt er in seinem üblichen ruppigen Ton, bevor er das Licht anknipst.

Ich schnappe mir trotzdem einen der Kartons und schlurfe mit einem Lächeln hinein. »Die T-Shirts sind da«, rufe ich im Takt der Glöckchen.

Cal schnaubt nur und zieht eine Beanie aus seiner Gesäßtasche, die er über sein dunkles, vom Wind zerzaustes Haar stülpt. Dann fängt er an, den Rest der Kisten hineinzutragen, während ich meine aufreiße.

Cal war zwar nicht grundsätzlich dagegen, dass ich T-Shirts für die Crew – und zum Verkauf an die Kundschaft – bestelle, aber er hat sich auf jeden Fall *gesträubt*. Vielleicht lag es an den vielen Stunden, die ich in die Auswahl eines Designs und Slogans investiert habe, indem ich mit meinem handlichen Notizblock durch die Buchten gehüpft bin und die Jungs nach ihrer Meinung befragt habe. Es könnte auch daran liegen, dass Cal allergisch gegen die Farbe Gelb ist, die natürlich meine erste Wahl war.

»Gelb ist so schrecklich fröhlich«, lautete sein Kommentar, wobei sein Ton an Ekel grenzte. »Such eine andere Farbe aus.«

Spoiler-Alarm: Das habe ich nicht.

Letztendlich liegt es vermutlich daran, dass Cal sich gegen die meisten Dinge sträubt. Die Wahrscheinlichkeit, dass er mit etwas nicht einverstanden ist oder sich über etwas beschwert, ist also recht hoch.

Mit einem breiten Grinsen arbeite ich mich durch das Seidenpapier und die Luftpolsterfolie und ziehe eines der einzeln verpackten T-Shirts hervor, um meine Kreation zu begutachten. Ich falte es auf und halte es mir vor die Brust. »Die sehen ja toll aus!«, quieke ich.

Cal wirft kaum einen zweiten Blick darauf. »Es ist gelb«, mault er.

Gelb und perfekt.

»Cal's Corner« steht in fröhlichen Buchstaben oben drauf, und ein kleines Auto-Symbol ist tiefer zu sehen. Darunter befindet sich der Slogan, der von der Mehrheit gewählt wurde.

»Wir machen Ihren Alten wieder flott.«

Mein Grinsen wird breiter.

Ich liebe es so sehr, und es ist mir sogar egal, dass …

Warte mal.

Ich drehe das T-Shirt zu mir um, blinzle und lese den Slogan wieder und wieder, bis mir die Erkenntnis dämmert.

Nein.

Nein!

Das ist ein Fehler. Ein schrecklicher, furchtbarer Fehler, und Cal wird mich umbringen. Oder mich feuern. Oder beides, aber nicht in dieser Reihenfolge.

Vielleicht.

Nein, nein, nein.

Er scheint zu merken, dass etwas nicht stimmt, als ich ein Krächzen von mir gebe, das T-Shirt zurück in die Kiste schiebe und es zusammenfalte, als hätte es nie existiert.

»Was?«, sagt er hinter dem Schreibtisch.

»Nichts.«

»Was ist los?«

»Ich werde jetzt den Tagesplan erstellen, wie du es gewünscht hast. Du kannst dich an die Arbeit machen. Bye.« Ich weiß, dass ich an meinen Umlenkungsfähigkeiten arbeiten muss, aber ich bin aufgeregt und weiß nicht, was ich tun soll, also scheuche ich ihn vom Schreibtisch weg und übernehme den Computer. »Oh, sieh mal, Roy hat einen Elf-Uhr-Termin. Toll.«

»Den hat dein Freund auch.«

Die T-Shirts rücken in den Hintergrund, als ich seine Aussage registriere. Ich blinzle ein halbes Dutzend Mal und drehe mich mit zusammengekniffenen Augenbrauen zu ihm um. »Was? Wer?«

»Der Barkeeper, dem du nach deiner Show schöne Augen gemacht hast. Der, der dir Liebesbriefchen schreibt.«

»Nash? Der …« Ich schüttele den Kopf, völlig verwirrt. »Er ist nicht mein Freund.«

»Nein?«

»Nein.«

Cal mustert mich ein paar Sekunden lang, als wolle er eine Lüge aufdecken, die nicht existiert. »Ich dachte, schon.«

»Nun, da dachtest du falsch. Ich stehe nicht so auf ihn. Wie kommst du überhaupt darauf, dass er mein Freund ist?«

Er atmet aus, schaut weg und schiebt beide Hände in die Taschen. »Er hat gestern angerufen, um einen Termin zu vereinbaren, als du in der Mittagspause warst. Er hat nach dir gefragt. Ich kenne nicht viele Typen namens Nash, also habe ich eins und eins zusammengezählt.«

»Oh«, murmle ich und streiche mir die Haare aus den Augen. »Okay. Vielleicht hatten die anderen Läden keine Termine mehr frei.«

»Oder vielleicht gab es dich in keinem anderen Laden.« Er zieht eine Augenbraue hoch.

Ich werde rot und weiß nicht, was ich sagen soll. Es stimmt, dass ich Nash von meinem neuen Job bei Cal's Corner erzählt habe, und es stimmt, dass er gesagt hat, er würde mich mal besuchen kommen, aber ich dachte, er wollte nur ein bisschen Konversation betreiben. Dass er einfach nett sein wollte. Ich hätte nicht gedacht, dass er tatsächlich auftauchen würde.

Cal bemerkt meine Aufregung und wendet sich wieder den T-Shirts zu.

Nein, das ist noch schlimmer!

»Was ist denn mit den Shirts?«, fragt er, beide Arme vor seinem marineblauen Muskelshirt verschränkt.

»Nichts.«

»Lucy.«

Ich löse meinen Pferdeschwanz, sodass die Haare meine geröteten Wangen verdecken, und schüttle nur den Kopf, während ich auf der Tastatur herumklicke. »Roy hat wieder ein Problem mit dem Luftfilter? Wie oft kann der Kerl noch …«

»Lucy.«

»Alles ist gut, Cal. Es ist keine große Sache. Guck einfach nicht drauf.«

Nach dieser zweifelhaften Anweisung seufzt er, stiefelt zum Karton und zieht die Laschen wieder auf. Ich zucke bei jedem

Rascheln des Plastiks zusammen und warte auf seinen Wutausbruch.

Und dann …

»Was zum Teufel, Lucy?«

»Es tut mir leid, okay? Ich weiß nicht, was passiert ist.« Mein Gesicht brennt vor Scham. Ich habe Cal regelrecht *angefleht*, mich diese T-Shirts entwerfen zu lassen, und ich habe versagt.

Ich versage bei allem.

Ich ziehe das Versagen magnetisch an.

Ich bin ein Versagensmagnet.

»Als würde ich einen Schönheitssalon betreiben«, schnauzt er und lässt ein halb seufzendes, halb knurrendes Geräusch los. Cal wirft das Shirt weg und stürmt kopfschüttelnd in Richtung Werkstattbereich davon. »Bring das in Ordnung.«

»Das werde ich! Versprochen!«, rufe ich zurück, aber er ist schon außer Hörweite, und die Tür fällt zu.

Dann sinke ich auf den Schreibtisch, die Stirn auf die Unterarme gelegt, und verfluche die Druckerei, während ich mich gleichzeitig frage, ob sie das absichtlich gemacht haben, nur für ein paar Lacher.

»Wir machen Ihre Alte wieder flott.«

* * *

Ich beschließe, eines der T-Shirts anzuziehen, trotz des beschämenden Fehlers. Die Druckerei bot mir an, kostenlos neue T-Shirts zu schicken, und schlug vor, die fehlerhaften T-Shirts zu spenden. Ich bin mir nicht sicher, welcher Fremde da draußen so ein T-Shirt tragen möchte, aber irgendwen gibt es immer. Ich stecke mir eins als Souvenir ein, denn nachdem ich ein paar Stunden darüber nachgedacht habe, finde ich es eigentlich ganz okay. Ziemlich witzig sogar.

Außerdem hat Roy Allanson *schallend* gelacht, als er es vorgelesen hat, und das, *nachdem* er seine Achthundert-Dollar-Rechnung vorgelegt bekam.

Am Ende hat er drei gekauft.

Auch die Jungs lachten, zogen alle die T-Shirts an und nannten den Fehler »brillant« und »urkomisch«.

Mit Ausnahme von Cal.

Dem Miesepeter.

Seit heute Morgen habe ich ihn kaum noch gesehen, nur einmal bin ich im Pausenraum an ihm vorbeigelaufen, als ich mein Cheddar-Honig-Sandwich und meinen Becher mit Limonenpudding holen wollte. Er murmelte etwas von der Bestellung neuer Bremsbeläge, und das war's. Seitdem herrscht Funkstille.

Um zehn vor drei kommt Nash herein, um seinen Chevy Blazer abzuholen. Ich habe am Morgen keine Gelegenheit gehabt, ihn zu begrüßen, weil Cal ihn gleich auf dem Parkplatz abgefangen hat, bevor er auch nur in die Nähe des Eingangs kommen konnte.

»Lucy«, grüßt Nash und löst die Glöckchen aus, als er den Empfangsbereich betritt. Er schlendert zum Empfang, zerzaust sein Haar und sieht schüchtern und niedlich aus.

Ich grinse strahlend. »Hey du. Probleme mit dem Auto?«

»Ölwechsel«, sagt er achselzuckend.

»Oh, wow. Dafür hast du einen weiten Weg auf dich genommen. Wohnst du nicht in der Nähe der Weinbar?« Ich rufe seine Rechnung im Computer auf, und tatsächlich, er hat nur einen Ölwechsel bekommen.

»Ja, aber ich hab dir doch gesagt, dass ich vorbeikommen würde. Wie gefällt es dir hier?«

»Mir gefällt es eigentlich sehr gut. Die Jungs sind toll.«

Er streicht sich noch einmal durch sein honigfarbenes Haar und wirft einen Blick auf den Werkstattbereich, bevor er näher herantritt. »Das war doch der Typ aus der Show vor ein paar Wochen, oder?«

Ich blinzle und nicke, während ich an den Ärmelbündchen meines Pullovers herumfummele.

»Seid ihr ... zusammen?«

Heute ist ganz klar etwas im Wasser. Nash denkt, ich sei mit Cal zusammen, Cal denkt, ich sei mit Nash zusammen. Alyssa denkt, ich sollte sie beide flachlegen. Aber in Wirklichkeit ist die einzige langfristige Beziehung, die ich habe, die mit meinen Hunden.

Und mit Kohlehydraten.

Ich schüttle den Kopf und zwinge mich zu einem Lachen, während ich den Blickkontakt unterbreche. »Nein, nein. Wir sind nur Freunde. Wir sind zusammen aufgewachsen.« Er wirft mir einen seltsamen Blick zu, ein wenig zweideutig, also fahre ich fort. »Wir sind nicht einmal wirklich Freunde, glaube ich. Er ist nicht übermäßig freundlich zu mir. Ich meine, er kann, wenn er will, aber normalerweise will er nicht, also ...«

»Ich glaube, ich hab's verstanden«, unterbricht Nash lachend und holt seine Brieftasche hervor. »Wie hoch ist der Schaden?«

Der emotionale Schaden, den ich mir selbst zufüge, indem ich ich selbst bin?

Unendlich.

Der Ölwechsel?

»Das macht einhundertzwanzig Dollar und fünfundfünfzig Cent.«

»Super.«

Als Nash die Brieftasche nach Bargeld durchwühlt, öffnet sich die Werkstatttür, und Cal kommt heraus. Er wischt sich die ölverschmierten Hände an seiner verblichenen Bluejeans ab und stellt sich neben mich, den Blick auf den Computerbildschirm gerichtet, ohne ein Wort zu sagen. Er steht einfach nur da, wie ein bedrohlicher Schatten.

Dann dreht er sich mit finsterem Blick zu Nash um, die Hände flach auf dem Schreibtisch.

Nash räuspert sich und reicht mir ein Bündel Scheine, während er zwischen uns hin- und herblickt. »Also, äh, Lucy«, beginnt er.

»Ja?« Ich setze ein Lächeln auf, als ich das Geld zähle. Aber ich kann offenbar nicht mehr zählen, zumindest nicht, wenn Cal so nah und so erschreckend schweigsam neben mir steht. Am Ende zähle ich es fünfmal nach, bevor ich das Bündel in die Schublade lege, immer noch unsicher, ob die Summe stimmt.

Nash hustet in seine Faust und sagt dann: »Ich habe mich gefragt, ob du vielleicht …«

»Sie will nicht«, unterbricht Cal.

Oh mein Gott!

Mit glühenden Wangen stoße ich Cal sofort mit dem Ellbogen in die Rippen, aber er weicht nicht zurück. Er ist eine Ziegelmauer. »Was? Cal, geh weg.«

Nash runzelt die Stirn. »Sie will nicht? Und warum nicht?«

»Weil ich mit ihr schlafe, deshalb.«

Ich werde blass.

Mein Hals macht eine 180-Grad-Drehung in bester Der-Exorzist-Manier in Richtung Cal, während sich meine ohnehin schon rosa Wangen tiefrot färben.

»Ähm.« Nash kratzt sich am Hinterkopf und wippt mit den Füßen. »Wie bitte?«

Cal verschränkt zwei kräftige Arme vor seinem ölverschmierten T-Shirt, sein Gesichtsausdruck ist gleichgültig. »Ich vögele sie«, wiederholt er. »Regelmäßig. Aggressiv.«

»Cal!«

Die Peinlichkeit bringt mich fast um.

Nein, ich glaube, ich bin schon tot.

Ich bin tot.

»Ich verstehe«, sagt Nash, während sein Blick zwischen mir und Cal hin- und herhuscht. »Mein Fehler.«

»Nein, nein …«, setze ich an und stoße Cal immer noch vergeblich mit dem Ellbogen an. »Nash, wir sind nicht …«

»Alles gut. Ich nehme die Quittung und mache mich auf den Weg. Wir sehen uns Freitag.« Sein Lächeln ist angespannt.

Ich bin so aufgeregt, dass ich ihm statt der Quittung versehentlich einen Kuchenverkaufsflyer mit Smiley-Gesichtern überreiche, den ich in meiner Mittagspause mitgenommen habe. Und weil der Moment nicht noch peinlicher werden könnte, wirft er einen Blick darauf, nimmt ihn freudig entgegen und wendet sich langsam zum Gehen.

Als sich die Tür mit einem fröhlichen Abschiedsbimmeln schließt, falte ich die Hände und presse sie an mein Kinn. Ich glaube, ich könnte jetzt gut hyperventilieren.

»Atme, Lucy. Du siehst blass aus.«

Das – genau *das* – lässt meine Augen wieder aufspringen, während ich einmal im Kreis herumwirbele und Cal anstarre. »*Was* war das?«

»Was?«

Ich blinzle, als würde ich gleich einen Schlaganfall bekommen. »Cal. Du hast mich gerade gedemütigt, vor …«

»Einem Typen, von dem du gesagt hast, dass du nicht an ihm interessiert bist. Ich habe dir einen Gefallen getan.«

»Du hast ihm erzählt, dass wir aggressiven Sex haben.«

»Und?« Er stützt sich mit einer Hand auf den Schreibtisch und zuckt mit den Schultern, völlig kühl und gelassen. Er tut so, als wäre gar nichts passiert. »Ich habe dir ein Hintertürchen geöffnet. Gern geschehen.«

»Ein *Hintertürchen*?«

»Ja, ein Hintertürchen weg von ihm«, sagt er. »Oder ein Eingangstürchen hin zu mir. Was auch immer.«

Das Lächeln taucht wieder auf – das, nach dem ich mich so sehr gesehnt habe und das mich mein ewiges Zölibatsgelübde infrage stellen lässt. Und ich kann nichts gegen das Kribbeln in meinem Unterleib tun, gegen das Herzklopfen, das Flattern im Bauch, das sich anfühlt wie das Schwirren von Kolibriflügeln, während mein Verstand instinktiv mit Bildern von Cal und seinem ... *Eingangstürchen* um die Wette rast.

Hör auf, Lucy. Er ist ein Rohling.

Aber Cal bemerkt das Aufflackern in meinen Augen und mein kurzes Zögern, und sein Grinsen wird breiter. Er wischt sich mit der Hand über das Kinn und schlendert rückwärts vom Schreibtisch weg. »Sind deine Böden schon fertig?«

Ich klemme meine Lippen zwischen die Zähne und schüttle den Kopf.

Mein Onkel hat mir geschrieben, dass er noch einen Tag braucht.

Cal nickt und wendet sich wieder der Werkstatt zu. »Gut. Wir sehen uns zum Abendessen.«

Und dann ist er weg und lässt mich erschüttert und verwirrt zurück. Schließlich hole ich mein Handy aus der Handtasche und entscheide mich spontan, meine Mutter anzurufen.

»Lucy? Alles in Ordnung?«, fragt Mom am anderen Ende der Leitung.

Ich schlucke und atme tief ein. »Ja, alles supi. Wie wäre es mit den Stachelschwein-Dingern heute Abend?«

KAPITEL 14

Das kleine Instagram-Symbol, das in meiner Benachrichtigungsleiste auftaucht, lässt mich zweimal hinschauen. Ich benutze die App selten, überhaupt nutze ich kaum soziale Medien. Es isoliert mich zu sehr, was interessant ist, wenn man bedenkt, dass der Zweck genau darin besteht, sich zu verbinden und zusammengebracht zu werden. Mein persönlicher Feed beschränkt sich auf etwa ein Dutzend Beiträge aus den letzten Jahren, die hauptsächlich aus Tieren und Natur bestehen.

Es gibt ein einziges Foto von mir, das Alyssa an einem verregneten, weinseligen Abend im vergangenen Frühjahr aufgenommen hat, als die Hemmungen niedrig und die Laune gut waren. Es ist ein dunkleres Foto – mehr vom Lachen als vom Mondschein erhellt –, und es ist nicht gerade schmeichelhaft mit meinen nassen Haaren, die auf beiden Seiten meines Gesichts kleben, während ich die Augen zusammenkneife und meine Nase krause. Regentropfen perlen an meinen Wimpern entlang, ein Ergebnis des Regengusses, in dem wir auf Alyssas Wohnungsterrasse getanzt haben.

Es ist einer dieser Schnappschüsse, die man nicht nachmachen kann, selbst wenn man es versucht. Ich habe damals einen Schwarz-Weiß-Filter eingesetzt und es hochgeladen. Weniger, weil ich es wollte, sondern weil Alyssa mich gebeten hat, ihr aufblühendes Talent für Handy-Fotografie mit einem Hashtag plus Markierung zu präsentieren. *Aber … ich bin froh, dass ich es gepostet habe.* Ich rufe es manchmal auf, wenn ich die Erinnerung brauche, dass alles in Ordnung ist, dass ich noch atme und das Leben gut ist.

Und jetzt hat das Foto einen neuen Like von einem Account, der mir erst seit Kurzem folgt.

Neugierig geworden, klicke ich auf den Benutzernamen **_oilandink**, es scheint ein neuerer Account mit einem Motorrad als Profilbild zu sein. In seinem Feed taucht ein Foto auf, das etwas über eine Woche alt ist, und ich erkenne es sofort.

Es ist eine leicht verschwommene Aufnahme von zwei Corgis und einem süßen Kätzchen, die sich auf einem kleinen Katzenbett zusammengerollt haben. Sie sind ein Knäuel aus Rotbraun und Cremeweiß, zusammengekuschelt und zufrieden, und mein Herz rast vor lauter Bewunderung.

Das Bild ist mit einer einfachen Bildunterschrift aus einem Smiley-Emoji versehen.

Ich like das Foto und folge ihm über meinen eigenen Account mit dem Namen **everythinglime**. Dann schaue ich genauer hin und stelle fest, dass er fünfzehn Follower hat, er aber nur zwei Accounts folgt.

Ein Kommentar unter dem Foto lautet: *»Omggg, Cal! Ich wusste nicht, dass du Welpen und ein Kätzchen hast!«*, zusammen mit einer Reihe von herzäugigen Katzen-Emojis, worauf er geantwortet hat: *»Die Hunde gehören mir nicht.«*

Ich starre das Foto eine ganze Weile an. Länger als nötig. Länger, als ich sollte, wenn man bedenkt, dass ich in der Arbeit bin und Cal hinter mir aus seinem Büro schlendert und etwas vor sich hin murmelt.

»Ich kann den Rechnungsordner nicht finden«, sagt er, als er zu mir herüberkommt.

Automatisch greife ich nach dem Ordner, der neben mir auf dem Schreibtisch liegt, und halte ihn hoch. »Du hast einen Instagram-Account.«

»Bin ich schon viral gegangen?«, schießt er zurück und reißt mir die Mappe aus der Hand.

Ein Lächeln zupft an meinen Mundwinkeln. »Ich wusste nicht, dass du das Foto gemacht hast. Es ist so süß.« Ich riskiere einen Blick, während ich die App schließe und das Telefon zurück in meine Tasche werfe.

Cal blättert durch die losen Papiere in der Mappe, die Augenbrauen zusammengezogen, was entweder tiefes Nachdenken oder Verärgerung bedeuten könnte. Die Ärmel seines bronzefarbenen Shirts sind an den Schultern abgerissen und offenbaren einen enormen Bizeps sowie eine Leinwand aus Tinte, die aussieht, als wäre sie mit Heizöl befleckt.

Er hebt sein Kinn und mustert mich einen Moment lang, bevor er weitere Quittungen durchsucht.

Als er schweigt, fahre ich fort: »Ich wusste nicht, dass Cricket sich für meine Hunde erwärmt hat. Vielleicht kann ich sie eines Tages auch für mich gewinnen. Ich schätze, dazu müssten wir mehr Zeit miteinander verbringen …«

»Hm« ist alles, was er sagt.

Es ist eher eine Bestätigung als eine richtige Antwort.

Als er sich von mir abwendet, platze ich heraus: »Was machst du heute Abend?« Ich habe es nicht durchdacht. Denn dann wäre ich wahrscheinlich zu dem Schluss gekommen, dass gemeinsame Zeit mit Cal außerhalb der Arbeit eine gefährliche, unscharfe Grenze darstellt. Eine Grenze, die ich seit unserem intimen Rendezvous auf seiner Kellercouch zu vermeiden versuche und die seit dem Tag, an dem ich seine Einladung zum Abendessen ausschlug, um meine Mutter zu besuchen, nicht mehr erwähnt wurde.

Ich war ein Feigling, ich weiß.

Ich meine … ich *glaube,* ich war ein Feigling. Ehrlich gesagt bin ich mir nicht sicher, ob es eher Feigheit oder Mut ist, vor etwas davonzulaufen, was man von ganzem Herzen für die falsche Option hält, während man es trotzdem von ganzem Herzen will.

Wie auch immer, Cal hat mein Weglaufen als Ablehnung verstanden, was wohl nachvollziehbar ist – auch wenn ich *ihn* nicht per se ablehne, sondern nur den Gedanken, diese gefährliche, unscharfe Grenze mit ihm zu überschreiten.

Was nicht fair erscheint, ist die Tatsache, dass er die ganze Woche über kaum mit mir gesprochen hat, es sei denn, er hat Befehle erteilt oder mit mir über etwas geschimpft, was ich vielleicht getan habe oder auch nicht.

Und ich vermisse ihn schrecklich.

Cal hält in seinem Rückzug inne und lässt einen Seufzer los, während er sich die stoppelige Wange kratzt. »Warum?«

»Na ja, am Wochenende findet dieser Herbstjahrmarkt statt – das Erntefest. Ich habe mich gefragt, ob du vielleicht hingehen willst?« Ich schlucke. »Du weißt schon, mit mir.«

Er sieht mich mit einem Blick an, der mehr sagt als Worte.

Das letzte Mal, dass wir zusammen auf einen Jahrmarkt gegangen sind, war mit Emma. Wir waren jung und unbeschwert, stopften uns Bäusche aus rosa und blauer Zuckerwatte in den Mund, aßen Churros, bis uns die Bäuche wehtaten, und lachten auf dem Riesenrad, unversehrt und unantastbar.

Wir waren high vom Leben.

Voller Abenteuer.

Glücklich verliebt in alles unter den Sternen. Alles, was die Sonne berührte, und alles, was der Mond küsste. Verliebt ineinander.

Es war das Wochenende vor dem Memorial Day.

Das Wochenende, bevor …

»Ich habe Pläne«, sagt er schließlich.

Oh. Ich streiche mir eine lose Haarsträhne aus dem Gesicht, ehe ich sie mir über die Schulter werfe. »Oh, klar, kein Problem. Was hast du vor? Irgendwas Aufregendes?«

»Ein Date.«

Ein Date.

Ein Date.

Die Angst knabbert an meinen Eingeweiden, und dann verwandeln sich diese Zähne plötzlich in scharfe Fänge und beißen schmerzhaft zu. Ich versuche, meinen Gesichtsausdruck in Schach zu halten, damit er nicht schlaff und welk wird und abstirbt, als wäre der Biss giftig. Aber Cal muss merken, dass ein Stück von mir verloren geht. Es wird einfach abgekaut.

Die meisten Männer würden sich wahrscheinlich an einer solchen Reaktion erfreuen und weiter in die Wunde hineinbohren. Zum nächsten Stich ansetzen.

Ein »*Nimm das*«.

Aber Cal schaut auf seine schmutzigen Boots hinunter, dann wieder nach oben, und in seinen Augen glitzert etwas Sanftes, während er den Kopf schüttelt. »Tut mir leid. Ich habe es anders gemeint«, sagt er und beißt den Kiefer aufeinander. »Ich gehe mit Jolene im Mallory's was trinken. Nur ein bisschen quatschen.«

Ich bin mir nicht sicher, ob ich mich dadurch besser fühle, aber die Tatsache, dass er die dunkle Wolke in meinen Augen bemerkt und versucht hat, den Sturm zu bändigen, bringt mich zum Lächeln. »Ja, natürlich. Ich wünsche euch viel Spaß.«

»Ja … dir auch.«

Cal nickt mir zu und lässt den Blick an mir herunter- und wieder hinaufwandern, bevor er sich abwendet.

Ich halte ihn auf.

Ich halte ihn auf, weil ich nicht alles gesagt habe, was ich sagen wollte.

»Ich schätze, ich habe dich einfach …« Die Emotionen bleiben mir im Hals stecken, und ich fühle mich dumm dabei. Aber sie bleiben trotzdem stecken, und ich presse meine Lippen zwischen die Zähne und wende den Blick ab, als Cal noch einmal mit dem Rücken zu mir stehen bleibt. Dann atme ich tief ein und sage beim Ausatmen: »Ich vermisse dich einfach.«

Er steht wie versteinert da. Die Rückenmuskeln kräuseln sich, als er an seiner Seite die Finger spreizt, bevor er eine Faust ballt. Er sieht mich nicht an. Er starrt nur auf den Boden und sagt: »Ich beginne zu begreifen … man kann nichts vermissen, was man nie hatte.«

Und damit trottet er davon und verschwindet mit der Mappe in seinem Büro.

Ich komme mir noch dümmer vor, als heiße Tränen meine Sicht trüben, aber alles, was ich denken kann, alles, was ich sagen will, ist …

Ich hatte dich, Cal. Ich hatte dich acht wundervolle Jahre lang.

✳ ✳ ✳

An diesem Abend sitze ich auf der Couch und stochere in einem Salat herum, da mein Magen zu verknotet ist, um viel davon zu genießen. Als ich gerade durch die Kanäle zappe in einem ultraflauschigen Offshoulder-Pullover – denn flauschige Pullover sind die modische Präferenz bei Schmerzen –, pingt mein Telefon mit einer Nachricht. Lemons Nase reckt sich von meinem Schoß hoch, als ich meine Hand zwischen die Kissen klemme, um das Handy zu finden, nachdem ich es absichtlich dorthin gestopft habe.

Ich streiche mir eine Haarsträhne aus dem Gesicht und wische über das Display.

Cal:
Ich bin draußen.

Es dauert einen Moment, bis ich seine Botschaft verarbeitet habe. Meine Daumen schweben über der Tastatur, während mein Blick zwischen den beiden Wörtern hin- und herhüpft. Dann springe ich auf, streiche mir das ungekämmte Haar aus dem Gesicht und renne zum Fenster, um durch die Jalousien zu schauen. Tatsächlich steht Cal vor meinem Haus, an sein Motorrad gelehnt, in einer nussbraunen Lederbomberjacke und dunkelblauen Jeans, die Arme verschränkt. Ohne seine Kopfbedeckung ist sein Haar vom Wind zerzaust, und während er mit den Fingern hindurchstreicht und gelegentlich auf das Telefon in der anderen Hand schaut, entbehrt das nicht eines gewissen Sexappeals. Der Sonnenuntergang taucht ihn in einen gedämpften Gold- und Pfirsichton, der seine Risse und abgesplitterten Kanten abmildert.

Ich schlucke.

Ich lockere mir das Haar auf, rausche zur Haustür und öffne sie, um seinen Blick quer über den Rasen aufzufangen. »Cal.«

Sein Name verflüchtigt sich im Luftzug, aber er hört meine Frage trotzdem.

»Wir gehen zu dieser Ernteveranstaltung«, sagt er, steigt vom Motorrad und steckt die Hände in die Taschen seiner Jacke. »Hol deine Sachen. Ich warte.«

»Aber, ich dachte …«

»Hol deine Sachen, Lucy.«

Ich würde behaupten, dass er es mir nicht zweimal sagen muss, nur hat er das offensichtlich doch getan, also sprinte ich los. Ich überprüfe die Wassernäpfe doppelt, korrigiere hektisch meine Wimperntusche, tanze durch eine Parfümwolke aus Birnen- und Zuckerrohrnebel und tausche meine Hundehaar-Leggins gegen eine ausgewaschene Skinnyjeans. Ich schlüpfe in ein Paar Wildlederschnürstiefel, schnappe mir meine Handtasche vom Wandhaken und rase aus dem Haus, um auf meinen Volkswagen zuzusteuern.

»Ich fahre«, sagt Cal und kommt mir mit dem Helm entgegen. »Es ist nicht weit.«

Ich bin überrascht, dass ich nicht mehr so lange zögere wie beim ersten Mal. Meine Vorbehalte werden schnell durch ein vorfreudiges Kribbeln ersetzt. Ich nicke lächelnd und setze mich zu ihm aufs Motorrad, während er sich für die Fahrt bereit macht. Ich stülpe mir den Helm über den Kopf, und Cal hilft mir wieder mit dem Kinnriemen.

Ich erschaudere, als ein schwieliger Daumen meinen Kiefer streift. »Also, ähm … was ist aus deinen Plänen mit Jolene geworden?«

»Es hat sich was Besseres ergeben.«

Sein Ton ist locker, als gäbe es keine andere Antwort, aber so, wie mein Herz beschleunigt, ist es alles andere als locker. »War sie enttäuscht?«, frage ich.

Ich würde es sein. Ich wäre furchtbar enttäuscht, einen einsamen Cal-losen Abend zu verbringen – was meine Nacht mit alten Sitcoms und dem Suhlen in flauschigen Pullovern beweist.

Seine Erwiderung ist schlicht. »Nope.«

Dann erklimme ich den Sattel und rutsche nach vorne, schlinge beide Arme um ihn und lege meine Handflächen an seinen Unterbauch. Ähnlich wie beim letzten Mal greift er mit einer Hand hinter sich, um mich näher zu sich zu ziehen, nur, dass er mehr den Hintern als den Oberschenkel packt.

Und wie beim letzten Mal stockt mir der Atem, und ich versuche, nicht zu zittern.

»Alles gut?«

»Alles super«, sage ich und untermauere es, indem ich meine Arme fester um ihn schlinge.

Wir fahren los, und ich verliere mich im Schnurren des Motors, in der Herbstbrise, die mit dem Rauch des Lagerfeuers und den Resten des Nachmittagsregens gefüllt ist, und in den eichigen Noten seines Parfüms. Sein Haar wirbelt umher, als würde es mein Herz nachahmen, und ich muss meine Hände noch fester zusammenklammern, damit ich nicht etwas Dummes tue, so wie loszulassen und mit meinen Fingern durch seinen Schopf zu fahren.

Im Moment ist es durch nichts zu bändigen.

Es ist eine zehnminütige Fahrt zum Jahrmarkt, und wir parken am anderen Ende des schlammigen Parkplatzes, während der Geruch von Frittiertem versucht, Cals Duft zu überdecken. Cal springt vom Motorrad und nimmt mir den Helm ab, um ihn zu sichern.

Wir zögern beide, unsere Blicke verfangen sich, und ich fühle mich auf diesen Moment nicht vorbereitet. Erinnerungen kommen zurück wie ein Wasserfall aus verlorener Zeit. Ich muss mich daran erinnern, dass ich nicht mehr das dreizehnjährige Mädchen bin, das in den Jungen von nebenan verliebt ist, und dass Emma nicht mehr ihren Arm um mich legt, um mich mit einem Lachen in den Augen zum Ticketschalter zu ziehen.

Stattdessen legt Cal seine Hand auf meinen Rücken und führt mich weiter. Das reicht aus, um die plötzlich aufkommende Melancholie zu lindern. Es ist genug, um mich zum Lächeln zu bringen.

»Danke, dass du das machst«, sage ich zu ihm und schaue auf, während wir uns durch die Menge schlängeln. Es ist das letzte Wochenende vor Halloween, und es wimmelt nur so von Menschen, die Toffee-Äpfel essen, Kinderwagen durch welkendes Gras schieben und an Plastikbechern mit Cidre nippen.

Er wirft mir einen Blick zu. »Du sagst das so, als hätte ich mich verpflichtet gefühlt.«

»Hast du nicht?«

»Nein. Ich wollte es.«

Ich weiß, dass er nicht lügt, denn ich glaube nicht, dass Cal es sich zur Gewohnheit macht, Dinge zu tun, die er nicht tun will.

Dem Menschenfreund in mir fällt es schwer, das nachzuvollziehen, aber ich fühle mich trotzdem wohl dabei.

»Wohin zuerst?«, fragt er und kramt in seinen Taschen nach einem Kaugummi.

Ich beobachte, wie er das kleine gelbe Rechteck auspackt und in den Mund steckt. »Das ist ein Nikotinkaugummi, richtig?«

»Ja«, nickt er und kaut. »Ich habe viel zu lange geraucht. Ich habe geraucht, um mich davon abzuhalten, nach einer Flasche Pillen zu greifen, bis ich beschloss, dass beides beschissene Angewohnheiten sind.«

Mein Herz stottert.

Es sind nicht viele Worte, aber er sagt viel damit.

Es bringt mich dazu, über unsere verlorenen Jahre nachzudenken, über unsere zerbrochene Freundschaft, seine Kämpfe und Schwächen. Nichts an Cal schreit nach *Schwäche* – nichts an ihm wirkt auf mich verletzlich.

Aber ich weiß, dass auch er seine Dämonen hat, und die sehen den meinen sehr ähnlich.

Es ist faszinierend, wie zwei Menschen, die durch dieselbe Erfahrung verbrannt wurden, auf der anderen Seite mit völlig unterschiedlichen Narben herauskommen können.

Normalerweise würde ich diesem Geständnis auf den Grund gehen und versuchen, es Schicht für Schicht auseinanderzunehmen, aber die Musik in der Luft ist leicht und die Stimmung unbelastet. Also schlucke ich mein Verhör hinunter und wechsle das Thema. »Lass uns erst etwas essen, dann können wir uns die Fahrgeschäfte ansehen.«

»Ich schulde dir immer noch eines dieser Plüschtierdinger. Was war es denn? Ein Hamster?«

Oh mein Gott!

Ich weiß nicht, ob ich lachen oder weinen soll, und so klingt das Geräusch, das ich mache, wie eine seltsame Mischung aus beidem. »Eine Maus«, korrigiere ich ihn.

Sie war riesig und pink und hatte einen mit Regenbogen-sternen verzierten Bauch. Emma sah sie zuerst und nannte sie Pinky. Sobald sie einen Namen hatte, musste sie auch ein Zu-hause haben.

Cal versuchte *die ganze Nacht*, die Maus für mich zu gewin-nen. Er hockte an der Basketball-Freiwurfstation und warf wie wild Bälle in ein sich schnell bewegendes Netz. Er war schließ-lich der Freshman-Basketballstar, und die Tatsache, dass er nicht genug Körbe machen konnte, um mir das Plüschtier zu gewinnen, machte ihn regelrecht *wütend*.

Emma und ich zogen ihn letztendlich vom Spiel weg, bevor er implodieren konnte, und zwangen ihn, sich im Riesenrad ab-zukühlen.

Und *das* war ein Moment, der für immer in mir wohnen wird.

Wir sind stecken geblieben.

Ganz oben, inmitten der Sterne, während Emma in der Gon-del unter uns quietscht.

Ich sehe sie noch immer vor mir, wie sie zu uns aufschaut, mit einer Galaxie von Sommersprossen auf der Nase und dunklen Haaren, die um ihr Gesicht fliegen, während der Wind uns fast erstickt.

»Küss sie, du Feigling!«

Ich schrecke zurück in die Gegenwart, als Cals Finger leicht meinen Ellbogen streifen. »Wo warst du?«

Die Lichter des Riesenrads verschwimmen, und ich merke, dass mir die Tränen kommen.

Nicht hier und nicht jetzt.

Ich schüttle den Kopf, zwinge mich zu einem breiten Lächeln und wende meine Aufmerksamkeit vom Riesenrad ab. »Ich denke darüber nach, wie viele Basketbälle es braucht, damit du diesmal einen Preis für mich gewinnst«, sage ich zu ihm.

Cal weiß genau, wo ich gewesen bin, aber er bohrt nicht wei-ter. Er schaut über meine Schulter auf die Reihe der Jahrmarktspiele und knackt mit den Fingerknöcheln. »Ich kann nicht behaupten, dass ich mich nicht auf diesen Moment der Erlösung vorbereitet habe.«

»Es hat dich heimgesucht, nicht wahr?«

»Auf die schlimmste Art und Weise.«

Ich kichere. »Erst frittierte Oreos, dann können wir unsere Seelen für ein Plüschtier aus dem Ein-Dollar-Laden verkaufen.«

Wir schlendern zum Imbissstand und stellen uns in die Schlange, als die Brise auffrischt. In meiner Eile habe ich es versäumt, eine Jacke mitzunehmen, und die milden fünfzehn Grad des Tages sind auf unter zehn Grad gesunken. Während ich über die Gänsehaut reibe, die unter meinen Pulloverärmeln kribbelt, zögert Cal nicht, aus seiner Jacke zu schlüpfen und sie mir um die Schultern zu wickeln.

»Du hast deine Jacke vergessen«, konstatiert er das Offensichtliche.

Mir wird sofort warm, aber das liegt weniger an der zusätzlichen Schicht als an der Art und Weise, wie Cal auf mich zugeht, wie er meine Arme vorsichtig in die Ärmel schiebt und dann seine Hände daran entlanggleiten lässt. Er zögert kurz, als sich unsere Finger berühren, als würde er darüber nachdenken, sie miteinander zu verschränken, aber er räuspert sich und weicht stattdessen zurück.

»Danke«, sage ich aufrichtig und werde von dem Leder und dem anhaltenden Duft von Erde und Eiche verschluckt. »Ist dir nicht kalt?«

»Mir geht's gut. Steht dir sowieso besser.« Sein Blick wandert über mich, dann wendet er sich dem vorderen Teil der Schlange zu.

Unter der Jacke trägt er nur ein schlichtes langärmeliges Henleyshirt, schwarz, mit drei Knöpfen oben. Ein Hitzeschauer durchfährt mich. Ich sehe Cal kaum etwas anderes tragen als ärmellose T-Shirts und Ölflecken.

Die Hitze könnte auch damit zu tun haben, wie das Hemd jeden einzelnen Muskel in seinen Armen umhüllt, und ich denke daran zurück, wie ich mich in seinem Schoß gefühlt habe, als diese riesigen Arme vorsichtig um mich geschlungen waren.

Plötzlich wird es mir in der Jacke zu heiß.

Während ich mich unbehaglich darin bewege, bestellt Cal die Oreos und zwei Becher Cidre mit Schuss, und ich nehme beides mit zittrigen Fingern.

»Der Cidre wärmt dich auf«, sagt er.

»Großartig. Danke.« Ich bemerke den Anhänger an seiner Halskette, der sich unter seinem Shirt abzeichnet, und räuspere mich, als wir von der Schlange weggehen. »Deine Kette gefällt mir«, sage ich und lecke mir einen Finger ab. »Es ist ein Herz, das in einen Violinschlüssel eingeflochten ist, richtig?«

Er blickt mich an, während wir nebeneinanderhergehen. »Ja, ich habe ihn vor Jahren maßgefertigt.«

In meinem Kopf kreisen die Erinnerungen daran, wie ich Cal auf dem Fußboden meines Schlafzimmers das Gitarrenspiel beibrachte und wie er mit Emma im fertigen Keller Klavier spielte, während ich *I Will Follow You Into the Dark* von Death Cab for Cutie sang. »Magst du immer noch Musik?«

Diese Frage erscheint mir lächerlich.

Wer mag denn keine Musik?

Aber Cal lässt sich mit seiner Antwort viel Zeit, er beißt in seinen Oreo und kaut, während er darüber nachdenkt. »Ich mag deine Musik«, sagt er. »Du bist gut. Wirklich verdammt gut.«

Ich grinse und werde rot. »Vielleicht können wir ja mal zusammen spielen oder singen.«

»Wahrscheinlich nicht«, antwortet er schnell und abweisend, dann nimmt er einen großen Schluck von seinem Cidre. »Lass uns rüber zu den Schießbuden gehen. Und das Riesenrad machen wir zum Schluss.«

Ich nippe an meinem eigenen Getränk und nicke. »Klar.« Das Riesenrad lockt mich und schreckt mich zugleich ab, als wir daran vorbeilaufen, und die Schreie der Fahrgäste lassen mein Herz im Takt der schwingenden Gondeln taumeln. »Warst du auf einem Jahrmarkt, seit …?«

Meine Stimme bricht ab, als seine Augen aufblitzen. Dennoch antwortet er nach einem weiteren Schluck Cidre. »Nein.«

»Ich auch nicht.«

Er trinkt aus, wirft den leeren Becher in einen Mülleimer und greift mit der Hand in meinen Nacken, um ihn zu streicheln und sanft zu drücken. Es ist eine liebevolle Geste, die mich dazu bringt, meinen eigenen Cidre zu trinken, bis sich ein verräterischer Rausch mit dem Rausch mischt, den Cal in mir verursacht.

Das Abenteuer schwimmt durch meinen Blutkreislauf und treibt meinen Puls in die Höhe.

Er schenkt mir ein kleines Lächeln, dann fährt er mir mit der Hand über den Rücken und lässt mich nur los, um weiterzuschlendern. »Komm schon. Ich sehe da vorne wuscheliges rosa Zeug mit deinem Namen drauf.«

Ich hüpfe neben ihm her und grinse von Ohr zu Ohr. Wir spielen ein paar Spiele, schießen mit Wasserpistolen, schlagen mit Hämmern auf abgenutzte Maulwurfsköpfe ein und werfen mit Bällen auf Zielscheiben. Wir gewinnen nichts, aber es fühlt sich an, als wäre jede Sekunde, die verstreicht, ein kleiner Sieg.

Lachend schwenke ich die Wasserpistole sogar in seine Richtung und spritze ihn nass. Er revanchiert sich genüsslich, bis meine Haare an der Wange verfilzt sind und mir das Wasser den Hals hinunter unter meinen Pullover rinnt.

Auch er lacht.

Er *lacht*.

Und ich bin überzeugt, dass das Lachen dieser einen Person, von der man es nicht erwartet, wie eine Symphonie klingt. Die perfekte Verbindung von Akkorden und Noten; eine Komposition, die das Herz zum Tanzen bringt.

Mein Herz tanzt.

Cal macht zwei separate Boxenstopps, um uns mehr Cidre und eine Handvoll Fahrkarten zu bestellen, und nach einer Stunde vibriere ich vor Aufregung.

Ich nippe noch an meinem dritten Cidre, als Cal mir einen Kaugummi reicht. Ich beäuge ihn misstrauisch. »Hmm. Ich weiß nicht.«

»Es wird dir einen kleinen Kick geben, besonders wenn du etwas gegessen oder getrunken hast. Es liegt an dir.«

Ich fühle mich munter, also nehme ich den Kaugummi und kaue langsam.

Es schmeckt, als hätte sich eine Wespenfamilie in meinem Rachen verfangen, also huste und pruste ich. »Das ist ja furchtbar. Wie kannst du das nur immer kauen?«

»Ich bin daran gewöhnt.«

Sein Grinsen wird breiter und erreicht seine Augen, und seine Augenbrauen ziehen sich sogar ein wenig spielerisch nach oben. *Gott*, an diese Seite von ihm könnte ich mich gewöhnen. Diese offene, herrlich verletzliche Version von Cal Bishop, von der ich schon dachte, ich hätte sie nur erfunden und in ein Lied gefasst.

Natürlich weiten sich meine Augen zu riesigen Untertassen, als der Nikotinrausch einsetzt. Mir ist schwindelig, ich bin aufgedreht und von allem high. Ich verschränke meinen Arm mit seinem und ziehe ihn zu dem Basketballspiel, von dem ich weiß, dass er es die ganze Zeit beäugt hat. »Bist du bereit dafür?«

»Ach, Scheiße.« Eine große Hand wischt über sein Gesicht. »Kein Druck oder so.«

Mein Griff um seinen Arm wird fester, genau wie der Knoten in meinem Bauch. Dieser prickelnde, warme Knoten wandert tiefer und tiefer, während der Spitzname aus meiner Kindheit durch mich hindurchrieselt. Ich bleibe cool und schaue ihn aus meinen verrückten Nikotinaugen an. »Nervös?«

»Ein wenig.« Cal löst sich aus meiner Armfessel und greift wieder mit der Hand in meinen Nacken. Diesmal verweilt er länger, massiert meinen Nacken und streicht mit den Fingern über meine Kopfhaut. »Glaubst du, ich schaffe das?«

Mein Gleichgewicht gerät ins Wanken, und ich sacke gegen ihn, als wir uns in die Schlange stellen.

Solange du mich festhältst.

Als ob er meinen inneren Dialog hört, legt er einen Arm um mich und zieht mich näher zu sich heran, seine Finger streifen über meine nackte Schulter, wo die Jacke verrutscht ist. Der Cidre macht ihn mutiger, die Nostalgie macht ihn lockerer. Er hält mich fest, während wir uns vorwärtsbewegen, als wären wir ein glückliches Paar bei einem Date. Die Geräusche verstummen, werden zu einem Hintergrundrauschen, und ich kann nicht verhindern, dass mir die Augen zufallen, während ich ihn einatme.

Ich erlaube ihm, das schwarze Loch in mir zu füllen, bis nichts mehr übrig ist, was es aufnehmen könnte.

Als Cal an der Reihe ist, wird ihm von einer jungen Brünetten ein Basketball zugeworfen, und ich schwöre, er sieht nervös aus. Fast so, als bedeute ihm dieser Moment mehr als der Gewinn eines überteuerten Teddybären. Er nimmt einen tiefen Atemzug und wirft den Ball. Ich beobachte, wie er durch die Luft fliegt, den Rand streift und dann wieder abprallt.

Er flucht leise und versucht es erneut.

Verfehlt.

Ein weiterer Fehlwurf.

Dann trifft er in den Korb, aber es reicht nicht, um einen Preis zu gewinnen.

Cal fischt mehr Kleingeld aus seinem Portemonnaie und reicht es der Teenagerin, die das Spiel bedient, einen Zwanziger. »Noch einen«, sagt er.

Sie wirft ihm einen Ball zu. Er macht einen Korb.

Dann trifft er daneben.

Cal murmelt Schimpfworte in die Nacht, wirft die Bälle blitzschnell, und seine Form wird immer schlampiger, je mehr er sich ärgert.

»Cal, es ist alles in Ordnung. Ich brauche nichts«, sage ich sanft und drücke meine Handfläche auf seinen zuckenden Bizeps. »Lass uns mit dem Riesenrad fahren.«

»Du bekommst einen verdammten Preis, und wenn ich meinen gesamten Gehaltsscheck für dieses beschissene Spiel ausgeben muss.«

Mein Blick fällt auf die junge Angestellte, die mich mit hochgezogenen Augenbrauen anschaut, als wäre sie von Cals Engagement beeindruckt.

Er zieht einen weiteren Zwanziger aus seinem Portemonnaie und tauscht ihn gegen weitere Bälle ein.

Ich schwöre, er schwitzt. Es sind elf Grad draußen, aber an seinem Haaransatz spiegelt sich der Glanz der Spielbeleuchtung, während er den Ball leicht über den Kopf hebt und mit der anderen Hand positioniert.

Zisch.

Ein weiterer geht hinein.

Zisch.

Mein Herz rast mit kindlichem Adrenalin. Ich fühle mich, als säße ich auf der Tribüne bei einem von Cals alten Highschool-Spielen; wie an jenem Winterabend im Dezember, als noch drei Sekunden auf der Uhr waren und ein Teamkollege ihm den Ball zuwarf, während er an der Dreipunktelinie stand, und alle im Publikum verstummten.

Er hat den Korb gemacht, so wie er ihn jetzt macht.

Zisch.

Cal dreht sich zu mir um, als der Ball durch das Netz gleitet, so wie er mich damals ansah, als er mich in dem Meer von

Menschen auf den Aluminiumbänken entdeckte und seine Arme siegessicher in den Himmel streckte. Ich war auf und ab gesprungen, hatte Emmas Hand ergriffen, gejubelt und gepfiffen, bis mir die Wangen wehtaten. Er zeigte auf mich – oder auf Emma –, aber seine Augen waren auf mich gerichtet, das wusste ich.

»Das ist mein großer Bruder!« Emma brüllte durch die Hände und ihr Pferdeschwanz peitschte mir ins Gesicht, während wir auf und ab hüpften.

Das ist mein Alles, hatte ich gedacht.

Ich konnte es nicht aussprechen, denn was wusste eine Dreizehnjährige schon von allem? Aber ich *dachte* es, und ich denke es immer noch und frage mich, ob ich jemals aufgehört habe.

Das Spiel lässt einen Gewinnschuss ertönen, die mehrfarbige Sirene blinkt blau und smaragdgrün. Klatschen ertönt durch die lange Schlange hinter uns, als die Angestellte von ihrem Hocker aufspringt, um einen Preis zu holen. »Welchen wollt ihr haben?«

Cal streicht sich das chaotische Haar zurück, dunkle Löckchen kräuseln sich hinter seinen Ohren. »Hast du eine Maus?«

»Eine Maus?« Sie zieht die Nase kraus. »Ich habe keine Mäuse mehr. Ich habe Haie, Pandabären und ein paar Faultiere.«

Ich schiebe meine Lippe zwischen die Zähne und betrachte die Plüschtiere. Nichts davon ist rosa, aber der Panda ist niedlich. Seine Augen sehen traurig aus, ein Ohr hängt mehr herunter als das andere. Irgendetwas an ihm bringt mich dazu, mit einem Lächeln auf ihn zu zeigen. »Den da.«

Cal runzelt die Stirn. »Der da sieht krank aus. Sein Ohr fällt ab.«

»Den will ich.«

Das junge Mädchen zuckt mit den Schultern, greift nach einem langen Haken und hebt den Pandabären herunter. Sie reicht ihn mir, während sie einen Blick auf Cal wirft. »Gute Arbeit. Die Lady kann sich glücklich schätzen.«

In diesem Moment fühle ich mich *wirklich* glücklich.

Ich fühle mich wie das glücklichste Mädchen der Welt.

Wir sind beide noch feucht von der Wasserpistolenschlacht, als wir die Schlange verlassen, und ich drücke den Panda an meine Brust. Außerdem bin ich immer noch aufgedreht, eine Kombination aus Cidre, Adrenalin, Nikotin und dem sanften Blick, den Cal mir zuwirft, als wir uns den Fahrgeschäften zuwenden. »Das bedeutet mir sehr viel«, sage ich und blicke durch meine Wimpern zu ihm auf. »Wirklich. Ich danke dir.« Ich drücke den Panda mit beiden Armen fester an mich, mein Lächeln ist verschwommen.

Er kratzt sich an den Stoppeln entlang seines Kiefers und richtet seinen Blick wieder geradeaus. »Willst du ihm einen Namen geben?«

»Ja. Pinky.«

»Er ist schwarz-weiß.«

Das spielt keine Rolle, Emma hat ihr bereits einen Namen gegeben. Und vielleicht ist das hier keine Maus, und der Bär ist nicht rosa, wir sind jetzt erwachsen, und sie ist nicht hier, aber sie hat trotzdem den Namen vergeben. Ich zucke mit den Schultern und schaue auf die Kaugummiklumpen auf dem Bürgersteig. »Sie sieht aus wie eine Pinky.«

Er widerspricht nicht, und zwischen uns breitet sich Schweigen aus.

Kein unangenehmes, gegen das ich sofort etwas tun muss. Es ist ein leichtes, freundliches, angenehmes. Es muss nicht gefüllt werden – nur ausgekostet.

Es ist die Art von Stille, die Cal dazu bringt, nach meiner Hand zu greifen, die ich an meine Seite gelegt habe. Er sagt nichts, als seine Fingerknöchel die meinen streifen, sanft zuerst, nur ein Kuss, und dann streckt er seinen kleinen Finger aus, um ihn mit meinem zu verbinden. Meine Füße schlingern, meine Beine überkreuzen sich. Seine Hand ist kühl von der späten Herbstluft, aber seine Berührung ist warm. Immer noch schweigend, verschränkt er den Rest unserer Finger miteinander, bis unsere Hände ineinander verschlungen sind.

Cal hält meine Hand.

Ich gehöre nicht ihm, aber ich habe seine Hand, und ich habe einen kleinen Panda an mein Herz gedrückt, und ich habe diese Nacht, auch wenn Nächte nicht ewig dauern.

Im Moment habe ich alles, und das Einzige, was wirklich zählt, ist das Hier und Jetzt.

Er schweigt, während wir uns durch die Passanten schlängeln und dabei Doppelkinderwagen und zuckerwattesüchtigen Kleinkindern ausweichen. An einer Stelle lässt Cal nicht los, sondern packt mich fester und schwingt unsere Hände durch die Luft und über den Kopf eines jungen Mädchens, das versucht, unsere Armbarriere zu durchpflügen, als würde sie Kettenbrechen spielen. Als das Mädchen hinter uns verschwindet, ziehen Cal und ich uns wieder zusammen wie zwei Magneten und stolpern fast über die Füße des anderen.

Und dann stehen wir irgendwie in der Schlange für das Riesenrad.

Natürlich tun wir das.

Die Schlange ist nicht allzu lang, und wir werden direkt am Tor gestoppt, um auf die nächste Fahrt zu warten. Cal hält immer noch meine Hand, als wäre es ganz natürlich, lehnt sich mit dem Rücken an ein Geländer und starrt auf das sternenbeschienene Riesenrad.

Ich starre ihn nur an.

Natürlich tue ich das.

»Entschuldigung.«

Jemand zupft an meiner Jacke, und ich drehe mich um.

Ich blinzle und falle fast in Ohnmacht. Das Schulmädchen sieht Emma so ähnlich, dass meine Kehle verkümmert wie eine sterbende Orchidee und ich keine Luft mehr bekomme.

Vielleicht habe ich Halluzinationen. Es könnte der Cidre sein, vielleicht auch der Kaugummi. Vielleicht ist mein Gehirn so durcheinander, gefangen zwischen damals und heute, dass ich sie mir einbilde.

»Haben Sie noch Karten? Ich habe meine verloren«, sagt sie und rümpft ihre sommersprossige Nase.

Ich frage mich, ob Cal die Ähnlichkeit auffällt. Er lässt meine Hand los und kramt in seiner Tasche, um eine Handvoll roter Karten herauszufischen. »Ja, hier. Wir brauchen nur zwei.«

Ihre Augen glänzen wie Kupferpfennige, und sie schnappt sich die Karten mit einem breiten Grinsen.

Ich erwarte fast, dass sie »*Toodles!*« sagt, als sie sich auf dem Absatz umdreht und ihr Pferdeschwanz um sie herumwirbelt, aber sie lispelt nur: »Danke, Mister!«

Meine Brust ist eng, eine Schlinge liegt um meinen Hals. Tränen brennen hinter meinen Augen, und ich bin gezwungen, Cal den Rücken zuzuwenden, während ich meine Verwirrung und mein unruhiges Herz unter Kontrolle bringe.

»Bist du okay?«

Er ist so nah, dass seine Worte meinen Hinterkopf wärmen, seine Brust ist nur wenige Zentimeter von meiner Wirbelsäule entfernt. Eine Hand legt sich um meine Hüfte, eine sanfte Erinnerung daran, dass er da ist.

Ich kann nur nicken.

Cal senkt seine Lippen auf mein Ohr und flüstert: »Atme, Lucy.«

Seine Worte reißen mich aus der Träumerei und verankern mich. Meine Augen schließen sich. Er sagt mir, dass er es weiß, dass er es versteht, aber dass es in Ordnung ist. Es geht mir gut.

Es geht mir gut.

Ich nicke erneut und lehne mich nach hinten, bis seine beiden Arme meine Taille umschließen. Das ist der Moment, in dem meine Entschlossenheit ins Wanken gerät und meine Ängste darum betteln, ausgelöscht zu werden. Ich versuche, mich auf Jessica zu konzentrieren und auf all die Gründe, warum ich mich zu lebenslanger Einsamkeit verpflichtet habe, aber es ist schwer, wenn seine Arme mich umschließen und sein Herzschlag meinen Rücken wärmt und mich zu einem anderen Weg verleitet. Ich möchte ihn aus der Ferne lieben, damit ich ihn nicht kaputt machen kann, aber er ist zu nah. Er ist bereits in meinen unsicheren Händen, und ich werde ihn fallen lassen.

Gott, ich werde ihn fallen lassen, und er wird zerbrechen.

»Karten.« Der Fahrdienstleiter öffnet das Tor und streckt die offene Hand aus.

Cal zieht sich zurück, um ihm unsere Tickets zu geben, und lässt mich los, bevor ich ihn entkommen lassen kann. Ich atme tief ein und folge ihm zum Rad. Wir rutschen in eine der leeren Gondeln und pressen unsere Schenkel zusammen, als die Stange herunterkommt.

»Es ist lange her, dass ich auf diesem Ding war«, murmelt er, das Gesicht nach vorne gerichtet. »Hätte nicht gedacht, dass ich jemals wieder hier sein würde, um ehrlich zu sein.«

Ich erlaube mir ein Lächeln. »Bei einer Fahrt stecken zu bleiben, verlockt nicht gerade dazu, es noch einmal zu tun.«

»Ja. Aber manchmal wünschte ich …« Cals Augen verengen sich, er blinzelt. »Manchmal wünschte ich, wir wären stecken geblieben, weißt du?«

Noch bevor ich seine Worte verarbeiten kann, erwacht die Gondel zum Leben. Diese Worte steigen in mir auf, während *wir* uns vom Boden abheben und in den Himmel fahren.

Einen Moment lang tue ich so, als würde sein Wunsch in Erfüllung gehen. Wir stecken immer noch fest, haben uns nie auseinandergelebt. Die Zeit blieb auf der Spitze des Riesenrads stehen, als Cal auf mich herabblickte, sein Haar war dunkel, aber seine Augen leuchteten wie der Mond. Funken sprühten. Abenteuer prickelte.

Emma kicherte und rief aus einer Gondel unter uns: »*Küss sie, du Feigling!*«

Er hat es getan.

Er hat es getan.

Vor uns erstreckt sich ein tiefschwarzer Mitternachtshimmel, der gleichermaßen erdrückend und erlösend wirkt. Erdrückend, weil ich an den Sternen und unbeantworteten Wünschen ersticke – erdrückend, weil der Himmel so weit und endlos aussieht und sie trotzdem nicht da ist.

Es ist erlösend, weil ich sie dennoch fühle.

Ich klammere mich mit einer Hand an den Sicherheitsbügel, während ich mit der anderen Pinky, den Panda, festhalte. Wir steigen und steigen und steigen, genau wie dieses Gefühl, das zwischen uns treibt, aber das Problem beim Aufsteigen ist, dass es immer einen Absturz gibt. Manchmal geschieht es mit Anmut, manchmal ist es verheerend.

Man weiß es vorher nie.

Nichts macht einen Menschen wahnsinniger als eine Emotion, die gefangen ist und nirgendwo hinkann, also wende ich mich zu Cal um, als wir den Scheitelpunkt passieren und wieder nach unten fahren. »Ich habe dich so sehr vermisst«, gestehe ich und drücke das Plüschtier in meiner Hand zusammen, um nicht nach ihm zu greifen. »Warum hast du mich verlassen? Warum hast du nicht versucht, mich zu finden?«

Schmerz huscht über sein Gesicht. Echter, schrecklicher Schmerz, als wären meine Worte kleine Klingen, die in seine Brust stechen. Er schließt für einen kurzen Moment die Augen, bevor er sich umdreht und mich ansieht. »Ich hatte keine andere Wahl. Wir sind umgezogen, Lucy. Ich war noch ein Kind.«

»Aber … *danach*«, frage ich. »Später. Als du erwachsen warst. Ich habe ein Facebook- und ein Instagram-Konto eingerichtet, nur damit du dich bei mir melden kannst, aber das hast du nie getan.«

»Ich hatte keine andere Wahl.«

Er sagt es noch einmal, genauso sicher, genauso gequält. Ich hasse seine Antwort, weil er eine Wahl *hatte*. Cal hat sich nicht für mich entschieden. »Das ist nicht wahr«, flüstere ich und wende mich ab. Ich konzentriere mich auf das Meer von Menschen unter mir anstatt auf die Lüge in seinen Augen.

Ich höre, wie er einen langen Seufzer ausstößt, sein Knie stößt gegen meins, aber er sagt nichts.

Vielleicht sollte ich dankbar sein, dass er nie versucht hat, mich aufzuspüren. Es ist ja nicht so, dass zwischen uns irgendetwas passieren kann, und es ist so schmerzlich offensichtlich, wie leicht es passieren könnte.

Die Gondel senkt sich, dann katapultiert uns das Riesenrad wieder nach oben. In meinem Bauch bilden sich Knoten, wenn ich daran denke, wie die Fahrt beim letzten Mal zum Stillstand kam und Cal und ich ganz oben festsaßen. Ich hatte mich vor Angst mit den Fingernägeln in sein Knie gekrallt, während mein Herz in der Brust raste. Emma hatte überhaupt keine Angst gehabt. Sie war die Furchtlose. Sie hüpfte sogar in ihrer Gondel auf und ab und ließ sie unsicher in den Angeln schaukeln, während sie vor Aufregung quietschte.

Einen Moment lang erwarte ich, dass das Rad wieder stecken bleibt, als wir die letzte Runde drehen und Cals Stimme durch mich hindurchdonnert. »Es ist nicht so, dass ich nicht wollte«, sagt er. »Ich konnte es einfach nicht.«

Ich schlucke und schaue zu ihm hinüber, während wir über den Gipfel fliegen. Ich halte den Atem an, als würden wir gleich mit aufeinandergepressten Lippen zwischen den Sternen zum Stillstand kommen.

Unsere Augen treffen sich, als wir die höchste Stelle erreichen. Ich frage mich, ob er auch darüber nachdenkt; vielleicht wünscht er es sich sogar. Hier oben fühlt sich alles leichter an. Leichter, schwerelos.

Aber die Fahrt gerät nicht ins Stocken, und Cal küsst mich nicht. Emma taucht nicht aus dem Nichts auf, und wir machen keine Zeitreise in die Vergangenheit, um die Geschichte wie in einem Science-Fiction-Film neu zu schreiben.

Wir steigen einfach aus und gehen weg.

Meine Füße tragen mich weiter vor ihm her, fast so, als würde ich versuchen, dem schweren Brummen des Nichts zu entkommen, das gerade stattgefunden hat.

»Lucy, warte.«

Ich nestele an dem Schlappohr meines Pandabären und beiße die Zähne fest zusammen, als ich seine Schritte neben mir höre. Ich bin nicht wütend. Ich bin nicht einmal verärgert.

Ich weiß nicht, was ich bin, aber der Cidre ist schon durch mich hindurchgeflossen, und der Kaugummi ist längst weg. Und Cal lächelt nicht mehr.

Ich glaube, ich bin einfach nur müde.

»Lucy«, wiederholt er.

Ich verlangsame meinen Schritt, und da höre ich, wie er halblaut murmelt: *»Scheiß drauf.«* Seine Füße bleiben innerhalb meines Blickfelds stehen, als er nach meinem Handgelenk greift, mich zum Stillstand bringt und seine Augen meine finden.

Cal schluckt, sein Adamsapfel hüpft, seine Iris reflektiert das blinkende Neon und Indigo des Riesenrads. »Komm mit mir nach Hause.«

Komm mit mir nach Hause.

Er möchte mehr Zeit mit mir verbringen.

Das schwächer werdende Licht in mir geht wieder an, und ein Lächeln umspielt meinen Mund. Ich zögere nicht einmal. »Okay.«

»Ja?« Er blinzelt ein paar Mal und schluckt wieder, als hätte er nicht erwartet, dass ich tatsächlich Ja sage. Er taumelt zurück, schweigt einen Moment und starrt mich einfach nur an. »Willst du wirklich?«

»Sicher«, nicke ich. »Das wäre nett.«

Die Wahrheit ist, dass ich nicht will, dass der Abend mit einer bitteren Note endet. Ich möchte die Süße des Händchenhaltens, des harten Cidres und der Wasserpistolenschlachten genießen. Vielleicht wird er vergessen, dass ich jemals die Vergangenheit angesprochen und ihm meine unmöglichen Fragen gestellt habe.

Cal starrt mich immer noch aus zusammengekniffenen Augen an. Dann nickt er langsam, wobei sich der Anflug eines Lächelns auf seinen Lippen abzeichnet. »In Ordnung.«

»In Ordnung.«

Sein Lächeln wird in dem Moment breiter, in dem meines breiter wird.

Dann nimmt er meine Hand und zerrt mich mit eiligen Schritten und eifrigem Griff vom Jahrmarkt. Ich kann nicht anders, als einen Blick auf das sich drehende Riesenrad zu werfen, während wir daran vorbei in Richtung Parkplatz stürmen, das Lachen der Kinder klingt in meinen Ohren.

Mein Verstand muss mir einen Streich spielen, oder vielleicht ist es das kleine Mädchen, das uns um Karten gebeten hat, aber ich schwöre – ich *schwöre*, ich sehe sie.

Ich sehe, wie Emma in ihrer Gondel hin und her schwingt und eine Faust siegreich in die Luft reckt, während sie auf mich herablächelt, beleuchtet von einem Meer aus Sternen.

KAPITEL 15

Cal nimmt meine Hand, als er mich durch seine rote Haustür führt. Ich weiß noch, dass ich mir in der Junior High meine Fingernägel rot lackierte, um älter zu wirken. Meine Mutter hatte einen kirschroten Farbton namens »Vixen« – scharfe Braut –, den ich immer aus ihrer Schminkschublade stibitzte, wenn ich Cal in jenem letzten Jahr besuchte – dem Jahr, in dem ich mit dreizehn endlich beschloss, dass Jungs nicht eklig sind und dass es sich verlockend anhört, sie zu küssen.

Ihn zu küssen, klang verlockend.

Als Cal seine Lippen in jener Nacht auf dem Riesenrad zum ersten und einzigen Mal auf meine drückte, waren sie rot geschminkt.

»Komm schon, es ist perfekt«, sagte Emma, deren Gesicht sich im Mondschein erwartungsvoll aufhellte. »Es ist so romantisch hier oben unter den Sternen.«

»Vielleicht wäre es das, wenn du sie nicht alle nach deinen Boyband-Schwärmen benannt hättest«, stichelte Cal.

Sie streckte ihm die Zunge raus und reckte dann die Faust in die Luft. »Küss sie, du Feigling!«

Meine Fingernägel hatten sich in seine Kniescheibe gebohrt und ließen mich wie ein verängstigtes kleines Mädchen wirken, statt wie die blühende junge Frau, die ich sein wollte.

Trotzdem küsste er mich. Süß, kurz, nur die Spitze seiner Zunge stieß hervor, um meine Unterlippe zu streicheln, bevor er sich zurückzog und mich für immer verliebt zurückließ.

Ich seufze, als ich über die Schwelle trete und beobachte, wie Cricket von der Couch springt und sich darunter versteckt. Ich bin fest entschlossen, sie eines Tages für mich zu gewinnen. Vielleicht heute Abend, während Cal und ich es uns unten gemütlich machen, um einen Film zu sehen und nicht über Riesenräder zu reden, oder über Zuckerwatteküsse und ein kleines Mädchen, in dessen Augen Glühwürmchen leuchteten.

Cal tritt hinter mir ein, während ich über seinen Parkettboden laufe und meinen Pandabären abstelle, wobei meine nichtroten Fingerspitzen die Oberseite des Sofas streifen. Auf der Fahrt hierher haben wir nicht viel gesprochen, denn jedes Wort wäre vom Grollen seines Motors verschluckt worden, aber immer, wenn wir an einer Ampel hielten, berührte er mich. Er griff hinter sich und streichelte meinen äußeren Oberschenkel, was mich dazu veranlasste, mich so weit in ihn hineinzulehnen, wie es der Helm zuließ.

Ich höre, wie die Haustür hinter mir zufällt, während ich mich in dem schwach beleuchteten Wohnzimmer umsehe, das nach rauchigem Amber riecht. »Also, was wolltest du …«

Meine Frage wird unterbrochen, als seine Hände meine Taille umfassen, und ich erstarre.

»Ich sollte dir wahrscheinlich einen Drink oder so anbieten, aber ich kann es verdammt noch mal nicht erwarten.«

Er greift nach einer Handvoll meiner Haare und legt sie über eine Schulter, während sich seine Lippen nach unten neigen, um Küsse auf die andere Schulter zu verteilen. Mein Pullover rutscht tiefer, sodass er mehr Haut hat, über die er seinen Mund ziehen kann.

Oh mein Gott!

»Schmeckst du immer noch nach Kaugummi?« Seine Nasenspitze gleitet den Bogen meines Halses hinauf, bis seine Zähne mein Ohrläppchen finden. Er knabbert daran. »Ich wette, das tust du.«

Sofort sammelt sich flüssige Hitze in meiner Unterwäsche.

Ich wäre buchstäblich eine Statue, wenn mein Körper nicht plötzlich zittern würde und ich mich nicht instinktiv gegen seine Brust lehnen würde.

Cals Atem wärmt die empfindliche Haut direkt unter meinem Ohr, während sich eine Hand um meine Hüfte legt und die andere mein Haar zur Seite hält, das er jetzt fester umklammert. »Du riechst immer noch nach Birnen«, flüstert er, und seine Finger wandern an meinem Pullover hoch, um meinen Unterbauch zu streifen. »Fruchtig und süß. So verdammt umwerfend.«

Ein kleines Stöhnen entweicht mir. Ich bin noch nie so berührt worden, so angesprochen worden, was teilweise demütigend, aber vor allem süchtig machend ist.

Jessica, Jessica, Jessica.

Ihr Name trampelt mir mit stählernen Hufen durch den Kopf, und ich drehe mich zu ihm um. »Was … was machst du da?«

Unter schweren Lidern starrt er aus dunklen Augen auf mich herab, beide Hände liegen jetzt um meine Taille, unter meinem Pullover. »Was glaubst du, was ich hier mache?«

»Ich …« Ich hebe meine Hände, um sein Shirt zu umklammern, während mein Körper bebt und schwankt. »Willst du mich küssen?«

»Ich werde viel mehr tun, als dich zu küssen.« Er beugt sich herunter, und seine rauen Bartstoppeln kitzeln meine Wange, während er mir ins Ohr raunt: »Ich werde dich zerstören, Lucy. Und zwar auf die verdammt beste Art und Weise.«

Ich kann nicht atmen. Ich kann mich nicht bewegen. Ich kann mich nicht einmal aufrecht halten, als ich in ihn hineinsinke und meine Stirn gegen seine breite Brust drücke. »Oh«, quieke ich heraus. »Du … du willst mich?«

»Was denkst du denn?« Er greift nach meiner Hand und zieht sie zu der Beule in seiner Jeans.

Ich sterbe fast auf der Stelle, als ich seine Erektion spüre. Hart, massiv, erschreckend. Ich habe noch nie einen Penis angefasst, niemals. Nicht bekleidet, nicht nackt, nicht einmal einen Fake-Penis wie einen Dildo.

»Willst du mich?«, entgegnet er, küsst meinen Scheitel und hält meine Hand noch immer an sich gedrückt.

Ich nicke, weil ich ihn will, und das ist die Wahrheit, aber all meine Befürchtungen drängen an die Oberfläche, und ich habe Angst. Bin so, so verängstigt. »Ich war nicht … Ich weiß nicht …« Meine Atmung ist unstet, mein Körper zittert. Angst, Lust, Verwirrung, Unerfahrenheit.

Cal zieht sich ein paar Zentimeter zurück und sieht auf mich herab. »Was ist los?«

Kopfschüttelnd befeuchte ich meine Lippen und schließe die Augen, meine Hand fällt von ihm ab. »Ich wollte nur …«

»Sprich mit mir. Irgendwas ist nicht in Ordnung.«

Ich kann ihn nicht ansehen, während sich das Schweigen zwischen uns verdichtet, aber ich kippe fast nach vorne, als er sich zurückzieht und den Griff um mich lockert.

»Du willst das nicht«, sagt er.

»Nein, ich will, aber ich …«

»Du siehst aus, als ob du dich übergeben müsstest.«

Scham schießt durch mich hindurch und erhitzt meine bereits geröteten Wangen. Ich fühle mich wie ein erbärmlicher Teenager. Ich nehme genug Mut zusammen, um die Augen zu öffnen, und schaue zu ihm hoch, während ich meinen Pullover in den Händen knete. »Ich … ich habe das nicht erwartet.«

Cal sieht verwirrt aus. Er runzelt die Stirn, sein Blick tastet mein Gesicht ab, als würde er nach etwas suchen. »Dachtest du, ich hätte dich hergebracht, um Kniffel zu spielen?«

Ich schlucke. »Na ja, nicht unbedingt Kniffel. Monopoly kam mir in den Sinn. Vielleicht Scrabble.«

»Mein Gott.« Er macht ein Geräusch wie ein Lachen, aber es ist kein Lachen. Er atmet aus und fährt sich mit der Hand durch die Haare. »So naiv kannst du nicht sein.«

Seine Worte lassen mich ein wenig zurückweichen und überfluten mich mit noch mehr Scham.

»Tut mir leid«, murmelt er, als ich wie ein Reh im Scheinwerferlicht dastehe. Er reibt sich mit der Hand über das Gesicht und schaut zur Seite. »Ich dachte nur, es war ziemlich klar, als ich dich bat, mit mir nach Hause zu kommen.«

Mir wird klar, dass er recht hat – ich *bin* naiv. Im Nachhinein hätte man es an der Hitze in seinen Augen erkennen müssen, an der Art, wie er mich auf dem Motorrad berührte, und daran, dass er vor nicht allzu langer Zeit bereits versucht hatte, mich auf seiner Couch zu küssen. Aber ich habe ihm gesagt, dass wir das nicht können, und ich dachte, das war's. Seit dieser Nacht hat er kaum noch mit mir gesprochen. »Wenn du jemand anders wärst, hätte ich das vielleicht in Betracht gezogen.«

»Jemand anders«, echot er trocken. Sein Blick richtet sich wieder auf meine Augen. »Oh, danke, Lucy. Es ist schön zu wissen, dass ich der absolut letzte Mensch auf diesem Planeten bin, mit dem du schlafen möchtest.«

»Nein, Gott, das ist … das habe ich nicht gemeint.« Aufgebracht fahre ich mir mit den Fingern durch die Haare, während ich versuche, die richtigen Worte zu finden. »Du bist die letzte Person, von der ich erwartet hätte, dass sie *mich* das fragt. Ich dachte, du wärst sauer auf mich, nachdem wir nach der Fahrt ausgestiegen sind. Es … ist mir einfach nicht in den Sinn gekommen.«

»Ich bin nicht sauer auf dich. Ich war noch nie sauer auf dich.« Cricket schleicht sich unter der Couch hervor und schmiegt sich um seine Knöchel. »Es ist mehr als das«, beschließt er und mustert mich von Kopf bis Fuß. »Wovor hast du Angst?«

»Ich habe Angst, eine Grenze zu überschreiten«, gebe ich zu.

»Grenzen werden zum Schutz gezogen. Und das hier?« Er schnippt mit einem Finger zwischen uns hin und her. »Hier wird dir nichts passieren. Es soll doch Spaß machen.«

Spaß. Vielleicht wäre es für die meisten Menschen spaßig, aber ich bin nicht wie die meisten Menschen, und ich weiß nicht, wie ich ihm von Jessica oder von meinen gesundheitlichen Komplikationen erzählen soll, ohne ihm die ganze Wahrheit zu gestehen und ihn für immer zu vergraulen.

Ich habe ihn gerade zurückbekommen.

Ich suche verzweifelt nach einem neuen Ansatzpunkt und sage ihm: »Ich will nicht dein One-Night-Stand sein, Cal. Das bin ich nicht.«

»Ich hatte nicht vor, es auf eine Nacht zu beschränken.«

Meine Kehle schnürt sich zu. »Du meinst, du willst … eine Beziehung?«

»Nein«, sagt er schlicht.

Ich blinzle zu ihm hoch, um seine Antwort zu verarbeiten.

Er will eine Freundschaft plus.

Einen Fuckbuddy.

Das bin ich auch nicht. Ich will alles oder nichts, und wenn ich nicht alles haben kann, muss ich mich mit nichts zufriedengeben. Ich bin mir vage bewusst, dass Cricket sich zu mir heranschleicht, um an meinen Stiefeln zu schnuppern, also greife ich nach unten, um sie zu streicheln, halb abgelenkt von dem Mann vor mir. Als ich nach einer Antwort auf Cals Andeutung suche, dass er unsere aufkeimende Freundschaft in eine unverbindliche sexuelle Affäre verwandeln will, verfehle ich versehentlich Crickets Kopf und pikse sie mit dem Finger ins Auge.

Sie schlägt nach mir, streicht mir mit einer Kralle über die Knöchel und huscht dann zurück in ihren sicheren Unterschlupf unter dem Sofa.

Ich richte mich auf und schaue auf das Blut, das aus dem Kratzer sickert. Es ist nicht schlimm, aber es blutet, und anscheinend neige ich zu Handverletzungen, wenn ich mit Cal zusammen bin.

»Scheiße, hat sie dich erwischt?« Cal kommt mit zwei großen Schritten auf mich zu und ergreift meine Hand, um den Schaden zu begutachten. »Verdammt. Tut mir leid, sie ist immer noch verschlossen.«

»Es war meine Schuld«, gestehe ich und atme zischend durch die Zähne, als es zu brennen beginnt. »Ich weiß es besser. Ich habe jahrelang mit Tieren gearbeitet. Gott, es tut mir leid, dass ich so ein Tollpatsch bin.«

»Hör auf, dich für alles zu entschuldigen. Lass mich mal sehen.« Er zieht meine Fingerknöchel an sein Gesicht und streicht mit dem Daumen im Takt seiner Augenbewegungen darüber. »Sieht nicht schlimm aus. Ich habe ein paar Pflaster in der Küche.«

Cal lässt meine Hand nicht los, als wir in die angrenzende Küche gehen, dann überrascht er mich, indem er meine Taille umschließt und mich auf die Arbeitsplatte hebt. Er setzt mich dort ab und greift über meinen Kopf hinweg nach einem Plastikwännchen mit Erste-Hilfe-Material oben im Schrank.

Ich lehne mich zur Seite, um den Wasserhahn neben mir aufzudrehen, und spüle die Wunde mit warmem Wasser und Seife aus. Sie brennt, und ich weiß, dass ich sie im Auge behalten muss, um eine Infektion auszuschließen – Katzenverletzungen können schnell ernst werden. Nachdem ich die Stelle mit einem trockenen Handtuch abgetupft habe, stemme ich mich mit Cal zwischen den Knien wieder hoch, während er ein Heftpflaster auseinanderpult. »Ich weiß, du hast gesagt, ich soll mich nicht entschuldigen, aber ich fühle mich schlecht«, gestehe ich leise und beobachte, wie seine langen Finger an dem zarten Pflaster herumfummeln.

»Jedenfalls gelingt es dir, dass die Dinge interessant bleiben«, sagt er mit gesenktem Blick.

»Ich wette, du wünschst dir, du hättest die Pläne mit Jolene nicht abgesagt, was?«

Er schaut auf. »Das habe ich nicht gesagt.«

»Aber du denkst es doch?«

»Nein. Ich bin genau da, wo ich sein will.«

»Du musst dich um meine selbst verursachte Katzenwunde kümmern und wirst nicht mal flachgelegt«, sage ich halb lachend, halb schmollend. In meinen Worten schwingt Selbstironie mit. »Klingt nach Riesenspaß.«

»Wenn ich Sex haben wollte, Lucy, wäre das nicht schwierig. Ich bin mit dir zusammen, weil ich es will, ob du nun in meinem Bett bist oder nicht.«

Meine Wangen röten sich, als er wieder meine Hand nimmt und das Pflaster über den Kratzer klebt. Ich kaue auf meiner Lippe. »Es ist nicht so, dass ich es nicht will.«

Seine Hand ist warm und groß, als sie meine umschließt, sein Daumen streicht wieder über meine Fingerknöchel und verweilt. »Ich weiß. Deshalb verwirrt mich das auch so sehr.«

Schuldgefühle erfassen mich. Das Letzte, was ich will, ist, ihn zu verwirren oder ihm etwas vorzumachen, aber ich weiß nicht, wie ich ihm erklären soll, dass es zu seinem Besten ist, ohne ihm zu sagen, warum. Ich *sollte* ihm sagen, warum. Gott weiß, dass er es irgendwann herausfinden wird, ob mit Worten oder mit etwas noch Schlimmerem – aber das Geständnis fängt Feuer auf meiner Zunge und wird zu Asche.

Cal rückt zwischen meinen Schenkeln näher, sein Oberkörper liegt dicht an meinem Becken, meine Hand steckt noch immer in seiner. Seine Anwesenheit ist dominierend, aber seine Berührung ist sanft und voller Zärtlichkeit. Beruhigend. »Es gibt eine Menge, was du nicht über mich weißt«, sage ich leise, mit Ruß in der Kehle.

Er blickt mich nur an. »Also erzähl schon.«

»Ich kann nicht.«

»Sag es mir.« Er kommt noch näher, seine Hand wandert von meiner weg und gleitet meinen Arm hinauf, bis er meinen Nacken berührt. »Sag mir, warum dein Körper nach mir bettelt, aber dein Mund Nein sagt.« Sein Daumen fährt zu meinem Mund und streicht über meine Unterlippe.

Mein Atem stockt, ein Keuchen entweicht mir. Kribbeln durchflutet mein Höschen, während sich meine Beine um seine Mitte zusammenziehen. Als sich unsere Stirnen aneinanderpressen und ich denke, dass er mich küssen wird, sage ich ihm meine Teilwahrheit. »Ich bin noch Jungfrau.« Ich beobachte, wie sein Gesichtsausdruck ins Wanken gerät und seine halb geschlossenen Augen blinzeln, als ihm die Erkenntnis dämmert. Peinlich berührt schlucke ich. »Ich habe noch nie geküsst … außer dich. Nur an diesem Abend auf dem Rummel. Auf dem Riesenrad«, sage ich ihm. »Das war's.«

Ein langer, tückischer Herzschlag verstreicht.

Sein Griff um meinen Hals wird fester, sein Kiefer ist angespannt. Sein Körper versteift sich, er drückt sich enger an mich, bis ich spüre, dass mehr als nur Muskeln steif werden.

Er ist hart. Er will mich immer noch.

»Fuck«, flüstert er direkt an meinen Lippen und schließt kurz die Augen, als er angestrengt Luft holt. »Wie?«

Es ist eine vernünftige Frage, aber ich hatte gehofft, er würde sie nicht stellen. Ich will meinen Blick abwenden, doch der Ausdruck in seinen Augen lässt mich erstarren. »Ich … ich weiß es nicht. Ich wollte es nicht. Es hat sich nicht richtig angefühlt.« Ich hebe meine Hände an seine Taille, taste nach seinen Gürtelschlaufen und frage mich, warum er sich noch nicht zurückgezogen hat. »Habe ich dich vergrault?«

Er löst seine Stirn von meiner, sein Kiefer zuckt. »Willst du mich verarschen? Verdammt, wenn das nicht dazu führt, dass ich dich noch mehr will«, sagt er zornig. »Aber ich habe verstanden. Und ich werde mich zurückhalten.«

Ist es nicht das, was ich will?

Das ist es, das sollte es sein, doch meine Brust schmerzt immer noch vor Enttäuschung. »Ist es eine Last?«

»Eine Last?« Er zieht die Augenbrauen hoch, als ob die Frage absurd wäre. »Nein, verdammt. Es ist eine Ehre. Eine Ehre, die ich wahrscheinlich nicht verdiene.«

»Warum nicht?«, murmle ich.

Mit einem Blick zur Seite atmet Cal aus und geht einen Schritt zurück, um die warme Stelle zwischen meinen Beinen zu verlassen. Er knackt mit den Fingerknöcheln und stellt sich neben mich, lehnt sich gegen den Tresen. »Weil ich nicht so ein Typ bin. Du hast jahrelang etwas Wichtiges bewahrt, und du solltest es jemandem geben, der dich gut behandeln wird. Der dir alles gibt, was zu einem solchen Geschenk gehört.« Die Sehnen in seinem Hals straffen sich, als er auf seine Stiefel hinunterschaut. »Aber … wenn du es mir trotzdem schenken willst, werde ich nicht Nein sagen. So ein Typ bin ich nämlich auch nicht. Nur, wenn das der Fall ist, solltest du es dir gut überlegen, denn ich kann dir nicht versprechen, wonach du dich hinterher sehnen wirst.«

Unsere Augen treffen sich. Hitze durchströmt mich, und mein Herzschlag beschleunigt sich. Die Vorstellung, dass er meine Jungfräulichkeit nicht ablehnen würde, wenn ich ihn inständig darum bäte, hat etwas Erregendes und Ermächtigendes.

Und doch liegt etwas unglaublich Trauriges in der Vorstellung, dass er sich dessen auch unwürdig fühlt.

Wenn ich nicht vorhätte, als Jungfrau zu sterben, wäre er der *Einzige*, der es wert wäre.

Ich springe herunter und trete auf ihn zu, mit angespannter Brust und wackeligen Beinen. Seine beiden Hände umklammern den Rand der Arbeitsplatte, als wolle er sie gewaltsam von mir fernhalten. »Du hast gesagt, du suchst keine Beziehung. Ist es das, was du meinst?«

»Ja.«

Ich befeuchte meine Lippen und versuche zu verstehen. »Du … willst also mit mehreren Leuten Sex haben? Du willst dich nicht an eine Person binden?« Wenn das der Fall ist, dann hat er absolut recht. Ich könnte das niemals akzeptieren, was bedeutet, dass ich niemals mit ihm schlafen könnte.

»Es geht nicht darum, exklusiv zu sein«, sagt er. »Es geht um die Erwartung.«

»Was meinst du?«

»Ich meine, ich weiß einen Scheißdreck darüber, wie man ein guter Partner ist.« Cal stößt sich vom Tresen ab und geht um mich herum durch die kleine Pantryküche. »Ich mag meinen Freiraum, ich bin gern allein. Ich bin übermäßig beschützend bis zu dem Punkt, an dem es verdammt toxisch ist, und das gestehe ich mir ein. Ich reiße jeden Mann in Stücke, wenn er meine Frau auch nur *ansieht*. Ich mag es nicht, über meine verdammten Gefühle zu reden, ich habe keine große Familie, die dich umflattert, oder viele Freunde, mit denen du ausgehen kannst, und ich will mich an niemanden binden. Eine Beziehung ist nicht förderlich für meinen Lebensstil oder für die Art und Weise, wie ich mir meine Zukunft vorstelle.«

Traurigkeit durchströmt mich. Eine tiefe Traurigkeit. Ich denke zurück an eine Nacht unter den Sternen, beim Zelten in meinem Garten, als Cal mir sagte, er wolle mich eines Tages heiraten. Ich war damals erst acht Jahre alt, und Cal war zehn, aber ich habe es nie vergessen. Es fühlte sich wie ein echter Antrag an. Es fühlte sich an, als wäre unser Schicksal in diese Sterne geschrieben worden.

Mit angehaltenem Atem starre ich auf seinen Rücken, während er ein paar Meter entfernt steht und sich mit der Hand durch sein dunkles Haar fährt. Es schimmert unter dem gedämpften Oberlicht mit einem Wolframglanz. »Du wolltest eine andere Zukunft, als wir Kinder waren. Du wolltest all die Dinge, von denen du jetzt sagst, dass du sie nicht willst.«

»Ja, nun, alles ändert sich, Lucy.« Seine Worte sind scharf, sein Ton säuerlich. »Damals wollte ich viele Dinge. Ein Basketball-Stipendium. Ein höheres Taschengeld. Einen verfluchten Hund.«

»Du wolltest mich heiraten.«

Cal wirbelt herum. »Ich war nur ein verdammtes Kind. Alles hat sich in dem Moment geändert, als Emma aus dieser Tür getreten ist. *Alles.*«

Seine Augen leuchten auf. Sie verfinstern sich, als ihr Name von den verputzten Wänden und unseren zersplitterten Herzen widerhallt. Die Küche fühlt sich kleiner und enger an, und die Luft wird knapp. Er neigt sein Kinn zur Brust und ballt die Fäuste, um seine Gefühle zu verarbeiten.

Dann tritt er vor und begegnet meinen großen, glänzenden Augen, während ich mich mit der Hüfte an den Ofen lehne, um das Gleichgewicht zu halten.

»Hör zu, wenn du befreundet sein willst, werde ich dein Freund sein – so sehr ein Freund, wie ich es sein kann.« Cal pirscht sich weiter an mich heran, sein Blick ist auf meinen gerichtet. »Wenn du willst, dass wir Sex haben«, sagt er rau, während er seinen Blick zu meinem Mund senkt und dann wieder nach oben schweifen lässt, »dann werden wir Sex haben. Ich werde jeden Zentimeter von dir verehren.«

Mein Herzschlag beschleunigt sich wieder, meine Haut wird heiß. Mein Puls pocht in meiner Kehle, seine Worte graben sich in meine Brust.

Ich will ihn, wirklich. Aber …

»Aber ich werde dich nicht lieben.«

Ich taumle zurück und bin dankbar, dass ich von etwas gestützt werde. Ich weiß, ich würde fallen. Ich würde zerbröckeln.

»Und das ist es, was ein Mädchen wie du wirklich will, nicht wahr?«, drängt er. »Geliebt zu werden. Angebetet. Das ist es, was du verdienst.«

Mit zitternden Lippen blicke ich ihn im schummrigen, gelben Licht an. »Du glaubst, du weißt, was ich will? Was ich verdiene?«

»Ja.« Nach ein paar ruhigen Atemzügen greift Cal in die Gesäßtasche und holt sein Handy heraus. Er scrollt es durch, landet bei etwas und studiert es einen Moment lang, bevor er das Display zu mir dreht. »Daher weiß ich es.«

Das ist mein Instagram-Bild.

Ich, lachend im Regen, mein Haar klebt an meinem Gesicht, während ein Hauch von Mondlicht mein Lächeln reflektiert.

Ich schlucke und hebe den Blick zu ihm.

»So sehe ich dich, Lucy«, sagt er nüchtern. »Schwerelos. Frei. Verliebt in das Leben, losgelöst von der Härte. Perfekt in jeder Hinsicht.« Er legt das Telefon zur Seite und schaut über meine Schulter hinweg auf das kleine Fenster über dem Spülbecken. Seine Augen verengen sich in Gedanken, in der Erinnerung. »So habe ich dich immer gesehen.«

Als seine Augen wieder zu mir blicken, schwöre ich, dass sie glasig sind und vor Gefühlen schimmern. Er ist nicht immun gegen das – gegen *mich*. Ich finde meine Stimme. »Ich bin nicht frei von Gram, Cal. Er lebt jeden Tag in mir, genau wie in dir. Ich entscheide mich einfach dafür, ihn zu überwinden. Ich entscheide mich dafür, glücklich zu sein, denn traurig zu sein verdirbt die wenige Zeit, die wir hier haben«, sage ich ihm. »Und du hast recht. Wenn ich mit dir schlafe, werde ich etwas fühlen. Ich werde alles fühlen. Mehr, als du denkst, dass du fähig bist zu fühlen.« Seine Lippen werden schmal, sein Körper spannt sich an. »Das ist es, was du mir sagen willst, richtig? Dass du mit mir schlafen wirst, ohne etwas zu fühlen?«

Er zögert. Die Falte zwischen seinen Augen löst sich auf, und er antwortet nicht.

Dann bekomme ich meine Antwort, und ich weiß ohne Zweifel, dass er nicht immun ist; er ist überhaupt nicht immun.

Er hat Angst – und das ist etwas, was ich verstehen kann.

Wir lassen das Gesagte und Ungesagte auf uns wirken, bevor Cal sich mit einer Hand über das Gesicht reibt und seufzt. »Ich kann dich nach Hause bringen, wenn du willst. Oder du kannst im Gästezimmer bleiben. Ganz wie du magst.«

Mir gelingt nur ein schwaches Nicken.

»Ich hüpfe unter die Dusche. Sag mir Bescheid, was du tun willst.«

Ich nicke wieder, unsere Blicke berühren sich für den Bruchteil einer Sekunde, bevor er den Kopf senkt, sich umdreht und aus der Küche verschwindet.

Ein Schwall von Tränen überflutet mich, als er außer Sichtweite ist. Ich drehe mich um, presse die Handflächen auf die Arbeitsplatte und lehne mich nach vorne, während seine Worte wie ein trauriges Lied durch mich pulsieren.

Ich werde dich nicht lieben.

Cal hat ein Loch zwischen uns gegraben. Einen Canyon. Zwei zerklüftete Klippen, zu weit voneinander entfernt, um springen zu können, ohne auszurutschen und im freien Fall ins Nichts zu stürzen.

Ich weiß also, was ich zu tun habe.

Ich werde diese gebrochenen Knochen nehmen und eine Brücke bauen.

KAPITEL 16

16.2.13

„Traurige Lieder"

Mom hat mich gefragt, ob mich irgendwelche Lieder traurig machen.

Darüber habe ich noch nie nachgedacht, aber jetzt, wo ich darüber grübele, lautet die Antwort: Ja. Es gibt einen Song, der vor ein paar Jahren herauskam, If I Die Young von The Band Perry. Es ist wahrscheinlich mein Lieblingslied, aber es macht mich auch innendrin sehr traurig. Ich habe es heute auf Pandora gespielt und darüber nachgedacht, wie ich mich fühlen würde, wenn mein Bruder oder Lucy jung sterben würden. Ich fing an zu weinen. Es gibt eine Zeile, die heißt: „what I never did is done" – was ich nie getan habe, ist vertan. Das bringt mich dazu, alles tun zu wollen. Jungs küssen, aus Flugzeugen springen, vor Tausenden von Menschen Klavier spielen, zur Musikschule gehen, jeden Tag Eis zum Frühstück essen. Du weißt schon, nur für den Fall.

Gestern Abend habe ich Lucy das Lied vorgespielt und ihr gesagt, dass sie nicht jung sterben darf.

Sie hat geweint.
Toodles,
Emma

* * *

Der kleine Panda sitzt neben mir auf der Bühne, inmitten meines Trinkgeldmeeres; eine Art Glücksbringer. Ich bin mir fast sicher, dass ich doppelt so viel Trinkgeld bekomme wie normalerweise bei einer Freitagabendshow, und das liegt wahrscheinlich an Pinky.

Ich schlage die Saiten meiner Gitarre an, meine kniehohen Stiefel stützen sich an der Sprosse des Hockers ab. »Irgendwelche Wünsche heute Abend?«, frage ich in das Mikrofon, das in das goldene Licht der Bar gehüllt ist, und vermisse die untergehende Sonne, die vor Kurzem von der Winterzeit gestohlen wurde.

Alyssa sitzt an einem großen runden Tisch, zusammen mit meiner Freundin Gemma aus dem Tierheim und ihrem Verlobten Knox. Alyssa hält sich die Hände vor den Mund und ruft: »*Gangsta's Paradise!*«

Ich lache und werde rot. »Das heben wir uns für unseren Karaoke-Unfug morgen Abend auf«, erwidere ich und ernte ein lautes Kichern von der Menge.

Ich habe gerade *Got My Mind Set On You* von George Harrison gespielt, was für meinen ersten Live-Versuch unglaublich gut ankam. Ich habe mich gefreut, wie das Publikum geklatscht und mitgesungen hat, wie sie auf den Stühlen und Hockern gehüpft sind und mir Zehn-Dollar-Scheine in den Gitarrenkoffer geworfen haben. Die Stimmung verlangt jetzt nach etwas Langsamerem, etwas Düsterem, also blättere ich durch meine Set-List und beginne, die ersten paar Akkorde von *Fields of Gold* von Sting zu spielen.

Da ruft jemand: »*If I Die Young.*«

Reflexartig erstarre ich. Eis rinnt durch meine Adern, und ich bin sicher, dass ich weißer werde als der Schnee. Für einen Moment stehe ich auf diesem Podium unter einem taubengrauen Himmel und traurigen Wolken, während die Gitarre in meinen Händen zittert und meine Tränen den Nieselregen nachahmen, von dem ich weiß, dass er fallen wird.

Ich konnte es damals nicht spielen, und ich kann es auch heute nicht spielen.

Das ist der *einzige* Song, den ich nicht spielen kann.

Ich bin mir nicht sicher, ob es Schicksal, Absicht oder einfach nur Pech ist, aber in diesem Moment geht die Tür auf, und er steht da.

Cal.

Er trägt eine tiefschwarze Mütze, die von den ersten Schneeflocken der Saison bedeckt ist, die Lederbomberjacke, die ich immer noch an meinem flauschigen Pullover rieche, dunkle Jeans und einen Blick in seinen Augen, der den Frost in meinen Knochen schmelzen lässt, sobald er mich ansieht.

Ich bin aufgeregt, aber erleichtert. Nervös, aber von Natur aus besänftigt.

Ich tue so, als hätte ich den Liedwunsch nicht gehört, tauche wieder in den Sting-Song ein, schließe die Augen und konzentriere mich auf die Bühne. Auf die Musik. Auf ihn.

Es ist knapp zwei Wochen her, dass ich die Nacht in seinem Gästezimmer verbracht habe, weil ich mich nicht wohl dabei gefühlt habe, ihn zu bitten, mich nach Hause zu fahren, nachdem ich zugestimmt hatte, zu ihm zu kommen. Ich schlief tief und fest, so wie ich es bei meiner ersten Übernachtung getan hatte. Am nächsten Morgen eierten wir in seiner Küche umeinander herum, wobei keiner von uns das Gespräch und die berauschenden Wahrheiten des Vorabends erwähnte. In den nächsten zwei Wochen vollführten wir bei der Arbeit ebenfalls einen solchen Eiertanz, umgingen uns und wichen einander aus, um jeden gefährlichen Rhythmus zu vermeiden. Seine Gefühle waren ziemlich klar. Meine waren es weniger.

Letztendlich war die klarste Erkenntnis, dass Freundschaft für uns beide die sicherste Option ist – auch wenn ich diese Erkenntnis infrage stellte, als ich am Sonntagmorgen in seinem Gästebett aufwachte und neben mir ein vertrauter Pandabär lag. Ich hatte ihn auf der Couch liegen lassen, als wir vom Jahrmarkt zurückkamen, doch irgendwie fand Pinky ihren Weg auf mein Kopfkissen.

Cal hat sie dorthin gebracht.

Ja, ich stelle alles infrage, aber ich zwinge mich, alle versteckten Bedeutungen zu verdrängen und mich auf die Wahrscheinlichkeit zu konzentrieren, dass es nur ein Zeichen der Freundschaft war.

Der Anfang einer Brücke.

Seiner Brücke.

Ihn wieder als Freund zu haben, ist im Moment genug, und ich hoffe und bete, dass es immer so sein wird.

Als ich mit meinem Auftritt fertig bin und mich für den tosenden Applaus bedanke, nehme ich mir eine Minute Zeit, um meine Gitarre wegzulegen und das Trinkgeld einzusammeln. Dann schlängele ich mich in meinem rostbraunen Cordrock und einer langärmeligen Nadelstreifenbluse, die in den Rockbund gesteckt ist, zu dem Tisch mit meinen Freunden hinüber. Meine Stiefel klacken auf dem Fliesenboden, als ich mich bewege, und ich werfe einen Blick auf Cal, der sich von der Wand, an der er im hinteren Teil des Raumes gelehnt hat, hochschiebt. Alyssa ruft mir als Erste zu.

»Und sie hat es wie immer gerockt«, sagt sie mit einem zähneblitzenden Grinsen und hält ihr leeres Weinglas hoch.

Ich lächle und teile meinen Fokus zwischen dem Tisch und Cal, der auf mich zustapft. »Es ist leicht, etwas Gutes abzuliefern, wenn ich das beste Publikum habe.«

»Ja, ohne Scheiß«, sagt sie, und ihre Stimme wird leiser. »Dein Sexy-wie-die-Sünde-Boss hat dich die ganze Zeit mit seinen Augen ausgezogen.«

Mein Herz klopft einen unregelmäßigen Takt. Alyssa hat Cal noch nicht einmal getroffen, aber sie hat sein Foto gesehen. Und er ist der Typ Mann, den sie nicht so schnell vergessen wird, auch wenn ihre Bekanntschaft auf einen minderwertigen Internetartikel beschränkt war. Ich schnaube ein unbeholfenes Lachen, als Cal kurz vor dem Tisch stehen bleibt und zappelig aussieht. »Eine Sekunde«, sage ich zu meinen Freunden und drehe mich weg.

Er stopft die Hände in die Taschen und schaut sich im Raum um, bevor er den Blick auf mir ruhen lässt. »Hey.«

»Hallo«, strahle ich.

Ich bin mir vage bewusst, dass er etwas gesagt hat – wahrscheinlich so etwas wie »gute Show« oder »gute Arbeit« –, aber das Einzige, was ich wirklich höre, ist das Echo seiner Worte von vor zwei Wochen:

Ich werde dich zerstören, Lucy. Und zwar auf die verdammt beste Art und Weise.

Vielleicht meinte er nicht *zerstören*, sondern eher ein bisschen ruinieren. Ein wenig verstümmeln. So, wie er es sagte, klang es in jedem Fall verlockend, und darum war es schwierig, sich auf andere Dinge zu konzentrieren als auf meine Begegnung mit einer scheinbar guten Art der Zerstörung.

Ich weiß nicht, was das genau bedeutet, aber meine Eierstöcke wissen es.

Sie wissen es definitiv.

»Willst du dich zu uns setzen?«, biete ich an und fummle am Knopf meines Rocks herum.

Seine Augen gleiten über mich, von meinen Beinen in den bernsteinfarbenen Stiefeln bis zu meinen Haaren, die in langen Wellen über beide Schultern hängen. Er räuspert sich. »Ich wollte nur vorbeikommen. Zur Unterstützung.«

»Du kannst immer noch deine Unterstützung am Tisch zeigen«, erkläre ich und deute ein Lächeln an. »Ich möchte, dass du meine Freunde kennenlernst.«

Er schürzt die Lippen, wendet den Blick wieder ab und zuckt dann ein wenig mit den Schultern. »Ja. Klar.«

Alyssa dreht sich bereits in ihrem Stuhl herum und saugt seinen Anblick auf, als wäre er ihr zweites Glas Merlot. Gemma und Knox winken ihm zu, als er herüberschlendert und völlig aus seinem Element zu sein scheint. Es ist seltsam, Cal so nervös zu sehen – das ist normalerweise *meine* Stärke.

»Cal, das sind meine Freunde, Alyssa, Gemma und Knox. Und das ist Cal – mein Boss.«

Gemma zieht die Nase kraus. »Sind wir uns schon mal begegnet? Du kommst mir so bekannt vor.«

Er schüttelt den Kopf. »Ich glaube nicht.«

»Oh mein Gott, es ist so toll, dich endlich kennenzulernen«, sagt Alyssa und steht auf, um ihm die Hand zu schütteln. »Lucy redet ununterbrochen von dir.«

Mein Gesicht brennt. *Ununterbrochen?* Sie lebt dafür, mich zu demütigen. »Lys«, schimpfe ich.

»Ich mache nur Spaß. Manchmal redet sie über Hundekastrationen und Muffins. Wie auch immer, ich wollte dich unbedingt kennenlernen, aber Lucy sagt, du bist so eine Art Einsiedler.«

Ich konzentriere mich darauf, wie sie ihm *immer noch* die Hand schüttelt.

»Nur viel beschäftigt«, antwortet er knapp. Er zieht die Hand weg, um sich die Mütze vom Kopf zu nehmen, die einen Schopf zerzausten Haares offenbart. »Aber ich versuche, zu den Gigs zu gehen, wenn ich Zeit habe. Sie ist begabt.«

Unsere Blicke treffen sich, und ein Kaleidoskop von Schmetterlingen flattert in meinem Bauch. »Danke«, sage ich und ziehe zwei leere Stühle für uns heraus. Wir nehmen Platz. »Es ist immer schön, bekannte Gesichter in der Menge zu haben.«

Knox nippt an einem Craft Beer, während er Gemma mit einer Hand den Rücken reibt und an ihrem rotbraunen Pferdeschwanz spielt. Im Herzen ist er ein Junge vom Lande. Er trägt ein kariertes Hemd und Gaucho-Stiefel, sein sandfarbenes Haar hat er zu einem Manbun zurückgebunden. »Lucy sagt, sie arbeitet für dich in einer Autowerkstatt. Gehört sie dir?«

»Ja«, antwortet Cal, rutscht auf seinem Stuhl hin und her und zieht ein Kaugummi aus seiner Jackentasche. »Meinem Vater gehörte sie zuerst. Ich habe sie übernommen.«

»Familienbetrieb. Das gefällt mir.«

Alyssa nickt zu dem Glas Wein, das vor mir steht. »Der Riesling ist für dich. Diesmal ohne Notiz.«

Das ist nicht überraschend. Nash war zwar immer noch sehr nett zu mir, aber seine Serviettennotizen hörten genau zu dem Zeitpunkt auf, als Cal ihm von dem aggressiven Sex erzählte, den wir nicht hatten. Ich werde rot. »Toll.« Ich wende mich an Cal. »Willst du einen Drink? Ich kann dir einen holen.«

»Ich komme mit.«

Noch bevor ich aufstehen kann, ist er aufgesprungen, und Alyssa wackelt vieldeutig mit den Augenbrauen. Die Röte wandert zu meinen Ohren, als ich mein Haar zurückstreiche. »Bin gleich wieder da.« Cal steht bereits an der Bar und versucht, die Aufmerksamkeit des anderen Barkeepers zu gewinnen, der nicht Nash ist. »Tut mir leid, dass ich dich so den Wölfen vorwerfe. Ich weiß, dass du nicht gerade kontaktfreudig bist.«

»Ist schon okay.«

»Ich weiß es wirklich zu schätzen, dass du heute Abend gekommen bist«, fahre ich fort. »Danke.«

Nachdem er einen Bourbon on the Rocks bestellt hat, richtet er seine Aufmerksamkeit auf mich. »Du brauchst mir nicht zu danken, dass ich dich unterstütze. Wir sind Freunde.«

Das Wort *Freunde* klingt weniger nach *Freunden* und mehr nach *bedauerlicherweise schlafen wir nicht miteinander*. Ich schlucke den Kloß in meinem Hals hinunter und widerstehe dem Drang, etwas Stärkeres als Wein zu bestellen. Als Nash meinen Blick hinter der Bar erhascht, wird der Drang noch größer.

»Hey, Lucy. Tolle Show heute Abend«, sagt er und vermeidet den Augenkontakt mit Cal. »Kann ich dir was bringen?«

»Ich habe schon meinen Wein. Vielen Dank dafür, übrigens. Ich habe das Gefühl, dass ich dir für all die kostenlosen Drinks im letzten Jahr etwas schuldig bin.«

»Nein. Das ist das Mindeste, was ich für all den Umsatz tun kann, den du einbringst.« Er zwinkert.

Für einen Moment scheint er zu vergessen, dass Cal wie ein riesiger Leibwächter mit einem mörderischen Glanz in den Augen neben mir steht.

Ich reiße jeden Mann in Stücke, wenn er meine Frau auch nur ansieht.

Ich bin nicht seine Frau, nicht einmal annähernd, und trotzdem wirkt er so, als wolle er Nash am liebsten eine verpassen.

Ich ziehe mein Haar über eine Schulter und spiele mit den gespaltenen Spitzen. »Das ist mein Lieblingsabend in der Woche. Über die Einladung freu ich mich sehr.«

Er klopft mit den Fingerknöcheln auf den Tresen und lächelt, bevor er sich wegdreht, um sich um weitere Kunden zu kümmern. Cal knurrt.

»Was?« Ich schaue auf.

»Nichts.«

»Du hast geknurrt oder so was.«

»Ich habe nicht geknurrt. Er ist nur nicht mein Lieblingsmensch.«

Ich rümpfe die Nase. »Du kennst ihn gar nicht.«

»Ich weiß genug. Komm.« Er nimmt sein Glas und trinkt einen Schluck, bevor er sich wieder dem Tisch zuwendet und auf seinen Stuhl rutscht, der wie von Zauberhand näher an Alyssas Stuhl gerückt zu sein scheint.

Als ich mich auf meinen eigenen Sitz fallen lasse, zwitschert Alyssa: »Gemma hat uns gerade von ihrer Hochzeit nächsten Monat erzählt. Und ich kriege nicht mal ein Date. Macht mich das bejammernswert?« Tief in Gedanken versunken, wickelt sie eine Strähne ihres sonnenblonden Haares um ihren Finger.

»Wenn du bejammernswert bist, bin ich es auch. Ich habe auch kein Date«, zucke ich mit den Schultern.

Sie kneift die Augen zusammen. »Doch, das hast du.«

»Wirklich?«

Sie stößt Cal mit dem Ellbogen direkt in den Bizeps, aber er zuckt nicht zurück. Er zuckt nie zurück. Ich rutsche auf meinem Sitz hin und her und greife nach meinem Weinglas.

»Du kannst gerne mitkommen«, fügt Gemma hinzu und blickt Cal an, weil sie die offensichtliche Einladung in der Luft spürt. »Ich habe Lucy für zwei Personen eingetragen, falls sie jemanden mitbringen möchte.«

Ich schaue durch meine Wimpern zu ihm hoch, aber er starrt in seine schwimmenden Eiswürfel hinunter. »Möchtest du mitkommen?«, frage ich und verfluche die Schüchternheit in meiner Stimme. Es ist ja nicht so, als wäre es ein *Date* oder so. Freunde gehen ständig zusammen auf Hochzeiten. Wahrscheinlich. »Es ist der zehnte Dezember.«

Seine Lippen zucken. »Ja, ich komme mit.«

Irgendwie höre ich nur: »*Nein, das klingt furchtbar, bitte sprich nie wieder mit mir, und außerdem bist du gefeuert*«, also rede ich weiter. »Ich bin sicher, dass du schon Pläne hast oder dich nach einer langen Arbeitswoche entspannen willst, also ist es völlig in Ordnung, dass du nicht …«

»Lucy. Ich sagte, ich bin dein Date.«

Ich blinzle.

Gemma wird munter und greift nach Knox' Hand, die auf dem Tisch liegt. »Oh, das ist großartig! Wir würden uns freuen, wenn du kommst. Es ist eine Art Country-Weihnachtsthema, falls du dir darunter etwas vorstellen kannst. Knox ist in Lexington aufgewachsen, also wollten wir seine Südstaaten-Wurzeln einbeziehen, und ich bin irgendwie besessen von der Weihnachtszeit. Lucy und ich häkeln bereits kleine Weihnachtspullis für die Tiere im Tierheim, und …« Sie schweift ab und neigt den Kopf zur Seite, während sie Cal studiert. »Warte, habe ich dich dort gesehen? Warst du schon mal im Tierheim?«

Ein Schluck Wein bleibt mir bei ihrer Frage im Hals stecken, und ich zwinge ihn hinunter und schüttle den Kopf. »Nein, nein … ich habe ihm nicht wirklich viel darüber erzählt.« Ich wende mich zu ihm um und beobachte, wie er sein Glas zwischen den Fingern dreht. »Du solltest aber mal vorbeikommen – es ist ein erstaunlicher Ort. Das Tierheim liegt direkt an der Richardson Street, in der Nähe der Bahngleise. Die Haustiere sind alle älter. Senioren. Es ist eine tolle Sache.«

»Hm«, sagt er. »Klingt gut.«

Alyssa lächelt Nash an, als er vorbeikommt, um ihr Wein nachzuschenken, und ihre Fingernägel passen zu dem tiefroten Merlot. »Apropos ältere Haustiere«, seufzt sie und füllt ihre Wangen mit Luft. »Thanksgiving ist in weniger als zwei Wochen. Dieses Jahr vergeht wie im Flug.«

Diese Erkenntnis lässt eine Welle der Angst durch mich hindurchschwappen. Ich war so in Arbeit, Musik, dem Tierheim und Cal vertieft, dass ich das Zeitgefühl verloren habe. Normalerweise schickt mir Mom jetzt Truthahn-Memes, was mich daran erinnert, das Menü vorzubereiten.

Seit Dad vor ein paar Jahren gestorben ist, haben wir es einfach gehalten. Normalerweise kommen meine Tante Millie und Onkel Dan mit meinen Cousins und ihren Zwillingsmädchen, aber letztes Jahr hatte die Großfamilie die Grippe, also waren nur Mom und ich da. Ich frage mich, was Cal während der Feiertage macht. Er meinte, er habe keine große Familie, und ich kann mich auch nicht daran erinnern, dass allzu viele Verwandte

246

zu Besuch kamen, als wir noch klein waren. Die Feiertage verbrachten wir oft gemeinsam – die Hopes und die Bishops.

Diese Tradition ist schon vor Jahren gestorben, was macht er also jetzt?

Verbringt er sie mit seiner Mutter?

Verbringt er sie … *allein*?

Mir wird ganz anders bei dem Gedanken, dass Cal das Thanksgiving-Essen ganz allein in seinem leeren Haus isst, nur er und ein quirliges Kätzchen.

Ich greife mein Weinglas fester. »Was sind deine Pläne?«, frage ich ihn, als die anderen drei anfangen, über das Für und Wider eines »First Looks« – also den Moment, wenn Braut und Bräutigam am Hochzeitstag zum ersten Mal aufeinandertreffen – zu diskutieren, während sie auf Pinterest nach Fotoideen stöbern.

»Pläne?«, murmelt er, die Lippen um den Rand seines Glases gelegt.

»Für Thanksgiving.«

Er schluckt, und seine Augen werden trübe. »Ich feiere eigentlich nicht.«

»Nicht? Wie kommt das?«

»Sehe ich aus wie ein Typ, der vor Festtagsstimmung platzt?«

Ich beschließe, die Halloween-Geisterdekoration nicht zu erwähnen, die letzten Monat aus seinen Holzspänen ragte. »Ich meine, nicht direkt, aber jeder macht *irgendwas*. Was ist mit deiner Mutter?«

»Ich bestelle Essen zum Mitnehmen und schaue Fußball. Meine Mutter fährt jedes Jahr nach Green Bay, um ihre Eltern zu besuchen.«

»Das klingt … einsam.« Ich schaue in mein Weinglas und wische mit meinem Daumen über den Lipglossfleck. Meine Befürchtungen waren goldrichtig – Cal verbringt Thanksgiving allein. Wahrscheinlich auch Weihnachten. So peinlich es auch ist, sich über so etwas aufzuregen, ich kann das Kribbeln der Tränen nicht verhindern. »Es macht mich traurig.«

»Ich bin gern allein«, erläutert er. »Das habe ich dir doch gesagt.«

Als ich zu ihm aufschaue, mit Augen, in denen unvergossene Tränen schimmern, runzelt er die Stirn, als könne er nicht glauben, dass ich emotional werde. »Verbring Thanksgiving dieses Jahr mit uns. Mom und ich kochen alles selbst. Es wird reichlich zu essen geben.«

In seinem Gesichtsausdruck liegt eine schwankende Weichheit, die er versucht wegzuwischen, indem er mit einer Hand über sein Gesicht streicht. Er kratzt sich am Kiefer und schaut zur Seite. »Das ist nicht nötig. Ich komme schon klar.«

»Bitte.«

Unsere Augen treffen sich wieder. Ein Zögern schwebt zwischen uns, doch es ist nur von kurzer Dauer. Er schüttelt den Kopf. »Ich weiß die Einladung zu schätzen, aber nein. Wie gesagt, ich komme klar.«

Ich will gerade darauf bestehen, ihm von dem Truthahn zu erzählen, den Mom auf dem kleinen Holzkohlegrill in der Garage zubereitet, genau wie Dad es früher getan hat, und ihn über meine Lieblingsbeilagen wie Süßkartoffeln, Preiselbeersoße und meinen zu einfachen Bohnenauflauf aufzuklären, der im Grunde genommen aus Schmelzkäse und Rahmsuppe besteht – aber ich werde unterbrochen, als ein bekanntes Gesicht an unserem Tisch vorbeischlendert, Hand in Hand mit jemandem, der nicht Jessica ist.

Er sieht mich sofort. »Lucy?«

Mein Stuhl wackelt auf den hinteren Beinen, als ich mich aufrichte und fast umkippe. »Greg. Hi.«

Erinnerungen überschwemmen mich und verstärken die Tränen, die ich kaum wegzublinzeln vermag. Alyssa dreht sich um, ihre Augen verraten, dass sie ihn erkennt.

»Es ist lange her«, sagt Greg und räuspert sich, während in seinen Augen die Schatten der Vergangenheit flackern. Die Frau an seinem Arm lächelt, sie wirkt ein wenig misstrauisch, wahrscheinlich wundert sie sich, warum die Spannung im Raum zu schwarzem Teer wird. »Wie geht es dir?«

»Mir geht es gut. Mir geht es wirklich gut«, hauche ich aus und blicke zu Cal hinunter, der immer noch sitzt, aber auf seinem Stuhl unruhig hin und her wackelt. »Kommst du oft hierher?«

»Nein, eigentlich ist es das erste Mal. Angie hat es mir empfohlen …« Er verstummt, als die Brünette ihren Griff um seinen Oberarm fester schlingt, ihre Knöchel werden weiß. Greg räuspert sich. »Entschuldigung, das ist Angie, meine Freundin. Ang, das ist Lucy – sie war eine Freundin von …« Er gerät erneut ins Stocken, seine Stimme wandert auf Abwegen, und dieses Mal fühlen sich die Wege endlos an. Ziellos. Von der Sonne gezeichnet, voller Staub und Steppenläufern. »Uns«, sagt er schließlich.

Ich kralle mich an etwas fest, um das Gleichgewicht zu halten, und ich denke, es ist die Stuhllehne, aber bald merke ich, dass es Cals Schulter ist, als er die Hand hebt und wie ein beruhigendes Halteseil über meine Fingerknöchel streift. Das Gewicht auf meiner Brust lockert sich. Ich werde zurück in den sonnenbeschienenen Himmel und an die frische Luft gespült, an der ich nicht ersticke. »Schön, dich kennenzulernen«, sage ich zu der Frau mit der violett umrandeten Brille und den großen braunen Augen. Sie sieht ganz anders aus als Jessica, die weißblondes Haar hatte, noch heller als Alyssas, und deren Iris mit den juwelenblauen Farbtönen des Meeres bemalt war. Angie nickt heftig, es ist ihr unangenehm. »Tut mir leid, es ist lange her, dass ich Greg das letzte Mal gesehen habe. Ein paar Jahre sind es bestimmt.«

»Keine Sorge.« Sie deutet mit dem Kinn auf meinen Gitarrenkoffer, der neben meinem Stuhl steht. »Spielst du heute Abend? Wir haben gehofft, etwas Livemusik zu hören.«

»Oh, das habe ich schon«, sage ich und nicke. »Leider bin ich gerade fertig geworden. Ich bin nächste Woche um sieben wieder hier.«

Gregs Augen werden groß. »Du spielst? Ich meine ... du spielst live? Wie bei einem bezahlten Auftritt?«

»Ja, schon seit über einem Jahr. Ich liebe es.«

»Wow, das ist ...« Er streicht sich mit der Hand durch sein kastanienbraunes Haar und lässt sich für einen Moment gehen. Entschwindet. Verliert sich auf diesem Wüstenpfad. »Jess wäre so stolz.«

Die Luft in meinen Lungen zischt aus mir heraus, als wäre ich gerade in einen Polarwirbel geraten und von einem eisigen Luftzug erdrosselt worden. Ihr Name macht mich benebelt. Schwindelig und beschwipst. Meine Finger graben sich in die Kraft von Cals Schulter, und er hält mich instinktiv fester. Meine Augen tränen, als ich mich zu einem Lächeln zwinge. »Es ist ... schön, dich zu sehen, Greg. Und schön, dich kennenzulernen, Angie. Ich, ähm ... ich sollte jetzt aber gehen. Ich muss morgen früh arbeiten.«

»Ich begleite dich hinaus«, wirft Cal ein, der von seinem Stuhl aufsteht und den halb geleerten Drink abstellt. Er bückt sich, um meinen Gitarrenkoffer aufzuheben, und nimmt mir damit einen Teil meines Gewichts ab. »Schön, euch alle getroffen zu haben.«

Greg hält meinem Blick einen langen Moment stand, ehe er nickt, sich abwendet und Angie zur Bar führt. Als ich zu Alyssa hinunterschaue, wirft sie mir einen mitfühlenden Blick zu und sagt stumm »*Ruf mich an*«, dann verabschiede ich mich von der Gruppe und gehe zum Ausgang.

Ich bin durch die Tür hindurch, bevor Cal mich einholen kann, und als ich in die bittere Novembernacht hinausstürme, ersticke ich *tatsächlich*. Ich ersticke, aber es ist mehr als nur die Kälte. So viel mehr.

»Lucy.« Cal taucht hinter mir auf, mein Gitarrenkoffer baumelt in seiner Hand. »Geht's dir gut?«

Mein Auto parkt parallel zu Cals Motorrad auf einer Straße in der Innenstadt, also renne ich los, nicht unbedingt weg von ihm, aber weg von allem anderen. »Klar. Natürlich. Danke, dass du sie mitgenommen hast.« Ich drehe mich um, um nach meiner Gitarre zu greifen, doch er zieht sie zurück. »Mir geht's gut, Cal. Wirklich.«

»Du siehst aus, als hättest du einen Geist gesehen.«

Ich bin sicher, dass mein Gesicht so weiß wird wie der Geist, den ich gerne gesehen hätte. Ich zögere, mein Blick hebt sich zu Cal, als er ein paar Schritte näher kommt und sein Atem in kleinen Kreidefahnen aus ihm herausströmt. Das Licht hüllt ihn in Gold und Citrin und lässt sein Haar wie einen Heiligenschein erstrahlen, und einen Moment lang frage ich mich, ob er ein Engel ist.

Mein Engel.

Die Worte liegen mir auf der Zunge. Die richtigen Worte. Die Wahrheit über Jessica und Greg und all die Geheimnisse, die in meinem schwarzen Loch leben. Stattdessen kommt etwas ganz anderes über meine Lippen. »Hast du irgendwelche traurigen Lieder?«

Er runzelt die Stirn, aber es ist nicht sein typischer finsterer Blick. Er ist nachdenklich, in sich gekehrt. »Was?«

Ich lecke mir über die Lippen und blicke die ruhige Straße hinunter, die von still stehenden Autos gesäumt ist. Alles, was ich höre, ist mein Herz, das wie eine Basstrommel in meiner Brust schlägt. »Traurige Lieder«, wiederhole ich. »Du weißt schon, die, die du hörst und bei denen du weinen oder dich sofort unter einer warmen Decke verkriechen willst, um zu vergessen. Lieder, die man nicht singen oder auch nur summen kann, weil man an ihnen ersticken würde. Lieder, die dich wie eine Grabhymne verfolgen.«

Sein Blick verfinstert sich. Die Straßenlaterne flackert über uns, als er auf die Risse im Bürgersteig hinunterschaut und dann wieder hoch. »Ja«, murmelt er leise. Cal stellt meinen Gitarrenkoffer zu meinen Füßen ab, bevor er sich entfernt. »Alle davon.«

Meine Brust spannt sich an. Ich beobachte, wie er tief einatmet, die Mütze aus seiner Gesäßtasche zieht und sie sich über den Kopf stülpt.

»Schick mir eine Nachricht, wenn du angekommen bist«, fügt er hinzu, bevor er rückwärts davongeht. »Damit ich weiß, dass du es gut nach Hause geschafft hast.«

Ich nicke und schlucke schwer. »Ist ja nicht weit.«

»Schick mir trotzdem eine Nachricht. Bitte.« Er hält meinen Blick noch einen Moment lang fest, dann dreht er sich um und schlendert zu seinem Motorrad, schwingt sein Bein über den Sitz und startet den Motor.

Ich stehe einen Augenblick lang da, zitternd vor Kälte, während der Schneefall zunimmt, und sehe seine Rücklichter in der Nacht verschwinden. Ich schließe die Augen und denke an Jessica. Ich denke an Emma. Ich denke an all die Dinge, an die ich so sehr versuche, nicht zu denken.

Irgendwo frischt der Lärm in einer Bar auf mit ausgelassenen Gästen, Gelächter und einem lebhaften Lied. Etwas Schwungvolles und Leichtes. Tanzmusik.

Ein fröhliches Lied.

Aber alles, was ich fühle, ist … Traurigkeit.

KAPITEL 17

Kein Wunder, dass ich an Thanksgiving auf seiner Treppe stehe, mit einer Orchidee in der Hand und einer Wollmütze mit Bommel, die meine Ohren vor dem drohenden Winter in Wisconsin schützt.

Er scheint allerdings überrascht zu sein.

Cal steht in Jogginghose und T-Shirt vor mir, die Hand um die Haustür geschlungen. »Was machst du denn hier?«

»Happy Thanksgiving!«, zwitschere ich und halte die zitronengelbe Orchidee in die Höhe. Ich habe Gelb als Symbol für Freundschaft und Neuanfang gewählt. »Zieh dich an. Mom ist seit dem Morgengrauen auf und grillt den Truthahn.«

Er mustert mich ausgiebig und blinzelt, als sich unsere Blicke treffen. »Ich habe dir schon gesagt, dass ich gerne allein bin.«

»Schade.«

Überraschung stiehlt sich auf seine Miene, seine Augenbrauen wölben sich bis zum Haaransatz, als hätte er erwartet, dass ich sofort den Schwanz einziehe und zu meinem Auto zurückhaste.

Nein, nicht heute. Heute werden wir keine Trübsal blasen.

Es wird keine traurigen Lieder geben.

»Lucy, mir geht es gut«, seufzt er und lehnt sich mit müdem Blick gegen den Türrahmen. Er hat dunkle Ringe unter den Augen, und sein Haar ist unordentlicher als sonst. Er schaut weg, geht zurück in den Vorraum und räuspert sich. »Grüß deine Mutter von mir. Und frohes Thanksgiving.«

Er schlägt mir die Tür vor der Nase zu.

Er schlägt mir die Tür vor der Nase zu!

Mein Magen dreht sich um, und meine Wangen glühen trotz der Minusgrade draußen. Einen Moment lang stehe ich wie zur Salzsäule erstarrt da, um seine Ablehnung zu verarbeiten, doch dann öffnet sich die Tür erneut, und ich sehe, wie ein Grinsen über Cals Lippen huscht. Ich blinzle zu ihm hoch und werde in die Realität zurückgerissen. »Ich kann nicht glauben, dass du das getan hast.«

»Ich verarsche dich nur«, grinst er und verschränkt die Arme. »Denkst du, du lässt mir eine andere Wahl, als mit dir Thanksgiving zu feiern?«

»Ja, Cal. Das Zuschlagen der Tür hat mich auf jeden Fall denken lassen, dass du eine andere Wahl getroffen hast.«

»Du hast mir eine verdammte Blume mitgebracht. Ich bin kein totales Arschloch.« Er geht zur Seite und schiebt mich durch die Tür. »Warte hier, während ich mich umziehe. Fürs Protokoll, ich bleibe nicht lange, und ich bin nicht glücklich darüber.«

Ich atme tief ein und entspanne mich beim Ausatmen. »Ich werde dafür sorgen, dass du dich darüber freust. Ich habe dir Bananenbrot gemacht. Und Kürbisbrot. Und drei Pies.«

Sein Interesse ist geweckt. »Fuck, wirklich?«

»Ja, wirklich. Und du kannst auch Cricket mitbringen. Mom will sie unbedingt kennenlernen.«

Das Grinsen auf seinem Gesicht weicht einer anderen Note. Etwas Süßerem. »Na gut.«

Unsere Blicke halten einander fest, was sowohl mein Herz als auch viel tiefere, viel gefährlichere Orte zum Flattern bringt. Ich schaue auf meine Stiefel und trete ein, während ich ihn die Tür hinter mir schließen lasse. »Danke, dass du mitkommst. Ich dachte schon, ich müsste dich hinschleppen.«

»Du kannst mich trotzdem gern noch schleppen. Ich würde es begrüßen.«

Er flirtet mit mir, und ich kann nicht verhindern, dass ich rot werde. Hoffentlich denkt er, dass es an der Kälte draußen liegt. Ich gehe weiter in den Wohnbereich und stelle die Orchidee auf dem Couchtisch neben dem Diffusor ab. Als ich wieder zu ihm hinüberschaue, massiert er sich den Nacken, wobei sein T-Shirt an seinem Bauch ein Stück hochrutscht und Muskeln unter gebräunter Haut freilegt. Ein paar dunkle Haare lugen aus der grau melierten Jogginghose hervor und treiben die Hitze in meinen Wangen auf ein beunruhigendes Niveau. Ich versuche, meine Aufmerksamkeit auf die Wand zu lenken, bevor er es bemerkt, aber ich bin zu spät.

Er grinst wieder, seine Augen funkeln beinahe. »Gib mir fünf Minuten. Cricket war vorhin in der Küche, falls du denkst, du kannst eine weitere Handverletzung vermeiden.«

»Ich behalte meine Fäustlinge an, nur für den Fall.« Ich wackle mit den Fingern, bevor er nickt und dann den kurzen Flur zu seinem Schlafzimmer hinuntergeht.

Fünf Minuten später sind wir aus der Tür.

Cal will sein Motorrad mitnehmen, um separat zu fahren, aber ich überzeuge ihn, dass Cricket lieber mit ihm in meinem Auto mitkommen würde. Ehrlich gesagt sind meine Beweggründe hauptsächlich egoistischer Natur. Wenn er mit mir fährt, kann er nicht früher gehen, und ich wünsche mir nichts sehnlicher, als Thanksgiving ganz mit Cal zu verbringen. Ihm zu zeigen, wie es ist, an einem Feiertag von Wärme und Lachen umgeben zu sein, anstatt allein neben Plastikbehältern mit Take-away-Essen auf der Couch zu hocken.

Ich bin überzeugt, dass er nie wieder wegwollen wird.

Als wir in die lange Kieseinfahrt meiner Mutter einbiegen, halte ich den Wagen vor dem Haus an; es ist im Cape-Cod-Stil mit schneeweißen Seitenwänden und schwarzen Fensterläden gebaut. Ihre Tür ist ebenfalls rot, was vielleicht der Grund dafür ist, dass ich rote Türen mit allem assoziiere, was fröhlich und einladend ist. Wir werden von einem Kranz aus kardinalroten und rauchorangefarbenen Herbstblättern begrüßt, in dessen Mitte ein kleiner Truthahn baumelt.

»Schönes Haus«, murmelt Cal, als wir mit Cricket unter dem Arm auf die Veranda treten. »Bist du hierhergezogen, nachdem …?«

Nachdem.

Ich schlucke die augenblickliche Gefühlswoge hinunter. »Ja. Wir sind umgezogen, kurz nachdem du umgezogen bist. Ich habe hier fast zehn Jahre lang gelebt, aber es hat sich nie wirklich wie ein *Zuhause* angefühlt … weißt du, was ich meine?«

Er kratzt sich sein frisch gekämmtes Haar und schaut sich die Architektur und die vielen Herbstdekorationen an. »Ja, weiß ich.«

»Meine Eltern haben es versucht, aber ich habe erkannt, dass ein Zuhause nicht nur aus vier Wänden und einem Dach besteht«, sage ich leise, während wir vor der Fliegengittertür verweilen. »Die Erinnerungen hier sind nicht so greifbar. Das ist nicht das Haus, von dem ich träume, wenn ich nachts schlafen gehe.«

Bevor er antworten kann, ertönt Moms Stimme von der anderen Seite der Türschwelle, und das ist auch gut so. »Kommt rein!«, ruft sie und wird übertönt von lautem Gebell und klackenden Krallen auf dem Parkettboden. Die Hunde sind ganz aus dem Häuschen, weil sie unsere Ankunft bemerken. Meine Mutter hat sie am Vorabend mit nach Hause genommen, nachdem sie mir bei den Vorbereitungen für die Beilagen geholfen hat, die aus Parmesan-Kartoffelpüree, einem köstlichen Dressing aus Preiselbeeren und Apfelwürfeln sowie einer Vielzahl von Desserts bestehen.

»Wie auch immer.« Ich räuspere mich und verdränge die Melancholie. Heute ist nicht der Tag, um in der Vergangenheit zu schwelgen. »Komm rein.«

Mein langer, burgunderroter Bauernrock küsst die Fußmatte, als wir uns auf den Weg nach drinnen machen, wo sich der süße, würzige Duft von Zimt und Muskatnuss mit herzhafter Butter und Salzlake vermischt. Lemon läuft im Kreis um unsere Füße, während Kiki sich auf Cals Knöchel stürzt. Cricket windet sich aus seinem Griff, überwältigt und nervöser denn je, und versteckt sich unter der Couch.

»Oh, Callahan«, strahlt Mom, die mit einem Abwaschlappen in der Hand und einer festlichen Schürze um die Hüfte aus der Küche hüpft. »Ich bin so froh, dass du da bist. Ich hatte gehofft, dass du kommen würdest. Dana hat es nicht geschafft?«

Ich schlüpfe aus meinen Stiefeln und der Kurzjacke und beobachte, wie Cal sein Haar zerzaust, bevor er die Hände in die Taschen schiebt. Er hat sich für diesen Anlass herausgeputzt. Ein langärmeliges, sienafarbenes Button-down-Hemd steckt in einer zerknitterten Khakihose, was zugegebenermaßen ein schöner Anblick ist. Sogar sein Haar ist mit einer Art Bändigungsmittel besprüht. Und er riecht sündhaft gut.

»Sie ist in Green Bay bei ihren Eltern«, sagt er zu meiner Mutter, so wie er es zu mir gesagt hat. Unbeteiligt, mäßig unbehaglich. »Ich werde sie von dir grüßen.«

Dana Bishop ist seit unserem Wiedersehen im vergangenen August ein schwer fassbares Thema zwischen uns. Cal spricht kaum über sie, was mich nicht überrascht, wenn man bedenkt, dass er allergisch gegen Gespräche über familiäre und persönliche Angelegenheiten ist – aber trotzdem bin ich neugierig, wie es meiner zweiten Mutter in all den Jahren ergangen ist. Cal bekommt jedes Mal, wenn ihr Name fällt, einen distanzierten Ausdruck in den Augen.

So wie jetzt auch.

Ich schlinge meine Finger um seinen angespannten Bizeps und ziehe ihn sanft nach vorne, in Richtung Küche. Er wird gelöster unter meiner Berührung. »Komm schon. Du machst Kürbisravioli mit mir.«

»Mache ich das?«

»Ja. Ich esse keinen Truthahn, also ist das mein Hauptgericht. Mom hat heute Morgen den Teig vorbereitet, und ich überlasse dir den lustigen Teil, ihn zu Raviolis zu verarbeiten, während ich die Salbeibuttersauce zubereite.«

»Klingt extravagant. Ihr bereitet alles von Grund auf selbst zu?« Er blickt auf mich herab, einen Mundwinkel nach oben gezogen, und wir schlendern durch den Flur, immer noch Arm in Arm.

»Überrascht dich das?« Mein Ton ist kokett, und das Aufblitzen seiner Zähne feuert es noch an.

Sein Grinsen wird breiter, doch nur geringfügig. »Ich kann nicht versprechen, dass meine Ravioli deinen Ansprüchen genügen, aber ich bin bereit, mit anzupacken.«

Warmes Kerzenlicht und leise Musik begrüßen uns, als wir in die offene Küche schlendern. Mom wendet uns den Rücken zu, während sie einen Teller unter dem Wasserhahn schrubbt und dabei die Weihnachtsmusik mitsummt, die sie an Thanksgiving immer um fünf Uhr morgens aufdreht. Das ist Tradition, so wie ich hoffe, dass Cal, der mit mir Ravioli macht, zu einer neuen Tradition wird.

Während Cal die Nudelpresse anstarrt, als wäre sie ein mittelalterliches Foltergerät, beginnt Mom mit dem Verhör, von dem ich gehofft hatte, dass es ausbleiben würde. »Also, Callahan, erzähl mir, was du in den letzten Jahren so getrieben hast. Lucy hat pausenlos von dir gesprochen, aber ich habe nicht alle Einzelheiten mitbekommen. Wie lange arbeitest du schon in der Autowerkstatt?«

Pausenlos?

Offenbar hat sich meine Mutter bei Alyssa fortbilden lassen: »Wie demütigt man Lucy dauerhaft vor ihrem Chef«. Ich ziehe eine Grimasse, meine Wangen färben sich rosa, und ich lasse seinen Arm los.

»Zwei Jahre«, sagt er, während ich einen beachtlichen Abstand zwischen uns schaffe und zu den Schränken hinübertappe, um einen Kochtopf zu holen. »Wir waren erst kurz zuvor über die Grenze nach Illinois gezogen, als ich zurückkam und den Laden vom Vorbesitzer gekauft habe.«

»Dein Vater wäre stolz auf dich«, sagt Mom, während sie das Geschirr abtrocknet. »Warst du auf dem College?«

»Nein. Ich habe direkt nach der Highschool mit ein paar Kumpels als Motorradmechaniker gearbeitet. Wir haben Spezialmotorräder gebaut und sie auch repariert. Ich habe jeden Penny gespart, um ihn in den Laden zu stecken.«

Mein Bauch verknotet sich. Das wusste ich nicht, aber ich habe ihn wohl auch nie gefragt. Ich hole ein paar Hundert Gramm Butter aus dem Kühlschrank und schaue zu ihm hinüber, während er an der Nudelpresse herumfummelt. »Echt?«

»Ja. Mom lebt immer noch in Illinois, in einer Stadt namens Spring Grove. Ich sehe sie nicht oft. Sie ist ein bisschen …« Er versteift sich leicht und lehnt sich auf dem Tresen vor. »Sie bleibt gern für sich.«

Neugierde überkommt mich, aber ich will nicht neugierig sein. Nicht jetzt – nicht, wenn Cal an Thanksgiving in der Küche meiner Mutter steht, mit Weihnachtsmusik und den Anzeichen einer zerbrechlichen Familienbande, die um uns herumwehen. Als ich die Butter aus der Verpackung ziehe, versuche ich, subtil zu klingen, als ich zu Mom sage: »Wie geht es dem Truthahn? Solltest du nicht mal nach ihm sehen?«

Sie hat mich natürlich durchschaut. Ich war schon vieles in diesem Leben, aber subtil war ich noch nie.

»Weißt du, du hast recht. Millie und Dan sollten bald hier

sein. Leider feiern deine Cousins heute mit der anderen Seite der Familie, sodass wir nur zu fünft sein werden«, erklärt sie.

»Warum bringst du Callahan nicht bei, wie man das benutzt?«

»Nur Cal«, sagt er ihr.

Für meine Mutter wird er nie »nur Cal« sein.

Gnädig verlässt sie uns, aber nicht ohne ein Augenzwinkern in meine Richtung, das *auch* nicht gerade subtil ist. Ich bin ganz sicher die Tochter meiner Mutter. Ich kremple die Ärmel meiner Strickjacke hoch und gleite zu Cal hinüber, der immer noch zweifelnd auf die Nudelmaschine und die vorbereiteten Teigblätter starrt. »Der Fragenmarathon wird kein Ende nehmen, also dachte ich mir, du möchtest vielleicht etwas Wein oder Eggnog, bevor wir in die zweite Runde gehen«, sage ich und greife nach dem Ravioli-Stempeltablett.

»Deine Barmherzigkeit wurde zur Kenntnis genommen. Wie zur Hölle kann ich dieses Ding benutzen?«

Ich lächle. »Zuerst muss man den Teig flach drücken, dann geht er durch die Maschine, bis er die perfekte Dicke hat. Sobald er gepresst ist, benutzen wir dieses Tablett, um die Ravioli zu formen.« Ich setze mich neben ihn und erschnuppere einen Hauch seines Parfüms, der mich beinah schwindlig macht. Ich schnappe mir das Nudelholz und forme den Teig zu einem Kreis, wobei ich mir eine lose Haarsträhne aus dem Gesicht streiche. »Etwa so. Das ist ziemlich einfach. Das Schwierige war, den Teig zur perfekten Konsistenz zu bringen.«

»Ja«, murmelt er. »Sieht gut aus.«

Als ich aufschaue, starrt er mich an und nicht den Teig. Cal hebt seinen Daumen und streift meinen Wangenknochen, was mir einen heißen Schauer über den Rücken jagt.

»Du hast etwas Mehl an der Wange.«

»Mmm. Gewöhnliches Küchenrisiko.« Er ist so nah, zu nah, während wir beide den Teig durch die Maschine ziehen, unsere Finger streicheln und necken sich. »Du kochst nicht oft?«

»Nein«, sagt er und sammelt den Teig ein, der unten herausrutscht. »Ich bin eher der Take-away-Typ. Tiefkühlgerichte, wenn ich in Stimmung bin. Mein Vater war immer der Koch in der Familie, und nach seinem Tod«, er stockt einen Moment und räuspert sich, »hat meine Mutter diese Aufgabe nie wirklich übernommen. Jedes kulinarische Potenzial, das ich gehabt hätte, ist mit ihm gestorben.«

Seine Worte sind unglücklich, bluten Kummer aus, zufällig im Takt von Elvis' *Blue Christmas* gesprochen – eines meiner unbeliebtesten Weihnachtslieder. Und das liegt daran, dass es sich weniger um ein Lied als mehr um einen Psalm handelt. »Es ist nie zu spät, um etwas zu lernen. Ich kann es dir beibringen, wenn du willst.«

Er hilft, den Teig ein zweites Mal durchzudrücken, und wirft mir einen kurzen Blick zu. »Ich hab zu viel zu tun. Trotzdem danke.«

Ich nicke ernst. Ich weiß, dass Cal viel zu tun hat, aber nicht mehr als ich; nicht mehr als viele andere Menschen. Ein Teil von mir fragt sich, ob er zu sehr damit beschäftigt ist, ständig nur zu existieren, statt sich um die kleinen Dinge zu kümmern, die ihm helfen würden, wieder lebendig zu sein.

Sobald die Nudeln dünn genug sind, formen wir sie zu Ravioli. Wir arbeiten zusammen, Seite an Seite, meist schweigend, während unsere Gedanken die Konversation übernehmen. Ein oder zwei Mal schleicht sich ein Lachen ein, das die Stimmung auflockert, und wir fallen in eine leichte Routine des Formens, Füllens, Pressens und Kochens. Seine Quadrate sind ungleichmäßig, seine Technik unausgereift, aber ich nehme seine unförmigen Ravioli zur Kenntnis und plane insgeheim, sie für meinen eigenen Teller zu klauen. Für mich sind sie perfekt.

Als die Nudeln gekocht sind und im Topf ziehen, schaut Cal zu mir herüber, sein Gesicht wird durch das gedämpfte Fensterlicht angeleuchtet. Er sieht stolz und erfüllt aus.

Unbeschwert und zufrieden.

Und ich möchte ihn am liebsten in die Arme nehmen und ihn für mich beanspruchen, so wie ich seine perfekten Ravioli beanspruchen werde.

Stattdessen grabe ich seine frühere Erklärung aus und lasse sie immer und immer wieder in mir nachhallen, bis ich gezwungen bin, sie zu glauben.

Ich werde dich nicht lieben, ich werde dich nicht lieben, ich werde dich nicht lieben.

Und ich weigere mich, es Schicksal zu nennen; ich weigere mich, es Glück zu nennen – aber ich nehme an, es ist umso besser, dass ich ihn auch nicht lieben kann.

Der Unterschied ist … ich sage, *ich kann nicht.*

Er sagt, er wird nicht.

* * *

Um sechs Uhr sind wir mit dem Essen fertig, satt und zufrieden von Essen und Wein. Ein sanftes Schneegestöber rieselt von einem frisch verdunkelten Himmel und hüllt den Boden in reines Weiß. Tante Millie wandert im Esszimmer umher, räumt den Tisch ab und stellt das Geschirr in die Spüle, während Mom und ich die riesige Auswahl an Desserts auspacken. Cal und Onkel Dan sind in ein Gespräch über Sport vertieft, und ich bin dankbar, dass die Gesprächsthemen durchweg leicht sind. Ein einziges Mal ist die Leichtigkeit in Gefahr, als mein Onkel davon anfängt, dass ich in Cals altes Haus eingezogen bin, und er sich an das letzte Mal erinnert, als er es damals gesehen hat. Als dort üppige Rosensträucher blühten und Kinder durch die Sprinkleranlage im Vorgarten tanzten. Ich lenke das Gespräch schnell wieder auf die Politik.

Ich bin sicher, dass wir heute Abend der einzige Tisch im ganzen Land sind, an dem das Thema Politik weniger destruktiv ist als die Erinnerungen.

»Spielst du uns ein paar Lieder vor, mein Schatz?« Mom drückt meine Schulter. »Das ist einer meiner Lieblingsmomente an Feiertagen.«

Instinktiv werfe ich einen Blick über die Schulter zu Cal, der sich anscheinend aus Onkel Dans Gespräch ausgeklinkt hat und mich vom anderen Ende des Raums anschaut. Ich räuspere mich und ziehe die Frischhaltefolie vom Bananenbrot ab. »Ich habe meine Gitarre nicht mitgebracht.«

»Nimm die von deinem Vater. Sie ist in meinem Schrank.«

Ich nehme an, ich könnte es. Es ist nicht so, dass ich nicht möchte – ich liebe es, für meine Familie zu spielen –, aber das Wissen, dass Cal bei der intimen Aufführung zusehen wird, verdreht meine Nerven zu einem heiklen Knoten. Ich habe Angst, dass mich die Emotionen überwältigen. »Okay, sicher. Ich kann ein oder zwei Lieder spielen.«

»Wunderbar. Geh dich einstimmen, während ich den Nachtisch vorbereite.« Sie streicht mit ihrer Hand liebevoll über meinen Rücken.

Als ich mit der Gitarre in den zitternden Händen und einem ängstlichen Flattern in der Brust aus dem Schlafzimmer im Obergeschoss zurückkomme, sehe ich, wie Cal in das Bananenbrot beißt, das ich extra für ihn gebacken habe. Ich werfe einen Blick auf den Esstisch und stelle fest, dass er der Einzige ist, der sich eine Scheibe genommen hat und das ungeliebte Endstück jemand anderem übrig gelassen hat. Ein Lächeln huscht mir über die Lippen.

»Wir bekommen also eine Privatvorstellung von Imogen, was?«, fragt er mit vollem Mund und beobachtet, wie ich die Treppe hinunterschwebe und auf ihn zukomme. Er sitzt mit Cricket, die sich an seinen Oberschenkel schmiegt, auf der Couch, während der Rest der Familie im Nebenzimmer ihre Teller mit Kuchen füllt.

»Nur Lucy heute Abend«, sage ich und lächle ihn an. »Ich gebe zu, ich bin etwas nervös.«

»Ja? Wie kommt's?«

Ich presse die Lippen zusammen. »Du weißt genau, warum.«

»Ah.« Er nickt und schluckt einen Bissen hinunter. »Ich habe dich doch schon mal spielen sehen.«

»Ich weiß, aber das hier fühlt sich ... intimer an.« Das Wort verdichtet sich zwischen uns, als seine Augen über mich gleiten, die in dem schummrigen Licht und den flackernden Kerzenflammen golden glitzern. »In der Weinbar ist es anders. Die Atmosphäre ist nicht dieselbe, und ich kann mich leichter ablenken.«

»Glaubst du, dass ich dich verurteilen werde?«

»Nein, ich glaube, du wirst mich sehen. Alles von mir.«

Ich weiß nicht, woher die Erklärung kommt, aber meine Wangen brennen, als die Worte die gute Stimmung durchschneiden, die den ganzen Tag über zwischen uns geköchelt hat. Einfach so gehe ich unter. Das Wasser wird durch einen unerwarteten Sturm dunkel und unruhig und reißt mich mit sich.

Ich lasse die Gitarre an meiner Seite baumeln und streiche mit der freien Hand mein Haar zurück. »Ich meine nur ...«

»Ich weiß, was du meinst«, sagt er in ernstem Ton und sticht mit der Gabel in den Klumpen halb gegessenen Brotes. »Du sagst es so, als wäre es etwas Negatives.«

»Es ist eine verletzliche Sache. Ich will nicht, dass du in mir etwas anderes siehst als das Mädchen auf dem Bild. Glücklich, unbelastet, lebendig«, gestehe ich und mache zaghafte Schritte auf ihn zu. »Ich habe Angst, dass ich singe und du alle meine vergrabenen Teile freilegst. Die Dinge, von denen ich nicht will, dass du sie siehst.«

Er schluckt. »Wäre das so schlimm?«

Wäre es das?

Verletzlichkeit ist das Tor zur Verbundenheit. Sobald jemand all deine zerkratzten und beschädigten Stellen aufdeckt, kannst du sie nicht mehr verstecken. Sie sind einfach da, in aller Öffentlichkeit, mit allen Fehlern und Mängeln. Du verlierst ein gewisses Maß an Kontrolle – und ob das gut oder schlecht ist, hängt von der Person ab, die die Dinge ans Licht bringt.

Es hängt davon ab, wie sehr man ihnen die eigenen Unvollkommenheiten anvertrauen will.

»Ich weiß es nicht«, gebe ich zu und knabbere an meiner Lippe.

Cal stellt seinen Teller auf dem Beistelltisch ab und zieht Cricket auf seinen Schoß. Er lehnt sich gegen die Couch und zuckt mit den Schultern. »Es gibt nur eine Möglichkeit, es herauszufinden. Spiel mir etwas vor.«

»Was? Jetzt gleich?«

»Klar. Sing mir ein Lied, das du normalerweise nicht spielst, wenn du auftrittst.«

Sofort fällt mir ein Lied ein, aber ich zögere.

Für Cal zu spielen, *nur* für Cal, lässt mein Herz in meiner Brust hämmern. Meine Ohren klingeln, meine Haut vibriert. Mein Gleichgewicht fühlt sich instabil an. Wenn ich dieses Lied für ihn singe, wird er sich entweder von mir abwenden, oder es wird uns noch tiefer miteinander verbinden, und ich bin mir nicht sicher, welche Option ich vorziehe.

Die Wahrheit ist, dass ich uns so mag, wie wir sind. Sicher, unkompliziert, auf Zehenspitzen knapp am Rande des Herzschmerzes.

Und doch schreiten meine Füße vorwärts, bis ich ihm gegenüber in Dads abgenutztem Lieblingssessel sitze. Er schaukelt unter meinem Gewicht und duftet noch immer nach Leder und rauchigem Tabak, als ich mich in Position bringe und meine Finger auf die Saiten lege. Ich schließe meine Augen und stimme die Gitarre, und ich spüre, dass er mich beobachtet. Er mustert mich von seinem Platz auf dem Sofa aus, aber er könnte genauso gut direkt auf mir sein.

Und mich zu entlarven.

Ich atme schwerfällig ein und konzentriere mich.

Und dann singe ich.

Das Lied heißt *Can't Go Back* von Rosi Golan. Ich habe es noch nie live gespielt, weil es dem Publikum nicht allzu bekannt ist – oder vielleicht, weil es mir allzu bekannt ist. Es bringt mich an einen anderen Ort. Die Melodie ist melancholisch, ein wenig gefühlvoll, nostalgisch und düster. Sie erinnert an Dinge, von denen man sich getrennt hat, an Dinge, die längst vergangen sind. Eine Vergangenheit, die wir nicht mehr zurückholen können.

Aber es ist auch wunderschön. Schonungslos mit Menschlichkeit, durchdrungen von Emotionen.

Ich lasse alles in schmerzhaften Rinnsalen der Hoffnung und des Bedauerns aus mir herausbluten. Ich singe für Cal, ich singe für mich, ich singe für Emma und Jessica, für meinen Vater, für seinen Vater und für all die Dinge, die wir nicht zurückbekommen, aber auch nicht loslassen können.

Ich wollte nicht weinen, doch ich wusste, dass es trotzdem passieren würde.

Als die letzte Note angeschlagen ist, sind meine Wangen feucht von Tränen. Ich atme einen langen Atemzug ein, meine Augen öffnen sich flatternd. Cal sitzt vornübergebeugt auf dem Sofa, die Ellbogen auf den Knien, die Hände verschränkt und ans Kinn gepresst. Er starrt mich an. *Er starrt* mich an, als wäre er in Trance, als hätte er jeden Akkord heruntergeschluckt und wäre jetzt betrunken davon.

Ich blinzle durch meine feuchten Wimpern. Meine Mutter steht links von mir, die Hände über ihrem Herzen verschränkt. Auch sie weint leise Tränen, ihr Lächeln ist von Liebe geprägt, während sich der Rest meiner Familie um sie versammelt. Onkel Dan ist der Erste, der klatscht, ein Geräusch, das mich in meinem Sitz erschüttert, zurück in die Realität holt, weg von der Vergangenheit. Alle stimmen in den Beifall ein, außer Cal.

Er starrt mich immer noch an, die Finger vor dem Mund verschränkt, während sich seine Brauen zu einer tiefen Falte verziehen. Es sieht so aus, als würde er überlegen, ob er weglaufen oder mich küssen will – beides Optionen, die uns aus dem bequemen, sicheren Hafen reißen würden, in dem wir vor drei Minuten noch Schutz gesucht haben.

Ich räuspere mich und zwinge mich zu einem Lächeln. Erst schenke ich es ihm, dann meiner Familie. »Danke. Tut mir leid, dass ich so nah am Wasser gebaut bin«, lache ich leichthin. »Das Lied bedeutet mir sehr viel.«

»Du singst wunderschön, Lucy«, sagt mein Onkel. »Direkt aus dem Herzen.«

»Genau wie dein Vater«, fügt Mom hinzu und wischt sich die Tränenspuren am Ärmel ihrer Bluse ab. »Ich weiß, dass er das gesehen hat, Süße. Er lächelt im Moment so strahlend auf uns herunter.«

Mein Herz zieht sich zusammen. Tante Millie wirft mir eine Kusshand zu, bevor sie, gefolgt von meinem Onkel, zurück in die Küche geht, um ihren Kuchen mit Schlagsahne zu bestreichen. Das Leben kehrt zu seinem normalen Zustand des glückseligen Chaos zurück, ich klimpere an den Gitarrensaiten herum, und Cal beobachtet mich weiterhin, als hätte ich ihn irgendwie verhext.

Nachdem ich ein paar Augenblicke lang ziellos Akkorde gezupft habe, lehne ich die Gitarre an die Wand und stehe auf. »Ich gehe kurz an die frische Luft«, murmle ich und beobachte, wie er meine Bewegungen nur mit den Augen verfolgt. Ein Teil von ihm ist hier, ein anderer ist ganz woanders. Er sagt nichts. »Ich bin gleich wieder da.«

Ich schlüpfe in den Flur, ziehe meine Stiefel, meinen Mantel und meine beigen Handschuhe an und schleiche mich zur Haustür hinaus. Der Rasen ist in makelloses Weiß gehüllt und glitzert unter der einsamen Straßenlaterne. Es ist so ruhig heute

Abend. Mom wohnt an einer wenig befahrenen Straße, ihr Haus liegt etwas versteckt auf einem baumbewachsenen Grundstück, sodass sich die Welt geräuschlos anfühlt. Ich schlinge meine Arme um mich, die Luft ist bitterkalt, aber still. Es gibt keinen wütenden Luftzug oder heulenden Wind, nur friedliche Gelassenheit.

Als ich den Himmel voller Sterne betrachte, die auf mich herabfunkeln wie Glühwürmchen um Mitternacht, füllt sich meine Brust mit einem Gefühl der Schwerelosigkeit. Das seltsame Gefühl eines Déjà-vus durchströmt mich wieder wie vor nicht allzu langer Zeit, als ich das Tierheim früh verlassen habe, um Cal bei der Inventur zu helfen. Der Tag, an dem ich mir in die Hand geschnitten habe.

Der Tag, an dem er mich zum ersten Mal seit Jahren »Sunshine« nannte.

Es ist ein Gefühl der Vertrautheit, das an nichts Bestimmtes gebunden ist, wie eine verlorene Erinnerung, die ich nicht genau zu verorten vermag.

Ein warmes, nostalgisches Kribbeln.

Und in diesem Moment, während meine Nase den blauschwarzen Himmel küsst und mein Lieblingslied immer noch in mir vibriert, beschließe ich, dass es Emma ist.

Sie spricht mit mir.

Sie umarmt mich.

Sie gehört zu mir.

»Es ist eiskalt hier draußen.«

Cals Stimme lässt mich auf den wenigen Zentimetern Schnee herumwirbeln, fast wäre ich ausgerutscht. Er trägt eine dicke Winterjacke und hat sich die Mütze über die Ohren gezogen. Den Blick wie ich nach oben gerichtet, die Hände in den Taschen, steht er ein paar Meter vor mir, still wie ein Mühlenteich. »Mir ist nicht kalt«, antworte ich. Es ist die Wahrheit. Die Luft ist kalt, aber ich bin es nicht.

Er blickt mich an. »Ich mochte dein Lied.«

»Es sah so aus, als würde es dich traurig machen«, sage ich leise und verziehe das Gesicht zu einem Lächeln, um die Stimmung aufzulockern.

Eine Atemfahne trifft auf die eisige Luft, und er verengt die Augen zum Himmel. »Ja«, stimmt er zu. »Aber auf eine gute Art. So wie du es tust.«

»Ich mache dich auf eine gute Art traurig?« Meine Nase rümpft sich bei diesem Gedanken.

»So ähnlich.«

Ich bin mir nicht sicher, was ich davon halten soll, aber es klingt nicht wie eine Beleidigung, also nicke ich und folge seinem Blick in Richtung der verdunkelten Skyline. Schweigen breitet sich zwischen uns aus, wir sind beide in der nächtlichen Stille versunken. Manchmal tut es gut, einfach nichts zu sagen.

Ich schließe die Augen und werde ganz still.

Kein Geräusch, kein Anblick, kein Geschmack.

Nur das erdige Aroma von nach Terpenen duftendem Schneefall und das Gefühl eines knackig kalten Novembers, der meine Ohren gefrieren und meine Nase rosa werden lässt.

»Das letzte Mal, dass es an Thanksgiving geschneit hat, war das letzte Jahr mit ihnen«, murmelt Cal, und es kommt mir so vor, als wäre er einen Schritt näher gekommen. »Es ist ein Jahrzehnt her, dass mein Vater eingemummelt in der Garage ein Football-Spiel angeschaut hat, nachdem er Moms Vorspeisen aus dem Kühlschrank geklaut hatte.«

Ich schließe wieder die Augen, aber ich spüre, wie die warmen Tränen versuchen, sich loszureißen. Ein tränennasses Lächeln erblüht, als ich mich an jenes Thanksgiving vor zehn Jahren erinnere. Wir feierten im Haus von Cal und Emma, und seine Mutter war *außer sich*, als sie bemerkte, dass die Wurstplatte schon halb aufgegessen war, als wir ankamen. Alan Bishop war in die Garage verbannt worden. Es war eine gutmütige Strafe, und schließlich setzten wir uns alle an den großen Tisch im Esszimmer, um zu schlemmen. Der Tisch war das einzig Große in ihrem kleinen Haus – jetzt mein Haus – und nahm den ganzen Raum ein.

Das war die grandioseste Sache, abgesehen von der Liebe, die ich dort empfand.

Bevor ich meine Gedanken hinzufügen kann, fährt Cal fort: »Ich hatte keine Ahnung, dass sechs Monate später das Geräusch meines Vaters, der das Spiel anfeuerte, durch die Entdeckung ersetzt würde, dass er in derselben Garage über dem Lenkrad zusammengesackt und an einer Kohlenmonoxidvergiftung gestorben war.«

Geräusche kehren zurück in meine Stille wie eine Massenkarambolage mit zehn Autos. Es ist ein Zusammenprall von Schreien und Jammern, zersplitterndem Glas, quietschenden Reifen und zermalmendem Metall.

Meine Augen springen auf, ich verliere beinahe das Gleichgewicht im Schnee. Ein scharfer Atemzug entweicht mir, als hätte sich gerade ein Airbag entfaltet und wäre gegen meine Brust geprallt. »Cal …« Alles, was ich sagen kann, ist sein Name und sonst nichts.

Cal starrt weiterhin ausdruckslos in den Himmel, der jetzt mehr schwarz als blau aussieht. »Ich bin froh, dass du mich heute hierhergebracht hast.«

Aber ist er das wirklich?

Es scheint ihn nur an alles zu erinnern, was er verloren hat.

Ich schüttle den Kopf und drehe mich zu ihm um. »Ich wollte keine schlechten Erinnerungen wecken. Ich … ich wollte nur …«

»Du wolltest mich glücklich machen, und das hast du.«

»Du siehst nicht glücklich aus«, bemerke ich ernst und trete näher an ihn heran.

Er zuckt ein wenig mit den Schultern, aber nicht, weil er sich geschlagen gibt, sondern mit einem Anflug von Gewissheit. »Wie sieht Glück für dich aus?«

Ich setze an zu sprechen und verschließe dann meine Lippen. Wie *sieht* es aus? Wie sieht das Glück nach einem unvorstellbaren Verlust aus? Es sieht nicht mehr so aus wie früher, das steht fest.

Cal wendet den Blick endlich vom Himmel ab und schaut mich an, und er lächelt. Es ist ein schwaches Lächeln, doch es ist nicht gezwungen. Es wirkt echt. Es wirkt so glücklich, wie es nur sein kann.

Und dann, bevor ich überhaupt weiß, wie mir geschieht, fällt er rückwärts in den Schnee.

Ich trete vor. »Cal …?«

»In dieser Nacht haben wir Schnee-Engel gemacht«, erzählt er mir, während er die Arme ausbreitet und die Beine spreizt. »Emma hat mich in den Schnee gezogen und gelacht, wie nur sie lachen konnte. So verdammt ehrlich, als könnte man ihre Freude mit den Händen greifen.«

Ich verschlucke mein eigenes Lachen und erinnere mich, wie sehr Cal sich darüber geärgert hat, dass seine Kleidung nass wurde. »Du hast es gehasst. Du warst unglücklich«, stichle ich sanft und möchte mich ihm anschließen, kann mich aber nicht bewegen. Ich bin am Boden festgefroren wie der Winterfrost.

»Ich habe es gehasst, bis ich es nicht mehr hassen konnte. Sie hatte diese Art an sich, weißt du?« Seine Arme bewegen sich auf und ab, seine Beine hin und her und hinterlassen einen riesigen engelsförmigen Abdruck unter ihm. »Genau wie du.«

Schließlich zwinge ich meine Beine, mich zu ihm zu tragen, bis ich rücklings neben ihm in den Schnee falle. Ein erschrockener Lachschrei entweicht mir, als mein Haar feucht wird. Ich bewege meine Arme und Beine im Tandem mit seinen, und ich frage mich, wie wir jetzt aussehen, zwei Erwachsene, die im

Schnee spielen wie Kinder. Herzschmerz verwoben mit Unschuld. Ein Ineinandergreifen von Schmerz und Hoffnung.

Wir sehen uns gleichzeitig an. Wir sind weit genug voneinander entfernt, dass unsere Arme nicht aneinanderstoßen, aber nah genug, dass ich sehen kann, wie seine Augen von all den Dingen schimmern, die auch ich fühle. Ich lache, als er einen Schneebrocken nach mir wirft, und er lacht, als ich mich revanchiere. Wir lächeln, sind fröhlich, schwelgen in Erinnerungen und bewegen uns gleichzeitig vorwärts.

Und dann dreht er sich, bis er über mir ist.

Mein Atem stockt.

Die Kälte des Schnees schmilzt durch seine Wärme, als er eine lose Haarsträhne von meinem Lipgloss entfernt. Ein Schauer läuft mir den Rücken hinunter. »Ich bin froh, dass du hier bist«, sage ich ihm.

Ich bin froh, dass ich den Weg zu dir zurückgefunden habe.

Cal schluckt, seine Augen gleiten über mein Gesicht und halten an meinem Mund inne. Er hebt eine Hand, um meinen Nacken zu umfassen, der Daumen streicht über meinen Kiefer, und er lehnt sich vor.

Ich rechne damit, dass er seine Lippen auf meine presst, um den Kuss zu bekommen, dem wir strategisch ausgewichen sind, aber er überlegt es sich anders.

Er besinnt sich eines Besseren, weil er gesagt hat, dass er mich nicht lieben wird.

Stattdessen beugt er sich vor, eine Hand in meinem Nacken, um mir einen Kuss auf den Haaransatz zu geben. Sanft und süß. Cal verweilt und zieht seine Lippen einen Zentimeter tiefer, um einen zweiten Kuss auf meine Stirn zu streichen. Ich schließe die Augen, mein Herz schlägt unregelmäßig wie Sommerreifen im Schnee. Mein Atem wird flacher. Seine Brust ist an meine gepresst, seine Finger schlängeln sich durch mein Haar. Ich wünsche mir nichts sehnlicher, als mein Kinn zu heben und den Kuss zu stehlen, den ich mir nicht nehmen sollte. Er würde mich lassen, das weiß ich. Er wartet darauf, dass ich den ersten Schritt mache, dass ich ihm sage, dass ich bereit bin, alles zu riskieren. Ich könnte ihn unter den Sternen küssen, genau wie beim ersten Mal, und am Ende der Nacht würde ich in seinem Bett liegen.

Eine Nacht voller Glückseligkeit im Tausch gegen ein Leben voller Herzschmerz.

Irgendwie ist das verlockend.

Cals Lippen wandern zu meinem Ohr, sein Griff um meinen Nacken wird fester. »Du denkst darüber nach, nicht wahr?«

Ich stoße einen zittrigen Atem aus. »Worüber?«

»Nachgeben. Dich von mir nach Hause bringen lassen, mich in dir versinken lassen.«

Unwillkürlich spreizen sich meine Beine weiter, übernehmen die Antwort für mich. Ich kralle die Vorderseite seines Hemds zusammen, aber ich bin mir nicht sicher, ob ich ihn damit näher an mich heranziehen oder wegstoßen will. Ich ertappe mich immer wieder dabei, wie ich zwischen diesen beiden Möglichkeiten schwanke und mich frage, in welche Richtung ich unweigerlich fallen werde.

Ich muss nur daran denken, wie Greg ohne Jessica in diese Weinbar kommt.

»Ich kann nicht. Ich sollte nicht«, sage ich mit verzweifeltem Tonfall. »Es tut mir leid.«

Seine Augen schließen sich mit einem Nicken. »Ja.« Cal atmet tief ein, bevor er von mir herunterrollt, und setzt sich dann auf. »Ist auch besser so.«

Wir verharren einen Moment reglos, das Lachen aus dem Haus dringt durch die dünnen Wände nach draußen und stört unsere Einsamkeit. »Wir, ähm … sollten wieder reingehen. Ich bin sicher, dass Mom durch die Vorhänge spioniert hat.« Ich versuche, Leichtigkeit in etwas hineinzubringen, wo es keine gibt.

Er neigt den Kopf und nickt wieder. »Ja. Die Hunde haben wahrscheinlich mein Bananenbrot aufgefressen.« Cals Versuch bleibt ebenfalls flach.

Wir vermeiden den Blickkontakt, stehen beide auf, und ich schaue auf unsere Kreationen hinunter.

Zwei Engel sind in den gefallenen Schnee gedrückt, und ich bin sicher, dass ein anderer von oben zusieht.

Das Bild drückt in meine Brust und packt mein Herz. Mein Blick schweift zu Cal, der nicht auf die grashalmgespickten Engelsfiguren schaut, sondern ein letztes Mal hinauf zum Himmel. Er zögert, dann geht er zur Haustür und schlüpft hinein.

Ich spähe wieder auf die Schnee-Engel hinunter.

Seite an Seite, einer groß, einer klein, sanft beleuchtet vom Sternenlicht und dem Schein der Straßenlaterne. Cals Engel ist verwischt, weil er sich für diesen Beinahekuss umgedreht hat.

Ich kann mir ein Lächeln nicht verkneifen.

Er sagte mir, dass ich ihn auf eine gute Weise traurig mache, und ich wusste nicht genau, was er meint. Jetzt denke ich, ich weiß es. Ich glaube, ich verstehe es.

Nicht alle Dinge, die uns traurig machen, sind schlecht.

Manchmal dienen traurige Dinge als sanfte Erinnerung daran, dass wir noch fühlen.

KAPITEL 18

Ich habe mich für Rot entschieden.

Ich bin in das leuchtendste Rubinrot gehüllt, von der Farbe auf meinen Lippen bis hin zum »Vixen«-Nagellack auf meinen Fingerspitzen. Mein Kleid ist lang und eng anliegend, der Ausschnitt tiefer, als mir normalerweise lieb ist, da meine Narbe deutlich zu sehen ist, und mein Haar ist offen und gelockt und mit ein wenig Haarspray fixiert.

Der Spiegel ist heute Abend mein Freund, während ich mich von einer Seite zur anderen drehe und eine cremefarbene Clutch an meiner Hüfte festhalte.

»Du bist der absoluter Knaller, Süße«, ruft Alyssa hinter mir, ihre Stimme gedämpft durch das Dröhnen des Föhns. »Ich gebe dir fünf Stunden.«

Ich blinzle, drehe mich vom Flurspiegel weg und schaue sie an, wie sie an meinem Waschbecken im Bad steht. »Fünf Stunden?«

Der Trockner schaltet sich ab. »Bis deine Jungfräulichkeit lüstern beansprucht worden ist.«

Ein Schauer überläuft mich. Ich bin mir nicht sicher, was ich von dem Wort »lüstern« halte oder davon, dass ich meine Jungfräulichkeit an Cal verlieren soll, aber ich kann nicht verhindern, dass meine Haut versucht, sich dem Farbton meines Kleides anzupassen. »Du bist unerbittlich«, kichere ich unbeholfen.

»Ich weiß«, scherzt sie und zupft am Saum ihres schwarzen Minikleids. »Oh! Apropos Jungfräulichkeit, ich dachte, wir könnten nach der Hochzeit noch etwas trinken gehen. Vielleicht in einer Karaoke-Bar.«

»Hmm. Vielleicht.« Wenn ich ehrlich bin, habe ich heute Abend keine Lust dazu. Ich bin so nervös wegen der Aussicht, Cals Date für den Abend zu sein, dass ich mich nur darauf konzentrieren kann, wie ich den Abend mit meiner intakten Tugend beenden werde.

Wenn ich das überhaupt will.

Ein Klopfen bringt meine Hunde zum Kläffen, sie rutschen mit ihren Pfoten über den Boden und rasen zur Haustür. Mein Herz setzt aus. Wir fahren alle zusammen in meinem Auto, da Alyssa heute ohne Date unterwegs ist und die offene Bar ausnutzen will. Ich habe kein Problem damit, die Fahrerin zu sein und nüchtern zu bleiben.

Während ich vor dem Spiegel an einer widerspenstigen Locke herumfummele, rufe ich: »Herein!«

Ich höre, wie sich die Tür knarrend öffnet, und stakse den Flur entlang, um ihn im Flur zu begrüßen.

Mein Herz macht einen Sprung, als ich Cal sehe, der so schick aussieht, wie ich es noch nie zuvor bei ihm gesehen habe. Es macht einen Sprung, als ob es versuchen würde, ihn irgendwie zu erreichen. Als wolle es durch seine Brust pflügen und mit seinem Herzen tanzen. Er trägt ein anthrazitfarbenes Hemd und eine schwarze Hose, sein Haar ist glatt und mit Gel gebändigt, und sein Goatee ist zu einem Stoppelschatten getrimmt; er sieht aus, als wäre er einer Werbung für Männermode entsprungen. Er fummelt am Knopf seiner Manschette herum, doch dann zuckt sein Kopf nach oben.

Es ist der Inbegriff des Er-muss-zweimal-hinschauen-um-sicherzugehen-dass-er-sich-nicht-verguckt-hat, als er mich am Ende des Flurs stehen sieht. »Mein Gott.«

Ich erröte von Kopf bis Fuß. Cal tut nicht einmal so, als wäre er von der Anstrengung, die ich in mein Äußeres gesteckt habe, unberührt, und das Feuer in seinen Augen reicht fast aus, um meine stählernen Mauern einzuschmelzen. Ich schlucke schwer, zappele unruhig unter seinem Blick und ziehe den Kopf ein. »Manchmal mache ich mich ganz gut zurecht«, lache ich leicht und streiche den Rock meines Kleides mit feuchten Handflächen glatt.

Die Adern in seinem Nacken pulsieren, seine Pupillen sind geweitet. »Ein Mädchen, das so süß ist wie du, sollte nicht wie die Sünde aussehen«, murmelt er mit belegter Stimme. »Das zwingt mich auf meine gottverdammten Knie.«

Ich blicke mit geweiteten Augen auf, der Atem bleibt mir im Hals stecken. Ich weiß nicht einmal, wie ich darauf reagieren soll. Vielleicht sollte ich ein seltsames Lachen herauszwingen, oder vielleicht sollte ich weglaufen. Vielleicht sollte ich mich bei ihm bedanken.

Vielleicht sollte ich mich ausziehen.

Gnädigerweise taucht Alyssa hinter mir auf und gibt mir im Vorbeigehen einen Klaps auf den Hintern. »Ist sie nicht umwerfend? Ein heißer Feger der Extraklasse.«

Cal wirft meiner Freundin kaum einen Blick zu, als sie ins Wohnzimmer geht, um ihre Handtasche und ihre High Heels zu holen. Er hat mich mit dem Blick fixiert, in seinen Augen brennt ein Feuer, und er mustert mich langsam von unten nach oben. Alles, was er zustande bringt, ist ein kehliges »Ja«.

Ich wähle das seltsame Lachen. »Ha...ha«, murmle ich unbeholfen und ringe die Hände. »Du siehst auch toll aus. Wirklich toll.«

Er antwortet nicht. Er starrt mich nur an und saugt meinen Anblick in sich auf.

»Sind alle bereit?« Ich schaue mich um, meine Brust fühlt sich vernebelt und eng an.

Alyssa, Cal, ich und meine Willenskraft, den ganzen Abend vollständig bekleidet zu bleiben.

Alyssa zwitschert ein eifriges »Ja«, und dann stapfen wir alle zur Tür hinaus. Als Cals Hand auf die Wölbung meines Rückens drückt und dann träge zu meinem Hintern hinabtaucht und dort verweilt, blüht die Hitze überall auf und umhüllt mich mit weißglühender Hingabe.

Meine Willenskraft hat keine Chance.

* * *

Es ist der Inbegriff einer Traumhochzeit. Der Ballsaal ist übersät mit Tannenzapfen, geschmackvollem rotem Flanell, warmem Kerzenlicht und Einmachgläsern, gefüllt mit Immergrün und Stechpalmenbeeren. Rustikaler Wintercharme empfängt uns, als ich durch die Flügeltüren schreite, Cals Hand auf meiner durch das rückenfreie Kleid entblößten Haut.

Die Musik ist leise, das Lachen laut. Gemmas und Knox' Freunde und Verwandte sitzen in kleinen Runden zusammen, während eine Reihe von Kellnern Tabletts mit Vorspeisen und Champagnerflöten hereintragen. Mein Blick fällt auf einen riesigen Weihnachtsbaum in einer Ecke, geschmückt mit roten und goldenen Ornamenten und Lametta, das unter großen Kronleuchtern glitzert. Es verschlägt mir den Atem.

Nachdem er unsere Tischnummer ausfindig gemacht hat, führt Cal mich zu Tisch sieben auf der linken Seite, wo Alyssa bereits Platz genommen hat und sich mit jemandem unterhält, den ich nicht kenne. Auf dem Weg dorthin schnappt er sich zwei Gläser Champagner, und ich nehme sie mit einem dankbaren Lächeln entgegen. Obwohl es heute Abend eine offene Bar gibt, habe ich nicht vor, mehr als ein Glas Champagner zu trinken – vor allem, weil ich fahren muss.

Auch weil ich das letzte Mal, als ich in Cals Gegenwart mehr als ein Glas Wein getrunken habe, am Ende auf ihm gesessen habe. Und dann bin ich in einem T-Shirt auf dem Boden seines Gästezimmers stecken geblieben.

»Lucy!« Alyssa winkt uns mit ihrer in Speck eingewickelten Dattel zu sich. »Gott, diese Zeremonie hat mich zum Heulen gebracht. Diese *Gelübde*«, sagt sie, als wir näher kommen, und lässt sich gegen ihre Stuhllehne sinken. »Sag mir, dass du geweint hast.«

»Ich habe geweint.« Ich setze mich auf den Stuhl, den Cal mir herausgezogen hat, und lächle dankbar, als er sich zu meiner Rechten niederlässt. »Es war wunderschön. Da bekomme ich Lust, eines Tages eine Winterhochzeit zu feiern.« Mein Herz schmerzt vor Schuldgefühlen, weil ich weiß, dass ich nie eine Winterhochzeit haben werde.

Cal nimmt einen Schluck von seinem Champagner. »Dein Geburtstag steht vor der Tür«, sagt er.

Ich schaue ihn an, stütze mein Kinn in die Hand und schenke ihm ein Lächeln. »Du hast an meinen Geburtstag gedacht?«

»Ja, natürlich. Es ist derselbe Tag wie Weihnachten.«

Ich nehme an, das macht es ziemlich einfach, sich den Tag zu merken, aber ich kann das warme Kribbeln, das mich durchströmt, nicht verhindern. »Wir sollten ihn dieses Jahr zusammen verbringen«, schlage ich vor.

Seine Augen verengen sich nachdenklich. »Du willst deinen Lieblingsfeiertag und deinen Geburtstag mit deinem Boss verbringen?«

»Wir beide wissen, dass du mehr bist als nur mein Boss, Cal.«

Es ist die Wahrheit; er weiß es, und ich weiß es. Die genaue Definition unserer Beziehung ist ausgesprochen unklar, aber dennoch – wir sind *mehr*.

Mehr als nur Kollegen.

Mehr als Bekannte.

Sogar mehr als Freunde.

Mehr als das, was wir werden können.

Und als Cal einen weiteren Schluck Champagner nimmt und mit einem kleinen Nicken wegschaut, einen Arm um meine Stuhllehne legt und seine Finger meine nackte Schulter kitzeln, baumelt der abgewetzte Faden der Freundschaft noch unsicherer zwischen uns. Ich spüre bereits, wie er reißt. Ein Band, das dem endgültigen Untergang geweiht ist.

Eine Gänsehaut überzieht meine Arme und lässt mich auf meinem Sitz herumrutschen, während ich unbewusst näher an den Mann zu meiner Rechten heranrücke. Im Gegenzug hält er mich ein wenig fester.

Alyssa wird am anderen Ende des Tisches munter und schiebt ihren leeren Cocktailteller zur Seite. »Wirst du heute Abend mein Tanzpartner sein?« Sie wackelt mir mit ihren perfekt modellierten Augenbrauen zu.

Ich recke das Kinn in die Höhe und lächle diabolisch. »Meinst du, wir können uns bei der Band etwas wünschen?«

»Das ist kein Karaoke, Lucy. Das ist eine Hochzeit.« Dann erwidert sie mein Lächeln mit ihrem eigenen. »Aber ja.«

Und schon sind wir zwei beste Freundinnen, die einen Moment miteinander teilen und zu *Bad Romance* – unserer bescheidenen Meinung nach Lady Gagas größtem Hit – abgehen. Als Alyssa einen Arm in den Himmel hebt und auf dem Weg nach unten mit den Fingern wippt und dabei singt: »*I don't wanna be frieeeends*«, trifft mich Cals Blick mit einem bemerkenswerten Funkeln, und ich ertrinke in einem Strudel aus Lachen und Liebe.

Um ehrlich zu sein, gibt es keinen Ort, an dem ich gerade lieber wäre.

Als wir aus dem Beste-Freundinnen-Rausch wieder herunterkommen, kichere ich immer noch, als die Frau neben Alyssa ein warmes Lächeln in meine Richtung schickt, wobei ihr Blick zwischen mir und Cal hin- und herwandert.

»Wie lange seid ihr schon zusammen?«, fragt die Fremde in ihrem smaragdgrünen Kleid, das zu ihren Augen passt, und dreht ihr Sektglas in den Fingern.

Cal meldet sich zuerst zu Wort. »Wir sind nicht zusammen.«

Und dennoch macht er sich nicht die Mühe, seinen Arm wegzunehmen. Ich schwöre, er zieht mich sogar näher zu sich heran.

Die Frau nickt, ihr Blick funkelt seltsam. »Oh, mein Fehler. Das war sehr anmaßend«, schmunzelt sie und wendet den Blick ab.

»Wir sind Freunde. Gute Freunde«, füge ich hinzu und lehne mich nach rechts, weil ich nicht anders kann. Ich kann nicht anders, als mich an ihn anzulehnen, so wie ich nicht anders kann, als zu atmen. Atmen ist ein angeborener Teil von mir, genau wie Cal. »Woher kennst du die Braut und den Bräutigam?«

Ich mache Small Talk, um das große Gerede zu vermeiden. Und während die Frau sich als Leslie vorstellt und über Highschool-Freundschaften und College-Schwesternschaften plaudert, merke ich, wie meine Hand unter der weißen Tischdecke zu Cals Oberschenkel wandert. Dann wird es das Einzige, was ich wahrnehme. Es ist das Einzige in diesem Raum, dessen ich mir voll und ganz bewusst bin – meine Hand auf Cals Oberschenkel.

Und die Art und Weise, wie er sich nicht von der Stelle bewegt, nicht einmal mit der Wimper zuckt.

Wie sein Atem immer flacher wird und seine Fingerspitzen über meinen Oberarm gleiten, um dann wieder nach oben zu fahren und mit dem Träger meines Kleids zu spielen.

Wie wir jetzt Schulter an Schulter an diesem riesigen runden Tisch sitzen, als könnten wir nirgendwo anders hin.

Ich könnte überall hingehen, mich überall hinsetzen, mich ein Dutzend Plätze weiterbewegen, aber allein der Gedanke daran ist so, als würde ich mir die rechte Hand abhacken.

Es gibt keinen anderen Ort, an dem ich lieber wäre.

Und dann wird das Abendessen serviert, es werden Reden

gehalten und Tränen vergossen, aber irgendwie verfängt nichts. Mein Teller mit Nudeln verschwimmt vor meinen Augen. Stimmen und Lachen gehen im Klang meines ohrenbetäubenden Herzschlags unter. Tanzmusik schallt durch den Ballsaal und reißt die Gäste von ihren Stühlen, aber ich bin an den Mann neben mir gefesselt. Seine Handfläche wandert meine Schulter hinauf, um meinen Nacken zu massieren, während er sein Hähnchengericht mit einer Hand isst, und alles, was ich schmecken kann, als ich die Gabel zum Mund führe, ist die Säure dessen, was noch kommen wird.

Weil ich das will.

Ich will das.

»Du hast dein Essen kaum angerührt«, bemerkt Cal, während er kaut und auf meinen Teller hinunterschaut. Seine Hand streichelt immer noch meinen Nacken, seine Finger kitzeln mein Haar. »Keinen Hunger?«

Ich würge einen Bissen hinunter. »Nicht so richtig.« Meine Gabel klirrt gegen den Teller, als ich sie ablege, gerade als mein Handy in meiner Clutch klingelt. Ich krame danach, worauf Cal schließlich den Arm wegnimmt, und werfe einen Blick auf die Nachricht von Alyssa, die mir von der anderen Tischseite ein Grinsekatzen-Grinsen schenkt.

Alyssa:
Ich habe Kondome in meiner Handtasche. Brauchst du eins?

Ich bin mir sicher, dass mein Teint weißer wird als das Leinentischtuch. Ich habe meine Nudeln noch nicht ganz heruntergeschluckt, sodass sie mir wie Würmer im Schlamm die Kehle hinunterrutschen und mich fast ersticken. Ich texte ihr zurück.

Ich:
Ich weiß es nicht. Vielleicht.

Ich kann nicht glauben, dass ich das in Erwägung ziehe.

Der Raum fühlt sich stickig an. Ein echter Ofen.

Ich sehe, wie ihre Augen bei meiner Antwort aufblitzen, während ihre Daumen als Antwort über die Tastatur gleiten.

Alyssa:
Heilige Scheiße. Waschraum-Pause.

Daraufhin scharren die Beine ihres Stuhls über die sandsteinfarbenen Fliesen. Meine folgen. Ich drehe mich zu Cal, werfe meine Serviette auf den Tisch und schwinge mein Haar über die Schulter. »Ich bin gleich zurück. Alles klar bei dir?«

Er nickt, sein Blick wandert von mir zu Alyssa und dann wieder zu mir. »Mir geht es gut. Und dir?«

»Ja. Klar, natürlich. Ganz sicher. Ich bin nur auf dem Weg zum Waschraum. Du weißt schon, um … zu pinkeln.«

Seine Zunge rollt an seinen Zähnen entlang. »'kay.«

Ich stürme los.

Alyssa ist mir dicht auf den Fersen, als wir uns zu den Toiletten durchschlängeln. »Oh mein Gott«, flüstert sie lautstark hinter mir.

»Bitte mach kein Ding draus«, flehe ich mehr als aufgeregt.

»Aber es *ist* ein Ding. Es ist definitiv ein Ding.«

Als wir sicher in der Damentoilette sind, schlägt die Tür zu, und wir stehen uns Auge in Auge gegenüber. Ich lege beide Handflächen an meinen Hals und atme bebend ein. »Was soll ich tun?«, keuche ich.

»Fragst du mich, wie man Sex hat?«

»Ich glaube schon.«

Grinsend lässt sie ihren Zeigefinger durch den Kreis gleiten, den sie mit den Fingern der anderen Hand gemacht hat, und schiebt ihn dann ein paar Mal rein und raus. »Es ist keine PowerPoint-Präsentation, aber du verstehst den wesentlichen Punkt, oder?«

»Nicht den Teil«, sage ich fast erstickt. »Das andere Zeug. Alles andere.«

Mit einem mitleidigen Seufzer lässt sie die Arme an die Seite fallen, ihr Lächeln wird weicher. »Lass dich einfach treiben, Lucy. Denk nicht zu viel nach. Cal scheint der Typ zu sein, der das Heft in die Hand nimmt, also bin ich sicher, dass er dich um sämtliche Kurven lenken wird.« Sie zögert und legt den Kopf schief. »Warte, weiß er, dass du noch Jungfrau bist?«

Ich schlucke schwer. »Ja, ich habe es ihm gesagt.«

»Und er ist cool damit? Manche Typen sind da nämlich komisch drauf.«

»Ich glaube schon. Er hat gesagt, dass er mich noch mehr will deswegen.«

Sie fächelt sich Luft zu. »Puh, ich schmelze. Okay, also … es wird fantastisch und perfekt werden, verstanden? Mach dir keine Sorgen. Mach dir keinen Stress.« Alyssa greift nach ihrer Handtasche, schiebt ihre Finger hinein und zieht ein in Folie eingewickeltes Quadrat heraus. »Hier, nimm das, nur für den Fall.«

Ich starre es an, als wäre es der Gipfel des Chimborazo und sie hätte mir gesagt, ich solle anfangen zu klettern. Ich starre das Kondom an, nehme es mit zittrigen Fingern, vergrabe es in meiner Clutch und schließe den Reißverschluss. »Danke.«

Ich bin mir nicht ganz sicher, ob ich es durchziehen kann, und zwar aus denselben Gründen, aus denen ich es bis jetzt nicht konnte. Aber ich bin mir auch nicht sicher, wie lange ich es noch vermeiden kann. Es ist unmittelbar bevorstehend. Schicksalhaft. Wir sind zwei stromführende Drähte, die sich schmoren lassen und ablenken, bis das Einzige, was uns bleibt, die Verbrennung ist.

Alyssa ergreift meine Schultern und lehnt sich mit einem breiten Lächeln gegen mich. »Auf diesen Moment habe ich gewartet«, gesteht sie mir. »Dass *du* einmal für die pikanten Geschichten zuständig bist.«

Die Schwere fällt für einen Augenblick von mir ab, und ich muss lachen. »Ich stehe in deiner Schuld.«

»Das tust du.« Sie zieht mich in eine Umarmung. »Du musst mir alles erzählen. Jedes geschmacklose Detail.«

Wir trennen uns, und ich nehme mir einen Moment Zeit, um mein Haar im Spiegel aufzufrischen und einen Klecks Kaugummi-Lippenbalsam auf meine verblassten roten Lippen aufzutragen, während meine Hemmungen ins Unermessliche steigen.

Kein seichtes Wasser mehr.

Ein paar Minuten später zerrt mich Alyssa aus dem Waschraum direkt auf die Tanzfläche. Ein fröhlicher Song läuft – Whitney Houstons *I Wanna Dance With Somebody*. Normalerweise wäre ich nicht annähernd betrunken genug, um mich gehen zu lassen. Aber da ich von etwas anderem berauscht bin, entspanne ich mich und gestatte es mir, dass sich die Musik mit dem Adrenalin vermischt und der Rhythmus mit der Aussicht verschmilzt, Unentschlossenheit in Entschlossenheit zu verwandeln. Unsere Körper drehen und winden sich, die Hände in der Luft, unsere sorgfältig frisierten Haare fliegen in alle Richtungen. Gemma und Knox gesellen sich zu uns, zusammen mit Leslie und ein paar anderen temperamentvollen Fremden, und wir alle toben uns unter bunten Stroboskopen und schimmernden Kronleuchtern aus.

Das Lied geht allmählich in etwas Sanfteres über, etwas Unaufdringliches und Romantisches, und Gemma und Knox ziehen sich für einen langsamen Tanz zusammen, während Alyssa und Leslie ausgelassen miteinander tanzen.

Bevor ich mich von der aufblühenden Romantik in der Luft wegschleichen kann, ist Cal neben mir, eine Hand um meine Taille geschlungen. Ich drehe mich zu ihm und sehe ihn leicht verschwitzt an. Mein Lächeln wird heller. »Tanzen wir?«, frage ich, als wir in einen organischen Rhythmus fallen.

Er lächelt zurück. »Tun wir das nicht immer?«

Ich schmiege mich an seine Brust, während seine Arme mich umschlingen, und seufze in sein Hemd. Meine Hände wandern nach oben und krallen sich in seinen Bizeps, während wir uns zu einem verträumten Countrysong bewegen. »Ich nehme an, das tun wir«, murmle ich. Ich bin mir nicht sicher, ob er meine gedämpfte Antwort hören kann, aber er zieht mich trotzdem fester an sich.

Seine Hand streicht meine Wirbelsäule hinauf und hinunter, greift dann sanft in mein Haar, bevor er die Geste wiederholt. Unsere Füße bewegen sich kaum. Wir wiegen uns nur. Unsere Körper fühlen sich wie eine Einheit an, während wir leicht hin und her schaukeln, und ich schließe die Augen und atme ihn ein. Erdiger Moschus, Bourbon, eichige Noten. Maskulin, überwältigend, potenziell tödlich.

Cals Herzschlag dröhnt an mein Ohr, während ich meine Wange an seine Brust drücke. Er saugt einen unsteten Atemzug ein, der meinen eigenen nachahmt, als ein Kind an einem Tisch in der Nähe ein Glöckchen-Armband schüttelt.

»Willst du wissen, warum ich diese Glöckchen im Laden habe?«

Mir stockt fast der Atem, als ich die Augen öffne und warte.

Die Glöckchen bimmeln wieder.

»Jedes Mal, wenn die Tür aufging, musste ich an dich denken.«

Ein Schleier aus Tränen verdeckt meine Sicht. Ich drücke ihn fester an mich, aus Angst, zu fallen; aus Angst, *buchstäblich* zu fallen. »Wirklich?«, quieke ich.

Er nickt, sein Kinn ruht auf meinem Kopf. »Ja, wirklich. Du hast früher jeden Tag im Dezember eine Glöckchen-Halskette getragen. Ich habe in meinem Zimmer Hausaufgaben gemacht, und diese kleinen Glöckchen haben jedes Mal geklingelt, wenn du durch das Zimmer gelaufen oder den Flur entlanggerannt bist oder mit Emma getanzt hast. Das hat mich immer zum Lächeln gebracht.«

Ich darf nicht weinen. Ich werde nicht weinen.

Cal hat gerade zugegeben, dass er an mich gedacht hat, während ich in einer einsamen Realität gelebt habe und dachte, er hätte mich vergessen. Ich zwinge die tödlichen Wogen der Emotionen zurück, die mich zu verschlingen drohen, und vergrabe mein Gesicht in seiner Brust. Ich spüre, wie sich sein Herzschlag beschleunigt, und er beugt sich zu mir hinunter, um mich noch näher an sich zu ziehen und seine Bartstoppeln in die empfindliche Kuhle meines Halses zu schmiegen.

»Ich weiß, ich habe gesagt, ich würde mich zurückhalten«, raunt er mir ins Ohr. »Aber ich versichere dir, dass ich hier ein unerträgliches Maß an Zurückhaltung walten lasse.«

Ja, ich auch.

Ich auch, verdammt noch mal.

Ich bin mir nur teilweise bewusst, dass das Lied endet und die Gäste zu lebhafteren Tanzschritten ansetzen, als der Beat stärker wird. Wir halten uns jedoch noch ein paar Minuten lang, wiegen uns, erinnern uns, wollen uns. Wir wollen mehr als das, was ich zugelassen habe.

Schließlich weiche ich ein Stück zurück und schaue in seine lustverschleierten Augen. »Wollen wir ein bisschen frische Luft schnappen?« Ich nicke mit dem Kopf in Richtung der gläsernen Doppeltüren, die auf eine Terrasse hinausführen.

»Sicher.«

Er nimmt meine Hand und schnappt sich seine Jacke, und wir schlängeln uns durch die Menschenmenge, bis wir auf der anderen Seite der Türen Zuflucht finden. Ein paar Gäste sind dick eingemummelt, paffen Zigaretten und lachen durch den Rauch, also gehen wir weiter in die Nacht hinein, weg vom Ballsaal. Der Empfang findet in einem botanischen Garten statt, und ein Weg führt zu einem Landschaftsgarten mit Dahlien und winterharten Rosen. Der Schnee ist größtenteils geschmolzen, aber einige weiße Flecken sind immer noch über die Erde und das grüne Gras gesprenkelt.

Die Temperatur ist auf gute fünf Grad gestiegen, doch ich habe meine Jacke drinnen vergessen, und mein Körper zittert vor Kälte.

Cal zieht seine Jacke aus und legt sie mir um. »Du bist ja eiskalt.« Er wickelt mich in das warme Leder und streicht mit den Händen über meine Arme, um die Kälte zu vertreiben. »Warum wolltest du hierherkommen?«

Er angelt nach mehr, weil er weiß, dass da mehr ist.

Er will den wahren Grund wissen, warum ich mit ihm allein sein wollte.

Ich stolpere über meine Wahrheit, während wir untätig zwischen den Winterblumen stehen und keine Menschenseele in Sicht ist. Ich blicke hinauf in den sternenklaren Nachthimmel und atme aus. »Es ist friedlich hier draußen.«

»Ja«, nickt er und wärmt mich noch immer mit seiner Jacke. »Das ist es.«

Ich schlucke. »Du hast wirklich wegen mir diese Glöckchen an der Tür?«

»Ja.« Seine Kiefer krampfen sich zusammen, seine Augen erhaschen meine Reaktion. »Du denkst, ich hätte dich vergessen, aber das habe ich nie. Ich hatte es nie vor.«

»Wieso … wieso hast du nicht nach mir gesucht?«

»Das habe ich. Ein einziges Mal.« Er knirscht mit den Zähnen und beugt sich vor, um seine Stirn an meine zu legen. »An dem Tag, als ich meinen Führerschein gemacht habe, bin ich zu deinem alten Haus gefahren, aber du warst schon umgezogen. Ich nahm das als Zeichen, die Vergangenheit ruhen zu lassen«, sagt er ernst. »Außerdem … ich habe gewusst, dass das passieren würde.«

»Was gewusst?«, frage ich mit zittriger Stimme.

»Weißt du was?«

Er sagt es so, als wäre es eine verheerende Sache – und er hat recht, vermute ich. Nur weiß er nicht, *warum* er recht hat. Cal hat keinen praktischen Grund, sich davor zu fürchten.

Ich ziehe mich zurück, weil ich weiß, dass ich ihm die Wahrheit sagen muss.

Ich muss ihm alles sagen, bevor wir weitermachen.

Mein Geständnis ist ungeplant, ein Wirrwarr aus Worten und traurigen Geständnissen, die mir durch den Kopf gehen, und ich brauche eine Minute, um sie zu überdenken. Es muss richtig sein. Es muss vorsichtig und sanft und *richtig* sein.

Ich wende mich von ihm ab, um meine Gedanken zu sammeln.

Und in diesem Moment schlingen sich seine Finger um mein Handgelenk und ziehen mich zu ihm zurück. Mit einem einzigen, rasenden Herzschlag werde ich gegen seine Brust gezogen, während seine Hände beide Seiten meines Gesichts umfassen.

Er beugt sich herunter, öffnet meinen Mund mit seinem und schiebt seine Zunge hinein.

Umgehend stöhne ich auf.

Seine Zunge ist in mir, dringt in mein Geständnis ein, bis es von meinen Lippen flieht.

Er küsst mich.

Küsst mich.

Mit unserem ersten Kuss, so unschuldig und vorsichtig, hat das hier nichts zu tun.

Das hier ist alles Zunge und Hitze und pures Verlangen.

Die Feuerbüchse in mir, die einst mit Feuerstein, Zweigen und sterbenden Blättern gefüllt war, hat sich entzündet. Ich bin ein Feuersturm, ein Meer aus Flammen.

Ich strecke mich aus und halte mich an seinen Schultern fest, um mich zu stabilisieren. Eine seiner Hände legt sich auf meinen Hinterkopf, seine Finger greifen in mein Haar und kratzen an meiner Kopfhaut. Er stöhnt in meinen Mund, seine Zunge taucht verzweifelt und wild in mich ein. Cal dreht meinen Kopf zur Seite, zu einem Winkel, der unseren Kuss vertieft. Meine eigene Zunge begegnet seiner, als hätte ich es schon tausendmal getan, gleitet über seinen Mund und entlockt ihm weiteres Stöhnen.

Er geht mit mir rückwärts. Ich stolpere über meine Füße, aber er hält mich aufrecht, indem er einen Arm hinter meinen Rücken legt und den Kuss nicht unterbricht. Ich werde gegen ein Spalier gepresst, seine Erektion drückt sich in meinen Unterleib. Er schickt einen Schwall Feuchtigkeit in meine Unterwäsche, und ich reibe mich instinktiv an ihm.

»*Fuck*«, grollt er, zieht sich zurück und atmet schwer. Seine Hand ist immer noch in meinen Haaren, drückt und zerrt. »Fuck, Lucy.«

»Cal …« Ich wölbe mich gegen ihn, um den Druck zwischen meinen Beinen zu lindern. Meine Haut ist gerötet und heiß, mein Herz schlägt wie wild. Ich ziehe ihn fest an mich, den Kopf nach hinten gegen das Holzspalier gelehnt.

»Ich weiß, dass du noch Jungfrau bist, ich weiß, dass du Angst hast, aber ich weiß, dass du das genauso sehr willst wie ich.« Er küsst mich erneut und zieht meine Unterlippe zwischen seine Zähne, bis ich wimmern muss. »Das ist alles, woran ich denken kann.«

Ich nicke, mir ist schwindelig. Die Stelle zwischen meinen Schenkeln wird heiß und pocht, als ob sein Mund bereits auf mir wäre.

»Ich besorge uns ein Hotelzimmer«, raunt er und wandert mit dem Mund zu meinem Hals. »Heute Nacht. Jetzt gleich. Privatsphäre, kühle Laken, Champagner. Ich verspreche, dass ich es so verdammt gut für dich machen werde.«

Das Verlangen verschlingt mich, und ich kann kaum noch aufrecht stehen bleiben. Cal fährt mit einer Hand über meinen

Körper, drückt kurz meine Hüfte und bewegt die Finger dann tiefer. Bevor ich überhaupt weiß, was passiert, ziehen sie mein Kleid hoch und streifen an meinem Innenschenkel entlang.

»Ich kann es kaum erwarten, dich zu berühren«, sagt er, während sich seine Lippen auf meinen Mund legen. Wir keuchen im Takt, scharfe Atemzüge, wärmend und verlangend. »Ich will unbedingt spüren, was ich mit dir mache.«

Ich nicke wieder, weil ich keine Worte finde. Meine Stimmbänder sind zu Asche verbrannt.

»Oh, fuck«, wiederholt er auf meine wortlose Zustimmung hin und bewegt seine Hand weiter meinen Oberschenkel hinauf, bis er die Finger unter meinen Seidenslip schiebt. Als er mit der heißen Lust in Berührung kommt, die den Stoff durchtränkt, reagiert sein Körper. Sein Gesicht verzieht sich vor Begehren, und seine Lippen öffnen sich gegen meine, als er stöhnt: »Verdammt. Du bist ganz nass für mich.«

Seine Fingerkuppen reizen mich sanft, bis eine in mich eindringt und ich unter Keuchen fast zusammenbreche.

»Ich hab dich«, schnauft er, »ich hab dich.« Cal gleitet mit einem Finger in mich hinein und wieder heraus und hält mich mit der anderen Hand an der Taille fest, während ich mich schamlos gegen ihn winde. »Fühlt sich das gut an?«

Als er meine Klitoris mit der Unterseite seiner Handfläche reibt, habe ich das Gefühl, ich könnte tatsächlich ohnmächtig werden. Irgendwie schaffe ich es, ein spitzes »Ja« zu stöhnen.

»Hat dich noch nie jemand so angefasst?«

»Nein.«

»Nur ich?«

Ich kann nur nicken und beiße mir mit den Zähnen auf die Unterlippe.

»Sag es«, befiehlt er, ein Grollen in seiner Kehle.

Ich stöhne wieder und löse mich auf. »Nur du.«

»Oh Gott, Lucy …« Er küsst mich, tief und ungezügelt, das

Geräusch seiner Finger, die in mich stoßen, hallt durch die stille Nacht. Er zieht sich zurück. »Ich bin so kurz davor, dich hier an Ort und Stelle zu nehmen«, keucht er rau an meinen Lippen.

Die Realität sickert in mein Bewusstsein. Mein Herz schlägt schneller, weil ich weiß, dass ich meinen Kopf lange genug frei bekommen muss, um ihm die Wahrheit zu sagen. »Cal ... bevor wir das tun, muss ich ... ich muss dir was sagen ...«

»Musst du nicht.«

»Bitte«, rufe ich fast. »Ich muss.«

»Wenn du nicht Nein sagst, gibt es buchstäblich nichts, was du sagen kannst, was mich davon abhalten würde, dich heute Nacht besinnungslos zu vögeln.«

Er taucht wieder in mich, küsst feucht meinen Hals, pumpt seinen Finger in mich, und in diesem Moment platze ich heraus: »Ich sterbe.«

Er erstarrt.

Sein Finger verharrt in mir.

Eine gespenstische, unheimliche Stille ersetzt das Geräusch unseres Verlangens, und ich kneife die Augen zusammen, entsetzt über die Worte, die gerade aus mir herausgesprudelt sind.

Ich kann nicht glauben, dass ich das gesagt habe.

Ich kann nicht glauben, dass ich das *so* gesagt habe.

Ein paar weitere Herzschläge quälender Stille vergehen zwischen uns, als Cal seine Hand wegzieht und zurückweicht, wobei seine Abwesenheit meine Augen schnell aufklappen lässt.

Wir starren uns gegenseitig an.

Wir starren uns an, unsere Brustkästen heben sich schwer, die Blicke fixiert.

Und dann sehe ich, wie er vor meinen Augen blass wird.

Aschfahl.

Er gibt ein Geräusch von sich, als würde er ersticken, und ich schwöre, dass er mit mir zusammen stirbt.

»Ich ... ich habe einen angeborenen Herzfehler«, erkläre ich ihm schnell. »Er heißt Fallot-Tetralogie – kurz TOF. Ich wurde damit geboren, und … es gibt keine Heilung. Im Moment geht es mir noch gut, aber mein Herz hat ein Verfallsdatum, und das wird ein viel früheres sein als deins. Ich kann nicht … Ich will dir nicht wehtun, Cal.« Ich beginne hilflos zu weinen, ersticke an jedem Wort. Dicke Tränen kullern über meine Wangen wie traurige Regentropfen. »Ich habe versucht, das zu vermeiden, weil du schon so viel verloren hast.«

Seine Augen sind glasig, er blinzelt nicht. Cal starrt mich nur an und schüttelt ein wenig den Kopf, als würde er versuchen, alles zu verarbeiten, was ich gesagt habe – oder vielleicht hat er auch kein Wort davon gehört.

Alles, was er gehört hat, ist:

Ich sterbe.

Das Geräusch eines brechenden Herzens dröhnt wie eine Lawine in meinen Ohren.

Es ist eins dieser hässlichen Geräusche, das aus jemandem herausprudelt, der gerade etwas Schreckliches erfahren hat. Es ist unwillkürlich, wie ein Lächeln oder ein Atemzug – nur, dass es keine Würde hat.

Als sich Tränenrinnsale auf meiner Oberlippe sammeln, lecke ich sie mit meiner Zunge weg und schmecke das Salz.

Dieses Geräusch ist aus mir gekommen.

Sein Herzschmerz ist mein Herzschmerz.

»Cal … bitte, sag etwas«, flehe ich, und meine Knie zittern unter mir, während ich mich wegen der beißenden Kälte selbst umarme.

Er sagt nichts. Gar nichts.

Er schaut nur weg und greift sich mit beiden Händen in die Haare, ballt die Fäuste, während er einen weiteren Schritt zurückweicht. Dann noch einen. Und noch einen.

Als er mich ein letztes Mal anschaut, ist sein Blick gequält und benommen.

Voller Unglauben.

Dann, bevor ich noch ein weiteres Wort sagen kann, stürmt er davon.

Er lässt mich halb zusammengesunken am Spalier zurück, bis ich kurz darauf gänzlich zusammenbreche. Ich falle auf die Knie in den Kies und Dreck und lande in einem schmelzenden Gemisch aus Schnee, Kieseln und Eis, das sich in meine Kniescheiben gräbt. Mein Gesicht sinkt in meine Handflächen, während mein Körper unter Schluchzern zittert.

Ich habe so sehr versucht, mein Herz vor der Liebe zu bewahren. Ich habe versucht, es zu verstecken, es zu schützen, es sicher zu halten. Ich vergrub es außerhalb meiner Reichweite, zu ängstlich, um es jemandem zu überlassen.

Aber ich habe vergessen, es feuerfest zu machen.

Und während alles um mich herum in Flammen steht, kauert es in meiner Brust und bettelt darum, verschont zu werden.

KAPITEL 19

Ich schlängle mich durch die tanzenden Körper, meine Sicht ist von Tränen getrübt. Rosa Kleider, blaugrüne Anzüge, eine Braut in Schneeweiß. Rote und elfenbeinfarbene Blumensträuße. Technicolor-Stroboskoplicht.

Alles könnte ebenso gut grau sein.

Über meinen Augen liegt eine Schicht der Trauer.

Ich bin mir vage bewusst, dass ein bekanntes Gesicht mit einem blonden Haarschopf auf mich zueilt, als ich mich durch die Menge dränge, aber ich tue so, als würde ich sie nicht sehen.

»Lucy?« Alyssa springt vor mich und vereitelt meinen Versuch, die Tanzfläche fluchtartig zu verlassen. »Wow, Babe, was ist passiert?«

»Mir … mir geht es gut«, flüstere ich und fahre mit zwei Fingern unter beiden Augen entlang. »Ich muss nur Cal finden.«

Sie fasst mich bei den Schultern und streicht mir über den Kopf. »Dein Kleid ist an den Knien zerrissen, deine Haare sind durcheinander, und deine Augen sind geschwollen. Du siehst aus, als hätte man dir gerade das Herz gebrochen.«

Entkräftet bebt meine Unterlippe, während ich den Kopf einziehe. Sieht so ein gebrochenes Herz aus? Ein zerfetztes Kleid, zerzaustes Haar und geschwollene Augen? Alles, was ich sehen kann, ist die Maske der völligen Überrumpelung auf Cals Gesicht. So sieht Liebeskummer für mich aus.

Vielleicht ist das bei jedem anders.

Mir ist klar, dass ich nicht weiß, wie ich Alyssa erzählen soll, was gerade passiert ist, weil sie auch nicht in die Wahrheit über meinen Herzfehler eingeweiht ist. Mein Versuch, die, die ich liebe, im Dunkeln zu lassen, in der Überzeugung, dass dies der einzige Weg sei, im Licht zu leben, ist nach hinten losgegangen. Ich fühle mich wie eine Betrügerin. Eine Hochstaplerin. Meine guten Absichten haben sich ins Gegenteil verkehrt, und mir dreht sich der Magen um angesichts des Rückschlags.

Ich hebe mein Kinn und straffe die Schultern. »Ich werde dir alles erzählen, Lys, aber zuerst muss ich Cal finden. Ist er vor ein paar Minuten hier vorbeigekommen?«

Sie schüttelt den Kopf. »Ich bin mir nicht sicher, ich war zu sehr mit Tanzen beschäftigt. Hat er dich abgewiesen? Bitte sag Nein.«

»Nein«, sage ich ihr. »So ist es nicht. Ich bin gleich wieder da, okay?«

Alyssa nickt, lässt ihre Hände von meinen Schultern fallen und tritt mit besorgter Miene einen Schritt zurück. Ich zwinge mich zu einem Lächeln und wende mich zum Gehen. Ich schlängele mich zwischen den Tischen hindurch, verlasse den Empfang und renne beinahe den Flur entlang, der zum Haupteingang führt. Als ich hinaustrete und in beide Richtungen auf den Parkplatz spähe, nehme ich einen Hauch von Rauch wahr.

Ich schaue weiter nach links. Cal sitzt mit dem Rücken an die Hauswand gelehnt, die Knie angezogen. Er hat eine Zigarette zwischen den Fingern. »Cal.«

Er nimmt einen Zug und lehnt den Kopf an die Ziegelsteinmauer. Seine Augen sind geschlossen, als er »Was« murmelt. Es ist nicht einmal eine Frage – nur eine knappe Bestätigung meiner Anwesenheit.

»Du rauchst«, sage ich, meine Worte so vorsichtig wie meine Annäherung an ihn.

»Gut erkannt.« Er nimmt einen weiteren Zug, diesmal länger, und bläst den Rauch durch seine Nasenlöcher aus. Die Schlieren kringeln sich um ihn, bevor ein Luftzug sie wegträgt. »Ich will nicht reden, wenn du deshalb hier draußen bist. Ich habe mir ein Uber bestellt.«

Mein Inneres zieht sich zusammen. »Cal, bitte. Lass es mich erklären.«

Sein Kopf wirbelt zu mir herum, die Glut seiner Zigarette leuchtet hell vor dem Hintergrund der einbrechenden Nacht. Fast wie ein Glühwürmchen. »Erklären?«, echot er trocken und schnippt die Asche auf den Zement. »Du hattest beinah vier Monate Zeit, es zu erklären. Aber du hast bis jetzt gewartet, um mir den Boden unter den Füßen wegzureißen.«

Mein Atem stockt. Ich bleibe langsam ein paar Meter von ihm entfernt stehen und schüttle den Kopf. »Du sagst das so, als wäre es Absicht gewesen. Als ob ich dich verletzen wollte, aber das wollte ich nicht. Ich habe nur versucht, dich zu *beschützen*.«

»Mich beschützen?« Ein humorloses Lachen entweicht ihm, als er einen weiteren Zug inhaliert und sich dann vom Bürgersteig erhebt. Als er sich mir zuwendet, glühen seine Augen wie die glimmende Asche am Ende seiner Zigarette. »Wenn du dich nach all den Jahren in mein Leben einmischst, obwohl du nur vorübergehend hier bist, beschützt du mich nicht.«

»Ich habe meinen Freund vermisst.«

»Wir waren immer mehr als nur Freunde«, entgegnet er. »Du hättest wissen müssen, was passiert, wenn du durch meine Ladentür gehst.«

Ich schüttle den Kopf, wild und trotzig. »Nein.«

»Ja. Und das Erste, was aus deinem Mund hätten kommen sollen, als du dich für ein Vorstellungsgespräch hingesetzt hast, ist, dass du *verdammt noch mal stirbst*.«

Ich habe Cal noch nie so wütend gesehen. Ich habe ihn irritiert, kalt, distanziert und mürrisch gesehen, aber noch nie so fuchsteufelswild. Wellen flüchtiger Emotionen schlagen von ihm aus, und ich weiß, dass ich das getan habe.

Ich bin verantwortlich.

Die Tränen beginnen zu fließen, und ich wische sie weg, während ich meinen Weg fortsetze. In gewisser Weise hat er recht, aber er hat ebenso nicht recht. Cal hat keine Ahnung, wie es ist, ich zu sein. Es ist, als würde man Tag für Tag durch ein Minenfeld laufen – oder vielleicht bin ich das Minenfeld. Ich bin eine falsche Bewegung, einen Fehltritt davon entfernt, zu explodieren. Mein Herz ist ein Pulverfass. »Ich hätte es nicht so offenbaren sollen«, sage ich sanft und komme ihm näher. »Ich hatte mal eine gute Freundin … Sie hieß Jessica.« Er schaut weg, als eine dünne Rauchsäule aus seiner rechten Hand in den Himmel steigt. »Ich lernte sie im Krankenhaus kennen, als ich noch ein Kind war, und wir blieben als Brieffreunde in Kontakt. Sie hatte den gleichen Herzfehler wie ich. TOF.«

Cals Kiefer zuckt, er blickt auf den Boden und schnippt wieder an seiner Zigarette.

»Als wir erwachsen waren, fingen wir an, uns zu verabreden. Übernachtungen, Mittagessen, Filmmarathons. Als sie vierzehn war, verliebte sie sich«, krächze ich. »In Greg – den Mann, den du letzten Monat bei der Show gesehen hast. Sie waren Highschool-Sweethearts. Sie hatten ihr ganzes Leben geplant.« Ich wische mir weitere Tränen weg und streiche mir die Haare aus dem Gesicht. Ich stehe jetzt direkt vor ihm, und meine Knöchel zittern in meinen Absätzen. »Sie waren so, so glücklich, Cal. So verliebt. Und dann, einfach so … war sie weg.«

Sein Blick hebt sich, dunkel und düster.

»Sie war beim Einkaufen und fiel in der Gemüseabteilung tot um. Keine Vorwarnung, nichts. Sie war einfach … weg.« Meine Stimme bricht. Die Tränen fließen noch stärker. »Ihr Herz hat versagt, während sie *Lebensmittel einkaufen* war. Etwas so Alltägliches und Unschuldiges. Greg kam zum Haus meiner Mutter, um die Nachricht zu überbringen, und brach auf der Türschwelle zusammen. Er war völlig am Boden zerstört. Gebrochen. Die Liebe seines Lebens wurde ihm im Alter von nur achtzehn Jahren genommen, bevor sie ihr gemeinsames Leben überhaupt beginnen konnten«, schluchze ich und verschlucke mich an meinen Worten. »Ich habe mir geschworen, dass ich das nie sein würde. Ich würde nie einen Mann so etwas durchmachen lassen. Ich habe gesehen, was es ihm angetan hat – ich habe gesehen, was es gestohlen hat. Die Liebe kann eine erfüllende, bezaubernde Sache sein, aber sie kann auch ein Dieb sein. Sie kann dich ausbluten lassen, dich aussaugen, dich entblößen. Ich beschloss, dass ich sie niemals probieren würde. Es war es nicht wert.« Mein Geständnis kribbelt wie der eiskalte Sturm, der mir entgegenbläst. Ich beobachte, wie Cal mich anstarrt, nur einen Meter entfernt, das Zigarettenpapier verkohlt auf seiner Haut.

Er zuckt zusammen, als es ihn versengt, wirft den ausgebrannten Stummel zu Boden und stampft ihn mit der Spitze seines Schuhs aus. Der Wind heult, als er wieder zu mir hochschaut. »Soll ich mich jetzt besser fühlen?«

Ich schüttle den Kopf und runzle die Stirn. »Nein, ich … ich versuche es nur begreiflich zu machen. Ich versuche, dir zu helfen, meine Beweggründe zu verstehen.«

»Das alles erklärt nicht, warum du mich angelogen hast.«

Meine Augen werden groß. »Ich habe nicht …«

»Du hast mir gesagt, dass du verdammtes *Asthma* hast«, schimpft er und zeigt mit einem Finger auf mein Gesicht. »Ich habe es infrage gestellt. Die mysteriöse Narbe auf deiner Brust, die Tatsache, dass ich dich nie mit Asthmaspray gesehen habe. Aber du bist Lucy Hope, und ich hätte nie gedacht, dass du mich anlügen würdest.«

Ich fühle mich wie eine geschüttelte Getränkedose, die kurz vorm Implodieren steht, die darauf wartet, dass der Deckel abgezogen wird, damit sie wie ein Geysir ausbrechen kann. Schuldgefühle bohren sich in meine Brust. »Ich habe es niemandem gesagt. Ich konnte es nicht«, schluchze ich. »Ich wollte nicht, dass die Leute um mich trauern, als wäre ich schon tot. Ich wollte nicht die ganze Zeit traurig sein. Ich hätte die Blicke nicht ertragen, oder das Getuschel.«

»Klingt für mich nach einem egoistischen Grund.«

Egoistisch?

War ich *egoistisch*?

Aus meiner Sicht fühlt es sich so an, als ob ich alles andere als das gewesen wäre. Ich habe Liebe, Sex und Beziehungen geopfert, um den Mann zu schützen, der anfällig für den Verlust von mir ist.

Ich wiege meinen Kopf hin und her, wobei sich die Schuldgefühle mit der Empörung mischen. »Du tust so, als ob du verstehst, wie es ist, ich zu sein; als ob *du* derjenige wärst, der stirbt«, sage ich, und meine Stimme erhebt sich über das schrille Pfeifen des Windes. »Du könntest das nie verstehen.«

Sein Gesicht verzieht sich zu einer tödlich finsteren Miene, als er mit maßvollen Schritten auf mich zugeht. »Ich bin an dem Tag gestorben, an dem ich sie verloren habe, und seitdem bin ich immer wieder gestorben, jeden Tag«, spuckt er mit gefletschten Zähnen aus. »Und dann kommst du daher und erweckst mich zum Leben, nur um mich gleich wieder in den verdammten Boden zu stampfen.«

Ich öffne die Lippen, um zu sprechen, aber es kommt nichts heraus, also schließe ich den Mund und ziehe seine Jacke fester um mich. Das Schweigen wird durchdringender. Es schwelt. Cal unterbricht als Erster unser Starrduell und blickt in Richtung des Parkplatzes voller still stehender Autos, und ich lasse die Schultern sinken, als ich Luft hole. »Als ich ein kleines Kind war, kurz bevor ich neben dir eingezogen bin, habe ich gehört, wie meine Kindergärtnerin mit einer anderen Erzieherin über mich gesprochen hat. Sie meinte, ich würde die Highschool nicht überleben«, erzähle ich, die Erinnerung ist wie Gift. »Sie sagte das so leichtfertig, als wäre das Thema meiner Lebenserwartung nichts weiter als ein Gespräch in der Kantine. Ich war erst fünf Jahre alt, aber es hat mich traumatisiert. Ich ging weinend nach Hause und flehte meine Eltern an, mein Geheimnis für sich zu behalten. Zwei Monate später zogen wir um, und sie behielten es für sich. Sie haben nie jemandem die Wahrheit über meinen Gesundheitszustand erzählt – sie sagten immer nur, dass ich Asthma habe.«

Cals Augen schwenken zurück zu mir, und ich schwöre, sein Blick wird kurz weich.

Er schluckt und macht einen kleinen Schritt nach vorne. »Wusste Emma es?«

»Nein«, gebe ich zu.

»Du hättest es mir sagen müssen.«

Ich schließe die Augen und nicke. »Ich dachte, es wäre einfach gut gemeint, die Wahrheit auszulassen. Ich hätte nicht gedacht, dass du so reagieren würdest.«

»Wie denn, als ob mich das einen Scheiß interessieren würde? Überraschung. Es ist mir nicht scheißegal.«

»Du hast gesagt …« Ich breche ab, kaue auf meiner Lippe und schaue weg. »Du hast gesagt, du würdest mich nicht lieben. Ich hatte nicht gedacht, dass das etwas ändern würde. Ich wollte nur wieder deine Freundin sein.«

Er sagt kein Wort. Inmitten unserer spürbaren Stille fährt eine weiße Limousine an den Bordstein, der Fahrer steigt aus und beobachtet uns aus der Ferne.

»Das ist mein Uber«, murmelt Cal und stößt einen Seufzer aus.

Meine Kehle brennt. »Okay.« Unsere Nacht der Intimität ist ausgelöscht wie die rauchenden Überreste seiner Zigarettenkippe, die auf dem Zement schwelt. Cal fährt mit einem Uber statt mit meinem Volkswagen, und ich kehre nach Hause zurück, in mein Bett statt in seins, die Erinnerung an seinen Kuss immer noch auf der Zunge.

Ich habe alles ruiniert.

Er geht um mich herum, weicht mir aus, ohne sich zu verabschieden. Aus Verzweiflung strecke ich meine Hand aus und greife nach seinem Oberarm, um ihn in seinem Lauf zu stoppen. »Cal, warte. Geh doch nicht einfach so.«

Er neigt seinen Kopf zu mir, und sein Blick findet meinen, der zögernd verweilt. Seine Muskeln zucken unter meiner Berührung. »Wir sehen uns bei der Arbeit.«

Ich kann seine Abfuhr nicht ertragen und drücke ihn fester an mich. »Bitte. Es tut mir leid.« Ich trete näher an ihn heran, presse mich an ihn und schmiege meine Wange zaghaft an seine Brust, wobei ich sein Hemd mit meinen Tränen benetze. »Es tut mir so leid. Ich wollte dir nie wehtun.«

»Lucy, ich muss gehen.«

Ich hebe das Kinn, meine Augen sind groß und glasig. Ich fahre mit der Hand seinen Arm hinauf und berühre seine Wange. Seine Haltung entspannt sich, nur ein wenig, indem er sich ganz leicht in meine Berührung hineinbeugt. Ich atme zittrig ein und streiche mit dem Daumen über seine Kieferpartie. »Es tut mir leid«, wiederhole ich leise.

»Ich weiß.«

»Ich will dich immer noch.«

Seine Augen schließen sich, dann öffnen sie sich langsam wieder, als würde er mein Geständnis in der Abgeschiedenheit seiner eigenen Gedanken auskosten. Ich wollte diese Worte nicht herausfeuern. Ich hatte nicht vor, sie so unverfroren auszusprechen, aber es ist die Wahrheit. Und ich bin fertig damit, die Wahrheit zu verbergen.

Cal schluckt, hebt die Hand und legt sie an meine Taille. Seine

Finger krümmen sich um mich, als würde er mich noch immer festhalten, als würde er nicht weggehen wollen, genauso wenig wie ich es will. »Ich weiß«, sagt er noch einmal.

Aber er geht weg.

Er lässt mich los, sein Ausdruck eine Maske des Schmerzes, und wendet sich zum Gehen. Cal springt auf den Rücksitz des Ubers und schlägt die Tür zu, ohne einen weiteren Blick in meine Richtung zu werfen. Ich beobachte, wie das Auto wegfährt, wie die Rücklichter um die Ecke biegen und aus meinem Sichtfeld verschwinden. Mein Inneres kribbelt.

Ich wische mir mit dem Ärmel von Cals Jacke weitere Tränen von der Wange, dann schaue ich auf den Bürgersteig und entdecke die noch glimmende Zigarette. Ich bücke mich, nehme sie zwischen Daumen und Finger und bemerke die winzige Rauchspur, die sich vom Ende löst.

Vielleicht hatte Cal recht. Ich bin die Sache falsch angegangen, weil ich dachte, ich könnte ihn auf Abstand halten, weil ich dachte, ich könnte die Grenze ziehen zwischen Freundschaft und mehr, und keiner von uns würde versucht sein, sie zu überschreiten.

Ich war dumm und naiv.

Ich habe mit dem Feuer gespielt.

Und ich weiß jetzt …

Je heißer die Flamme, desto schneller brennt sie aus.

KAPITEL 20

Ich möchte nicht unbedingt behaupten, dass es seltsam ist, Dante allein am Empfangstresen zu sehen, als ich am Montagmorgen in den Laden komme, aber sein Anblick lässt mich doch die eine oder andere Augenbraue hochziehen. »Guten Morgen«, grüße ich und hoffe, dass die gezwungene Fröhlichkeit in meinem Tonfall mit dem Klingeln der Glöckchen über mir übereinstimmt. Als ich zu ihnen aufschaue, sinkt mein Herz bei der Erinnerung daran, dass Cal mir von ihrem wahren Zweck erzählt hat.

»Morgen, Süße«, sagt Dante und lächelt, als er mich erblickt. »Kommst du immer so früh?«

»Normalerweise ja. Ich bin ein Morgenmensch.«

»Wie ist das so?«

Ich werfe mein Haar achselzuckend über die Schulter. »Nicht so gut, wenn man die Nacht davor nicht geschlafen hat.« Ich bin keine große Make-up-Trägerin, aber ich gebe zu, dass ich nach dem Aufwachen mehr als nur ein paar Tupfer Concealer aufgetragen habe, um die dunklen Ringe unter meinen Augen zu kaschieren. »Wo ist Cal?«

»Krank«, schnieft er und lehnt sich über den Computertisch. »Grippe oder so.«

In meinem Inneren brodelt es vor Angst. Ich bin eher geneigt, *oder so* dahinter zu vermuten. »Geht es ihm gut?«

»Ich bin sicher, es ist okay. Er hat mir eine Nachricht geschickt, dass ich früher kommen und mich um ein paar Dinge kümmern soll.« Er wackelt mit den Augenbrauen, auf diese flirtende, aber dennoch professionelle Art, die ich nur zu gut kenne.

»Oh.« Meine Stimme stockt und versagt, und ich kann nichts dagegen tun. »Ich verstehe.«

Dantes Augen verengen sich neugierig. »Streit unter Liebenden?«

»Was?« Die Frage überrumpelt mich. Der Riemen meiner Handtasche rutscht mir von der Schulter, und sie plumpst auf den Boden des Empfangsbereichs. Ich beuge mich vor, um meinen Lipgloss und meine Haarnadeln wieder einzusammeln. Kleinlaut richte ich mich auf. »Was meinst du damit?«

»Eine ziemlich einfache Frage.«

»Wir sind keine … *Liebenden*. Ich würde uns nicht mal als Freunde bezeichnen.« In mir zieht sich alles zusammen, als ich einmal mehr an Cals gequälten, verratenen Gesichtsausdruck denken muss, wie so viele unzählige Male in den letzten sechsunddreißig Stunden. Er hat mir keine Nachricht geschrieben und nicht angerufen. Ich habe ihm am Sonntagmorgen eine große Entschuldigungsrede auf den Anrufbeantworter gesprochen, aber seine einzige Reaktion war mein verabscheuungswürdiger Feind: Funkstille. Ich musste mein Telefon ausschalten, um nicht wie eine durchgeknallte, sitzen gelassene Geliebte zu wirken und ihm tausend weitere Nachrichten zu hinterlassen. »Wie auch immer, sag ihm, ich hoffe, es geht ihm besser.«

»Du kannst es ihm selbst sagen«, entgegnet Dante und schwenkt wieder auf den Computerbildschirm. »Ich wette, er würde sich freuen, von dir zu hören.«

»Das bezweifle ich.«

Er blickt wissend auf. »Ich hab's geahnt. Du kämpfst.« Dante richtet sich auf und lutscht an einem von Ikes Lollis, die im ganzen Laden verstreut sind, als handelte es sich um ein

Candyland-Spielbrett. »Hast du mit ihm geschlafen?«, erkundigt er sich. »Warte, lass mich raten, er hat dich gevögelt, dann nicht angerufen, und jetzt ist er zu feige, dir gegenüberzutreten. Dieser Scheißkerl.«

Mein Gesicht entflammt. Ich fange an, auf meinem Daumennagel zu kauen, während ich auf dem Weg zum Pausenraum jeden Augenkontakt zu vermeiden versuche. »Nein. Das würde er nicht tun.«

»Das würde er auf jeden Fall tun.«

Ich versuche, den Stich zu ignorieren, den mir seine Andeutung versetzt, und werfe ihm nur einen kurzen Blick zu. Dante stützt sich auf seine Handflächen, sein Cal's-Corner-T-Shirt ist an den Ärmeln abgeschnitten, was es zu einem Tanktop macht. »Wie auch immer, so war es nicht. Bestimmt ist er einfach nur krank.«

»Vielleicht. Seltsam ist allerdings, dass er sich noch nie krankgemeldet hat. Ich dachte, es hätte entweder etwas mit dir zu tun oder mit der Tatsache, dass Allanson heute auf dem Terminplan steht.«

Ich zucke mit den Schultern. »Roy wird einfach nur missverstanden.« Während ich mich um den Schreibtisch herumbewege, greife ich nach der Fernbedienung und schalte den Minifernseher ein, den ich Kenny einen Monat zuvor habe installieren lassen. *Unser lautes Heim* leuchtet mir entgegen, sobald ich auf dem gewünschten Kanal bin, und die Lachspur steht in krassem Gegensatz zu meiner Stimmung. »Ich habe Bananenbrot mitgebracht, wenn du was möchtest. Es ist im Auto.«

Er klatscht in die Hände und reibt sie aneinander. »Du bist eine Heilige.«

Nachdem ich mich angemeldet und meine Tasche weggeräumt habe, hole ich den Teller mit dem Bananenbrot und stelle ihn auf den Tisch im Pausenraum. Auf meiner Wange kauend, zücke ich mein Handy und mache ein Foto.

Ich:
Guten Morgen. Ich habe dir Bananenbrot mitgebracht,
falls es dir später besser geht. Gute Besserung :)

Er liest die Nachricht, und die drei kleinen Punkte erwachen
zum Leben.

Dann verschwinden sie.

Cal antwortet nicht.

Ich schreibe ihm jeden Morgen eine Nachricht, an allen fünf
Tagen seiner Abwesenheit.

Guten Morgen!

Ich hoffe, es geht dir besser.

Ich vermisse dich.

Er antwortet auf keine einzige.

* * *

Es ist der darauffolgende Montag, als Cal es endlich zur Arbeit
schafft. Eine ganze Woche ist vergangen, und mein Herz ist von
Tag zu Tag mehr geschrumpft, während die Tränensäcke unter
meinen Augen auf das Doppelte ihrer ursprünglichen Größe
angewachsen sind. Ich stelle ihm eine frische Vase mit grünen
Orchideen auf den Schreibtisch, als Symbol für gute Gesundheit. Ich bin mir nicht sicher, ob er überhaupt im physischen
Sinne krank war, aber ich beginne zu erkennen, dass sich emotionale Krankheit nicht besser anfühlt. Ich bin sogar bereit zu
wetten, dass es die allerschlimmste Art ist.

»Kann ich dir etwas bringen?«, frage ich, als Cal an mir vorbei in sein Büro stürmt. Es ist bereits vier Uhr nachmittags, und
er hat mir nicht einmal einen Blick geschenkt. Nicht einen einzigen. »Geht es dir gut?«

Meine eigene Bedürftigkeit zermürbt mich. Ich sehne
mich nach etwas von ihm, nach irgendetwas, selbst nach dem

trockensten, kleinsten Krümel. Es wäre mir lieber, wenn er seine Wut an mir auslassen würde, als mich einfach zu ignorieren. Jeder Herzschlag von mir wirkt wie ein Flehen, es richtig zu machen.

Er muss mich durchschaut haben, denn er geht mir weiterhin aus dem Weg.

Keine Reaktion, kein abfälliger Blick in meine Richtung, nicht einmal ein Grummeln oder Stirnrunzeln.

Er ist leer.

Ich existiere für ihn nicht.

Ich habe ihm gesagt, dass ich sterbe, und er tut so, als wäre ich schon tot.

Cal verschwindet in seinem Büro und schlägt die Tür zu, gerade als Ike aus dem Werkstattbereich schlendert und sich mit seiner großen Bärentatze über den kahlen Kopf streicht.

Ich welke wie eine schwächliche Orchidee. »Hey«, grüße ich trostlos und lasse mich auf meine Arme fallen.

»Alles in Ordnung, Puppe? Du bist in letzter Zeit nicht mehr du selbst«, stellt er fest. Eine gefleckte Jeansweste ist über ein vertrautes gelbes T-Shirt gezogen, beide Kleidungsstücke umspannen seine breiten Schultern. »Ist es der Boss? Ihr lasst uns hier wie auf Eierschalen laufen.«

»Tut mir leid«, sage ich und meine es ernst. Das Letzte, was ich möchte, ist, zu einem nicht-weniger-als-sonnigen Arbeitsumfeld beizutragen. »Es ist alles in Ordnung. Kann ich dir bei irgendwas helfen?«

»Gar nichts. Bishop will dich in seinem Büro sehen.« Er zuckt mit den Schultern und kratzt sich die blonden Stoppeln am Kiefer. »Ich passe auf den Schreibtisch auf.«

»Was?« Meine Wirbelsäule richtet sich kerzengerade auf, und meine Augen brennen. Ich werde augenblicklich von Angst verschlungen. »Cal?«

»Genau der.«

Ich schlucke, aber es ist eher ein schmerzhaftes, abgehacktes Würgen. »Okay. Sicher.« Instinktiv streiche ich die Falten aus meiner knitterfreien Jeans, zupfe an den langen Ärmeln meiner Bluse herum und richte mein Haar in einem unsichtbaren Spiegel, bevor ich einen Hauch von Mut einatme.

»Du bist bildhübsch, keine Sorge.« Ike zwinkert mir liebevoll zu, als er mich vom Schreibtisch wegscheucht. »Ich hab's im Griff.«

»Danke.« Ich gehe um ihn herum und schreite träge zu Cals geschlossener Tür. Ich bin mir nicht sicher, was er will oder was ich zu erwarten habe. Ich bin mir nicht sicher, ob ich eine weitere Entschuldigung parat haben sollte oder ob ich so tun sollte, als wäre nie etwas zwischen uns vorgefallen.

Ich bin das Aushängeschild für gute Gesundheit. Mein Herz ist stark und unauslöschlich. Wir haben uns am vergangenen Wochenende nicht in die Haare gekriegt und seitdem jeden Tag miteinander gesprochen.

Alles ist wunderbar.

Die Fantasie reicht aus, um mein Tempo zu beschleunigen, als ich leise an seine Bürotür klopfe.

»Komm rein«, sagt er, und sein Tonfall strotzt vor Gift.

Die Fantasie zerbröselt prompt unter meinen Ankle Boots. Meine Hand zittert, als ich sie zum Türknauf hebe und drehe. Die knarrende Tür ist das Einzige, was lauter ist als mein donnernder Herzschlag – glaube ich. Ehrlich gesagt bin ich mir nicht einmal da sicher. »Hallo«, stoße ich hervor und trete ein.

Cal sitzt hinter seinem Schreibtisch, trägt ein verblasstes graues, ärmelloses Shirt, das praktisch auf ihn gemalt ist, und eine dunkle, marineblaue Beanie. Er lehnt sich in seinem Stuhl zurück und dreht sich hin und her. Die grünblättrige Orchidee hat er in die hinterste Ecke seiner Arbeitsfläche geschoben, und der Teller mit dem Bananenbrot, den ich ihm mitgebracht habe, ist immer noch in Folie eingewickelt und bleibt unangetastet. »Mach die Tür zu und setz dich.«

Ich habe das Gefühl, dass ich in Schwierigkeiten stecke.

Zumindest ist mein Herz in Schwierigkeiten und steht kurz davor, irreparabel zu zerbrechen.

Ich schließe die Tür hinter mir. »Alles in Ordnung?«

»Setz dich.« Er deutet auf den Sitz ihm gegenüber, den Blick geradeaus gerichtet, weg von mir.

»Cal.«

»Lucy, sitz.«

Obwohl er mir Befehle gibt wie einem schlecht erzogenen Hündchen, gehorche ich und gleite schnell zu dem freien Stuhl hinüber. Ich schlucke ein paar Mal, um die Wüste in meiner Kehle zu befeuchten, dann setze ich mich. Mein Blick bleibt auf seinem Gesicht haften, während er den Schreibtisch fixiert. Er starrt ins Nichts. Er zieht das Nichts meinem Anblick vor. »Hey. Geht's dir besser?«

Er seufzt, und es ist ein lang gezogener Seufzer. »Ich war nicht krank. Ich bin dir aus dem Weg gegangen.«

Ich verschränke die Hände in meinem Schoß und laufe rot an. »Wenigstens bist du ehrlich.«

Ich bereue die Bemerkung in dem Moment, in dem sie meinen Mund verlässt.

»Zumindest einer von uns«, antwortet er leichthin.

Ich schlucke zum x-ten Mal und kann nur nicken. Ich schätze, das habe ich verdient.

»Wir sollten reden.«

Wieder nickend, weiß ich, dass ich das auch verdiene. Ich verdiene ein Gespräch. Eine Erklärung dafür, warum er mich nach meiner harten Wahrheit ausgeschlossen hat. »Sollten wir.«

Cal lehnt sich weiter zurück, kramt in seiner Jeans und holt eine fast volle Zigarettenschachtel heraus. Er nimmt eine heraus und sucht in seiner Schublade nach einem Feuerzeug.

Der Anblick tut mir in der Brust weh. Ich habe die Zigarette draußen vor dem Hochzeitssaal für eine einmalige Sache gehalten. Einen Moment der Schwäche in einer schlimmen Situation. »Du rauchst wieder?«

»Manchmal«, murmelt er durch das gerollte Papier und das Nikotin. Er zündet die Zigarette an und bläst den Rauch zu seiner Linken. »Ich brauche gerade was Stärkeres als Kaugummi.«

Und zwar meinetwegen.

Ich erschlaffe in meinem Sitz und versuche, die Tränen zu unterdrücken. Schuldgefühle und Gewissensbisse sickern durch mich hindurch. »Ich hasse die Situation«, flüstere ich. »Wirklich.«

Als ich wegen einer Rauchwolke, die zu mir herüberschwebt, husten muss, hält Cal inne und richtet seine Aufmerksamkeit endlich auf mich. Er blinzelt durch den Rauch hindurch, dann verscheucht er ihn und steht auf. »Tut mir leid«, murmelt er, stapft zu dem einsamen Fenster und reißt es auf. Er drückt die Zigarette aus und wirft sie nach draußen. »Ich habe nicht nachgedacht.«

»Schon okay.«

Er beginnt, durch den Raum zu tigern, die Hände in die Hüften gestemmt. »Ich bin einfach genervt. Angepisst, verärgert«, sagt er, geht auf mich zu und macht dann kehrt, um in die andere Richtung zu stiefeln. Als er mit dem Rücken zu mir steht, meint er schließlich: »Ich wünschte, ich könnte dich einfach hassen.«

Ich erhebe mich von meinem Stuhl. »Das wünsche ich mir nicht. Das wünsche ich mir ganz und gar nicht.«

»Das würde die Sache sehr viel leichter machen.«

»Was wäre daran leichter?« Ich gehe zu ihm, trete direkt hinter ihn und strecke die Hand aus, bis sie seine Schulter berührt. »Cal …«

Er wirbelt herum. »Ich habe dich schon einmal spielen sehen.«

Ich starre ihn einen Moment lang an und denke langsam nach. *Wie?*

Ich schüttele den Kopf und befeuchte meine Lippen. »Was meinst du?«

»Bevor du dich hier beworben hast. Ich habe dich auf Instagram gefunden und gesehen, dass du einen Post von der Weinbar gemacht hast. Es war ein verschwommenes Bild deines Gitarrenhalses, mit einer Menschenmenge dahinter im Fokus. In der Bildunterschrift stand so was wie ›*mein Lieblingsort*‹. Ich habe dir nach der Arbeit ein paar Mal durch das Fenster beim Spielen zugesehen, nur um deine Stimme zu hören. Dein Lächeln zu sehen.« Er schluckt. »Nur um zu wissen, dass es dir gut geht.«

Meine Augenbrauen wölben sich vor Verwunderung, meine Augen werden trüb. Das kann nicht sein. Ich bin mir sicher gewesen, dass Cal unsere Freundschaft unter den Teppich gekehrt hat, und ich habe nie für möglich gehalten, dass er mich im Auge behalten hat; dass er mich *gefunden* hat.

Seine Worte an jenem ersten Tag in der Autowerkstatt hallen in mir nach: »*Ich weiß, wer du bist.*«

Er hat mich erkannt. Natürlich hat er das.

»Du … du bist nie reingekommen«, krächze ich verblüfft. »Ich hatte keine Ahnung.«

»Ich wollte nicht, dass du es weißt«, sagt er und wendet den Blick ab. »Ich wollte dich nicht *kennen*, Lucy. Ich wollte nur sicherstellen, dass es dir gut geht. Dass du glücklich bist.«

Das verstehe ich nicht. Es ergibt keinen Sinn. »Aber … *warum?* Warum wolltest du keinen Kontakt mit mir? Ich habe dich so sehr vermisst, Cal. Ich –«

»Weil ich alles verloren habe, was ich je geliebt habe«, schreit er, sein Temperament kocht hoch, seine Stimme ist erhoben. Er verschränkt die Arme vor der Brust, sein Blick ist glühend. »*Alles.* Also, nein, ich mache es mir nicht zur verdammten Gewohnheit, mich in Beziehungen einspannen zu lassen oder nach neuen zu suchen. Es ist einfacher, allein zu sein. Ich *muss* allein sein.«

Eine Träne entweicht mir. Mein Herz schmerzt für ihn.

Cal und ich sind in vielerlei Hinsicht verschieden, aber nichts ist mit dem hier vergleichbar.

Meine Verluste haben mir die zerbrechliche Schönheit des Lebens vor Augen geführt. Ich schätze, was ich habe, ich schätze alles, was noch da ist. Ich betrachte jeden Tag als ein Fest, als ein kostbares Geschenk, während Cal das Leben aus einer ganz anderen Perspektive sieht.

Für ihn ist jeder Tag eine Erinnerung an das, was er verloren hat.

Eine Warnung, dass er immer noch in der Lage ist, zu verlieren.

Ich strecke meine Hand aus, so sehr sie auch zittert, und möchte ihn irgendwie trösten.

Aber er packt mich am Handgelenk, bevor ich Kontakt aufnehmen kann. »Ich brauche weder dein Mitleid noch deine Sympathie. Es war ein Fehler, sich dir zu nähern.«

»Nichts an uns ist ein Fehler.«

»Nein?«

»Nein.« Ich bin unerschütterlich in meiner Aussage.

Cal hält sich an meinem Handgelenk fest, sein Griff wird lockerer, aber er lässt nicht los. Da ist ein Zittern in seiner Berührung. Ein Innehalten. Sein Blick bleibt an meinem hängen, streift dann zu meinem Mund und verweilt dort. Und dann wandert er noch tiefer, zu der Narbe zwischen meinen Brüsten, zu der Spur im Dekolleté, die aus meiner Bluse herausschaut. Sein Griff wird fester, sein Atem unruhig. Er sieht wieder auf, und sein Gesichtsausdruck verändert sich ein wenig.

»Was?« Ich atme aus, plötzlich verzweifelt, weil ich wissen will, was er denkt. Es ist nicht dasselbe, was er noch vor ein paar Augenblicken gedacht hat, so viel weiß ich.

Er schluckt schwer, beißt den Kiefer zusammen, während er immer noch mein Handgelenk festhält, sein Daumen streift meinen Pulspunkt. »Nichts.«

»Sag es mir.«

»Du willst nicht wissen, woran ich gedacht habe, Lucy.«

»Doch, will ich.«

»Ich garantiere dir, dass du das nicht willst.« Er lässt meinen Arm los und wendet sich ab.

Mein Puls beschleunigt sich und erhitzt mein Blut. »Ich will es wissen.« Ich greife beherzt nach seinem Ellbogen, und die Geste bewirkt etwas.

Cal kommt abrupt zum Stillstand.

Dann wirbelt er herum, packt mich mit beiden Händen an der Taille und hebt mich praktisch vom Boden auf. Meine Füße haben Mühe, nicht über sich selbst zu stolpern, während er uns beide rückwärts bewegt, bis er mich mit einem Ruck auf seinem Arbeitstisch absetzt. Lose Papiere wirbeln herum. Ein Ordner fällt um, die Orchidee kippt.

Meine Wangen fühlen sich heiß an, mit der verräterischen Röte des Verlangens. Cal drängt sich zwischen meine Knie und presst unsere Hüften aneinander, während ich mich auf meine Handflächen stütze und ihn mit geöffneten Lippen anstarre, die noch immer von der Erinnerung an seinen Kuss im Garten kribbeln.

Er schluckt, sein Brustkorb hebt sich im Takt mit dem meinen, der Blick unter zwei schweren Lidern ist auf meinen Mund gerichtet, bevor Cal ihn wieder nach oben gleiten lässt. »Ich habe mich gefragt, wie du wohl aussiehst, wenn ich dich kommen lasse.«

Demütigenderweise bricht ein Stöhnen aus mir heraus.

Der Ton entweicht ungeplant und unvorhergesehen, und ich muss mich anstrengen, damit meine Arme nicht zittern, während sie mein Gewicht halten.

»Ich habe versucht, mir deine Augen vorzustellen. Ob sie geschlossen sein würden, dem Augenblick verfallen, oder weit und glasig, mich direkt anstarren, wenn ich dich zur Ekstase bringe«, sagt er mit tiefer, heiserer Stimme. »Ich habe über die Farbe deiner Wangen nachgedacht. Rosa, rot, irgendwas dazwischen.« Er streift mit einem rauen Finger über meinen Wangenknochen. »Und dein Mund«, grollt er. »Würdest du meinen Namen schreien? Ihn stöhnen? Mich um mehr anflehen?«

Mein Kopf fällt nach hinten, als ob die erregenden Worte, die mich übermannen, viel zu schwer sind, um ihn aufrecht zu halten. »Cal …« Instinktiv spreize ich meine Beine noch weiter, und er reibt sich an mir, seine Erektion ist offensichtlich. »W-was tust du da?«

»Was willst du denn, das ich tue?« Cal beugt sich über mich, seine Lippen sind nahe an meinem Ohr, seine Arme umschließen mich. »Sag mir, was du willst, Sunshine.«

Jeder Teil von mir fühlt sich empfindlich, zart, schwerelos, flirrend an. »Berühre mich.« Ich sage es, bevor ich es denke.

Und dann ist es *alles*, woran ich denke.

Cal berührt mich.

Überall.

Ohne innezuhalten, reißt er den Knopf meiner Jeans auf, zerrt am Reißverschluss und schiebt die Hand vorne in meine Hose. Ich schreie auf und lasse mich nach hinten gegen den Schreibtisch sinken, als Cal seine freie Hand über meinen Mund legt. »Pst.« Er schwebt über mir, unsere Nasenspitzen berühren sich, seine Finger wandern in meine Unterwäsche. Als er merkt, dass ich feucht bin, verdreht er die Augen und zischt durch die Zähne: »Fuck, Lucy.«

»Oh mein Gott.« Ich krümme mich unter ihm, meine Worte werden von seiner Handfläche gedämpft. Ich schlinge ein Bein um seine Hüfte, das andere landet mit dem Stiefelabsatz auf dem Schreibtisch. »Oh Gott.«

Er fährt mir mit den Fingern über die Lippen, öffnet sie und ersetzt dann die Hand durch seinen Mund. Seine Zunge dringt in mich ein, unser Stöhnen vermischt sich. Während wir uns küssen, schiebt er meine Unterwäsche zur Seite, und Cal führt einen langen Finger in mich ein. Ein zweiter Finger kommt hinzu und schickt Hitzewellen durch meinen Körper. Ich wölbe mich ihm auf dem Schreibtisch entgegen, meine Ellbogen graben sich in die Holzmaserung und reißen sich wahrscheinlich Splitter ein. Aber das ist mir egal. Alles, was mich interessiert, ist das Kribbeln, das bereits aufsteigt und meinen Schoß umhüllt.

Zwei Finger pumpen in mich, heiß und schnell. Das ist weder süß noch sanft. Es ist rau, wütend, aggressiv, verzweifelt. Seine Erektion reibt an der Innenseite meines Oberschenkels, hart wie Stahl, während unser Kuss ungezügelt wird – gegeneinander klackende Zähne, Zungen in einem arhythmischen Rausch, scharfe und ungleichmäßige Atemzüge. Die feuchten Geräusche seiner in mich stoßenden Finger erfüllen das stille Büro und vermischen sich mit Cals Stöhnen und meinem Wimmern. Ich hebe eine Hand, um ihm die Beanie vom Kopf zu reißen, sodass sein Haarschopf zum Vorschein kommt. Die Strähnen fallen ihm über die Stirn in die Augen, und ich greife mit der Faust hinein, während ich mich langsam auflöse. Er macht das Gleiche mit meinem Haar und zerrt an meinen Zöpfen, die seitlich von seinem Schreibtisch hängen, bis er meinen Nacken zurückbiegt.

»Du bist so süß. Ein Engel.«

»Cal …«

»Wie sehen Engel aus, wenn sie zerbrechen?«, keucht er an meiner Halsbeuge und fährt mit der Zunge über die empfindliche Hautstelle hinter meinem Ohr. »Zerbrich für mich, Lucy.«

Ich bin mir halb bewusst, dass die Tür nicht verschlossen ist, dass Kollegen und mögliche Kunden nur ein paar Meter entfernt sind, aber ich bin nicht imstande, mich ihm zu entziehen. Im Gegenteil. Ich umklammere seinen Nacken und halte ihn an mich gedrückt, seine Hand bearbeitet mich. Die Unterseite seiner Handfläche reibt meine Klitoris, während sich seine Finger in mir krümmen, nicht so weit, dass es wehtut, aber weit genug, dass meine Hüften auf dem Schreibtisch zucken. »Cal, Cal, Cal«, skandiere ich seinen Namen und schließe die Augen.

Mit der freien Hand schiebt er mir die Bluse über die Brust, um mich durch den rosafarbenen BH zu streicheln. Seine Zunge wandert über meinen Hals hinunter zwischen meine Brüste, um meine Narbe zu kitzeln, bevor er durch den Spitzenstoff an meiner Brustwarze saugt. »Du bringst mich verdammt noch mal um«, stöhnt er.

Ich höre, wie ein Reißverschluss geöffnet wird. Ich zwinge mich dazu, die Augen zu öffnen, und schaue zu, wie er sich aus seiner Jeans und Boxershorts befreit. Er streichelt seinen Schwanz, während er mich weiterhin auf eine Art und Weise berührt, wie ich es noch nie zuvor erlebt habe. Tätowierte Finger umfassen seine pralle Erektion und pumpen wie wild, aus der Spitze perlen Lusttropfen, und der Anblick reicht aus, um mir den Rest zu geben.

Ich schlage mir die Hand vor den Mund, um meinen Lustschrei zu unterdrücken, und frage mich, ob ich zu laut bin, ob gleich die Tür aufgeht und fremde Augen Zeugen unserer Indiskretion werden.

Aber das ist mir egal.

Es *muss* mir egal sein.

Ich zerbreche, hemmungslos, ganz und gar, mein Körper spannt sich an und implodiert, während mich eine Welle der Ekstase nach der anderen überkommt. Ich fühle es in meinem Innersten, in den tiefsten Stellen meines Körpers, nie zuvor habe ich so etwas erlebt. Ich schwebe im Rausch, als ich spüre, wie sich warme Flüssigkeit über meinen nackten Bauch ergießt.

Meine Bluse ist immer noch über meine Brüste gerollt, und ich sehe durch verschleierte Augen, wie Glückseligkeit sich auf seinem Gesicht ausbreitet.

»Fuck, *fuck*«, stöhnt er und pumpt weiter, über mir schwebend, während die letzten süßen Wellen ihn durchzucken.

Als er zum Ende kommt, halten wir beide schwer atmend inne.

Dann ist es vorbei.

Ich lasse den Kopf zurücksinken, sodass er halb über die Tischkante hängt, während ich mir den Arm über die Augen lege. Gemischte Gefühle machen sich in mir breit und lähmen mich. Ich weiß nicht, was ich sagen, denken oder tun soll.

Was passiert als Nächstes, was passiert als Nächstes …

Sein Gewicht hebt sich von mir, und die Spuren seines Orgasmus erkalten auf meiner Haut. Ich richte mich leicht auf und bemerke, wie seine Erlösung unter dem Wolframlicht über uns glitzert. Ich brauche ihn jetzt. Ich brauche es, dass er mit mir redet, dass er mir sagt, was ich tun soll, wie ich auf das reagieren soll, was gerade passiert ist.

Cal atmet tief aus, zieht seine Jeans wieder hoch. Er rückt seinen Gürtel zurecht und nimmt ein paar Taschentücher aus der Kleenex-Schachtel, die neben mir auf dem Schreibtisch liegt. Ich kneife die Augen zusammen, meine Brust hebt sich, als ich spüre, wie die Tücher über meinen Bauch und meine Brust streichen und die Nachwirkungen unserer Begegnung absorbieren.

Aber *ich* kann es nicht aufnehmen. Ich kann es nicht verarbeiten.

Was passiert als Nächstes, was passiert als Nächstes …

»Cal.« Sein Name ist eine Bitte, eine Entschuldigung. Ich habe mich noch nie so unerfahren gefühlt wie in diesem Moment, als ich halb nackt auf seinem Schreibtisch liege und er sein Sperma von meinem Körper wischt.

Schließlich hilft er mir in eine sitzende Position. Unsere Stirnen stoßen aneinander, als er sich vorbeugt, und ich sitze nur stumm da, während meine Bluse wieder nach unten fällt. Cal streicht mir die Haare hinters Ohr, dann drückt er mir einen leichten Kuss auf den Haaransatz. »Lucy …«, murmelt er sanft.

Ich warte auf seine nächsten Worte.

Ich brauche sie.

Ich brauche sie mehr als Luft.

Aber ich stolpere fast über mein eigenes Herz, das mir aus der Brust springen will, als er das sagt, was ich als Allerletztes erwarte …

»Du bist gefeuert.«

KAPITEL 21

„Last Christmas – Letzte Weihnachten"

Willst du wissen, welcher der schlechteste Song aller Zeiten ist? Last Christmas von Wham!

Es ist ein Lied über Herzschmerz, Verrat und Verlust, und ich kann mir nichts Schlimmeres vorstellen, als in einer so magischen Zeit des Jahres darüber zu singen. Ich glaube, ich werde mein eigenes Weihnachtslied schreiben, und ich werde es Every Christmas nennen. Es wird von ewiger Liebe handeln und von Herzen, die nicht wissen, wie sie brechen sollen. Sie können nur feiern, nur lieben, nur vor Freude und Staunen singen.

Every Christmas, I give you my heart
And every night, you hold it so tight
Each year, I have no more tears
Because our love is something special

Jedes Jahr zu Weihnachten schenke ich dir mein Herz
Und jede Nacht hältst du es so fest
Jedes Jahr habe ich keine Tränen mehr

Weil unsere Liebe etwas Besonderes ist

So, ich habe es korrigiert.
Frohe Weihnachten!

Toodles,
Emma

* * *

Unter dem Dachfenster glitzert der Weihnachtsbaum mit silbernem Lametta und goldenen Girlanden. Der Empfangsbereich von *Forever Young* ist festlich geschmückt, und potenzielle Adoptiveltern stehen vor der Tür Schlange, um gegen eine bescheidene Spende von fünfzehn Dollar ein Foto von ihrem Haustier mit dem Weihnachtsmann zu machen. Wir hoffen, im neuen Jahr Geld für das Tierheim zu sammeln und gleichzeitig mehr Besucher und neue Gesichter anzulocken, um unsere adoptierbaren Tiere kennenzulernen.

Ich bin wie eine Elfe gekleidet, denn das bin ich natürlich auch.

Gemma ebenfalls.

Vera steckt in einem Mrs-Claus-Kostüm, während ihr Mann Terrance auf dem großen Thron sitzt. Das Kostüm passt perfekt zu ihr, denn sie hat ständig rosige Wangen und ein fürsorgliches Gemüt. Moses, ein älterer Bluthund, zieht sie an seiner ledernen Leine den Flur entlang, seine Nase übermäßig neugierig, während ihm die Rentierohren charmant vom Kopf abstehen. »Langsam, Junge. Diese Knie sind nicht mehr das, was sie einmal waren.«

»Ich hab ihn«, mische ich mich ein und nehme ihr die Leine ab. »Moses riecht die Leckereien, die ich für die Feiertage besorgt habe, nicht wahr, alter Junge?« Der Teller mit den hundefreundlichen Keksen in Form von Zuckerstangen und lustigen Schneemännern steht neben einer Reihe von Menschen-Naschwerk, die ich entsprechend markiert habe.

»Du bist so gut zu den Tieren, Lucy«, sagt Vera freundlich und rückt ihre Nikolausmütze zurecht. »Ich freu mich schon darauf, wenn du bald öfter hier bist.«

Ich lächle, und es ist nur teilweise echt, ein wenig traurig ist es auch. Nachdem ich Vera von meiner neuen Arbeitslosigkeit erzählt habe, hat sie mir sofort eine bezahlte Stelle in der Auffangstation angeboten. Nur eine kleine Handvoll Mitarbeiter arbeitet hier nicht ehrenamtlich, und ich hatte kein gutes Gefühl bei dem Gedanken, Geld von einer Einrichtung anzunehmen, die von Spenden lebt. Ich wollte nie für etwas bezahlt werden, das ich gerne umsonst mache.

Aber ich saß in der Klemme, und ich kann mir nichts Besseres vorstellen, als für eine Sache zu arbeiten, die mir am Herzen liegt. Und an einem Ort zu sein, wo man mich zu schätzen weiß und mich haben *will*.

Cal wollte mich einmal. Also hat er sich genommen, was er brauchte, und mich dann beiseitegeschoben.

Ich verarbeite immer noch den Schock von all dem.

Ich verdiene zwar weniger pro Stunde und arbeite generell weniger Stunden, aber für den Moment reicht es aus. Außerdem hat mir Nash angeboten, dass ich zwei Abende pro Woche als Barkeeperin in der Weinbar aushelfen kann, um das fehlende Einkommen aufzubessern. Ich bin noch nicht zertifiziert, also wird er mich unter der Hand bezahlen, bis ich eine richtige Lizenz habe – falls ich das überhaupt machen will.

Ich weiß es einfach nicht.

Ich befinde mich in einem Schwebezustand, was sich nie gut mit Trauer verträgt.

Gemma kommt in ihrem leuchtend grünen Weihnachtselfen-kostüm auf mich zu, unsere Lieblings-Kuhkatze, Mr Perkins, auf dem Arm. »Hast du die anonyme Spende gesehen, die gestern eingegangen ist?«, fragt sie. Die roten Strähnen in ihrem Haar passen zum Weihnachtsschmuck auf dem Baum hinter ihr. »Weitere zweitausend Dollar. Das könnte reichen, um Mr Perkins' Zahnbehandlung zu bezahlen.«

Ich kraule die Katze zwischen den Ohren. »Ein kleines Weihnachtswunder. Und ich dachte schon, wir hätten dieses Jahr nicht so viel davon.«

»Ein barmherziger Samariter, in der Tat«, mischt sich Vera ein.

Wir verbringen den Nachmittag damit, Fotos zu machen, die Haustiere mit Weihnachtsstirnbändern und Elfenkostümen auszustatten, und es gibt zwei erfolgreiche Vermittlungen. Die Katze Annabel, eine unserer langjährigen Bewohnerinnen, hat zu Weihnachten endlich ein Zuhause gefunden, ebenso wie der Bluthund Moses. Insgesamt war es ein guter Tag.

Bevor sich die Türen schließen, schlendert meine beste Freundin mit meinen beiden Rabauken herein, die ihr auf Teufel komm raus ihre nagelneuen Simon-Miller-Stiefel ausziehen wollen. Eventuell habe ich tief in die Taschen meines Sparkontos gegriffen, um ihr die Stiefel zu schenken, die sie seit dem Frühjahr unbedingt haben wollte. Irgendwann vor dem großen Feiertag veranstalten wir immer einen Weihnachts-Martini-Abend und tauschen Geschenke aus. Alyssa hat mir den neuesten KitchenAid-Mixer in Rosé geschenkt, zusammen mit der handgeschriebenen Rezeptkarte ihrer Urgroßmutter für Key Lime Cookies. Das war ein sehr aufmerksames Geschenk.

»Lucy!«, ruft Alyssa, gerade als meine eigene pelzige Key Lime ausbricht und sich auf die übrig gebliebenen Leckereien stürzt, ganz das kleine Schlitzohr, das sie nun mal ist.

Sie weiß immer genau, was *nicht* für sie bestimmt ist, und interessiert sich trotzdem sehr dafür.

So wie ich.

»Tut mir leid, dass du immer mit meinen Rabauken zu tun hast, Lys«, kichere ich, ziehe meine Elfenohren ab und renne los, um die Leinen zu holen. Alyssa hat die Hunde für ein Foto vorbeigebracht, denn ich bin wehrlos gegenüber fotografischen Beweisen von meinen Pelzbabys in unfassbar niedlichen Rentierkostümen.

Und sie ist meinem schamlosen Betteln ebenso wehrlos ausgeliefert.

»Die Dinge, die wir aus Liebe tun«, sagt sie augenzwinkernd und schlüpft aus ihrem Mantel. »Ich bin auch aus egoistischen Gründen hier. Ich glaube, ich möchte einen Hund oder so. Vielleicht auch eine Katze. Was denkst du?«

Neugierig ziehe ich die Augenbrauen hoch. »Wirklich? Wegen deines vollen Terminkalenders würde ich mich für eine Katze entscheiden. Weniger Pflegeaufwand.«

»Gutes Argument. Zeigt mir doch mal die Kätzchen, bitte.«

Ich freue mich riesig, als Gemma und ich Alyssa zurück ins Katzenzimmer führen, während Vera und ihr Mann den Weihnachtsmann in der Eingangshalle abholen. Es gibt nichts, was mir mehr Freude bereitet, als das perfekte Zuhause für ein Tier in Not zu finden. Während wir mit jeder der sieben verfügbaren Katzen ein wenig Zeit verbringen, spricht Alyssa ein Thema an, das meine Freude in ein schwarzes Loch des Grauens stürzen lässt.

»Hast du seit dem Vorfall irgendetwas von Cal gehört?«, fragt sie vorsichtig und stellt keinen Augenkontakt her, sondern konzentriert sich auf Sullys kleines Glöckchenhalsband.

Ich versuche, nicht blass zu werden, aber ich bin mir sicher, dass die Reste meines roten Lippenstifts die einzige Farbquelle in meinem Gesicht sind. »Nichts, abgesehen von dieser einen Nachricht.« Ich räuspere mich von dem Kitzeln in meiner Kehle, der Schmerz ist immer noch roh. »Es tut zu sehr weh.«

Gemma reibt mir liebevoll den Rücken. »Eine beschissene

Situation. Ich kann es dir nicht verübeln, dass du den Kontakt abgebrochen hast.«

Ich nicke und schaue weg, bevor sie sehen können, wie sich meine Augen mit Tränen füllen. Es ist nicht meine Art, Krisen auszuweichen oder mich in schwierigen Situation abzuwenden. Normalerweise bin ich die Erste, die sich nach dem Warum und dem Was-wäre-wenn erkundigt, nach Antworten drängt und versucht, das Problem zu lösen.

Lösen, lösen, lösen.

Aber Worte können das nicht in Ordnung bringen. Es gibt nichts, was Cal sagen könnte, um den Schmerz der Wunde zu lindern, die er mir zugefügt hat. Er hat mich weggeworfen wie einen angebissenen Apfel, nachdem ich ihm etwas Wertvolles geschenkt habe, etwas, was ich nie mit jemandem teilen wollte.

Er hat mich entlassen, als ich mich gerade noch von der größten Glückseligkeit erholte, die ich je empfunden habe, mit aufgeknöpfter Jeans auf seinem Schreibtisch, mein Herz in seinen Händen, während sein kaltfeuchter Liebessaft auf meinem Bauch trocknete.

Der Zeitpunkt war unerträglich.

Unlösbar.

Und das, nachdem er mich die ganze Woche über ignoriert und *gemieden* hat, nachdem ich ihm gestanden habe, dass mein Herz nur noch mit geborgter Zeit lebte.

Ich machte für Alyssa einen Screenshot von der Textnachricht, die er mir später in der Nacht geschickt hat, nachdem ich unter herzzerreißendem Schluchzen aus seinem Büro gestolpert bin und versucht habe, Ikes besorgten Fragen auszuweichen, als ich mich für immer aus der Autowerkstatt verabschiedete.

Cal:
Es tut mir leid. Ich wollte nicht, dass es so läuft. Ich habe dich in mein Büro gerufen, um dich zu entlassen, weil es für uns beide kein angenehmes Arbeitsumfeld mehr ist.

Wir stecken zu tief drin. Das Timing war beschissen, und das tut mir leid, aber es hat mich nur in meinen Überlegungen bestärkt. Bitte versuch, auch meine Perspektive zu verstehen. Es war geschäftlich, nicht persönlich. Ruf mich an, wenn du das hier liest.

Geschäftlich.

Was für eine schreckliche Phrase.

Alles geschäftlich, nichts Persönliches.

Es *war* persönlich, weil am anderen Ende dieser kalten, rücksichtslosen Geschäftsentscheidung ein Mensch steht. Eine Person, die geglaubt hat, dass Cal Bishop wirklich etwas an ihr liegt. Eine Person, die darauf vertraut hat, dass er ihr Herz beschützen würde.

Er hat mich in eine unfaire Lage gebracht, mich im Stich gelassen und mich gezwungen, die Scherben unseres gemeinsamen Fehlers aufzusammeln.

Ich muss daran denken, dass ich ihm gesagt habe, dass wir kein Fehler sind, aber das glaube ich nicht mehr.

Schließlich hat er mir direkt ins Gesicht gesagt, dass er mich nicht lieben würde, und ich hätte seine Worte für bare Münze nehmen und das Weite suchen sollen. Ein Mann, der nicht bereit ist zu lieben, wenn die Liebe für sich selbst spricht, ist ein Mann, der nur für eine Zukunft voller Enttäuschungen sorgen wird. Das Leben ist zu kurz, um Enttäuschungen zu erleben.

Vor allem mein Leben.

Mein offenkundig sonniges Gemüt wird seit jenem Tag in Cals Büro auf die Probe gestellt, wird von Blitzen und Regenwolken heimgesucht – und das gefällt mir nicht.

Aber ich kann gegen das unbeständige Wetter nichts ausrichten: Ich kann den Sturm nicht aufhalten.

Ich habe ihm nur geantwortet: *»Ich bin okay.«*

Nicht, dass er überhaupt gefragt hätte, wie es mir geht, aber es war alles, was ich zu diesem Zeitpunkt aufbringen konnte.

Alyssa setzte sich an diesem Abend noch vierzig Minuten ins Auto zu mir, um mich im Arm zu halten, während ich mich wiegte und weinte und ihr alles erzählte – von unserem Kuss im Garten und der Wahrheit über meine medizinische Diagnose bis hin zu dem, was sich in Cals Büro zugetragen hatte. Sie bestand darauf, dass er mich nicht verdiente, und das war ein kleiner Trost … aber es klang nicht richtig.

Cal hat mich verdient. Er hat nur nicht *geglaubt*, dass er mich verdient.

Und irgendwie fühlt sich das noch schlimmer an.

Mich überkommt Kurzatmigkeit, meine Brust schmerzt. Ich reibe eine Hand über mein Herz, um den stechenden Schmerz zu unterdrücken. Ich weiß, dass ich mich nicht zu sehr aufregen darf, aber es ist praktisch unmöglich.

Als das Thema schnell von Cal zu Gemmas und Knox' Eheglück wechselt, bemerke ich, wie der Song aus dem Lautsprecher von Mariah Carey zu Taylor Swifts Version von *Last Christmas* wechselt. Mein Inneres vibriert mit Unbehagen, als ich den Text verinnerliche und an Emma und ihren Tagebucheintrag denke. Er trug den Titel »Last Christmas« – und sie ahnte nicht, dass es *ihr* letztes Weihnachten werden würde.

Die Emotionen bleiben mir im Hals stecken und erhitzen meine Haut.

Es ist ein schrecklicher Song, schlimmer als *Blue Christmas*.

Es ist traurig. Alles fühlt sich traurig an.

Traurige Lieder überall, das ist alles, was ich hören kann.

Ich erhebe mich vom Boden des Katzenzimmers und laufe ein paar Augenblicke umher, dann lehne ich mich mit dem Rücken an die Wand und halte mir die Ohren zu, um alles auszublenden.

Meine Brust tut weh.

Mein Herz schmerzt.

Tränen rinnen mir über die Wangen, während meine Freunde hilflos zusehen.

Cal hat mir gesagt, ich solle eine Pause einlegen, und das tue ich.

Auch Optimisten fallen.

Auf diese Art zerbrechen wir.

* * *

Pinky, der Pandabär, sitzt mir an Heiligabend im Schaukelstuhl gegenüber, während meine Mutter und ich nach einem Abend mit vegetarischen Stachelschweinen und Dutzenden von selbst gebackenen Plätzchen am Baum Eggnog trinken. Ich habe die Füße hochgezogen, eingehüllt in kuschelige Glitzersocken, und meine Augen sind auf das Stofftier mit dem defekten Ohr gerichtet.

Cal meinte, der Panda sehe krank aus und ich solle ihn nicht wählen.

Ich frage mich, ob er dasselbe über mich denkt.

»Mein kleines Mädchen wird morgen dreiundzwanzig«, trällert Mom neben mir und spielt mit meinem Haar, während der leuchtende Baum die silbernen Strähnen in ihrem eigenen Haar schimmern lässt. »Ich wünschte, ich könnte die Zeit einfrieren.«

Ich zwinge mich zu einem Lächeln und starre immer noch auf das kleine Plüschtier. Seit Cal es für mich gewonnen hat, schlafe ich jede Nacht damit, weine in sein verschlissenes Fell und wünsche mir, es wäre Cal, an dem ich mich festhalte. »Wünsche sind dumm und unproduktiv«, murmle ich. »Sie haben keine Bedeutsamkeit. Keinen Wert.«

Mom richtet sich auf der Couch auf und blickt mich sorgenvoll an. Zwei baumelnde Rudolph-Ohrringe klimpern, als sie sich zu mir vorbeugt. »Geht es dir gut, Schatz? Das klingt so gar nicht nach meinem ewigen Sonnenschein.«

Sie lacht ein wenig, aber es ist angestrengt, so wie mein Herz.

»Tut mir leid. Ich habe wohl schlechte Laune.« Ich schlucke

und zupfe an einem losen Faden an einer meiner Socken. »Ich vermisse Dad. Und Emma. Und Jessica.«

Und Cal.

»Oh, Lucy«, seufzt sie traurig und legt liebevoll einen Arm um mich. »Du weißt, dass sie nie weit weg sind.«

»Sie sind zu weit weg. Zu weit, um sie zu halten, zu weit, um sie zu berühren.«

»Sie leben hier drinnen, das ist so nah, wie sie nur kommen können.« Sie legt eine weiche Handfläche auf meine Brust und genießt meinen Herzschlag. »Dad lebt in den Saiten deiner Gitarre. Emma in den Glühwürmchen in einer warmen Sommernacht. Jessica in deinem Lachen und jedem Insider-Witz. Das ist nicht weit weg, Schatz. Das ist ganz und gar nicht weit.«

Eine Träne entgleitet mir.

Gott, ich bin so deprimierend.

Es ist mein Lieblingsfeiertag. Mein Geburtstag ist offiziell in drei Stunden. Ich bin hier, ich atme, ich lebe und werde geliebt, und alles, was ich fertigbringe, ist, undankbar zu sein.

Ich trauere, wenn ich mich doch eigentlich an dem, was mir gegeben ist, erfreuen sollte.

»Du hast recht«, seufze ich und atme tief durch. »Tut mir leid, dass ich so emotional bin. Es war ein harter Monat.« Meine Brust fängt wieder an zu schmerzen, genau wie neulich im Tierheim. Ich drücke die Vorderseite meines Shirts zusammen und versuche, tief durchzuatmen, während meine Mutter mir einen besorgten Blick zuwirft.

»Geht es dir gut, Schatz?«

Ich nicke schnell und reibe die Stelle zwischen meinen Brüsten, während das Gefühl aufsteigt und dann wieder abklingt. »Es geht mir gut.«

»Lucy, du musst den Termin beim Kardiologen wahrnehmen. Ich meine es ernst.«

Ich weiß, dass ich das muss.

Ich kann nur den Gedanken nicht ertragen, dass man mir sagen wird, dass ich gerade sterbe – dass meine Zeit abläuft.

Das ist zu viel.

»Das ist es nicht, Mom«, versichere ich ihr. »Es ist nur Stress.«

»Ich weiß«, nickt sie und seufzt traurig. »Die Situation mit Callahan war … beispiellos. Aber ich bin sicher, dass er nur dein Bestes im Sinn hatte.«

Ich habe meiner Mutter nur die Kurzfassung von meiner Kündigung bei Cal's Corner erzählt und den Teil ausgelassen, in dem ich auf seinem Arbeitstisch bis zur Besinnungslosigkeit von ihm befriedigt wurde.

Meine Wangen brennen bei der Erinnerung daran.

»Da bin ich mir sicher«, murmle ich.

»Romantische Verstrickungen am Arbeitsplatz gehen nie gut aus. Es ist das Beste, wenn du dein Privatleben von deinem Berufsleben getrennt hältst. Es wird sich schon alles einrenken … Du wirst sehen.«

Ich wünschte, ich könnte es aus diesem Blickwinkel betrachten, aber mein Herz war zu sehr in diesen Job verstrickt. Dieser Job hat mich zu ihm zurückgebracht. Ich habe mich jeden Morgen auf die Glöckchen gefreut, die mit ihrem Läuten einen neuen Tag ankündigten. Eine neue Chance, unsere chaotische Vergangenheit in eine strahlende Zukunft zu verwandeln.

Ich fülle meine Wangen mit Luft und atme aus. »Danke, dass du heute Abend vorbeigekommen bist. Um wie viel Uhr ist mein Geburtstagsessen morgen?«

»Sechs Uhr abends«, lächelt sie und löst ihren Arm von meinen Schultern. »Deine Tante und dein Onkel kommen zu uns. Und deine Cousins auch.«

Die Wärme kitzelt mich und filtert die schlechten Gedanken heraus. »Das klingt toll. Ich kann es kaum erwarten.«

»Ich lasse dich jetzt besser schlafen«, sagt sie und steht auf. »Es ist schon spät.«

»Okay, Mom. Frohe Weihnachten.«

Meine Mutter umarmt mich, küsst mich auf die Schläfe und summt die Melodie von *Jingle Bell Rock*, während sie aus der Tür schwebt. Ein Lächeln liegt auf meinen Lippen, als ihre Scheinwerfer mein Fenster erhellen, bevor sich das Motorengeräusch entfernt.

Ich erhebe mich von der Couch, schnappe mir mein Handy und Pinky und mache mich auf den Weg durch den kurzen Flur zu meinem Schlafzimmer.

Ich bleibe noch einen Moment in der Tür zu Emmas altem Zimmer stehen und kaue auf meiner Lippe.

Vielleicht ist es der Schuss Alkohol, den Mom in meinen Eggnog geschüttet hat, oder vielleicht suche ich nach einem Weihnachtswunder – was auch immer es ist, ich ertappe mich dabei, wie ich mit zittrigen Fingern Cals Telefonnummer wähle und das Handy an mein Ohr halte, während ich warte.

Tuut, tuut, tu–

»Lucy?«

Der Klang seiner Stimme ist ein Wunder für sich. »Frohe Weihnachten«, sage ich, und mir kommen die Tränen.

»Mein Gott, ich habe mir solche Sorgen um dich gemacht.«

»Warum hast du das getan?«, platze ich heraus. Es war nicht das, was ich sagen wollte, aber ich kann nicht verhindern, dass der Damm jetzt bricht. »Warum hast du mich benutzt und dann weggeworfen?«

Es dauert einen Moment, als hätte er Probleme, meine Fragen zu verarbeiten. »Was?«

»Ich habe mich dir hingegeben, Cal. Ich habe dir vertraut, und du hast mich weggeworfen. Du hast mir das Herz gebrochen.«

»Mein Gott, Lucy, so war es nicht. Dich aus dem Job zu entlassen, war für uns beide ein sinnvoller und gesunder Schritt. Das musst du doch einsehen.«

»Ich sehe nur, dass du dir von mir nimmst, was du willst, und den Rest liegen lässt.«

»Nein. Das ist absolut nicht passiert, und deshalb wollte ich mit dir reden«, sagt er müde, gefolgt von seinem typischen Seufzer. »Kann ich vorbeikommen? Ich möchte das in Ordnung bringen. Ich hasse es, dich so zu hören.«

Ich schniefe und drücke Pinky an meine Brust wie ein Kind, das seine beste Freundin verloren hat.

Ich muss es wissen – schließlich *war* ich vor langer Zeit genau dieses Kind.

Ich schüttle den Kopf und bringe eine Antwort hervor. »Nein. Ich bin noch nicht bereit, dich zu sehen«, gestehe ich, obwohl ich nichts mehr will, als ihn zu sehen. »Ich wollte nur wissen, warum.«

»Ich habe dir gesagt, warum.«

»Aber warum … auf *diese* Weise? Warum in genau diesem Moment, nachdem ich dir etwas gegeben habe, was mir so viel bedeutet?«

»Weil ich verdammt noch mal *hilflos* bin bei dir«, schreit er, seine Wut flammt auf. Die Emotionen eskalieren. »Jeden Tag, den ich in deiner Nähe bin, werde ich immer wehrloser. Ich kann nicht mehr klar denken. Mein rationales Denken ist für die Tonne. Ich bin nicht gut für dich, aber irgendwie bist du das Beste an mir – das ist doch das Rezept für eine Katastrophe.«

Mein Atem stockt. Ich drücke das Telefon fester gegen mein Ohr, während ich zu meinem Bett gehe und mich daraufplumpsen lasse.

»Willst du deinen Job zurück? Würde das das Problem lösen? Gut, dann stelle ich dich wieder ein. Aber du wirst genau sehen, weshalb ich das für einen großen Fehler halte.«

Ich schüttle erneut den Kopf, weil ich weiß, dass es nicht genug ist, dass es zu spät dafür ist. »Nein, ich arbeite jetzt im Tierheim. Und im neuen Jahr fange ich an, bei Nash zu jobben.«

Ein paar Sekunden lang herrscht Stille, bevor seine knappe Antwort an mein Ohr dringt. »Bei dem Barkeeper? Warum?«

»Du hast mir nicht viele Möglichkeiten gelassen, Cal. Er hat es angeboten, und es ergibt Sinn.«

Er seufzt erneut, diesmal länger, und sein Tonfall ist noch frustrierter als zuvor. »Lucy. Lass mich rüberkommen, damit wir das besprechen können. Nur weil ich dich habe gehen lassen, heißt das nicht, dass ich … *dich* gehen lasse.«

»Das ist keine gute Idee. Es ist noch zu früh.«

Ich weiß genau, was passieren wird, wenn er jetzt vorbeikommt.

Ich werde nachgeben, in seine Arme fallen, als hätte er mein Herz nicht in Stücke zerschmettert, wahrscheinlich mit ihm schlafen, weil ich auch hilflos bin, und dann werde ich mich bei Sonnenaufgang zehnfach hassen.

Er räuspert sich. »Aber du hast doch heute Geburtstag«.

Ich schließe die Augen und lehne mich gegen das Kopfteil meines Bettes. »Ich habe schon viele Geburtstage ohne dich überstanden. Ich werde einen weiteren überleben.«

Cal verstummt wieder.

Ich weiß auch nicht, was ich sagen soll.

Ehrlich gesagt bin ich mir nicht sicher, warum ich ihn überhaupt angerufen habe. Ich wollte die Nacht nicht so enden lassen, mit fallenden Tränen, mit Flüstern von Dingen, die nie eintreten werden. »Es tut mir leid, dass ich dich angerufen habe«, sage ich ihm mit fester Stimme. »Ich wollte dir nur Frohe Weihnachten wünschen. Ich hoffe, du hast einen schönen Tag mit Cricket. Ich hoffe …« Ich stoße einen unruhigen Atemzug aus und bringe den Satz zu Ende: »Ich hoffe, du hast all die schönen Tage.«

»Lucy …«

»Gute Nacht, Cal.«

»Luc–«

Ich lege auf.

Ich lege auf, schalte das Telefon aus und wische die Tränen mit dem Ärmel meines Pyjamashirts weg. Ich streiche mir die Haare aus dem Gesicht, atme noch einmal tief durch und klettere vom Bett, um neben der losen Diele in die Knie zu gehen.

Sie steht teilweise offen, Emmas lange verlorene Schätze starren mich an. Ich schiebe das Brett zur Seite, betrachte das dunkle Fach und genieße die Erinnerungen.

Cals alte Klarinette, liebevoll geflickt und wieder zusammengeklebt.

Emmas Tagebuch, gefüllt mit all ihren Kostbarkeiten.

Notizen, Aufkleber, Wünsche, die nie in Erfüllung gingen.

Ich lächle über alles, was sie war, über alles, was sie werden sollte, und ich lege ein letztes Kleinod auf den Stapel.

Pinky, den Pandabären.

Ich stopfe das Spielzeug in das Loch und decke es wieder zu, befestige die Bodenplatte und verstecke alles dort, wo es hingehört.

Dann klettere ich ins Gästebett und schlafe ein, träume von Emma, träume von Cal, träume von meinen Abenteuern.

Aber es ist ein schmaler Grat zwischen Abenteuer und Katastrophe.

Während ich Glühwürmchen und Wünschen nachjage und mich in einem schönen Traum verliere, ahne ich noch nicht, dass an dem Tag, an dem ich dreiundzwanzig werde, das Unglück auf die schlimmste Art und Weise zuschlagen wird.

KAPITEL 22

Cal
Alter 15
DIE NACHT, IN DER SIE GING

Sie trägt immer noch ihr Kleid von der Aufführung, als ich ihr die Orchidee überreiche. Ich habe sie aus dem Wohnzimmer von Lucys Mutter, das genauso gut ein Gewächshaus sein könnte, mitgehen lassen. Das war bequemer, als mit dem Motorrad zum örtlichen Supermarkt zu fahren.

Man sagt ja, dass der Gedanke zählt, also werde ich mich daran halten.

Emmas Augen leuchten wie Pennys in der Sonne. »Du hast Blumen für mich?«

Meine Schwester wirbelt ihr Kleid herum, bevor sie mir den Topf mit den violetten Blüten aus den Händen reißt und mit den Augenbrauen wackelt. Ich schenke ihr ein Grinsen, zufrieden mit meinem Diebstahl. »Aber natürlich. Es war dein erstes Klavierkonzert. Ist das nicht üblich oder so?«

»Nicht von stinkenden großen Brüdern.«

»Ich stinke nicht«, sage ich und werfe einen Blick auf mein schweißnasses Trikot. Nachdem ich drei Stunden lang in der

Aula eingesperrt war, musste ich zu Hause etwas Dampf ablassen und in der Einfahrt Basketball spielen. Nicht, dass ich es bereuen würde, zu der Aufführung gegangen zu sein – Emma war einwandfrei bei ihrem Auftritt. Ein Naturtalent. Und das Lächeln, das sie die ganze Zeit im Gesicht getragen hat, zusammengeflochten aus Freude und Zuversicht?

Das war das absolut Beste.

In den verbleibenden zwei Stunden und fünfzig Minuten war ich wie betäubt.

In echter stinkender Großer-Bruder-Manier ziehe ich Emma in eine Umarmung und stecke sie mit dem Gestank meines Ein-Mann-Spiels an. Sie quiekt und windet sich, drückt sich mit einer Hand von mir ab und hält mit der anderen die Orchidee hoch über ihrem Kopf. »Ekelhaft, Cal! Lass mich los!«

»Sag, dass ich nicht stinke.«

»Gut, du miefst.«

Ich drücke ihren Kopf in Richtung meiner Achselhöhle, was ihr einen teuflischen Schrei entlockt. Ich lache, bis mir der Bauch wehtut, und lasse sie schließlich los, genieße das mörderische Funkeln in ihren Augen. »Das hast du absolut verdient«, keuche ich durch mein Lachen.

»Du bist der Schlimmste.« Ihre Worte werden in den Hintergrund gedrängt, als sich ihre Lippen zu einem Lächeln verziehen und ihre Sommersprossen sich dabei auf ihren Wangen kräuseln. »Aber du hast mir Blumen geschenkt, also gibt es dafür Bonuspunkte.«

»Punkte, hm? Führst du Buch über meine Großartigkeit?«

»Ja. Lucy gewinnt mit tausend Punkten.«

»Unmöglich. Ich habe gestern Abend für euch abgewaschen, damit ihr in eurem Zimmer Songs schreiben und so tun könnt, als wärt ihr die zukünftigen Spice Girls.«

Sie rümpft die Nase. »Welches Spice Girl soll ich sein?«

»Scary Spice«, schieße ich zurück.

»Igitt.« Sie klopft mir auf die Schulter. »Du hast fünfzig Punkte verloren. Geh zurück in deine Ecke.«

Achselzuckend schlendere ich rückwärts, bis ich in dem riesigen Sitzsack in meiner »Ecke« zusammensacke. Emma hat mich letztes Weihnachten überrascht, als ich auf der Couch eingeschlafen war; sie hat sich mit Mom in mein Schlafzimmer geschlichen und die hinterste Ecke meines Zimmers mit Basketballpostern, einem marineblauen Sitzsack, Stapeln von Sportzeitschriften und einer Klarinette, die sie mit Dad gebastelt hat, dekoriert. Sie hat Buchstaben aus Zeitungen und Magazinen ausgeschnitten und sie an meine Wand geklebt, sodass »Cal's Corner« – Cals Ecke – entstand.

Es ist mein sicherer Hafen, ein kleiner Zufluchtsort, wo ich Musik schreibe, Klarinette spiele, meine Kopfhörer aufsetze und Hausaufgaben mache. Ich versuche immer noch, mir ein Geschenk auszudenken, das das toppen könnte, aber alles ist zu wenig. Sie ist so ziemlich das beste Geschwister aller Zeiten.

Sie kriegt alle Punkte.

»Macht ihr beide heute Nacht eine Pyjamaparty?«, frage ich und verschränke die Hände hinterm Kopf.

Sag Ja, fügt mein Verstand hinzu.

Ein Schmollmund ziert jetzt ihr Gesicht. »Nein, ich übernachte bei Marjorie. Ihre Mutter lädt alle Mädchen aus dem Kurs ein, um zu feiern.«

»*Lame*. Ich hatte gehofft, euch beide bis zum Sonnenaufgang quälen zu können.«

»Natürlich hoffst du das. Ich hab keine Ahnung, was Lucy in dir sieht.«

Ihr rotes Kleid umspielt ihre Knöchel, während sie mit den Hüften hin und her wippt. Emma hat mir erzählt, dass Rot Mädchen älter aussehen lässt – zumindest laut Lucy –, aber ich bin da anderer Meinung. Ihre knochige Statur, das Zahnfleischlächeln und der schiefe Pferdeschwanz verraten mir, dass sie ein unschuldiges Kind ist. Als ich ihre Worte begreife, verenge ich die Augen in spöttischer Verachtung. »Sie sieht die absolute Perfektion, ganz klar.«

»Du bist so ein Trottel.«

»Ein perfekter Trottel.«

Sie lächelt, als sie die Orchidee auf meine Kommode stellt. »Ich weiß die Blumen wirklich zu schätzen. Orchideen sind meine Lieblingsblumen«, sagt sie sanft.

»Ich weiß.« Wäre es nicht total schwachsinnig, als Teenager Blumen zu mögen, würde ich sagen, dass sie auch meine Lieblingsblumen sind. Sie erinnern mich an meine Schwester … und an das Mädchen von nebenan. »Soll ich dich zu Marjorie fahren?«

»Du hast nur deinen Lernführerschein, Cal. Ich möchte heute Abend lieber nicht sterben, wenn du unweigerlich einen arglosen Laternenpfahl umfährst.«

»Dem muss ich widersprechen«, sage ich stirnrunzelnd. »Ich bin ein guter Fahrer. Frag Dad.«

»Dad sagt, du hast letzte Woche ein Eichhörnchen überfahren.«

Ich schürze die Lippen. »Es ist mir direkt vor die Reifen gesprungen. Es hatte einen Todeswunsch.«

»Okay, aber ich nicht. Ich gehe zu Fuß«, sagt sie und wendet sich zur Tür.

Im Nu bin ich auf den Beinen und suche meine Schuhe. »Ich bringe dich hin. Draußen ist es schon dunkel.«

Emma dreht sich wieder um und schüttelt den Kopf. »Ich komme zurecht. Sie wohnt nur eine Straße weiter, und ich bin schon eine Million Mal dorthin gelaufen.« Als ihr Blick auf mein Blatt mit den halb zu Papier gebrachten Noten fällt, fügt sie hinzu: »Außerdem hast du dich doch so darauf gefreut, an dem Song zu arbeiten, den du geschrieben hast. Ich will dich nicht abhalten.«

»Was ist mit Mom oder Dad? Du solltest nicht alleine gehen.«

»Dad arbeitet, und Mom ist mit Migräne eingeschlafen. Ich verspreche dir, ich komme klar.«

Ich möchte an meinem Song arbeiten. Ich schreibe ihn für Lucy als Geburtstagsgeschenk. Mir ist klar, dass ich ein bisschen voreilig bin, weil sie erst an Weihnachten Geburtstag hat, aber es ist mein erster Song, und ich will, dass alles richtig ist. Ich will, dass er perfekt ist. »Ja, okay. Wenn du dir sicher bist.«

»Absolut sicher. Ich ziehe mich um und packe meine Sachen, dann gehe ich los.« Sie lächelt. »Vielleicht können wir morgen zusammen auf dem Klavier üben, was du geschrieben hast.«

Ich kaue auf meinem Fingernagel und denke über das Angebot nach. Ich bin ziemlich schlecht am Klavier, aber Emma war eine gute Lehrerin, und ich könnte die zusätzlichen Stunden gebrauchen, bevor ich für Lucy spiele. »Klingt gut. Schick mir eine Nachricht, damit ich weiß, dass du gut angekommen bist.«

»Das werde ich.« Sie hält ihr Telefon hoch und schüttelt es zur Bestätigung.

»Ich meine es ernst, Emma. Vergiss es nicht.«

»Cal, es ist alles gut. Ich schreibe dir eine Nachricht, versprochen.«

Ich weiß, dass sie es tun wird. Auf sie ist Verlass. »Alles klar, viel Spaß. Wir sehen uns morgen.«

Emma beugt sich vor, um ein letztes Mal an den lila Blumen zu schnuppern, ehe sie sich auf den Absätzen herumdreht. »Toodles!«, zwitschert sie und hüpft aus meinem Zimmer.

Das ist das Letzte, was sie sagt, bevor ich zwanzig Minuten später die Eingangstür zufallen höre.

Zwanzig weitere Minuten vergehen, während ich mich in Akkorden und Noten verliere, in unwürdigen und unvollkommenen Melodien. Ich klopfe mit dem Bleistift an mein Kinn und versuche, das tollste Klavierlied für das tollste Mädchen, das ich je getroffen habe, zu schreiben.

Dann vergehen weitere zwanzig Minuten.

Und noch mal.

Eine ganze Stunde verstreicht, bis mir auffällt, dass sie keine Nachricht geschickt hat.

* * *

HEUTE

Ich stapfe durch die Buchten, während Alice in Chains aus den Lautsprechern dröhnt und mir sagt, dass ich einen großen Fehler gemacht habe.

»Ich wusste, dass ich dich am Weihnachtstag hier finden würde, du einsamer Mistkerl.«

Eine Zigarette steckt zwischen meinen Fingern, und ich blicke durch die Garage zu Dante, der über einen Motor gebeugt ist. Sein Grinsen wird von der Rauchwolke verdeckt, die ich durch meine Nase ausblase. »Ja, und? Ich habe zu arbeiten. Was machst du denn hier?«

»Das Gleiche wie du. Man muss schon ein einsamer Mistkerl sein, um einen anderen zu erkennen.«

»Ich bin nicht einsam. Ich bin gern allein.«

»Wo ist der Unterschied?«, scherzt er und dreht mir den Rücken zu.

»Ich hab den Zustand selbst gewählt.«

Ein unbeeindrucktes Grummeln ist seine Antwort, während er nach einem Inbusschlüssel greift. »Was hat deine Frau heute vor?«, fragt er, als ein frühmorgendlicher Sonnenstrahl durch das Garagenfenster fällt und ihn direkt anscheint. »Sehr wahrscheinlich hofft sie, dass der Weihnachtsmann dir die Syphilis gebracht hat.«

»Ach, leck mich.« Meine Erwiderung verpufft, weil sein Witz vermutlich gar nicht so weit weg von der Wahrheit ist. »Sie ist nicht meine Frau.«

»Nicht mehr«, sagt er. »Denn du bist ein Idiot.«

Auch nicht falsch, aber das werde ich ihm gegenüber nie zugeben. »Wir hatten diese Diskussion bereits. Es ging dich damals nichts an, und es geht dich auch jetzt nichts an.«

Dante dreht sich auf seinem Stuhl herum und wirft mir einen wohlverdienten Blick zu. Sein hellbrauner Overall ist mit einem schwarzen Fettfleck beschmiert, passend zu seinem Haar. »Sie war ein Teil der Crew, Mann. Wir alle mochten sie, und du hast das arme Mädchen weinend weggeschickt. Ich weiß nicht mal, wie du nachts schlafen kannst.«

»Kann ich auch nicht.«

Ich verschränke die Arme vor der Brust, und ein Muskel in meiner Wange zuckt. Schuldgefühle bohren sich in längst versiegelte Stellen, als ich meine Augen von seinem unverhohlenen Blick abwende.

Er hat recht.

Er hat verdammt noch mal recht, und ich kann die Lüge nicht aufbringen, es zu leugnen. Ich war ein Arschloch, zu einhundert Prozent. Ich bereue zwar nicht, sie gefeuert zu haben, weil es das einzige Szenario war, das für uns sinnvoll ist. Ich bereue ganz sicher keine einzige Sekunde, in der ich sie auf meinem Schreibtisch mit meinen Fingern zum Höhepunkt gebracht habe, in der ich zusehen konnte, wie ihr Kopf in Ekstase zurückfiel, sie in der Röte des Verlangens schwelgte, die ihre Wangen befleckte – *aber* ich bereue, dass ich beides gleichzeitig getan habe.

Das Timing war beschissen.

Der Zeitpunkt war ein schlecht gezielter Pfeil in ihr Herz.

Und in meines.

Instinktiv krame ich mein Handy aus der Hosentasche und

werfe einen Blick auf das Display, um zu sehen, ob ich einen Anruf oder eine Nachricht von ihr verpasst habe.

Nichts.

Es ist acht Uhr morgens, und ich weiß, dass sie schon wach ist, aber sie denkt eindeutig nicht an mich oder an die vorsichtigen Pläne, die wir einmal für den Tag gemacht haben, Pläne, die Bananenbrot, Geschenkeauspacken und Erinnerungen bei Lametta und Kerzenlicht beinhalten.

Dante kann sehen, dass ich vor selbst gemachter Pein schwitze, also setzt er noch einen oben drauf. »Sie ist zu sehr mit Weinen beschäftigt, um dir zu schreiben, Bruder.«

»Du bist ein Arschloch.«

»Wie ich schon sagte, man muss eines sein, um ein anderes zu erkennen.« Er grinst mich mit einem halben Lächeln an und lockert die Spannung. »Geh sie trösten. Hör auf, ein feiges Arschloch zu sein, und gib zu, dass du es versaut hast.«

Ich schlucke und schiebe das Telefon in die tiefsten Tiefen meiner Hosentasche, damit ich nicht in Versuchung komme, es ständig zu kontrollieren. »Sie will mich nicht sehen«, gestehe ich, wobei meine Stimme so brüchig wird, dass Dantes Grinsen verschwindet. Ich räuspere mich. »Es ist in Ordnung. Sie ist ohne mich besser dran.«

Angesichts des emotionsgeladenen Gesprächs von gestern Abend glaube ich nicht, dass das eine Lüge ist. Der Herzschmerz in Lucys Stimme hat mich die ganze Nacht verfolgt. Ich konnte nicht schlafen, kam nicht zur Ruhe. Ich habe sogar mein armes Kätzchen aus dem Bett geworfen, als es sich schnurrend in meiner Halsbeuge zusammengekringelt hat in dem Versuch, mich zu trösten. Ich hatte das Gefühl, dass ich diese Erlösung nicht verdient habe.

Ich nehme einen extralangen Zug von meiner Zigarette, bis ich fast ersticke.

»Genau das würde ein Feigling sagen«, antwortet Dante und

stützt sich auf die Ellbogen. »Sie ist nicht besser dran, wenn sie an Weihnachten todtraurig daheim sitzt. Es ist auch ihr Geburtstag, oder? Verdammt, Bishop, mach es wieder gut. Und gib ihr den Job zurück, wenn du schon dabei bist.«

Meine Muskeln spannen sich an, als ich etwas Asche auf den Werkstattboden schnippe. »Sie hat schon einen neuen Job.«

Bei diesem Barkeeper – *Nash.*

Was zum Teufel?

Es ist offensichtlich, dass er versucht, ihr an die Wäsche zu gehen, und jetzt wird sie ihn wahrscheinlich gewähren lassen. Bei dem Gedanken muss ich fast kotzen.

Und doch kann ich mich nicht dazu durchringen, so zu tun, als entbehre Dantes Einschätzung jeglicher Wahrheit. Also krame ich wieder nach meinem Handy und tippe einhändig eine kurze Nachricht, in der Hoffnung, dass Lucy mir nicht aktiv die Syphilis wünscht.

> **Ich:**
> Frohe Weihnachten. Ich komme vorbei, ob du es willst oder nicht. Ich habe etwas für dich.

Es stimmt, ich habe etwas für sie.

Es ist nicht viel, aber ich wusste nicht, was ich ihr schenken sollte, das ihren Wert auf die richtige Weise aufzeigt. Lucy ist nicht der materialistische Typ, darum waren Schuhe, eine neue Handtasche oder ein hübscher Pullover nicht genug. Es musste etwas Besonderes sein, also ließ ich etwas für sie anfertigen, kurz bevor die Bombe in der Nacht der Hochzeit explodierte und eine katastrophale Eruption auslöste, von der wir uns bislang nicht erholt haben.

Ich kann diese Wahrheitsbombe immer noch nicht verarbeiten.

Vielleicht ist es Verleugnung, vielleicht ist es die tiefe Angst, Emma noch einmal zu verlieren, aber dass Lucys Herz nicht gesund und rundherum intakt sein soll, geht mir einfach nicht in den Kopf.

Und die Tatsache, dass sie es mir verheimlicht hat, während sie meine Mauern abbaute und meine Ecken und Kanten abschmolz, war nur eine weitere gut versteckte Landmine, auf die ich direkt getreten bin.

Ich habe es nicht kommen sehen.

Ich habe nie damit gerechnet, dass sie in mein Leben zurückkehren würde, und jetzt ist sie alles, was ich durch den Qualm und Rauch sehen kann.

Das Telefon liegt schwer in meiner Hand, während ich darauf warte, dass meine Textnachricht »gelesen« anzeigt, aber das passiert nicht. Es zeigt nur »zugestellt« an. Was für eine krasse Parallele zu meinem eigenen Elend.

»*Ich sterbe.*«

Zugestellt, aber nicht gelesen.

Gesprochen, aber nicht wahrgenommen.

Geschenkt, aber nicht angenommen.

Scheiß drauf – ich werde einfach vor ihrer Tür auftauchen, und sie wird keine andere Wahl haben, als mich reinzulassen. Mit einem langen Seufzer werfe ich meinen Zigarettenstummel auf den Boden, trete ihn aus und schmeiße ihn in den nächstgelegenen Mülleimer.

»Hey, Bishop«, ruft Dante mir noch zu, bevor ich mich zum Gehen wende. »Viel Glück. Und frohe Weihnachten.«

Ich zögere, und meine Kehle wird eng. »Ja. Dir auch.« Ich nicke kurz zum Abschied und verlasse den Laden.

Mit dem Motorrad zu Lucys Haus zu fahren ist einfach, doch was dann kommt, ist alles andere als das. Ich war jetzt schon ein paar Mal hier, aber nie drinnen. Niemals zu nahe. Ich kann nicht lange verharren oder mir die angebaute Garage zu genau ansehen oder mich darauf konzentrieren, dass sich an dem verdammten Haus seit fast einem Jahrzehnt nichts verändert hat, die Ziegelsteine immer noch honiggelb, die Fensterläden nur leicht verwittert.

Sogar der Basketballkorb hängt noch, verrostet und unbenutzt, das Netz ist nur etwas zerfledderter als früher. Die Rosensträucher stehen noch, drei in einer Reihe, und der blattlose Ahornbaum überragt das Dach von seinem vertrauten Platz im Hinterhof.

Der einzige Unterschied ist die besondere Note, die sie dem Ganzen verliehen hat.

Die Lichterketten, die sie um die Büsche und Verandapfeiler herumgewickelt hat, weil sie das Dach nicht erreichen konnte. Ein aufblasbarer, beleuchteter Schneemann in der Mitte des Rasens, der bei jedem Luftzug wackelt. Ein goldener und grüner Kranz, möglicherweise handgemacht, hängt an der Haustür.

Oh, und die Farbe der Eingangstür.

Sie ist jetzt rot.

Wie meine, wie Emmas letztes Aufführungskleid, wie Lucys Partykleid mit dem langen V-Ausschnitt, bei dem ich nur noch meine Zunge zwischen ihre Brüste tauchen und sie zu meiner machen wollte.

Wie ihre Lippen, als sie sich für mich öffneten und sich unserem unvermeidlichen Kuss hingaben.

Wie die Farbe ihrer Wangen, als ich sie kommen ließ.

Meine Haut erhitzt sich bei der Erinnerung und lenkt mich gerade so weit ab, dass ich vom Motorrad absteigen und über ihren frostigen Rasen stapfen kann. Die Grashalme knirschen unter meinen Stiefeln. Mein Herz klopft wie wild, und ich bin unsicher, was ich überhaupt sagen soll, wenn ich sie sehe.

Es tut mir leid, dass ich dich eine Woche lang gemieden habe, weil ich den Gedanken an ein Leben ohne dich nicht verkraften konnte.

Es tut mir leid, dass ich dich gefeuert habe.

Es tut mir leid, dass ich dich mit dem Finger gevögelt habe, bis du meinen Namen gerufen hast, und dann dein perfektes Herz gebrochen habe.

Es tut mir leid, dass ich dich nicht lieben kann, denn alles, was ich liebe, stirbt.

Und wenn ich dich verliere, ist es endgültig mit mir vorbei, verdammt.

Ich bin nicht der Typ fürs Auf-den-Knien-Rutschen, und ich habe keine Rede vorbereitet, aber ich hoffe, ich selbst bin genug.

Ich und das kleine Geschenk, das in meiner Hosentasche steckt.

Ich stoße einen Atemzug aus und beobachte, wie er in die kalte Luft aufsteigt, wie der Zigarettenrauch, den ich verzweifelt in meine Lunge saugen will. Die Vorhänge vor dem Erkerfenster stehen einen Spalt offen und geben einen kleinen Blick auf den beleuchteten Weihnachtsbaum frei, der am Fenster steht – dort, wo wir ihn auch immer hingestellt haben. Ich weigere mich, an das letzte Weihnachten vor zehn Jahren zu denken, das letzte wertvolle, mit Gelächter angefüllte Weihnachten, und konzentriere meine ganze Energie darauf, so viel wie möglich von diesem zu retten.

Mit den Fingerknöcheln klopfe ich gegen die Fliegengittertür. Ich warte, trete auf ihrer Treppe von einem Fuß auf den anderen, nestele mit der Zigarettenschachtel in meiner Gesäßtasche herum, die nach mir ruft. Ich schließe die Augen und atme noch einmal aus, wartend, immer noch wartend. Es dauert eine ganze Minute, bis ich merke, dass ihre Hunde nicht bellen, also beuge ich mich zum Fenster und versuche, hineinzuspähen.

Der Baum ist zu groß, und ich kann nichts erkennen.

Ich drehe mich um und überprüfe noch einmal die Einfahrt, um festzustellen, dass ihr schwarzer Volkswagen Passat tatsächlich noch immer dort steht. Ich habe es mir nicht eingebildet.

Ein Anflug von Angst macht sich breit.

Ein vertrautes Gefühl der Sorge durchzuckt mich.

Übelkeit wirbelt hoch, und in meinem Kopf kreisen die schlimmsten Szenarien und Erinnerungen an meine kleine Schwester, die zur Haustür hinausging und nie mehr zurückkam.

Nein, das ist nicht wie bei Emma.

Sie ist nicht Emma.

Ich schlucke einen riesigen Kloß hinunter und wende mich der ruhigen Straße zu, nehme die Stille der Luft in mich auf und stelle fest, dass der Wind, der vor wenigen Augenblicken noch wütend wehte, erschlafft ist.

Die schneebedeckten Straßen sind leer, alle sitzen in ihren warmen Häusern, schlürfen Kakao und öffnen Geschenke.

Ich trete von der Stufe weg, mein Blick geht von links nach rechts, dann ziehe ich mein Handy heraus.

Es ist immer noch leer. Mein Text wurde nie geöffnet, nie gelesen.

Mein Herzschlag beschleunigt sich. Meine Lunge fühlt sich eng und bedrückt an.

Mit einem besorgten Atemzug stiefele ich zurück zu meinem Motorrad und überlege, was ich als Nächstes tun soll.

In diesem Moment fällt mir etwas ins Auge. Zuerst registriere ich es gar nicht, begreife nicht, und obwohl meine Augen zwei vertraute Hunde sehen, die direkt auf mich zulaufen und ihre Leinen hinter sich herziehen, ergibt es keinen Sinn.

Lucys Hunde, die frei herumlaufen und über den Bürgersteig rennen.

Lucys Hunde, aber keine Lucy.

Keine Lucy.

Wo ist Lucy?

Ich bin auf dem Zement festgefroren, mein Blut fühlt sich eiskalt an. Das Telefon fällt mir aus der Hand und knackt, als es auf dem Pflaster aufschlägt.

Kiki und Lemon stürmen auf mich zu, Kiki bellt wie verrückt, Lemon umkreist wild meine Knöchel, beide stürzen sich auf mich, gestresst und winselnd.

Ich fange an zu schwitzen, mir wird ganz schwach, ich fange an, innerlich ein wenig zu sterben.

Sobald die Hunde feststellen, dass sie meine volle Aufmerksamkeit haben, rennen sie in die Richtung zurück, aus der sie gekommen sind, und ein Adrenalinstoß versetzt meine Beine in Bewegung.

Ich jage ihnen hinterher.

Ich presche, renne, fliehe, folge den Tieren, bis ich um die Ecke geführt werde, wo ich eine Entdeckung mache, die mir die Luft aus den Lungen treibt.

Lucy.

Sie liegt vor mir, zusammengesunken auf dem Bürgersteig.

Sie liegt auf dem Bauch, ihr langes Haar wogt unter einer Wintermütze hervor.

Leblos, farblos, unbeweglich.

Die Hunde beschnüffeln sie, tippen sie mit den Pfoten an, heulen und trauern, während sie in ängstlichen Kreisen herumlaufen.

»Lucy …« Ich sprinte los und komme neben ihr zum Stehen. Ich greife nach unten und nehme sie in die Arme, wohl wissend, dass ich sie vielleicht nicht bewegen sollte, aber ich kann mich nicht zurückhalten. »Lucy, Lucy, Lucy.« Meine Stimme bricht bei jeder Silbe, und mein Herz bricht entzwei.

Ich hebe sie hoch, und dann haste ich los. Ich renne den Bürgersteig hinunter und schreie lauthals um Hilfe.

Ich weiß nicht, wo mein Telefon ist. Vielleicht habe ich es fallen lassen, verloren oder nie gehabt.

Ich kann nicht denken.

Ich kriege keine Luft.

»Jemand muss mir helfen!«, brülle ich in den viel zu stillen

Morgen hinein, verzweifelt um Hilfe bittend, verzweifelt, dass dies nicht passiert.

Lucy liegt wie eine Stoffpuppe in meinen Armen, unbeweglich. Ich bin nicht sicher, ob sie noch atmet.

Atmet sie? Atmet sie, verdammt noch mal?

»Hilfe!«

Ein Nachbar steckt seinen Kopf aus einem der Häuser; ich glaube es zumindest, aber alles ist verschwommen, und vielleicht hat er es auch gar nicht getan. Ich renne immer noch, rutsche halb auf dem Eis aus, Kiki und Lemon sind verzweifelt neben mir, während ich darum flehe, dass jemand die Zeit zurückdreht und dafür sorgt, dass dies nicht wahr ist.

»Atme, Lucy«, flüstere ich in ihr Haar, während ich sie an mich schmiege.

Jemand rennt auf mich zu. Ein Fremder, zwei Fremde. Sie reden in Zungen mit ausgeschwärzten Gesichtern.

»Sie wurde ohnmächtig. Zusammengebrochen, ich weiß es nicht, verdammt. Wählen Sie den Notruf«, sage ich zu allen und zu niemandem, nichts ergibt einen Sinn. »Helft ihr. Bitte helft ihr, verdammt.«

Ein Mann hilft dabei, sie ins Gras am Straßenrand zu legen, und beginnt mit der Herzdruckmassage, während sich eine Frau ein Telefon ans Ohr hält.

Warum ist mir das nicht eingefallen?

Herzdruckmassage. Sie braucht eine Herzdruckmassage.

»Atme, Lucy«, wiederhole ich, lasse mich neben ihr auf die Knie fallen und hauche ihr wieder Leben in die Lungen. »Atme.«

Irgendwann ertönen in der Ferne Sirenen. Zwei Minuten, fünf Minuten, vielleicht mehr. Vielleicht vergeht ein ganzes Leben, vielleicht überhaupt keine Zeit. Ich lasse mich auf ihre Brust fallen und vergrabe mein Gesicht in ihrem bauschigen Mantel.

Das darf nicht wahr sein.

Das ist nicht real.

»Atme, Lucy«, krächze ich, drücke sie an mich, halte sie fest und liebe sie so, wie ich mir geschworen habe, sie nie zu lieben.

Meine größte Angst ist wahr geworden.

Lucy, Lucy, meine süße Lucy.

Ihr verdammtes Herz ist zerbrochen.

Fortsetzung folgt ...